Né à Detroit en 1961, **Michael J. Sullivan** est un lecteur invétéré depuis l'âge de huit ans. Sa passion pour l'écriture remonte à la découverte d'une machine à écrire dans la cave de l'un de ses camarades. Il met alors à profit les enseignements de sa bibliothèque intérieure qui comporte des maîtres tels que Tolkien, Steinbeck et Hemingway. Il donne d'abord naissance à un univers placé sous le signe de la Fantasy pour réconcilier sa fille dyslexique avec la lecture. Lorsqu'il met le point final à son treizième roman, il n'a toujours aucun espoir de voir un jour ses œuvres publiées. Michael J. Sullivan publie d'abord sous son propre label *La Conspiration de la Couronne* et *La Tour elfique*, les premiers volumes de la série *Les Révélations de Riyria*, dans le cadre d'une autoédition en numérique. Le succès ne se fait pas attendre, et il est phénoménal. Michael J. Sullivan est finalement démarché par l'une des plus grandes maisons d'édition américaines. Ses œuvres sont désormais traduites dans le monde entier.

Du même auteur, chez Milady :

Les Révélations de Riyria :
1. *La Conspiration de la Couronne*
2. *La Tour elfique*

www.milady.fr

Michael J. Sullivan

La Tour elfique

Les Révélations de Riyria – 2

Traduit de l'anglais (États-Unis) par Mathilde Roger

Milady

Milady est un label des éditions Bragelonne

Illustration de couverture :
Marc Simonetti

Cartes :
D'après les cartes originales de Michael J. Sullivan

ISBN : 978-2-8112-0747-2

Bragelonne – Milady
60-62, rue d'Hauteville – 75010 Paris

E-mail : info@milady.fr
Site Internet : www.milady.fr

À Robin, partenaire dans la vie
et dans la grande aventure de cette série.

À Paul Dunlap pour ses critiques judicieuses.

Et aux membres de Dragonchow, mon premier fan-club.

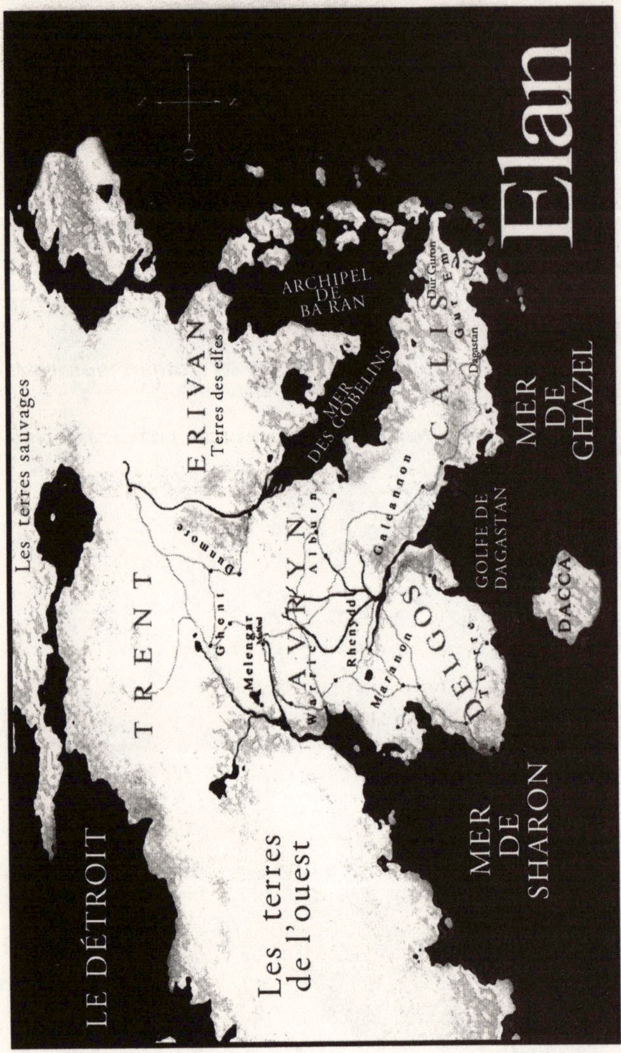

Le Monde d'Elan

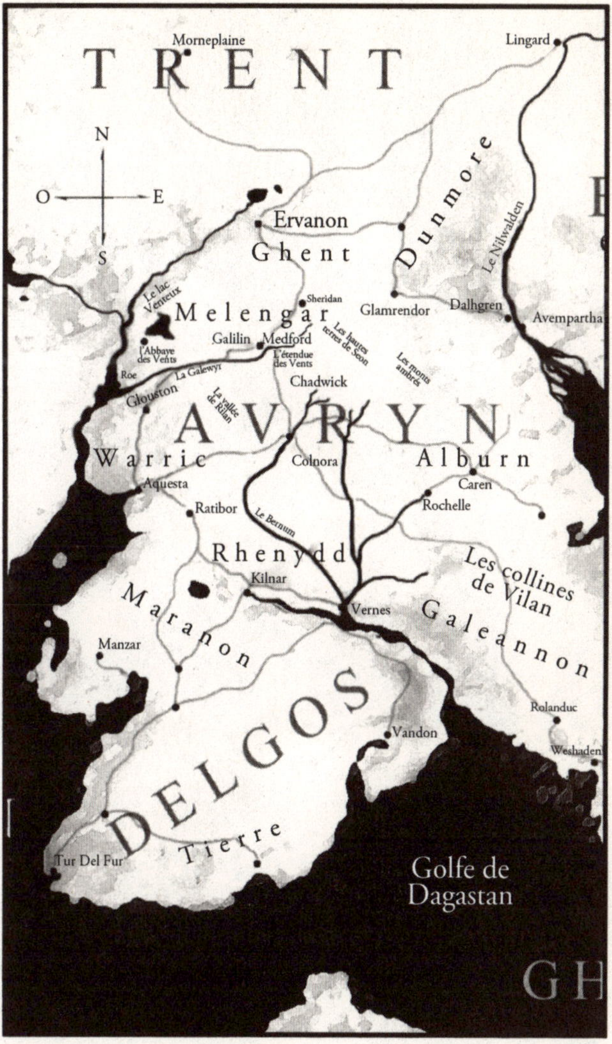

DÉTAIL D'AVRYN

Glossaire des termes et des noms

Abbaye des Vents : monastère des moines de Maribor près du lac Venteux, à l'ouest de Melengar

Addie Wood : mère de Thrace, femme de Theron

Albert Winslow, vicomte : noble sans terre employé par Riyria pour arranger les rendez-vous avec la noblesse

Alburn : royaume d'Avryn dirigé par le roi Armand et la reine Adeline

Alenda Lanaklin, dame : fille du marquis Victor Lanaklin et sœur de frère Myron de l'abbaye des Vents.

Allie : fille de Wyatt Deminthal

Alric Brendon Essendon, prince : membre de la famille régnante de Melengar, fils d'Amrath, frère d'Arista.

Alverstone : dague de Royce

Ambrose Moor : administrateur de la prison de Manzant et des mines de sel

Amrath Essendon, roi : dirigeant de Melengar, père d'Alric et Arista

Amril, comtesse : noble dame affligée de furoncles par une malédiction d'Arista

Antun Bulard : historien et auteur de *L'histoire d'Apeladorn*

Apeladorn : ensemble des quatre nations d'hommes, Trent, Avryn, Delgos et Calis

Aquesta : ville capitale du royaume de Warric

Arcadius Vintarus Latimer : maître des Savoirs Anciens à l'université de Sheridan

Archibald Ballentyne : comte de Chadwick

Arista Essendon, princesse : membre de la famille régnante de Melengar, fille d'Amrath, sœur d'Alric

Armand, roi : dirigeant d'Alburn, marié à Adeline

Art, l' : magie, généralement crainte par les nobles et les roturiers en raison de leur grande superstition

Arvid McDern : fils de Dillon McDern de Dahlgren

Avempartha : tour elfique très ancienne

Avryn : nation centrale la plus puissante des quatre divisions d'Apeladorn, située entre Trent et Delgos

Ballentyne : famille régnante du comté de Chadwick

Ba Ran Ghazel : gobelins de la mer

Bas Quartiers, les : quartier pauvre de la ville de Medford

Belinda Pickering : femme d'une très grande beauté, épouse du comte Pickering, mère de Lenare, Mauvin, Fanen, et Denek

Belstrad : famille de chevaliers de Chadwick, incluant le seigneur Breckton et Wesley

Bernice : suivante de la princesse Arista

Bernum, rivière : cours d'eau qui divise en deux parties égales la ville de Colnora

Bethamy, roi : dirigeant réputé pour avoir fait enterrer son cheval avec lui

Blackwater : nom de famille d'Hadrian et de son père, Danbury

Blythin, château : château situé en Alburn

Bocant : famille qui a bâti une entreprise florissante sur le commerce du porc ; second marchand le plus fortuné de Colnora

Bocfil : assassin du Diamant Noir, fiancé de Jade, il fut le meilleur ami de Royce

Bothwick : famille de fermiers de Dahlgren

Breckton Belstrad, seigneur : fils du seigneur Belstrad, chevalier de Chadwick, considéré par beaucoup comme le meilleur chevalier d'Avryn

Brodric Essendon : fondateur de la dynastie des Essendon

Brunissoir : surnom donné à Royce en tant que membre du Diamant Noir

Calian : qui appartient à la nation de Calis

Calians : résidents de la nation de Calis, plus sombres de peau, les yeux en amande

Calis : nation d'Apeladorn du Sud, la plus à l'est, considérée comme une terre exotique, souffrant d'un conflit sans fin contre les Ba Ran Ghazel

Caswell : famille de fermiers de Dahlgren

Cathédrale de Mares : centre névralgique de l'Église de Nyphron à Melengar, dirigée par l'évêque Saldur

Cenzar : magiciens sous l'ancien Empire de Novron

Chambellan : personne chargée de gérer le personnel d'un roi ou d'un noble

Champs de Drondil, les : château du comte Pickering, ancienne forteresse de Brodic Essendon et premier siège du pouvoir de Melengar

Colnora : cité d'Avryn la plus grande et la plus prospère, reposant sur le commerce, fondée sur un relais marchand au centre d'un carrefour vers plusieurs grandes routes commerciales

Cosmos DeLur : résident le plus riche de Colnora

Cote, La : premier lieutenant de la guilde des voleurs du Diamant Noir

Dagastan : principal port commercial de Calis, le plus à l'est

Dahlgren : petit village isolé, sur les berges du fleuve Nidwalden

Danbury Blackwater : père d'Hadrian

Danthen : bûcheron de Dahlgren

Daref, Seigneur : noble de Warric, associé d'Albert Winslow

Darius Seret : fondateur des chevaliers Seret

Davens, Maître : garçon pour qui Arista avait un faible étant jeune

Degan Gaunt : chef des nationalistes

Delano DeWitt, baron : noble ayant employé Hadrian pour voler l'épée du comte Pickering

Delgos : l'une des quatre nations d'Apeladorn. Seule république dans un monde de monarchies, Delgos s'est révoltée contre l'Empire du Gardien après le meurtre de Glenmorgan III et après avoir survécu à l'attaque des Ba Ran Ghazel sans l'aide de l'Empire

DeLorkan, duc : noble calian

DeLur : famille de riches marchands

Denek Pickering : fils cadet du comte Pickering

Diamant Noir, le : guilde de voleurs internationale, basée à Colnora

Dillon McDern : forgeron de Dahlgren

Dioylion : *La Compilation des Lettres de Dioylion* est un parchemin très rare

Dixon Taft : tavernier et directeur de *La Rose et l'épine*

Drome : dieu des nains

Drumindor : forteresse bâtie par les nains, située à l'entrée de la baie de Terlano, à Tur Del Fur

Drundel : famille de paysans de Dahlgren composée de Mae, Went, Davie, et Firth

Ecton, seigneur : chevalier en chef du comte Pickering et général de l'armée de Melengar

Edmund Hall : professeur de géométrie à l'université de Sheridan, réputé pour avoir trouvé Percepliquis, déclaré hérétique par l'Église de Nyphron, emprisonné dans la Tour de la Couronne

Église de Nyphron : adorateurs de Novron et de son père Maribor

Elan : le monde

Elden : colosse, ami de Wyatt Deminthal

Elfique : appartenant aux elfes

Ella : cuisinière des Champs de Drondil

Enden, seigneur : chevalier de Chadwick, considéré comme le meilleur après Breckton

Épaulette : pièce d'armure couvrant l'épaule à la jonction entre les pièces du corps et les protections du bras

Épée Longue : arme destinée à être maniée à deux mains

Erebus : père des dieux, également appelé Kile

Erivan : Empire elfique

Erlic, seigneur : chevalier participant au défi de Dahlgren

Ervanon : ville au nord de Ghent, siège de l'Église de Nyphron, autrefois capitale de l'Empire du Gardien établi par Glenmorgan Ier

Espadon : épée longue massive, à deux mains, à la lame pointue, dotée d'oreillons étendus devant la garde permettant une grande variété de manœuvres au combat. Grâce à la longueur de la garde et l'ampleur des oreillons, qui forment une garde hérissée, cette épée offre de nombreux placements des mains, ce qui permet de la manipuler comme un bâton ou une puissante arme de taille. L'espadon est l'arme traditionnelle des chevaliers expérimentés.

Esrahaddon : magicien, ancien membre de l'ordre des Cenzar, accusé d'avoir détruit l'Empire novronien et condamné à l'emprisonnement

Essendon : famille royale de Melengar

Essendon, château : demeure des monarques de Melengar

Estival : période de repos populaire en milieu d'été, célébrée par des pique-niques, danses, festins et joutes

Estramnadon : désigné par la légende comme la capitale ou du moins un lieu hautement sacré de l'Empire d'Erivan

Estrendor : terres sauvages du nord

Falina Brockton : vrai nom d'Émeraude, serveuse à la taverne de *La Rose et l'épine*

Fanen Pickering : deuxième fils du comte Pickering

Fauld, l'ordre de : ordre de chevalerie postimpérial, dévoué à préserver les techniques et la philosophie des chevaliers Teshlor

Fenitilian, frère : moine de Maribor, fabriquant des chaussures bien chaudes

Ferrol : dieu des elfes

Finiless : auteur célèbre

Fletcher : flégier (fabricant de flèches)

Galeannon : royaume d'Avryn, dirigé par Frederick et Joséphine

Galewyr, fleuve : marque la frontière sud de Melengar et la frontière nord de Warric, puis atteint la mer près du village de pêcheurs de Roe

Galien, archevêque : membre haut placé de l'Église de Nyphron

Galilin : province de Melengar dirigée par le comte Pickering

Gardien de l'Héritier : chevalier Teshlor ayant juré de protéger l'Héritier de Novron

Gemme d'accès : gemme permettant d'ouvrir une serrure

Gemme d'entrave : invention naine qui scelle une serrure et ne peut être déverrouillée que par une gemme précieuse de la bonne sorte et correctement taillée

Ghazel : Ba Ran Ghazel, terme nain désignant les gobelins, littéralement. Gobelins des mers

Ghent : place forte religieuse de l'Église de Nyphron

Gilarabrywn : créature de guerre elfique

Ginlin, frère : moine de Maribor, vigneron, refusant de toucher un couteau

Glamrendor : capitale de Dunmore

Glenmorgan : 326 ans après la chute de l'Empire novronien, ce natif de Ghent a réuni les quatre nations d'Apeladorn ; il fut le fondateur de l'université de

Sheridan ; il créa la grande route nord-sud, il bâtit le palais d'Ervanon (dont seule reste la Tour de la Couronne)

Glenmorgan II : fils de Glenmorgan. Lorsque son père mourut, encore jeune, le nouvel empereur, inexpérimenté, se reposa sur les membres influents de l'Église pour l'assister dans sa tâche de gouvernant. Ces derniers en profitèrent pour manipuler l'empereur afin qu'il accorde des pouvoirs de plus en plus importants à l'Église et aux nobles qui lui étaient dévoués. Ceux-ci refusèrent d'aider Delgos à se défendre contre l'invasion des Ba Ran Ghazel à Calis et à lutter contre les Dacca à Delgos, prétendant que cette menace rendrait ces nations dépendantes de l'Empire.

Glenmorgan III : petit-fils de Glenmorgan. Peu après avoir assumé la régence de l'Empire, il chercha à réaffirmer son contrôle sur le territoire que son grand-père avait créé et envoya une armée combattre les invasions des Ghazel qui avaient atteint le sud-est d'Avryn. Il remporta la première bataille des collines de Vilan et fit connaître son projet de chevaucher au secours de Tur Del Fur. Craignant qu'il ne gagne en pouvoir, la sixième année de son règne, ses nobles le trahirent et l'emprisonnèrent au château de Blythin. Jalouse de sa popularité et de son pouvoir grandissant, rancunière face à sa politique visant à amoindrir l'influence des nobles et du clergé, l'Église l'accusa d'hérésie. Il fut déclaré coupable et exécuté. Cela engendra la chute rapide de ce que beaucoup avaient nommé l'Empire du Gardien. L'Église prétendit par la suite que les nobles s'étaient joués d'elle et condamna un grand nombre d'entre eux, dont la plupart restèrent célèbres pour leur mort tragique.

Glouston : province au nord de Warric cernée par le fleuve Galewyr, dirigée par le marquis Lanaklin

Grandbois : forêt de Melengar

Grigoles : auteur du *Traité de Grigoles sur la loi impériale*

Gutaria : prison secrète de l'Église de Nyphron, bâtie pour enfermer Esrahaddon

Gwen DeLancy : prostituée calianne et propriétaire de la Maison de Medford et de *La Rose et l'épine*

Hadrian Blackwater : mercenaire, l'un des membres de Riyria

Hallebarde : pique à deux mains servant d'arme

Helson, frère : moine de Maribor, excellent cuisinier

Héritier de Novron : descendant direct du demi-dieu Novron, destiné à régner sur tout Avryn

Hilfred : garde du corps de la princesse Arista

Himbolt, baron : noble de Melengar

Hivernal : principale période de repos, au milieu de l'hiver, célébrée par des festins et des joutes

Hoyte : autrefois premier lieutenant du Diamant Noir

Impérialistes : membres d'un parti politique visant à unir tous les royaumes des hommes sous le règne d'un seul chef, descendant direct du demi-dieu Novron

Incantation plésieantique : méthode utilisée dans l'Art pour extraire le pouvoir de la nature

Jade : assassin du Diamant Noir, petite amie de Bocfil et amie de Royce

Jerish Grelad : chevalier Teshlor et premier Gardien de l'Héritier

Jerl, seigneur : voisin des Pickering célèbre pour ses chiens de chasse primés en concours

Julian Tempête : chambellan de Melengar

Kile : maître forgeron spécialiste de l'épée, portant le nom d'Erebus sous sa forme humaine

Krindel : prélat de l'Église de Nyphron et historien

Kriss, Dague : arme à lame ondulée, parfois utilisée lors des rituels magiques

Lanaklin : famille régnante à Glouston

Lanis Ethelred : roi de Warric, impérialiste

Lena Bothwick : femme de Russell, fermier de Dahlgren

Lenare Pickering : fille du comte Pickering et de Belinda, sœur de Mauvin, Fanen, et Denek

Lingard : capitale de Relison, royaume de Trent

Lothomad, roi : Lothomad le Chauve, dirigeant de Trent, étendit considérablement son territoire après la chute de l'Empire du Gardien, repoussant ses frontières vers le sud à travers Ghent et Melengar, où Brodric Essendon le vainquit lors de la bataille des Champs de Drondil en 2545

Luis Guy : sentinelle de l'Église de Nyphron

Magnus : nain

Main Écarlate, la : guilde de voleurs œuvrant en dehors de Melengar

Maison de Medford : maison close dirigée par Gwen DeLancy et rattachée à la taverne de La Rose et l'épine

Maison, la : surnom de la Maison de Medford

Mandalin : capitale de Calis

Manzant : prison tristement célèbre et mine de sel située à Manzar, à Maranon

Maranon : royaume d'Avryn, dirigé par Vincent et Regina

Maribor : dieu des hommes

Mason Grumon : forgeron de Medford

Maurice Saldur, évêque : représentant de l'Église de Nyphron à Melengar, ami de la famille régnante, les Essendon

Mauvin Pickering : aîné des fils du comte Pickering

McDern : famille de paysans de Dahlgren

Medford : capitale de Melengar

Melengar : royaume d'Avryn, dirigé par la famille royale des Essendon

Melengariens : habitants de Melengar

Melissa : première servante de la princesse Arista, surnommée Missy

Merlons : section solide entre deux créneaux sur un rempart crénelé

Merton, monseigneur : prêtre excentrique de Ghent, réputé pour parler à haute voix à Maribor

Millie : cheval d'Hadrian

Mir : métis de sang elfique et humain

Montemorcey : excellent vin importé par Les Épices de Vandon

Morneplaine : capitale du royaume de Lordium, à Trent

Motte : colline créée par l'homme

Muriel : déesse de la nature, fille d'Erebus et mère d'Uberlin

Myron : moine de Maribor, fils de Victor Lanaklin et frère d'Alenda

Nareion : dernier empereur de l'Empire novronien

Nationalistes : parti politique dirigé par Degan Gaunt qui aspire à un gouvernement par la volonté du peuple

Nettoyeur : terme utilisé par la guilde de voleurs du Diamant Noir pour désigner un assassin

Nevrik : fils de Nareion, héritier disparu

Nidwalden, fleuve : cours d'eau marquant la frontière est d'Avryn et le début des terres d'Erivan

Novron : sauveur de l'humanité, fils du dieu Maribor, demi-dieu qui a vaincu l'armée des elfes lors des Grandes Guerres elfiques ; fondateur de l'Empire novronien et bâtisseur de Percepliquis

Novronien : affilié à Novron

Nyphrons/adeptes de Nyphron : membres dévoués de l'Église de Nyphron

Parthaloren, chutes de : grandes chutes du Nidwalden près d'Avempartha

Patriarche : plus haute autorité de l'Église de Nyphron, vivant dans la Tour de la Couronne à Ervanon

Percepliquis : ancienne capitale de l'Empire novronien, nommée d'après l'épouse de Novron

Percy Braga, archiduc : chancelier de Melengar, tenant du titre de champion du Grand Tournoi des Maîtres Escrimeurs, du Bouclier d'argent et du Laurier d'or ; oncle d'Alric et Arista, marié à la sœur du roi Amrath

Pickering : famille de nobles de Melengar à la tête de Galilin. Le comte Pickering est réputé comme le meilleur escrimeur d'Avryn et la légende veut qu'il utilise une épée magique.

Pickilerinon : Seadric, noble qui raccourcit le nom de sa famille en Pickering

Place de la Noblesse : quartier riche de Melengar

Pointe, La : membre de la guilde de voleurs du Diamant Noir

Ratibor : capitale du royaume de Rhenydd

Rendon, baron : noble de Melengar

Renian, frère : ami d'enfance du moine Myron

Rhelacan : épée longue que Maribor fit forger par Drome et enchanter par Ferrol en trompant ses frères, pour la donner à Novron afin de vaincre les elfes

Rhenydd : royaume d'Avryn, dirigé par le roi Urith

Rilan, vallée de : terre fertile séparant Glouston et Chadwick

Rionillion : nom de la ville qui occupait autrefois le site d'Aquesta mais qui fut détruite pendant la guerre civile qui suivit la chute de l'Empire novronien

Rive Ouest (la) / province de la Rive Ouest (la) : Province nouvellement créée de Dunmore

Riyria : terme elfique pour « deux », une équipe ou un lien particulier

Rouelles, dague à : dague de type commun, à la garde ronde

Rose et l'épine, La : taverne de Medford tenue par Gwen DeLancy, utilisée comme quartier général par Riyria

Roswort, roi : monarque de Dunmore

Royce Melborn : voleur, membre de Riyria

Rufus, Seigneur : seigneur de guerre sans pitié issu du nord et respecté par les habitants du sud

Russell Bothwick : fermier de Dahlgren, mari de Lena

Salifan : plante sauvage odorante utilisée comme encens
Sambuca : fruit sauvage servant souvent à faire du vin
Sauly : surnom de Maurice Saldur, utilisé par ses proches
Senon, hautes terres de : plateau dans les hautes terres surplombant Chadwick
Sentinelle : général de l'Inquisition pour l'Église de Nyphron, chargé d'éradiquer les hérétiques et de retrouver l'Héritier de Novron
Seret : chevaliers de Nyphron ; branche armée de l'Église créée par le seigneur Darius Seret, qui était chargé de trouver l'Héritier de Novron
Sheridan, université de : prestigieuse université située à Ghent
Souris : cheval de Royce
Tabard : tunique portée sur une armure et généralement marquée par des armoiries
Tek'chin : technique de combat des chevaliers Teshlor, préservée par les chevaliers de Fauld et transmise aux Pickering
Tenent : forme la plus courante de la monnaie internationale semi-standardisée. Les pièces d'or, d'argent ou de bronze sont frappées à l'effigie du monarque du royaume où elles ont été façonnées.
Terlando, baie de : port de Tur Del Fur
Terres de l'Ouest, les : frontière inexplorée de l'ouest
Teshlor : chevaliers légendaires de l'Empire novronien, connus comme les plus grands guerriers ayant jamais vécu
Theron Wood : père de Thrace Wood, fermier de Dahlgren
Thrace Wood : fille de Theron et Addie

Tiliner : lame de qualité pouvant être portée au côté et fréquemment utilisée par les mercenaires d'Avryn

Tobis Rentinual : professeur d'histoire à l'université de Sheridan

Tolin Essendon : fils de Brodric, qui a déplacé la capitale à Medford et a bâti le château Essendon

Tomas, diacre : prêtre du village de Dahlgren

Torsionique : qui déclenche une énergie de torsion, comme le câble d'une arbalète

Tour de la Couronne, la : demeure du patriarche, centre névralgique de l'Église de Nyphron

Trent : royaumes montagneux du nord

Trumbul, baron : mercenaire

Tur : petit village légendaire qui aurait fait partie de Delgos, site de la première visite connue de Kile, et lieu de production mythique d'armes prodigieuses

Tur Del Fur : ville côtière de Delgos, sur la baie de Terlando, bâtie à l'origine par les nains

Uberlin : dieu des Dacca et des Ghazel, fils d'Erebus et de sa fille, Muriel

Urith, roi : souverain de Ratibor

Valin, seigneur : chevalier de Melengar assez âgé, réputé pour son courage mais sans talents de stratège

Vandon : cité portuaire de Delgos, siège des Épices de Vandon, repaire de pirates jusqu'à ce que Delgos devienne une république et que le commerce soit rendu légal

Venlin, patriarche : haute autorité de l'Église de Nyphron pendant la chute de l'Empire novronien

Vernes : ville portuaire à l'embouchure de la rivière Bernum

Vilain : personne liée à une terre et appartenant au seigneur local sous un régime féodal

Vince Griffin : fondateur du village de Dahlgren

Warric : royaume d'Avryn, dirigé par Ethelred

Wesbaden : la plus grande ville portuaire et commerciale de Calis

Wicend : fermier de Melengar qui a donné son nom au gué traversant le Galewy à Glouston

Wyatt Deminthal : autrefois capitaine de navire, père d'Allie

Wylin : capitaine de la garde du château Essendon

1

Colnora

Lorsque l'homme sortit de l'ombre, Wyatt Deminthal sut que ce jour serait le pire de sa vie, et peut-être le dernier. Vêtu de laine grossière et de cuir brut, le visiteur lui sembla vaguement familier ; un visage aperçu brièvement à la lumière d'une bougie plus de deux ans auparavant, des traits que Wyatt avait espéré ne jamais revoir. L'homme portait trois épées, toutes usées et ternies, la garde tachée par la sueur et usée par la prise. Il dépassait Wyatt d'une bonne trentaine de centimètres, les épaules larges et les mains puissantes, sa posture indiquant qu'il se tenait en appui sur le bout des pieds. Il regardait Wyatt fixement, comme un chat surveillant une souris.

— Baron Delano DeWitt de Dagastan ?

Ce n'était pas une question mais une accusation.

Wyatt sentit ses épaules trembler. Même après avoir reconnu cette sombre apparition, une partie de lui – l'optimisme qui avait survécu à bien des jours éprouvants – espérait toujours que l'homme en voulait à son argent. Mais en entendant ses mots, tous ses espoirs s'évanouirent.

— Désolé, vous devez vous tromper, répondit-il sur le ton le plus amical, indifférent et innocent possible, à l'homme qui lui barrait le passage.

Il tenta même de masquer son accent calian pour parfaire l'illusion.

— Non, je ne crois pas, insista l'homme qui traversa la ruelle et se rapprocha, comblant la distance de sécurité qui les séparait encore.

Ses mains étaient visibles, ce qui était plus inquiétant que s'il les avait tenues sur les pommeaux de ses épées. Wyatt portait un coutelas de bonne taille, mais cela ne semblait pas effaroucher son interlocuteur.

— Eh bien, il se trouve que je me nomme Wyatt Deminthal. Je pense donc que vous faites erreur.

Wyatt éprouva une certaine fierté : il avait réussi à dire tout cela sans bafouiller. Il fournit un effort considérable pour détendre tous ses muscles et relâcher ses épaules, le poids du corps porté sur un talon. Il alla même jusqu'à afficher un sourire agréable, tout en regardant nonchalamment autour de lui, comme l'aurait fait un parfait innocent.

Les deux hommes se faisaient face dans une ruelle étroite et encombrée, à quelques mètres seulement du logement que louait Wyatt. Il faisait sombre. Une lanterne brillait non loin derrière lui, fixée au mur d'une épicerie. Wyatt en percevait l'éclat vacillant, le reflet dans les flaques formées par la pluie sur les pavés. Derrière lui, il entendait encore la musique dans la taverne de *La Souris grise*, étouffée et discrète. Des voix résonnaient dans le lointain, des rires, des cris, des disputes ; le fracas d'un pot renversé suivit le miaulement d'un chat, invisible. Quelque part, un carrosse passa et ses roues de bois claquèrent sur la pierre humide. Il était tard. Les seules personnes encore dans les rues étaient des ivrognes, des prostituées et ceux qui jugeaient l'obscurité propice à leurs affaires.

Le mercenaire se rapprocha encore d'un pas. Wyatt n'aimait pas son regard. Il y discernait un éclat tranchant, une ferme résolution, mais ce fut la lueur de regret qui le secoua le plus.

— C'est toi qui nous as employés, mon ami et moi, pour voler une épée au château Essendon.

— Je suis vraiment confus. Je ne vois absolument pas de quoi vous parlez. Je ne sais même pas où se trouve cet *Essendon* que vous évoquez. Vous devez me confondre avec un autre homme. C'est sans doute le chapeau. (Wyatt prit son couvre-chef de cavalier à large bord et le montra au nouveau venu.) Vous voyez, c'est un chapeau courant que tout le monde peut acheter, mais plutôt inhabituel car peu de gens en portent ces temps-ci. Vous avez certainement vu quelqu'un arborer la même coiffure et m'avez pris pour lui. Une erreur bien compréhensible. Je ne vous en veux pas, je vous assure.

Wyatt remit son couvre-chef en l'inclinant légèrement sur le côté. Il portait également un pourpoint de soie rouge et noir fort luxueux, et une cape courte de couleur vive ; mais l'absence de bordure de velours et ses bottes usées trahissaient son statut. Un seul anneau d'or à son oreille gauche en disait plus long encore ; c'était son unique concession à la mémoire d'une vie qu'il avait laissée derrière lui.

— Lorsqu'on est arrivés à la chapelle, le roi était à terre. Mort.

— Je vois que ce n'est pas une histoire joyeuse, dit Wyatt en tirant sur les doigts de ses fins gants rouges, comme il le faisait toujours lorsqu'il se sentait nerveux.

— Des gardes attendaient. Ils nous ont jetés dans les cachots. On a failli être exécutés.

— Je suis navré que vous ayez été trompés et manipulés, mais comme je l'ai dit, je ne suis pas ce DeWitt. Je n'ai jamais entendu parler de lui. Je prendrai bien soin de l'entretenir de notre rencontre si nos routes devaient se croiser. Je lui dirais que vous le cherchez. Qui dois-je annoncer ?

— Riyria.

Wyatt sentit la lumière de l'épicerie vaciller derrière lui, et une voix lui murmura à l'oreille :

— En langue elfique, cela signifie « deux ».

Les battements de son cœur s'accélérèrent et avant qu'il puisse se retourner, le tranchant aiguisé d'une lame se posa sur sa gorge. Il se figea, s'autorisant tout juste à respirer.

— Tu nous as envoyés à la mort, continua la voix dans son dos. Tu avais tout arrangé. Tu nous as guidés dans cette chapelle pour nous faire endosser la responsabilité d'un meurtre. Je suis venu te rendre la politesse. Si tu as en tête quelques derniers mots, dis-les maintenant, et dis-les à voix basse.

Wyatt était un joueur de cartes habile. Il s'y connaissait en matière de dissimulation, et l'homme derrière lui était sérieux. Il n'était pas simplement venu l'effrayer, faire pression sur lui ou le manipuler. Il ne désirait aucune information ; il savait déjà tout ce qu'il voulait savoir. Cela se sentait à sa voix, au ton utilisé, à ses mots, au rythme de son souffle contre l'oreille de Wyatt. Il était venu le tuer.

— Qu'est-ce qui se passe, Wyatt ? demanda une petite voix.

Un peu plus loin dans la ruelle, une porte s'ouvrit et la lumière de l'intérieur se déversa en soulignant sur le sol et le mur en face la silhouette d'une fillette. Elle était mince et ses cheveux lui tombaient sur les épaules. Elle portait une chemise de nuit qui s'arrêtait aux chevilles et laissait ses pieds nus exposés au froid.

— Rien, Allie, rentre vite ! cria Wyatt sans cacher son accent.

— Qui sont les hommes qui parlent avec toi ? demanda Allie en avançant d'un pas. (Son petit pied heurta une flaque qui se couvrit de ridules.) Ils ont l'air fâchés.

— Il n'y aura pas de témoin, siffla la voix derrière Wyatt.

— Laissez-la, implora-t-il, elle n'est pas impliquée là-dedans. Je le jure. Il n'y avait que moi.

— Impliquée dans quoi ? demanda Allie. Qu'est-ce qui se passe ?

Elle avança encore d'un pas.

— Reste où tu es, Allie ! N'approche plus. Je t'en prie, fais ce que je te dis. (La fillette s'arrêta.) J'ai fait quelque chose de mal un jour, Allie. Tu dois me comprendre. Je l'ai fait pour nous, pour toi, Elden et moi. Tu te souviens de ce travail que j'ai accepté il y a plusieurs hivers ? Quand je suis parti au nord pour quelques jours ? C'est… c'est là que j'ai fait cette mauvaise chose. J'ai fait semblant d'être un autre et j'ai manqué de faire tuer des gens. C'est comme ça que j'ai gagné l'argent pour tenir tout l'hiver. Ne me déteste pas, Allie. Je t'aime, mon ange. Je t'en prie, rentre à la maison.

—Non ! protesta-t-elle. Je vois bien le couteau. Ils vont te faire du mal.

—Si tu n'obéis pas, ils nous tueront tous les deux ! cria brutalement Wyatt.

Trop brutalement. Il n'avait pas voulu être aussi dur, mais il fallait qu'elle comprenne.

Allie pleurait, debout dans la ruelle, sous l'éclat de lumière, et ses épaules tremblaient.

—Rentre, mon cœur, lui dit Wyatt en adoptant un ton rassurant. Tout ira bien. Ne pleure pas. Elden s'occupera de toi. Dis-lui ce qui s'est passé. Tout ira bien.

La petite fille sanglotait toujours.

—S'il te plaît, mon ange, rentre tout de suite, la supplia Wyatt. C'est tout ce que tu peux faire. C'est ce que je veux que tu fasses. Je t'en prie.

—Je… t'aime… Pa… Papa !

—Je sais mon cœur. Je sais. Je t'aime aussi, et je suis vraiment désolé.

Allie recula lentement, puis le rayon de lumière diminua doucement jusqu'à ce que la porte se ferme, plongeant de nouveau la ruelle dans les ténèbres. Seule la légère lueur bleue de la lune voilée de nuages filtrait dans l'espace étroit où se trouvaient les trois hommes.

—Quel âge a-t-elle ? demanda la voix derrière Wyatt.

—Laissez-la en dehors de ça. Contentez-vous de faire vite. Pouvez-vous au moins m'accorder cela ?

Wyatt se prépara à l'inévitable. Voir l'enfant l'avait brisé. Il trembla violemment, ses mains gantées, poings fermés, la poitrine si serrée qu'il avait du mal à déglutir et à respirer. Il sentit le métal se presser contre sa gorge et attendit le mouvement fatal, la dernière morsure.

— Tu savais que c'était un piège quand tu nous as engagés ? demanda l'homme aux trois épées.

— Comment ? Non !

— Tu l'aurais fait quand même si tu avais su ?

— Je ne sais pas, je pense que oui. Nous avions besoin d'argent.

— Alors tu n'es pas baron ?

— Non.

— Quoi alors ?

— J'étais capitaine d'un navire.

— « Étais » ? Qu'est-ce qui s'est passé ?

— Vous comptez me tuer bientôt ? Pourquoi toutes ces questions ?

— Chaque réponse que tu donnes est un souffle de plus que je t'accorde, murmura la voix derrière lui.

C'était la voix de la mort, sans émotion, creuse. En l'entendant, Wyatt sentit son estomac se retourner comme s'il avait contemplé le vide depuis le bord d'une falaise. Il ne voyait pas son visage mais il savait que sa lame le tuerait, et cela ressemblait à une exécution en règle. Il pensa à Allie, pria pour qu'elle aille bien, puis il prit conscience d'une chose : elle assisterait à la scène. Cette idée le frappa avec une netteté étonnante. Elle se précipiterait dehors quand tout serait fini et elle trouverait son corps dans la rue. Elle marcherait dans son sang.

— Qu'est-ce qui s'est passé ? répéta le bourreau d'un ton qui le ramena à la réalité.

— J'ai vendu mon navire.

— Pourquoi ?

— C'est sans importance.

— Dettes de jeu ?

— Non.

— Alors, pourquoi ?

— Quelle différence ? Vous allez me tuer de toute façon. Alors finissons-en !

Il avait rassemblé son courage. Il était prêt. Il serra les dents et ferma les yeux. Pourtant, le tueur repoussait l'échéance.

— Cela fait une réelle différence, murmura l'homme à son oreille. Parce qu'Allie n'est pas ta fille.

La lame s'écarta du cou de Wyatt.

Il hésita et se tourna lentement pour faire face à l'homme qui tenait la dague. Il ne l'avait jamais vu. Il était plus petit que son associé, enveloppé d'une cape noire dont la capuche ombrait son visage, ne révélant que quelques détails : l'extrémité d'un nez fin, la forme de la joue, le bout du menton.

— Comment le savez-vous ?

— Elle nous a vus dans le noir. Elle a distingué mon couteau contre ta gorge alors que nous étions dans l'obscurité à vingt mètres de là.

Wyatt ne répondit pas. Il n'osait ni bouger, ni parler. Il ne savait pas quoi penser. Quelque chose avait changé. La menace d'une mort certaine s'était légèrement dissipée, mais son ombre flottait toujours au-dessus de lui. Il ignorait ce qui se passait et était terrifié à l'idée de commettre une erreur.

— Tu as vendu ton navire pour l'acheter ? devina l'homme à la capuche. Mais à qui, et pourquoi ?

Wyatt regarda fixement le visage sous le capuchon : un paysage morne, un désert sans compassion. La mort s'y cachait, à un souffle de surgir ; un seul mot séparait l'éternité et le salut.

Le plus grand, qui arborait trois épées, posa la main sur l'épaule de Wyatt.

— Beaucoup de choses dépendent de ta réponse. Mais je pense que tu le savais déjà. En ce moment, tu essaies de décider quoi dire et, évidemment, tu cherches à deviner ce qu'on veut entendre. Cesse. Contente-toi de la vérité. Au moins, comme ça, si tu te trompes, tu ne seras pas mort à cause d'un mensonge.

Wyatt acquiesça. Il ferma de nouveau les yeux, prit une profonde inspiration et répondit :

— Je l'ai achetée à un homme nommé Ambrose.

— Ambrose Moore ? demanda l'assassin.

— Oui.

Wyatt attendit mais rien ne se produisit. Il ouvrit les yeux. La dague avait disparu et le mercenaire aux trois lames lui souriait.

— Je ne sais pas combien cette petite t'a coûté, mais c'est le meilleur investissement que tu aies fait de ta vie.

— Vous n'allez pas me tuer ?

— Pas aujourd'hui. Tu nous dois toujours cent tenents d'or, pour que cette affaire soit réglée, lui annonça froidement l'homme encapuchonné.

— Je… je ne les ai pas.

— Trouve-les.

La ruelle fut soudain inondée de lumière quand la porte de la demeure de Wyatt s'ouvrit avec fracas, laissant passer Elden au pas de charge. Il tenait une gigantesque hache à double tranchant qu'il dressait au-dessus de sa tête, en courant vers le petit groupe d'un air décidé.

Le mercenaire tira rapidement deux de ses trois armes.

— Elden, non ! cria Wyatt. Ils ne vont pas me tuer ! Arrête-toi !

L'homme se figea, la hache toujours dressée, le regard glissant d'un voleur à l'autre.

— Ils me laissent partir, assura Wyatt avant de se tourner vers les deux assassins. C'est bien cela ?

L'homme à la capuche acquiesça.

— Paie ta dette.

Tandis que les deux associés s'éloignaient, Elden rejoignit Wyatt, et Allie accourut pour le serrer dans ses bras. Ils rentrèrent tous trois en se glissant par la porte toujours ouverte. Elden jeta encore un long regard derrière lui, puis ferma.

— Tu as vu la taille de ce gars ? demanda Hadrian à Royce sans cesser de jeter derrière lui des regards furtifs pour vérifier que le colosse ne leur avait pas emboîté le pas. Je n'ai jamais vu un type aussi grand. Il doit faire plus de deux mètres, et ce cou, ces épaules, cette hache ! Il faudrait deux guerriers comme moi rien que pour la soulever. Il n'est peut-être pas humain, il pourrait appartenir à la race des géants ou des trolls. Certains jurent qu'ils existent. J'ai même rencontré des gens qui disent en avoir vu de leurs propres yeux.

Royce regarda son ami et afficha une moue dubitative.

— À mon avis, il s'agissait surtout d'ivrognes croisés dans un bar, mais ça ne veut pas dire que c'est impossible. Demande à Myron, il sera de mon avis.

Tous deux se dirigeaient au nord, vers le pont de Langdon. L'endroit était calme. Dans la respectable région des collines de Colnora, les habitants étaient plus enclins à dormir la nuit qu'à mener grand train dans les tavernes. C'était le fief des marchands influents, des hommes d'affaires puissants qui possédaient des demeures plus vastes que bien des palais de la noblesse.

Colnora avait d'abord été un simple lieu de repos, au croisement des routes commerciales vers Wesbaden et Aquesta. À l'origine, un fermier nommé Hollenbeck et sa femme ravitaillaient en eau les caravanes et proposaient leur grange pour accueillir les commerçants de passage, en échange de marchandises et de ragots. Hollenbeck avait un goût très sûr et choisissait toujours de manière avisée le meilleur des biens qu'on lui offrait.

Sa ferme devint rapidement une auberge et Hollenbeck bâtit une boutique et un entrepôt, afin de vendre aux voyageurs de passage ce qu'il avait reçu en paiement. Les marchands, privés de ce commerce privilégié, achetèrent des terrains près de sa ferme et ouvrirent leurs propres échoppes, tavernes et relais. La ferme devint un village, puis une ville, mais les caravanes préféraient toujours s'arrêter chez Hollenbeck. D'après la légende, cette affection était inspirée par son épouse, une femme merveilleuse qui était non seulement d'une beauté remarquable, mais savait aussi chanter et jouer de la mandoline. Elle avait la réputation de cuisiner les plus exquises tourtes qui soient, aux pêches, aux myrtilles et aux pommes. Des siècles plus tard, personne ne connaissait plus l'emplacement original de la ferme d'Hollenbeck, et peu se rappelaient son existence, mais le souvenir du prénom de sa femme restait vivace : Colnora.

Au fil des ans, la ville prospéra et devint l'une des plus grandes cités d'Avryn. Les promeneurs y trouvaient des vêtements à la dernière mode, des bijoux d'un raffinement exquis et la plus grande variété d'épices exotiques dans des centaines d'échoppes et de marchés. La cité rassemblait également bon nombre des meilleurs artisans et ses auberges et tavernes, réputées dans tout le pays, faisaient sa fierté. Des amuseurs en tous genres s'y réunissaient de longue date et avaient réussi à convaincre Cosmos DeLur, résident le plus riche de la ville et mécène réputé des arts, de financer la construction du théâtre DeLur.

Royce et Hadrian traversaient le quartier lorsqu'ils s'arrêtèrent brusquement devant le grand tableau peint qui ornait la façade du bâtiment. Il représentait deux hommes escaladant les murs d'une tour de château. Les deux associés lurent le titre de la pièce :

« *La Conspiration de la Couronne*

Comment un jeune prince et deux voleurs
sauvèrent le royaume
En représentation tous les soirs »

Royce leva un sourcil et son ami se passa la langue sur les dents. Ils échangèrent un regard mais aucun ne dit mot et ils reprirent leur route.

Ils quittèrent le quartier des collines et se dirigèrent vers la rue du Pont, où le terrain s'inclinait vers le fleuve. Ils dépassèrent des rangées d'entrepôts, de gigantesques bâtiments affichant des insignes commerciaux aussi fièrement que s'il s'agissait d'armoiries royales. Ce n'était parfois que des initiales, souvent apposées par de nouveaux marchands à l'ego démesuré. D'autres étaient des marques connues, comme la tête de sanglier de l'entreprise Bocant, un empire fondé sur le commerce du porc, ou le diamant, symbole des entreprises DeLur.

— Tu es conscient qu'il n'arrivera jamais à nous payer les cent tenents ? demanda Hadrian.

— Je ne voulais pas qu'il ait l'impression de s'en tirer facilement.

— Tu ne voulais surtout pas qu'il croie que Royce Melborn avait faibli devant les larmes d'une petite fille.

— Ce n'était pas n'importe quelle fille, et puis il l'a sauvée d'Ambrose Moor. Rien que pour cela, il méritait d'être épargné.

— Il y a quelque chose que je ne comprends pas. Comment Ambrose peut-il être encore en vie ?

— Je suppose que je suis parti sur une mauvaise piste, répliqua Royce d'un ton qui laissait entendre qu'il ne voulait pas s'étendre sur le sujet, ce qu'Hadrian comprit aussitôt.

Des trois ponts principaux de la ville, le Langdon était le plus décoré. Il était en pierre taillée, et de grands réverbères en forme de cygnes espacés d'un mètre lui donnaient un air de fête lorsqu'ils étaient allumés. Mais à cette heure, sans éclairage particulier, la pierre était humide et semblait glissante et dangereuse.

— Au moins, nous n'avons pas passé tout un mois à chercher DeWitt pour rien, reprit Hadrian d'un ton sarcastique tandis qu'ils traversaient le pont. J'aurais cru…

Royce s'arrêta et leva brusquement la main. Les deux hommes regardèrent autour d'eux et tirèrent leurs armes sans un mot, avant de se placer dos à dos. Tout semblait normal. Le seul son audible était le rugissement de l'eau tumultueuse qui bouillonnait sous eux.

— Impressionnant, Brunissoir, commenta un homme à l'intention de Royce, tandis qu'il surgissait de derrière un réverbère.

Il avait la peau pâle, le corps élancé et si maigre qu'il flottait dans son pantalon et sa chemise. Il ressemblait à un cadavre qu'on aurait oublié d'enterrer.

Hadrian remarqua que trois autres hommes se tenaient derrière son comparse et lui. Ils avaient la même allure, fins et musclés, portant des vêtements sombres. Ils les encerclaient comme une meute de loups.

— Qu'est-ce qui nous a trahis ? demanda le premier.

— Je pense que c'était ton souffle, mais je n'écarterais pas complètement l'idée de ton odeur corporelle prononcée, répliqua Hadrian avec un sourire narquois, tout en analysant les positions, mouvements et regards de leurs ennemis.

— Fais gaffe à ce que tu dis, gamin, menaça le plus grand des quatre.

— Qu'est-ce qui nous vaut cette visite, La Cote ? demanda Royce.

— C'est drôle, j'allais te poser la même question, répondit l'homme maigre. C'est notre ville après tout, pas la tienne, enfin plus maintenant.

— Le Diamant Noir ? s'enquit Hadrian.

Royce hocha la tête.

— Et tu dois être Hadrian Blackwater, remarqua La Cote. J'aurais cru que tu serais plus grand.

— Et vous êtes un Diamant Noir. J'aurais cru que vous seriez plus nombreux.

La Cote sourit, soutenant le regard du mercenaire assez longtemps pour suggérer une menace, puis se tourna de nouveau vers Royce.

— Alors, qu'est-ce que tu fais ici, Brunissoir ?

— Je ne fais que passer.

— Vraiment ? T'es pas là pour affaires ?

— Rien qui pourrait t'intéresser.

— Ah ! mais c'est là que tu te trompes.

La Cote s'écarta de la lampe en forme de cygne et se mit à tourner autour du duo en parlant. Le vent qui soufflait sur le fleuve faisait claquer sa chemise comme un drapeau sur un mât.

— Le Diamant Noir s'intéresse à tout ce qui se passe à Colnora, surtout si ça te concerne, Brunissoir.

Hadrian se pencha vers son complice et demanda :

— Pourquoi est-ce qu'il t'appelle tout le temps Brunissoir ?

— C'était mon nom de guilde, répondit Royce.

— Lui, c'était un Diamant Noir ? demanda le plus juvénile des quatre bandits.

Il avait des joues rondes toutes rouges et tachetées, et une bouche étroite ornée d'une moustache et d'un bouc.

— Oh, oui, La Pointe, il l'était. Tu n'as jamais entendu parler de Brunissoir ? La Pointe est nouveau dans la guilde, il n'est là que depuis… six mois ? Eh bien vois-tu, Brunissoir était non seulement un Diamant Noir, mais c'était un officier, un nettoyeur, et l'un des plus célèbres membres de toute l'histoire de la guilde.

— Nettoyeur ? demanda Hadrian.

— Assassin, expliqua Royce.

— C'est une légende, celui-là, continua La Cote qui parcourait le pont de pierre de long en large en évitant soigneusement les flaques. L'étoile montante de son époque, il a gravi les échelons si vite que cela en a énervé plus d'un.

— C'est drôle, releva Royce, dans mon souvenir, il n'y en avait qu'un seul à s'énerver.

— Disons que la nervosité d'un premier officier de guilde se répercute sur tous les autres. Tu sais, à cette époque, le Joyau comptait un type nommé Hoyte qui faisait tourner l'affaire. On le considérait surtout comme un emmerdeur de première – c'était un bon voleur et un grand administrateur, mais un emmerdeur quand même. Notre cher Brunissoir a obtenu un soutien conséquent de la part des subalternes et Hoyte s'est mis à craindre qu'il ne cherche à le remplacer. Il a commencé à charger Brunissoir des missions les plus dangereuses, des missions qui tournaient étonnamment mal. Pourtant, notre ami s'en sortait toujours indemne, et ça accentuait son statut de héros. Des rumeurs commençaient à circuler sur un possible traître au sein de la guilde. Plutôt que de s'en inquiéter, Hoyte y a vu une occasion rêvée.

La Cote cessa son petit manège d'orateur et s'arrêta devant Royce.

— Tu vois, en ce temps-là, la guilde disposait de trois nettoyeurs, et ils étaient très bons amis. Jade était la seule femme assassin du Joyau, une véritable beauté qui…

— Tu comptes conclure à un moment donné, La Cote ? coupa Royce.

— Je replace seulement les choses dans leur contexte pour La Pointe, Brunissoir. Tu ne vas pas me refuser une chance d'éduquer mes gamins, si ? (La Cote sourit et reprit sa marche nonchalante, en passant les pouces dans sa ceinture distendue.) J'en étais où ? Ah oui, Jade. Ça s'est passé précisément ici, dit-il en pointant le doigt au-delà du pont. Cet entrepôt vide avec un symbole en forme de trèfle sur le côté. C'est là que Hoyte les a envoyés, pour s'affronter. Les assassins portaient alors des masques, comme aujourd'hui, pour ne pas être reconnus. (La Cote marqua une pause et regarda Royce avec une compassion feinte.) Tu n'avais aucune idée de leur identité avant que tout ne soit fini, pas vrai, Brunissoir ? Ou est-ce que tu as choisi de la tuer quand même en connaissance de cause ?

Royce ne dit rien mais lança à La Cote un regard inquiétant.

— Le dernier nettoyeur s'appelait Bocfil, et on pouvait comprendre qu'il en veuille à Brunissoir, car Jade et lui étaient amants. Le fait que le coupable soit un ami a rendu l'affaire personnelle, et Hoyte était ravi que Bocfil décide de régler le problème.

» Mais Bocfil ne voulait pas la mort de Brunissoir. Il voulait qu'il souffre et a insisté pour prévoir un châtiment plus élaboré et plus douloureux. C'était un grand stratège, il préparait nos cambriolages comme personne. Il a fait en sorte que Brunissoir soit pris par la garde de la ville. Bocfil fit jouer quelques faveurs et distribua un peu d'argent, il mit en place un procès qui envoya Brunissoir tout droit à la prison de Manzant. Un trou d'où personne n'était jamais sorti. On croyait que toute évasion était impossible, mais Brunissoir a tout de même réussi. Tu sais, on se demande encore comment tu as fait, ajouta-t-il en s'interrompant pour laisser Royce répondre.

Mais le voleur garda le silence.

La Cote haussa les épaules.

— Une fois libre, notre ami revint à Colnora. On retrouva d'abord le magistrat qui avait présidé son procès mort dans son lit. Puis les trois faux témoins connurent le même sort lors de la même nuit, et enfin l'avocat les suivit. Très vite, un par un, des membres du Diamant Noir commencèrent à disparaître. Ils étaient retrouvés dans les lieux les plus incongrus : le fleuve, la grand-place de la ville et même le clocher de l'église.

» Après avoir perdu plus de douze membres, le Joyau passa un accord. Il abandonna Hoyte à Brunissoir qui l'obligea à se confesser en public. Puis Brunissoir tua Hoyte et abandonna son corps dans la fontaine de la grand-place – un véritable chef-d'œuvre. Cela mit fin à la guerre, mais les blessures étaient trop profondes pour tout oublier. Brunissoir disparut et ne refit surface que quelques années plus tard, alors au service de la Main Écarlate, sur leur territoire, au nord. Mais tu n'es pas membre, je me trompe ?

— Je ne vois plus vraiment l'intérêt des guildes maintenant, répondit froidement Royce.

— Et lui, c'est qui ? demanda La Pointe en désignant Hadrian. Son serviteur ? Il porte assez d'armes pour tous les deux.

La Cote sourit au jeune bandit.

— Voici Hadrian Blackwater, et à ta place, je ne le montrerais pas du doigt, tu pourrais y perdre le bras.

La Pointe lança un regard sceptique vers Hadrian.

— Quoi ? C'est une espèce de maître escrimeur, c'est ça ?

La Cote gloussa.

— L'épée, la lance, la flèche, le caillou, tout ce qu'il aura sous la main. (Il se tourna vers le mercenaire.) Le Diamant ne te connaît pas beaucoup, mais les rumeurs abondent. On dit que tu as été gladiateur. D'autres prétendent que tu étais le général d'une armée calianne – et que tu as bien réussi, si les histoires sont vraies. Il y a même une légende selon laquelle tu aurais été l'amant esclave d'une exotique reine orientale.

La Pointe et quelques Diamants se mirent à rire.

— Je reconnais que ce petit voyage sur les sentiers du souvenir était hilarant, La Cote, mais as-tu une raison valable pour te mettre en travers de notre route ?

— Tu veux dire à part pour m'amuser ? En plus de te harceler et de te rappeler que cette ville est sous le contrôle du Diamant Noir ? Autre chose que t'informer que les voleurs sans guilde n'ont pas le droit de travailler sur notre territoire et que toi, en particulier, tu n'es pas le bienvenu ?

— Ouais, c'est ce que je voulais dire.

— Eh bien, j'ai effectivement une raison supplémentaire. Il y a une fille qui vous cherche tous les deux.

Royce et Hadrian se regardèrent, surpris.

— Elle parcourt la ville en s'informant sur deux voleurs nommés Hadrian et Royce. Certes, c'est plutôt drôle d'entendre vos noms criés sur la voie publique, mais c'est également embarrassant pour le Diamant Noir de savoir que quelqu'un cherche dans Colnora des voleurs qui ne sont pas membres de la guilde. Des gens pourraient en tirer les mauvaises conclusions sur notre contrôle du territoire.

— Qui est-elle ? demanda Royce.

— Aucune idée.

— Où est-elle ?

— Elle dort sous l'Arche des commerces sur le Grand boulevard. Cela exclut donc qu'elle soit une jeune noble ou la fille d'un riche marchand. Elle voyage seule, je doute qu'elle soit venue pour te tuer ou te faire arrêter. Si tu veux mon avis, elle veut t'engager. Si c'est le genre de cliente que tu attires, je te conseille de trouver un travail plus traditionnel. Il y a bien un élevage de cochons quelque part où tu trouverais une place – au moins ça ne te changerait pas de ta compagnie actuelle.

Le ton et l'expression de La Cote devinrent plus sérieux.

— Trouve-la et fais en sorte qu'elle et vous dégagiez de cette ville avant demain soir. Dépêche-toi. Une fois lavée, elle pourrait être mignonne et rapporter un bon prix, ou au moins offrir quelques minutes de plaisir à quelqu'un. Je crois que la seule raison pour laquelle personne ne l'a encore touchée est qu'elle clame vos noms partout où elle passe. Par ici, Royce Melborn fait encore l'effet d'un croque-mitaine.

La Cote se retourna, prêt à partir, et retrouva son ton moqueur.

— Pour tout dire, c'est dommage que tu ne puisses pas rester ; le théâtre donne un spectacle sur deux voleurs abusés par un client et accusés d'avoir tué le roi de Medford. C'est vaguement inspiré du véritable assassinat d'Amrath, il y a quelques années. (La Cote secoua la tête.) Complètement surréaliste. Tu imagines un voleur aguerri se faire avoir au point d'entrer dans un château pour y voler une épée, tout ça pour épargner un duel à un homme ? Ces auteurs !

La Cote continua à secouer la tête tandis que ses hommes le suivaient, laissant Hadrian et Royce sur le pont, pour gagner les rues de l'autre rive.

— Eh bien, c'était sympathique, commenta Hadrian tandis que le duo revenait sur ses pas en direction des hauteurs et du Grand boulevard. Un petit groupe bien agréable. Je suis un peu déçu qu'on ne nous ait envoyé que quatre hommes.

— Crois-moi, ils étaient bien assez dangereux. La Cote est le Premier officier du Diamant Noir, et les deux silencieux étaient des nettoyeurs. Il y en avait six autres, trois de chaque côté du pont, cachés sous une moulure, juste au cas où. Ils n'ont pris aucun risque avec nous. Cela t'aide à te sentir mieux ?

— Beaucoup, merci, commenta Hadrian en levant les yeux au ciel. Brunissoir, hein ?

— Ne m'appelle pas comme cela, répliqua Royce d'un ton sérieux. Ne m'appelle jamais comme cela.

— T'appeler comment ? demanda innocemment Hadrian.

Royce soupira et lui sourit.

— Accélère, il paraît qu'une cliente nous attend.

Elle se réveilla en sentant une main rude sur sa cuisse.

— Qu'est-ce que t'as dans ta bourse, ma belle ?

Désorientée, la jeune fille se frotta les yeux. Elle était dans le caniveau, sous l'Arche des commerces. Ses cheveux formaient un amas sale, piqué de feuilles et de brindilles, et sa robe ressemblait à un tas de chiffons. Elle serrait contre sa poitrine une petite bourse dont le cordon était passé à son cou. Pour la plupart des passants, elle ne se détachait pas des tas d'ordures repoussés sur le côté de la route, comme une pile de vieux vêtements et de branchages oubliée par des balayeurs distraits. Mais certains s'intéressaient aussi aux amas d'ordures.

La première chose qu'elle découvrit lorsque sa vue s'éclaircit fut le visage sombre et hagard d'un homme, bouche ouverte, accroupi au-dessus d'elle. Elle poussa un petit cri et essaya de se dégager en rampant. Une main lui saisit les cheveux. Des bras puissants la bloquèrent au sol et lui plaquèrent les poignets sur les côtés.

Elle sentit son souffle chaud sur son visage et identifia un relent d'alcool et de fumée. Il extirpa la petite bourse de ses doigts serrés et arracha le lien de son cou.

— Non ! cria-t-elle en libérant une main pour tenter de reprendre son bien. J'en ai besoin.

— Moi aussi, cracha l'homme en repoussant sa main d'un coup sec.

Il soupesa le sac de pièces pour en estimer le contenu, sourit et glissa le tout dans sa poche de poitrine.

— Non ! protesta-t-elle.

Il s'assit sur elle, la clouant au sol, et fit glisser ses doigts le long de son visage, de ses lèvres, jusqu'à son cou. Il lui enserra la gorge et pressa légèrement. Elle hoqueta et lutta pour respirer. Il pressa brutalement les lèvres contre les siennes, si fort qu'elle sentit qu'il lui manquait des dents. Le contact dru de ses moustaches lui égratigna le menton et les joues.

— Chut, murmura-t-il. On ne fait que commencer. Tu dois garder des forces.

Il se redressa sur les genoux et porta les mains aux boutons de son pantalon.

La jeune fille se débattit et le griffa de toutes ses forces. Il lui immobilisa les bras à l'aide de ses genoux et elle se mit à donner des coups de pied dans le vide. Elle hurla. L'homme répondit en la giflant violemment. Le choc l'étourdit et elle garda un regard fixe et vide tandis qu'il retourna à ses boutons. Elle ne ressentit pas tout de suite la douleur, pas entièrement. Mais le feu commençait à lui monter aux joues. À travers ses larmes naissantes, elle voyait l'homme au-dessus d'elle, comme si elle avait assisté à la scène, au loin. Les sons avaient disparu, remplacés par un bourdonnement étouffé. L'homme dit quelque chose, ses lèvres craquelées bougeaient, les tendons de sa gorge, de longs filaments minces s'agitaient, mais la jeune fille n'entendait pas un mot. Elle réussit à libérer un bras, mais l'homme l'attrapa et le glissa de nouveau au sol, hors de vue.

Derrière lui, elle distingua deux silhouettes qui approchaient. Elle eut un soupçon d'espoir et parvint à murmurer :

— Aidez-moi…

L'homme le plus proche tira une épée massive et, la saisissant par la lame, abattit le pommeau sur l'agresseur qui s'écroula dans le caniveau.

L'homme à l'épée s'agenouilla près d'elle. Il n'était qu'une forme vague devant le ciel de charbon, un fantôme dans le noir.

— Puis-je vous prêter assistance, ma dame ? lui proposa-t-on d'une voix pleine de gentillesse.

Sa main trouva celle de son sauveur, qui l'aida à se remettre sur pied.

— Qui êtes-vous ?

— Je me nomme Hadrian Blackwater.

Elle le regarda fixement.

— Vraiment ? parvint-elle à dire, refusant de lâcher sa main.

Sans même s'en rendre compte, elle se mit à pleurer.

— Qu'est-ce que tu lui as fait ? demanda l'autre homme en s'approchant.

— Je… je ne sais pas.

— Tu lui serres trop fort la main ? Lâche-la.

— Ce n'est pas moi qui la tiens. C'est elle.

— Je suis désolée. Je suis désolée. (La voix de la jeune fille tremblait.) Je pensais que je ne vous trouverais jamais.

— Ah, d'accord. Eh bien, c'est fait. (Hadrian lui sourit.) Et mon associé ici présent est Royce Melborn.

La jeune fille étouffa une exclamation et se jeta au cou du voleur, le serrant dans ses bras avec emportement, pleurant de plus belle. Royce resta immobile, raide et mal à l'aise tandis qu'Hadrian détachait doucement la jeune fille de son ami.

— Eh bien, j'ai l'impression que vous êtes contente de nous voir, c'est une bonne chose, lui dit Hadrian. Mais qui êtes-vous ?

— Je suis Thrace Wood, du village de Dahlgren.

Elle souriait. Visiblement, elle ne pouvait pas s'en empêcher.

— Je vous cherche depuis très longtemps.

Elle chancela.

— Vous allez bien ? demanda le mercenaire.

— J'ai un peu le tournis.

— Quand est-ce que vous avez mangé pour la dernière fois ?

Thrace réfléchit et son regard alla de gauche à droite tandis qu'elle essayait de se rappeler.

— Peu importe, éluda Hadrian en se tournant vers Royce. Tu as vécu ici. Une idée d'un endroit où on pourrait aider une jeune fille au milieu de la nuit ?

— Dommage que nous ne soyons pas à Medford. Gwen serait fabuleuse pour ce genre de choses.

— Eh bien, il n'y a pas de maison close ici ? Après tout, il s'agit de la capitale commerciale de ce monde. Ne me dis pas qu'on ne vend pas *ça*.

— Ouais, il y en a une pas trop mal dans la rue du Sud.

— D'accord. Thrace, c'est ça ? Venez avec nous, on va essayer de trouver où vous laver et peut-être de quoi vous remplir un peu l'estomac.

— Attendez.

Elle s'agenouilla près de l'homme inconscient et récupéra sa bourse dans sa poche.

— Il est mort ? demanda-t-elle.

— J'en doute. Je n'ai pas frappé si fort.

La jeune fille se leva mais un vertige la prit et sa vision s'obscurcit. Elle vacilla un instant comme une ivrogne, chancela et finit par s'effondrer. Elle ne revint à elle que brièvement et sentit des bras la soulever avec délicatesse. Derrière un bourdonnement sourd, elle distingua un gloussement.

— Qu'est-ce qu'il y a de drôle ? entendit-elle demander.

— Je pense que c'est la première fois que quelqu'un se rend dans un bordel en y amenant sa propre femme.

2

Thrace

— Elle est pure comme une pièce de cuivre toute neuve, cette petite, remarqua Clarisse tandis que Riyria et elle regardaient, depuis le pas de la porte, Thrace qui attendait dans le petit salon.

Clarisse était une femme aux formes généreuses, aux joues roses et aux doigts courts et grassouillets, habitués à jouer avec les plis de sa jupe. Aidée par les filles de la maison de la Croupe Hardie, elle avait fait des merveilles. Thrace portait une robe neuve. Elle était modeste et simple, une robe de lin brun et un sarrau blanc, complétés par un corsage empesé brun. L'ensemble était cependant bien plus charmant que les guenilles avec lesquelles elle était arrivée. On reconnaissait à peine la va-nu-pieds de la nuit précédente. Les femmes lui avaient non seulement offert un lit où dormir, mais elles l'avaient aussi lavée, peignée et nourrie. Ses lèvres et ses yeux étaient même peints et le résultat était saisissant. C'était une jeune beauté aux yeux bleus étonnants et aux cheveux d'or.

— La pauvre était dans un état terrible quand vous l'avez amenée. Vous l'avez trouvée où ? demanda Clarisse.

— Sous l'Arche des commerces, répondit Hadrian.

— Pauvre petite, reprit la matrone en secouant tristement la tête. Vous savez, si elle a besoin d'un toit, je suis sûre qu'on pourrait lui trouver du travail. Elle aurait un lit où dormir, trois repas par jour, et avec cette allure, elle s'en sortirait très bien.

— Quelque chose me dit que ce n'est pas une prostituée, répondit Hadrian.

— Aucune de nous ne l'est vraiment, mon chéri. Jusqu'au jour où on se retrouve à dormir sous l'Arche des commerces. Vous auriez dû la voir au petit déjeuner. Elle mangeait comme un chien affamé. Mais elle n'a rien touché avant d'être convaincue que tout était gratuit, offert par la chambre de commerce aux visiteurs de la ville, en cadeau de bienvenue. C'est Maggie qui a inventé cette histoire. Celle-là, elle est impayable. Ce qui me fait penser, pour la chambre, la robe, la nourriture et le nettoyage, ça fera soixante-cinq monnaies d'argent. Le maquillage est gratuit, c'est Delia qui voulait voir ce que ça donnait sur elle parce que la petite avait dit n'en avoir jamais porté.

Royce lui tendit un tenent d'or.

— Eh bien, eh bien, tous les deux, vous devriez passer plus souvent, et la prochaine fois sans amener de fille, hein ? (Elle cligna de l'œil.) Mais sérieusement, quelle est l'histoire de cette petite ?

— On n'en sait pas plus, répondit Hadrian.

— Mais je pense qu'il est temps d'apprendre le reste, ajouta Royce.

Le bordel de la Croupe Hardie était loin d'être aussi beau que la Maison de Medford, que connaissaient Royce et Hadrian. On y trouvait des rideaux rouges voyants, des meubles délabrés, des abat-jour roses et des douzaines de coussins. Tout était garni de pompons et de franges, depuis les tapis usés jusqu'à la tapisserie qui ornait le haut des murs. L'ensemble était vieux, défraîchi et passé, mais au moins c'était propre.

Le petit salon était une pièce ovale juste à côté de l'entrée principale et comprenait deux baies vitrées qui surplombaient la rue. On y trouvait deux causeuses, quelques tables couvertes de figurines en céramique, et une petite cheminée. Thrace attendait, assise sur l'un des canapés, jetant des regards effrayés autour d'elle, comme un lapin à découvert dans un champ. Lorsque les deux hommes entrèrent, elle bondit de son siège, s'agenouilla et baissa la tête.

— Eh ! Faites attention, c'est une robe neuve, plaisanta Hadrian en souriant.

— Oh !

Elle se remit maladroitement debout en rougissant, fit la révérence et baissa de nouveau la tête.

— Qu'est-ce qu'elle fait ? murmura Royce à Hadrian.

— Je ne suis pas sûr, chuchota son ami.

— J'essaie de vous témoigner le respect qui vous est dû, mes seigneurs, souffla-t-elle, la tête basse. Je suis désolée si je n'y parviens pas correctement.

Royce leva les yeux au ciel et Hadrian se mit à rire.

— Pourquoi est-ce que vous chuchotez ? lui demanda-t-il.

— Parce que vous le faisiez.

Hadrian gloussa.

— Désolé, Thrace – vous vous appelez bien Thrace ?

— Oui, Mon Seigneur, Thrace Annabell Wood, du village de Dahlgren, reprit-elle en faisant une nouvelle révérence maladroite.

— D'accord, eh bien… Thrace, continua Hadrian en faisant de son mieux pour garder un visage sérieux, Royce et moi ne sommes pas des seigneurs, il n'y a donc pas besoin de baisser la tête ou de vous incliner.

La jeune fille releva la tête.

— Vous m'avez sauvé la vie, répliqua-t-elle d'un ton si solennel qu'Hadrian cessa de rire. Je garde peu de souvenirs de la nuit dernière, mais cela, je ne l'oublie pas. C'est pourquoi vous avez toute ma gratitude.

— Je me contenterai d'une explication, dit Royce en se dirigeant vers les fenêtres pour en tirer les rideaux. Redressez-vous, par Maribor, avant qu'un balayeur ne vous voie, ne nous prenne pour des nobles et ne diffuse notre signalement. Nous marchons déjà sur des œufs. N'en rajoutons pas.

Elle se redressa et Hadrian ne put s'empêcher de la dévisager. Ses longs cheveux blonds, débarrassés des brindilles et des feuilles, brillaient en vagues amples sur ses épaules. C'était une beauté juvénile et Hadrian songea qu'elle ne devait pas avoir plus de dix-sept ans.

— Alors, pourquoi nous cherchiez-vous ? demanda Royce en tirant le dernier rideau.

— Pour vous charger de sauver mon père, dit-elle en défaisant la bourse à son cou, avant de la tendre en souriant. Voici. J'ai vingt-cinq tenents d'argent. Du bon argent, frappé de la couronne de Dunmore.

Royce et Hadrian échangèrent un regard.

— Ce n'est pas assez ? demanda-t-elle, et ses lèvres se mirent à trembler.

— Combien de temps vous a-t-il fallu pour rassembler cet argent ? demanda Hadrian.

— Toute ma vie. J'ai économisé chaque pièce de cuivre reçue ou gagnée. C'était ma dot.

— Votre dot ?

Elle baissa les yeux et regarda ses pieds.

— Mon père est un pauvre fermier. Il ne pourrait pas… J'ai décidé d'économiser moi-même. Ce n'est pas suffisant, n'est-ce pas ? Je n'en avais pas conscience. Je viens d'un tout petit village. Je pensais que cela représentait beaucoup d'argent ; tout le monde le disait, mais… (Elle embrassa d'un regard les vieilles causeuses et les rideaux aux couleurs passées.) Nous n'avons pas de tels palaces chez nous.

— Eh bien, vraiment, nous ne pouvons pas… commença Royce avec son habituel ton insensible.

— Ce que veut dire Royce, coupa Hadrian, c'est qu'on ne sait pas encore. Tout dépend de ce que vous attendez de nous.

Thrace leva des yeux pleins d'espoir.

Royce se contenta de jeter un regard terrible à son complice.

— Eh bien, c'est vrai, non ? protesta Hadrian en haussant les épaules. Alors, Thrace, vous voudriez qu'on sauve votre père. A-t-il été enlevé ou quelque chose de ce genre ?

— Oh, non, rien de tel. Autant que je sache, il va bien. Mais j'ai passé beaucoup de temps à vous chercher. Alors je n'en suis plus certaine.

— Je ne comprends pas. Que voulez-vous qu'on fasse ?

— J'aimerais que vous ouvriez une serrure pour moi.

— Une serrure ? Où ?

— Sur une tour.

— Vous voulez qu'on s'introduise dans une tour ?

— Non, je veux dire… Enfin, si, mais ce n'est pas comme… Ce n'est pas illégal. La tour est inoccupée ; elle est abandonnée depuis des années. Du moins, je crois.

— Alors vous voulez qu'on ouvre la porte d'une tour vide ?

— Oui, dit-elle en hochant la tête si vigoureusement que ses cheveux s'agitèrent.

— Ça n'a pas l'air trop difficile, dit Hadrian en regardant Royce.

— Où se tient cette tour ? demanda le voleur.

— Près de mon village, sur la rive ouest du fleuve Nidwalden. Dahlgren est très petit et n'est établi que depuis peu. Il est situé dans la nouvelle province de la Rive Ouest, à Dunmore.

— J'ai entendu parler de cet endroit. On dit qu'il subit les attaques de maraudeurs elfes.

— Oh, ce ne sont pas les elfes. Ils ne nous ont jamais causé le moindre problème.

— Je m'en doutais, déclara Royce sans s'adresser à quelqu'un en particulier.

— En tout cas je ne pense pas, continua Thrace. Nous pensons que ces dégâts sont causés par une sorte de bête.

Personne ne l'a jamais vue. Le diacre Tomas dit que c'est un démon, serviteur d'Uberlin.

— Et votre père ? demanda Hadrian. Quel rapport a-t-il avec tout cela ?

— Il veut aller tuer la bête, mais…

Sa voix s'éteignit et elle regarda de nouveau ses pieds.

— Mais vous pensez que c'est elle qui le tuera ?

— Elle a déjà massacré quinze personnes et plus de quatre-vingts têtes de bétail.

Une jeune femme au visage couvert de taches de rousseur et aux cheveux roux ébouriffés entra dans le petit salon, entraînant un petit homme rondouillard qui semblait s'être rasé pour l'occasion, à en juger par les nombreuses entailles sur son visage. La femme riait et avançait à reculons en le tirant vers elle des deux mains. L'homme s'arrêta net en découvrant le petit groupe. Il lâcha les mains de la femme et elle tomba sur le plancher de bois dans un bruit sourd. L'homme contempla la prostituée, les deux voleurs puis Thrace, pétrifié. La prostituée regarda derrière elle et se mit à rire.

— Oups, se contenta-t-elle de dire. Je ne savais pas que c'était pris. Donne-moi la main, Rubis.

L'homme l'aida à se relever. Elle s'arrêta et lança un regard appréciateur à Thrace, avant d'adresser un clin d'œil au duo.

— On fait du bon travail, non ?

— C'était Maggie, dit Thrace lorsque la prostituée eut entraîné son client hors de la pièce.

Hadrian se dirigea vers la causeuse et fit signe à Thrace de s'installer. Elle s'assit avec précaution, très droite, prenant garde à ne pas toucher le dossier du canapé, tout en lissant soigneusement sa jupe.

Royce resta debout.

— La province de la Rive Ouest n'a-t-elle pas de seigneur ? Pourquoi ne fait-il rien ?

— Nous avions un aimable marquis, dit-elle, un brave homme avec trois vaillants chevaliers.

— « Avions » ?

— Ses hommes et lui sont partis combattre la bête un soir. Ensuite, nous n'avons retrouvé que des morceaux d'armures et quelques restes…

— Pourquoi ne pas partir, tout simplement ? interrogea Royce.

Thrace baissa la tête et ses épaules s'affaissèrent légèrement.

— Deux nuits avant que je ne vienne ici, la bête a massacré toute ma famille, à part mon père et moi. Nous n'étions pas à la maison. Mon père avait travaillé tard dans les champs et j'étais partie le chercher. Je… J'ai accidentellement laissé la porte ouverte. La lumière attirant la chose, elle est venue directement chez nous. Mon frère Thad, sa femme et leur fils ont été tués tous les trois.

» Thad… Il était la fierté de mon père. C'est d'abord pour lui que nous nous sommes installés à Dahlgren, pour qu'il puisse devenir le premier tonnelier de la ville. (Ses yeux s'emplirent de larmes.) Maintenant, ils ont tous disparu et mon père n'a plus rien, hormis son chagrin et la bête qui lui a causé tant de peine. Il veut la tuer, même s'il doit en mourir, avant la fin du mois. Si seulement j'avais fermé la porte. Si j'avais vérifié le loquet…

Elle se cacha le visage, et son corps frêle fut secoué de sanglots. Royce adressa un regard sévère à Hadrian et secoua discrètement la tête, formant nettement le mot « non » du bout des lèvres.

Hadrian lui lança un regard noir. Il posa une main sur l'épaule de la jeune fille et dégagea les cheveux qui lui cachaient la vue.

— Vous allez gâcher votre joli maquillage, dit-il.

— Je suis désolée. Je ne veux pas être un poids pour vous. Ce ne sont pas vos problèmes. Mais mon père est tout ce qui me reste et je ne supporte pas l'idée de le perdre aussi. Je n'arrive pas à le raisonner. Je lui ai demandé de partir, mais il n'écoute pas.

— Je comprends votre problème, mais pourquoi vous adresser à nous ? demanda froidement Royce. Comment une fille de fermier de la frontière connaît-elle nos noms et le moyen de nous trouver à Colnora ?

— Un infirme m'a renseignée et m'a envoyée ici. Il a dit que vous sauriez ouvrir la tour.

— Un infirme ?

— Oui. Monsieur Haddon m'a appris que la bête ne pouvait…

— Monsieur Haddon ? l'interrompit Royce.

— Mmh, mmh.

— Ce monsieur Haddon… Il ne lui manquerait pas ses mains, par hasard ?

— Oui, c'est lui.

Royce et Hadrian échangèrent un regard.

— Qu'a-t-il dit exactement ?

— Il a dit que la bête ne pouvait pas être blessée par une arme fabriquée par l'homme, mais qu'Avempartha renfermait une épée capable de la tuer.

— Donc, un homme sans mains vous a dit de venir nous chercher à Colnora, et de nous employer pour récupérer une épée destinée à votre père, cachée dans une tour appelée Avempartha ? résuma Royce.

Hadrian regarda son associé.

— Ne me dis pas… que c'est une tour faite par les nains ?

— Non… répondit Royce. C'est un édifice elfique.

Il se détourna d'un air songeur.

Hadrian s'intéressa de nouveau à la jeune fille. Il se sentait mal. Non seulement son village était très éloigné, mais il s'agissait d'une tour elfique. Même si elle avait offert cent tenents d'or, il serait difficile de convaincre Royce d'accepter un tel travail. Elle était si désespérée, elle avait tellement besoin d'aide. Il sentit son estomac se nouer en réfléchissant à ce qu'il allait dire ensuite.

— Eh bien, commença Hadrian à regret, le fleuve Nidwalden est à plusieurs jours de voyage sur un mauvais terrain. Il nous faudra des provisions pour un trajet de quoi ? six, sept jours ? Ça représente deux semaines aller-retour. Il faudra de la nourriture et du grain pour les chevaux. Puis il faut prendre en compte le temps passé dans la tour. Pendant cette durée, on pourrait faire d'autres missions, alors il y a bien un manque à gagner. Il faut considérer aussi le danger que cela implique. Des problèmes de toutes sortes peuvent faire monter les prix, et les bêtes démoniaques invisibles qui commettent des meurtres en masse et ne peuvent être blessées par nos armes sont définitivement classées comme un facteur à risques.

Hadrian regarda Thrace dans les yeux et secoua la tête.

— J'ai le regret de vous le dire, je suis réellement désolé, mais nous ne pouvons pas accepter…

— Votre argent, intervint brusquement Royce en se retournant. C'est une trop grosse somme. Nous ne pouvons accepter les vingt-cinq monnaies d'argent pour ce travail… Dix me paraissent plus que suffisantes.

Hadrian leva un sourcil et regarda fixement son associé, sans protester.

— Dix pièces d'argent chacun ? demanda la jeune fille.

— Heu, non, répondit Hadrian sans détacher son regard de Royce. Ça serait pour nous deux. Pas vrai ? Cinq chacun ?

Royce haussa les épaules.

— C'est moi qui aurai pour tâche de forcer l'entrée, concrètement, donc je pense qu'une part de six pièces devrait me revenir, mais nous pouvons en discuter tous les deux. Cette question ne la concerne pas.

— Vraiment ?

Thrace semblait sur le point d'exploser de joie.

— Bien sûr, répondit Royce. Après tout… nous ne sommes pas des voleurs.

— Tu m'expliques pourquoi on a accepté ce travail ? demanda Hadrian en se protégeant les yeux, lorsque le duo sortit dans la rue.

Le ciel était d'un bleu parfait et le soleil matinal s'évertuait déjà à sécher les dernières flaques de la nuit précédente. Autour d'eux, la foule se pressait vers le marché. Des charrettes remplies de légumes printaniers et de tonneaux bâchés étaient bloquées derrière trois chariots chargés de hauts monticules de foin. En retrait de la cohue, devant les deux voleurs, un homme rondelet avançait au pas de charge, en serrant fermement sous chaque bras un poulet agité. Il louvoyait entre les flaques, évitait les passants et marmonnait des excuses distraites en passant.

— Elle nous paie dix pièces d'argent un travail qui nous a déjà coûté un tenent d'or, continua Hadrian après avoir évité avec succès l'homme aux poulets. Et il nous en coûtera plusieurs autres avant la fin de cette mission.

— Nous ne le faisons pas pour l'argent, l'informa Royce tandis qu'il se frayait lui aussi un passage dans la foule.

— De toute évidence, mais alors pourquoi ? Je veux dire, évidemment, elle est jolie comme un cœur et tout le reste, mais, à moins que tu aies prévu de la vendre, je ne vois pas où ça nous mène.

Royce tourna la tête et gratifia le mercenaire d'un sourire diabolique.

— Je n'avais même pas pensé à la vendre. Cela nous permettrait de rentrer largement dans nos frais.

— Oublie ce que j'ai dit. Explique-moi seulement pourquoi on le fait.

Royce les guida hors de la cohue, vers la boutique de curiosités d'Ognoton dont la vitrine exposait des narguilés, des animaux en porcelaine et des boîtes à bijoux aux charnières de cuivre. Les deux hommes tournèrent sur le côté de l'échoppe, dans un couloir étroit en briques, entre le magasin et un confiseur qui proposait de goûter gratuitement ses berlingots.

— Ne me dis pas que tu ne t'es jamais demandé ce que devenait Esrahaddon, murmura Royce. Ce magicien est resté emprisonné pendant neuf cents ans et il disparaît le jour où on le libère, après quoi, nous n'entendons plus parler de lui jusqu'à aujourd'hui ? L'Église doit être au courant de sa fuite, et pourtant, les impérialistes n'ont lancé aucune recherche ni diffusé d'avis. J'aurais pensé que l'évasion de l'homme le plus dangereux de ce monde aurait causé un peu plus de remue-ménage.

» Et voilà que deux ans plus tard, il resurgit dans un village minuscule pour nous inviter à lui rendre une petite visite. Et en plus, il choisit la frontière elfique et Avempartha comme lieu de rencontre. Tu n'as pas envie de savoir ce qu'il veut ?

— C'est quoi, cette Avempartha ?

— Tout ce que je sais, c'est qu'elle est vieille. Vraiment ancienne. C'est une sorte d'antique citadelle elfique. Ce qui amène une nouvelle question, n'as-tu pas envie d'y jeter un coup d'œil ? Si Esrahaddon pense qu'il y a quelque chose à gagner en ouvrant la porte de cette tour, je suis prêt à le croire.

— Alors on part en quête d'un antique trésor elfique ?

— Aucune idée, mais je suis certain qu'il y a quelque chose de valeur là-bas. Mais pour cela, il nous faut du matériel, et nous devons aussi quitter la ville avant que La Cote ne lâche les chiens.

— Ma foi, du moment que tu promets de ne pas vendre cette fille…

— Mais non… Pas tant qu'elle se tient tranquille.

Hadrian sentit que Thrace se penchait de nouveau, cette fois pour regarder une maison de campagne à étage faite de stuc et de pierre, avec un toit de chaume jaune et une cheminée de terre orange. La propriété était entourée d'un mur à hauteur de taille couvert de lilas et de lierre.

— Que c'est joli, murmura-t-elle.

L'après-midi commençait et le petit groupe n'était qu'à quelques kilomètres de Colnora, sur la route d'Alburn, vers l'est. La route serpentait dans l'amoncellement de petits villages qui constituaient la région des collines autour de la ville. Dans les petits hameaux, de pauvres fermiers travaillaient leurs terres près des propriétés de riches oisifs qui se faisaient passer, trois mois par an, pour des châtelains de campagne. Royce chevauchait près de son comparse ou trottait devant, selon la place disponible. Il portait son capuchon malgré le beau temps. Thrace montait derrière Hadrian, sur sa jument baie, en amazone, son corps secoué au rythme des foulées de l'animal.

— C'est un autre monde ici, dit-elle. Un paradis. Tout le monde est riche. Tous les hommes sont rois.

— Colnora est florissante, mais je n'irais pas jusqu'à affirmer que c'est le paradis sur terre.

— Alors comment expliquez-vous ces maisons gigantesques ? Les charrettes attelées ont des roues bordées de métal. Les étals de légumes débordent de boisseaux d'oignons et de petits pois. À Dahlgren, nous n'avons que des chemins de terre et la moindre pluie les rend impraticables, mais ici, vous avez des routes si larges, et même le nom des rues sur des panneaux. Là-bas, j'ai vu un fermier avec des gants, et il les portait pendant qu'il travaillait. À Dahlgren, même le diacre ne possède pas de jolis gants, et il ne les porterait certainement pas pour travailler si c'était le cas. Vous êtes tous si riches.

— Certains d'entre nous.

— Comme vous deux.

Hadrian rit.

— Vous avez de beaux vêtements et des chevaux magnifiques.

— Ce n'est pas une monture si extraordinaire que ça.

— Personne à Dahlgren, à part le seigneur et ses chevaliers, ne possède de chevaux, et les vôtres sont si beaux. J'aime surtout leurs yeux, avec des cils tellement longs. Comment s'appelle cette jument ?

— Je l'ai appelée Millie en souvenir d'une femme que j'ai connue et qui avait la même habitude de ne jamais m'écouter.

— Millie est un joli nom. J'aime bien. Et le cheval de Royce ?

Hadrian fronça les sourcils et regarda son associé.

— Je ne sais pas. Royce, tu lui as donné un nom ?

— Pour quoi faire ?

Hadrian se retourna vers Thrace qui le foudroya du regard, scandalisée.

— Pourquoi pas… (Elle s'interrompit, se tordant et se tournant pour étudier le bord de la route.) Lilas, ou Marguerite ? Non, attendez, que pensez-vous de Chrysanthème ?

— *Chrysanthème* ? répéta Hadrian.

Bien que l'idée de voir Royce chevaucher une Lilas ou une Marguerite fût hilarante, il devait bien admettre que les noms de fleurs n'allaient pas à la jument grise, sale et petite.

— Et Courtaude ou Charbonneuse ?

— Non ! le gronda Thrace. Imaginez comment se sentirait la pauvre bête !

Hadrian gloussa. Royce ignorait la conversation. Il fit claquer sa langue, éperonna les flancs du cheval et trotta en avant pour éviter une charrette qui approchait, sans revenir à sa place une fois la route dégagée.

— Et pourquoi pas Dame ? demanda Thrace.

— C'est un peu prétentieux, non ? Ce n'est pas vraiment un fier cheval de parade.

— Eh bien cela l'aiderait à se sentir mieux. Ça lui donnerait de l'assurance.

Ils approchaient d'un ruisseau. Le chèvrefeuille et les framboisiers couronnaient de nuances printanières étincelantes les rives de granit poli. Sur le bord, la grande roue d'un moulin à blé craquait et s'égouttait. Sur la pierre, deux petites fenêtres carrées, semblables à des yeux sombres, formaient comme un visage sous le toit de bois pointu. Un mur bas séparait le moulin de la route, et un chat gris et blanc y dormait. Il ouvrit paresseusement ses yeux verts et cligna des paupières en regardant le trio. Lorsque le chat considéra qu'ils étaient suffisamment proches, il sauta du muret et traversa la route en un éclair pour disparaître dans les fourrés.

Le cheval de Royce hennit et se cabra, dansant dans la poussière. Tandis que l'animal reculait, le voleur jura et tira sur les rênes pour obliger la jument à baisser la tête et à se retourner.

— Ridicule ! se plaignit Royce lorsque l'animal fut de nouveau sous contrôle. Une bête de cinq cents kilos terrifiée par un chat de trois kilos, on pourrait la prendre pour une souris.

— Souris ! C'est parfait ! cria Thrace si fort que Millie rejeta les oreilles en arrière.

— J'aime bien, admit Hadrian.

— Oh, par Mar, marmonna Royce en secouant la tête, repartant au trot devant son ami.

Tandis que le petit groupe chevauchait vers l'est, les propriétés cédèrent la place aux fermes, les buissons de roses aux haies et les clôtures qui séparaient les champs ne furent bientôt plus que des rangées d'arbres. Mais Thrace soulignait toujours quelques curiosités, comme le luxe inimaginable des ponts couverts ou des attelages décorés qui croisaient parfois leur route dans un bruit de tonnerre.

Ils continuèrent vers les hauteurs et les coins ombragés se firent rares dans ce paysage de grands champs en jachère parsemés de boutons d'or, d'asclépiade et de salifan sauvage. Des mouches bourdonnaient à leurs oreilles dans la chaleur et les cigales lançaient leur chant strident. Thrace se tut enfin et posa la tête contre le dos d'Hadrian. Il songea avec inquiétude qu'elle risquait de s'endormir et de tomber mais il la sentait régulièrement bouger ou balayer une mouche de la main. Ils montèrent toujours plus haut, jusqu'à atteindre le sommet des monts Ambrés. Le haut-relief se dressait, terre déserte d'herbe rase et de rocaille. La montagne s'intégrait dans une longue chaîne qui bordait l'est de Warric, et tenait lieu de frontière entre le royaume de Warric et celui d'Alburn. Alburn était le troisième royaume le plus puissant et prospère d'Avryn, après Warric et Melengar. La plus grande partie de son territoire était couverte de forêts profondes, et ses côtes étaient régulièrement l'objet d'attaques des Ba Ran Ghazel, qui frappaient rapidement, enlevaient quelques malheureux et brûlaient ce qu'ils ne pouvaient emporter. Le roi Armand, qui régnait sur ces terres, n'était monté sur le trône que depuis peu, après la mort inattendue de son prédécesseur. Le vieux souverain Reinhold était royaliste mais il semblait à Hadrian que son successeur rejoignait les convictions impérialistes, voire qu'il les soutenait ouvertement. C'était un fâcheux changement pour Melengar, dont les alliés semblaient chaque jour un peu moins nombreux.

Les monts Ambrés étaient une curiosité, même pour les habitants de la région, car ils abritaient des pierres dressées, des rochers massifs bleu-gris, aux formes incroyablement fluides. Leurs courbes arrondies semblaient presque naturelles, comme des amas de serpents s'enterrant et surgissant du sommet montagneux. Hadrian n'avait pas la moindre idée de la fonction première de ces pierres. Il doutait que quiconque le sache. Des restes de feux de camp étaient éparpillés autour des roches gravées de témoignages d'un amour véritable, ou de quelques déclarations telles que « Maribor est notre dieu ! », « Les nationalistes sont des fous », « L'Héritier est mort » ou même « La taverne de *La Souris grise* : juste en bas de la colline. » Une fois arrivés au sommet de la crête, ils contemplèrent la cité de Colnora qui se déployait derrière eux. Au nord-est, parmi des lieues de forêt dense et sauvage, les royaumes d'Alburn et de Dunmore semblaient se confondre. Aux yeux d'Hadrian, ces bois étaient comme un océan de verdure sans fin, des kilomètres de terres vierges et irrégulières, au-delà desquelles se trouvait un village minuscule appelé Dahlgren.

Sur les hauteurs, le vent était doux mais assez fort pour chasser les insectes et l'endroit était idéal pour s'arrêter déjeuner. Le petit groupe mangea du porc salé, du pain noir dur, des oignons, des légumes marinés. Hadrian aurait détesté ce menu en ville, mais il lui paraissait étrangement délicieux sur la route où l'appétit était plus grand et les possibilités plus réduites. Thrace était assise dans l'herbe et grignotait un cornichon en prenant soin de ne pas tacher sa robe. Elle observait vaguement les environs, aspirant l'air à grandes goulées comme pour le déguster.

— À quoi pensez-vous ? demanda le mercenaire.

Elle lui sourit un peu timidement et il lui sembla déceler une certaine tristesse en elle.

— Je me disais que tout était merveilleux ici. Cela serait magnifique de vivre dans l'une des fermes que nous avons croisées. Nous n'aurions pas besoin de grand-chose, pas même d'une maison. Mon père saurait en construire une, tout seul, et il est capable de labourer n'importe quel sol. Il n'y a rien qu'il ne puisse faire une fois qu'il l'a décidé, et alors, c'est impossible de le faire changer d'avis.

— On dirait un homme bien.

— Oui, c'est vrai. Il est très fort, très déterminé.

— Je suis surpris qu'il vous laisse parcourir le pays seule.

Thrace sourit.

— Vous n'avez pas marché pendant tout le trajet ?

— Oh, non, un colporteur et sa femme, de passage à Dahlgren, m'ont prise avec eux un moment. Ils n'ont pas voulu rester une nuit de plus et j'ai pu monter à l'arrière de leur charrette.

— Vous aviez déjà beaucoup voyagé ?

— Non. Je suis née à Glamrendor, la capitale de Dunmore. Ma famille louait une ferme au seigneur de la région. Nous sommes partis pour Dahlgren quand j'avais environ neuf ans ; je n'avais donc jamais quitté Dunmore jusqu'à maintenant. Je n'ai pas beaucoup de souvenirs de Glamrendor. Mais je n'ai pas oublié la saleté. Si ma mémoire est bonne, les bâtiments étaient tous en bois, et les routes boueuses.

— Cela n'a pas changé, commenta Royce.

— Je n'en reviens pas que vous ayez eu le courage de partir comme ça, reprit Hadrian en secouant la tête. Ça a dû être un choc de quitter Dahlgren pour vous retrouver quelques jours plus tard dans la plus grande ville du monde.

— Oui, c'est vrai, acquiesça-t-elle en repoussant du petit doigt une mèche qui lui couvrait la bouche. Je me suis sentie stupide quand j'ai compris à quel point ce serait difficile de vous trouver. Je m'attendais à ce que cela se passe comme au village, et que la première personne venue saurait où vous trouver. À Colnora, il y avait beaucoup plus de gens que je ne le pensais. Pour être honnête, il y a beaucoup plus de tout. J'ai cherché, cherché, et j'ai cru ne jamais vous localiser.

— Votre père va sûrement s'inquiéter.

— Non, pas du tout.

— Mais s'il…

— Quelles sont ces choses ? demanda-t-elle en désignant avec son cornichon les pierres dressées. Ces rochers bleus. Ils sont vraiment étranges.

— Personne ne sait, répondit Royce.

— Ont-ils été créés par les elfes ? s'enquit-elle.

Royce inclina la tête et la regarda fixement.

— Comment le savez-vous ?

— Ils ressemblent un peu à la tour près de mon village, celle que vous devez ouvrir. C'est le même type de roche, enfin je crois, car la tour aussi semble bleutée, mais cela vient peut-être de la distance… Vous avez déjà remarqué que les choses prennent un aspect bleuté dans le lointain ? Je suppose que si je pouvais m'approcher, je m'apercevrais qu'elle est d'un gris très commun.

— Pourquoi ne pas aller plus près ? demanda Hadrian.

— Parce qu'elle se trouve au milieu d'un fleuve.

— Vous ne savez pas nager ?

— Il faut être très bon nageur. La tour se dresse sur un rocher qui surplombe une cascade. De belles chutes, très hautes, vous voyez ? Cela brasse beaucoup d'eau. Lorsqu'il fait soleil, on distingue des arcs-en-ciel à travers la brume. Bien sûr, c'est très dangereux. Cinq personnes au moins sont mortes là-bas, mais on n'est sûrs que pour deux. Pour les autres on suppose, parce que… (Elle s'interrompit en découvrant les expressions des deux voleurs.) Il y a un problème ?

— Vous auriez peut-être pu nous en parler avant, répliqua Royce.

— De la cascade ? Oh, je pensais que vous saviez. Je veux dire, vous aviez l'air de connaître cette tour quand j'en ai parlé. Je suis désolée.

Ils mangèrent en silence quelque temps. Thrace finit son repas et alla étudier les pierres, sa robe bouffant derrière elle.

— Je ne comprends pas, dit-elle finalement en élevant la voix pour couvrir le vent. Si le Nidwalden est une frontière, pourquoi y a-t-il des pierres elfiques ici ?

— Cette terre appartenait aux elfes autrefois, expliqua Royce. Tout le territoire. Avant qu'existent Colnora ou Warric, toute cette région faisait partie de l'Empire d'Erivan. Beaucoup refusent de l'admettre ; ils préfèrent croire que les hommes ont toujours régné ici. Cela les dérange. Pourtant, c'est amusant de constater que nous utilisons énormément de noms elfiques. Ervanon, Rhenydd, Glamrendor, Galewyr, et Nidwalden sont tous elfiques. Le nom de ce pays, Avryn, signifie « les champs verdoyants ».

— Essaie de raconter ça à un type dans un bar un de ces jours, et tu verras avec quelle vitesse tu te fais fendre le crâne, précisa Hadrian en attirant les regards de ses deux compagnons de voyage.

Tandis qu'ils finissaient leur repas, Thrace resta debout parmi les pierres et contempla l'ouest, cheveux et vêtements au vent. Son regard se leva vers l'horizon, au-delà de Colnora et des collines bleues, vers la ligne discrète de la mer. La jeune fille semblait si petite et délicate qu'Hadrian s'attendait presque à voir le vent l'emporter comme une feuille dorée, puis il s'attarda sur ses yeux. Elle n'était encore qu'une enfant, et pourtant, il n'y avait plus d'innocence et d'émerveillement dans son regard, beaucoup plus adulte qu'il ne l'aurait pensé. Son visage trahissait le poids des soucis et restait déterminé. Son enfance, bonne ou mauvaise, l'avait abandonnée depuis longtemps.

Les deux voleurs achevèrent de manger, firent les sacs et la petite troupe reprit sa route. Ils descendirent l'autre versant des collines et avancèrent le reste du jour. Mais lorsque le coucher de soleil approcha, la route s'étrécit en un simple chemin. Des fermes apparaissaient encore de temps à autre, mais moins fréquemment. La forêt se fit plus profonde et la route plus sombre.

Quand le soleil disparut, Thrace devint particulièrement silencieuse. Il n'y avait plus rien à voir et à commenter mais Hadrian devinait que ce n'était pas ce qui lui posait problème. Souris envoya un caillou dans un tas de feuilles mortes, dispersé par le vent. Thrace sursauta violemment et saisit le mercenaire par la taille. Elle enfonça ses ongles si profondément à travers ses vêtements qu'il tressaillit.

— Ne devrions-nous pas chercher un abri ? demanda-t-elle.

— On a peu de chance de trouver ça ici, lui répondit Hadrian. À partir de maintenant, nous abandonnons les terres civilisées. Et puis, la soirée est belle. Le sol est sec et on dirait qu'il va faire beau.

— Nous allons dormir dehors ?

Hadrian se retourna pour la regarder. Elle avait les lèvres entrouvertes, le front marqué par l'inquiétude et les yeux écarquillés, tournés vers le ciel.

— Dahlgren est encore loin, lui assura-t-il.

Elle hocha la tête mais se serra davantage contre lui.

Ils s'arrêtèrent dans une clairière, près d'un ruisseau qui coulait sur un tapis de rochers en produisant une rumeur bienveillante. Hadrian aida Thrace à descendre de cheval et débarrassa sa jument de la selle et du matériel.

— Où est Royce ? murmura Thrace, paniquée.

Les bras croisés sur la poitrine, elle jetait des regards anxieux autour d'elle.

— Tout va bien, la rassura Hadrian en débarrassant Millie de sa bride. Il fait toujours un peu de repérage quand on s'arrête de nuit. Il va étudier la zone pour s'assurer qu'on est seuls. Royce déteste les surprises.

Thrace hocha la tête mais resta prostrée, comme si elle s'était tenue sur une pierre au milieu d'un fleuve déchaîné.

— On va dormir ici. Vous devriez préparer un peu le terrain. Une seule pierre peut gâcher une nuit de sommeil. Je sais de quoi je parle ; chaque fois que je dors dehors, je me retrouve avec une pierre au creux du dos.

Elle avança dans la clairière et se pencha prudemment pour écarter les brindilles tombées et les cailloux, sans cesser de jeter des regards nerveux vers le ciel, sursautant au moindre bruit. Le temps qu'Hadrian finisse de s'occuper des chevaux, Royce revint. Il portait une pleine brassée de petites branches et quelques bûches fendues qu'il utilisa pour faire un feu.

Thrace le regarda faire, horrifiée.

— Cela fait tellement de lumière, murmura-t-elle.

Hadrian lui pressa la main et sourit.

— Vous savez, je suis sûr que vous êtes une cuisinière étonnante. Je pourrais préparer le dîner, mais le résultat serait consternant. Je sais tout juste faire bouillir des pommes de terre. Pourquoi n'essayez-vous pas ? Qu'en dites-vous ? Il y a des gamelles et des poêles dans ce sac, et vous trouverez de la nourriture dans celui d'à côté.

Thrace hocha la tête en silence et s'approcha des paquets après avoir longuement observé le ciel.

— Quel genre de plat aimeriez-vous ?

— Quelque chose de comestible serait déjà une excellente surprise, répondit Royce en rajoutant du bois.

Hadrian lui jeta une petite branche. Le voleur l'attrapa au vol et l'ajouta au brasier.

La jeune fille chercha dans les sacs jusqu'à y plonger la tête, puis elle émergea avec des ingrédients plein les bras. Elle emprunta le couteau d'Hadrian et entreprit de couper des légumes sur une poêle retournée.

La nuit tomba rapidement, et le feu devint la seule source de lumière dans la clairière. L'éclat jaune et vacillant éclairait la canopée de feuilles au-dessus d'eux, créant une impression de caverne arboricole. Hadrian choisit un coin d'herbe contre le vent pour ne pas être envahi de fumée et installa un drap de tissu goudronné. Cela permettait de s'isoler de l'humidité. L'idée de cette étoffe traitée leur était venue après des années sur la route. Mais ils n'avaient pas eu le temps d'en faire une pour Thrace. Hadrian soupira, étala la couverture de la jeune fille sur sa toile et partit en quête de branches de pins pour confectionner son propre lit.

Lorsque le dîner fut prêt, Royce appela son ami. Le mercenaire revint vers le feu où Thrace préparait un épais bouillon de carottes, pommes de terre, oignons et porc salé. Royce était assis, un bol sur les genoux et un sourire aux lèvres.

— Tu pourrais m'épargner cet air réjoui, commenta le guerrier.

— Regarde, Hadrian… un repas.

Ils mangèrent presque sans un mot. Le voleur évoqua quelques achats à faire lors de leur passage par Alburn, comme une nouvelle longueur de cordage ou une cuillère pour remplacer celle qui s'était brisée. Hadrian regarda surtout la jeune fille qui refusait de s'asseoir près du feu ; elle mangeait seule sur un rocher, dans le noir, près des chevaux. Lorsque le repas fut fini, elle se précipita près de la rivière pour laver la casserole et les bols de bois.

— Vous allez bien ? demanda Hadrian en allant à sa rencontre sur la rive caillouteuse.

Thrace était accroupie sur une grande pierre couverte de mousse, sa robe soigneusement attachée aux chevilles, et elle lavait les plats en ramassant autant de sable que possible pour les frotter.

— Je vais bien, merci. Je n'ai pas l'habitude d'être dehors de nuit, c'est tout.

Hadrian s'assit près d'elle et entreprit de laver son bol.

— Je peux le faire, protesta-t-elle.

— Moi aussi. Et puis vous êtes notre cliente, vous devez en avoir pour votre argent.

Elle lui adressa un sourire en coin.

— Je ne suis pas idiote, vous savez. Mes dix pièces d'argent ne vont même pas payer la nourriture des chevaux.

— Oui, mais vous devez comprendre que Souris et Millie sont trop gâtées. Elles ne mangent que le meilleur grain qui soit.

Il lui adressa un clin d'œil. Elle ne put réprimer un sourire.

Thrace acheva de laver la gamelle et les autres bols et ils revinrent près du feu.

— Sommes-nous encore loin ? demanda-t-elle en replaçant les récipients dans le sac.

— Je n'en suis pas certain. Je ne suis jamais allé à Dahlgren, mais nous avons bien avancé aujourd'hui, donc je dirais peut-être quatre jours encore.

— J'espère que mon père va bien. Monsieur Haddon a dit qu'il ferait de son mieux pour le convaincre d'attendre mon retour avant d'aller chasser la bête. Je souhaite qu'il y soit parvenu. Comme je l'ai dit, mon père est très têtu et je n'arrive même pas à imaginer comment le faire changer d'avis.

— Si quelqu'un en est capable, je pense que c'est ce monsieur Haddon, remarqua Royce en attisant les braises avec un long bâton. Comment l'avez-vous rencontré ?

Thrace trouva le lit qu'Hadrian avait préparé pour elle près du feu et s'assit sur la couverture.

— Cela s'est passé juste après les funérailles de ma famille. C'était très beau. Tout le village était présent. Maria et Jessie Caswell ont déposé des couronnes de salifan sauvage sur les témoins de bois. Mae Drundel et Rose et Verna McDern ont chanté *Les Champs de lys* et le diacre Tomas a dit quelques prières. Lena et Russel Bothwick ont organisé une réception chez eux. Lena et ma mère étaient très proches.

— Je ne me souviens pas de vous avoir entendu parler de votre mère. Est-ce qu'elle…

— Ma mère est morte il y a deux ans.

— Je suis désolé. La maladie ?

Thrace acquiesça.

Le silence s'installa, puis Hadrian reprit :

— Vous nous racontiez votre rencontre avec monsieur Haddon…

— Oh, oui, eh bien, je ne sais pas à combien de funérailles vous vous êtes rendus, mais cela devient vite… étouffant. Toutes ces larmes et ces vieilles histoires. Je me suis éclipsée. J'étais juste allée prendre l'air. Je me suis retrouvée au puits où j'ai rencontré un… étranger. Nous n'avons pas beaucoup de visiteurs, mais ce n'était pas tout. Il portait cette robe étincelante qui semblait changer de couleur de temps en temps, mais le plus étonnant était qu'il n'avait pas de mains. Le pauvre homme essayait de boire et se débattait avec le seau et la corde.

» Je lui ai demandé son nom et puis, je ne sais pas, j'ai fait quelque chose de stupide. Je me suis mise à pleurer et il m'a demandé ce qui n'allait pas. Pour tout dire, à ce moment-là, je ne pleurais pas pour la mort de mon frère et sa femme, mais parce que j'étais terrifiée à l'idée que mon père soit le suivant. Je ne sais pas pourquoi je lui ai dit cela. Peut-être parce que c'était un étranger. C'était plus simple de lui parler. Tout est sorti d'un coup. Je me suis sentie ridicule après, mais il a été très patient. C'est à ce moment-là qu'il m'a parlé de l'arme dans la tour et de vous deux.

— Comment savait-il où nous étions ?

Thrace haussa les épaules.

— Vous ne vivez pas là-bas ?

— Non… Nous ne faisions que visiter un vieil ami. Parlait-il étrangement ? A-t-il utilisé à plusieurs reprises des termes comme *vostre* ou *icelui* ?

— Non, mais il parlait avec plus de raffinement que la plupart des gens. Il a dit que son nom était Esra Haddon. Est-il l'un de vos amis ?

— Nous ne l'avons rencontré que brièvement, expliqua Hadrian. Le pauvre homme essayait de boire et se débattait avec le seau et la corde, alors je l'ai aidé.

— La question est de savoir pourquoi il garde un œil sur nous, souligna Royce. Et surtout comment, car je ne me rappelle pas lui avoir donné nos noms, ni avoir évoqué notre voyage à Colnora.

— Tout ce qu'il m'a dit, c'est que j'avais besoin de vous pour ouvrir la tour et que si je partais à l'instant, je vous trouverais là-bas. Ensuite, il a arrangé mon voyage avec le marchand. Il m'a été d'une grande aide.

— Plutôt étonnant, pour un homme qui ne peut même pas se servir un verre d'eau, marmonna Royce.

3

Ambassade

Arista se tenait à la fenêtre de la tour et contemplait le monde, en contrebas. Elle distinguait les toits des échoppes et des maisons. De son point de vue, ils ressemblaient à des carrés et triangles gris, bruns et rouges, percés de cheminées laissées inutilisées en cette douce journée de printemps. La pluie semblait avoir nettoyé le monde, le laissant frais et plein de vie. Les habitants parcouraient les rues, se rassemblaient sur les places, entraient et sortaient des bâtiments. Parfois, la princesse percevait un cri, étouffé et lointain. La plupart des sons émanaient de la cour juste en dessous d'elle, où une caravane de sept diligences venait d'arriver. Les serviteurs les chargeaient de malles.

—Non. Non. Non. Pas la robe rouge! cria Bernice à Melissa. Que Novron nous protège… Regarde ce décolleté! Son Altesse a une réputation à préserver. Mets-la dans un coffre, ou mieux encore, brûle-la. Autant couvrir la princesse de sel avec un peu d'assaisonnement derrière les oreilles, avant de la servir à une meute de loups. Non, cette tenue sombre ne va pas davantage, elle est presque noire… C'est le printemps par Maribor ! Où as-tu la tête ? La robe bleu ciel, oui, celle-ci peut rester. Heureusement que je suis là…

Bernice était une vieille femme rondouillarde dont le visage mou s'affaissait aux joues et formait un double menton. Il était impossible de déterminer la couleur de ses cheveux, continuellement enveloppés d'un voile hors d'âge qui lui entourait le visage, du haut du crâne jusqu'au cou. Elle complétait le tout d'un haut chapeau de dentelle en filet, et le dessus de sa tête lui-même semblait plat. Debout, dans la chambre d'Arista, elle agitait les bras et criait au milieu de l'ouragan chaotique qu'elle avait créé.

Des piles de vêtements s'amoncelaient partout, sauf dans les armoires de la princesse. Celles-ci étaient vides, attendant, portes ouvertes, que Bernice ait fini de trier chaque robe, écartant les vêtements d'hiver pour les entreposer ailleurs. En plus de Melissa, Bernice avait accaparé deux jeunes filles recrutées dans les étages inférieurs, afin de participer au tri des bagages. Bernice avait déjà rempli un coffre, mais le sol de la chambre était toujours tapissé de robes, et Arista souffrait d'une migraine.

Bernice avait été l'une des servantes de la mère d'Arista. La reine Ann avait plusieurs suivantes. Drundiline, une femme superbe, était sa secrétaire et une amie proche. Harriet gérait les lieux, les équipes de nettoyage, les couturières et les lavandières. Nora, dont le regard dolent trompait tous ceux qui cherchaient à savoir qui elle surveillait, était en charge des enfants. Arista se souvenait des contes de fées qu'elle lui lisait le soir, à propos de nains avides qui enlevaient des princesses trop gâtées qu'un prince fringant parvenait toujours à sauver à la fin. Au total, Arista avait en mémoire au moins huit servantes, mais elle ne se souvenait pas de Bernice.

Elle était arrivée au château Essendon environ deux ans auparavant, seulement un mois après le meurtre du père d'Arista, le roi Amrath. L'évêque Saldur avait expliqué qu'elle avait été au service de la reine et qu'elle était la seule suivante à avoir survécu à l'incendie qui avait autrefois emporté la souveraine. Il avait raconté que Bernice était partie longtemps, affligée par la maladie et la tristesse, mais qu'après la mort d'Amrath, elle avait insisté pour retourner s'occuper de la fille de la reine, une enfant bien-aimée.

— Oh, Votre Altesse, dit Bernice en brandissant deux paires de chaussures appartenant à la princesse, j'aimerais tellement que vous quittiez cette fenêtre. Le temps semble doux, mais il faut se méfier des courants d'air. Croyez-moi, j'en sais quelque chose, très précisément. Priez pour ne jamais subir ce que j'ai enduré : les maux de tête, la douleur, la toux. Je ne me plains pas bien sûr. Après tout, je suis toujours là. C'est une bénédiction de vous regarder devenir une dame, et si Maribor le veut, je vous verrais mariée. Quelle merveilleuse épouse vous serez ! J'espère que le roi Alric choisira bientôt un prétendant pour vous. Qui sait combien de temps il me reste encore ? Je ne voudrais pas que les gens colportent plus de ragots qu'ils ne le font déjà.

— Il y a des ragots à mon sujet ? demanda Arista qui se retourna et s'assit sur le bord de la fenêtre ouverte.

Bernice paniqua en la voyant si proche du vide et se figea, ouvrant et fermant la bouche en protestations silencieuses, s'éventant des deux mains avec les paires de chaussures.

— Votre Altesse, parvint-elle à hoqueter, vous allez tomber !

— Tout va bien.

— Non. Pas du tout, protesta Bernice en secouant frénétiquement la tête. S'il vous plaît. Je vous en supplie…

Arista lâcha les chaussures, planta ses pieds dans le sol et tendit la main comme si elle se trouvait au bord d'un précipice.

— S'il vous plaît…

Arista leva les yeux au ciel et se redressa avant de s'éloigner de la fenêtre. Elle traversa la chambre et se dirigea vers son lit, couvert de plusieurs épaisseurs de vêtements.

— Non, attendez ! lui cria Bernice. (Elle agitait les mains comme si elle avait voulu les sécher.) Melissa, dégage un endroit pour que Son Altesse puisse s'asseoir.

Arista soupira et se passa une main dans les cheveux en attendant que Melissa rassemble les robes.

— Fais attention, ne les froisse pas, la mit en garde Bernice.

— Je suis désolée, Votre Altesse, dit Melissa à la princesse en ramassant une brassée de vêtements.

C'était une petite jeune femme rousse aux yeux vert sombre, qui servait Arista depuis cinq ans. La princesse eut la nette impression que ses excuses ne concernaient pas le désordre sur le lit. Arista fit de son mieux pour ne pas s'esclaffer, mais ne put réprimer un sourire. Son envie de rire reprit de plus belle lorsqu'elle s'aperçut que la jeune servante arborait la même expression.

— La bonne nouvelle, c'est que l'évêque a remis une liste de prétendants possibles à Sa Majesté ce matin, déclara Bernice, calmant toute velléité de rire chez la princesse et effaçant son sourire. J'espère que ce sera ce charmant prince Rudolf, le fils du roi Armand. (Bernice levait les sourcils et souriait avec malice, comme un lutin dément.) Il est fort beau, beaucoup le disent très fringant, et Alburn est un royaume délicieux, d'après ce que j'ai entendu.

— J'y suis allée et je l'ai rencontré. C'est un foutriquet arrogant.

— Oh, quel langage ! s'offusqua Bernice, plaquant ses mains sur son visage, avant de lever les yeux pour articuler une prière silencieuse. Vous devez apprendre à vous contrôler. Si quelqu'un d'autre vous avait entendue… Heureusement que nous sommes seules ici.

Arista jeta un coup d'œil à Melissa et aux deux autres servantes occupées à trier ses affaires. Melissa croisa son regard et haussa les épaules.

— Vous avez donc des réserves concernant le prince Rudolf, fort bien. Et le roi Ethelred de Warric ? On ne saurait trouver mieux. Le pauvre homme est veuf et c'est le plus puissant monarque d'Avryn. Vous iriez vivre à Aquesta et seriez la reine des festivals d'hivernal.

— Il a plus de cinquante ans. Et puis c'est un impérialiste. Je préférerais me trancher la gorge.

Bernice chancela en arrière et porta une main à son cou, tandis que l'autre cherchait le soutien du mur.

Melissa ricana et fit de son mieux pour dissimuler son rire dans une toux feinte.

— Je pense que tu as fini, Melissa, déclara Bernice. Prends le pot de chambre en sortant.

— Mais le tri n'est pas… protesta la servante.

Bernice lui décocha un regard chargé de reproches.

Melissa soupira.

— Votre Altesse, reprit-elle en adressant une révérence à Arista, avant de prendre le récipient et de sortir.

— Elle ne pensait pas à mal, reprocha Arista à Bernice.

— Peu importe. Le respect doit être de mise en toutes circonstances. Je sais que je ne suis qu'une vieille folle qui ne compte pour personne, mais je peux vous dire une chose : si j'avais été là, si j'avais été en état de vous élever après le décès de votre mère, les gens ne vous traiteraient pas de sorcière aujourd'hui.

Arista écarquilla les yeux.

— Pardonnez-moi, Votre Altesse, mais c'est la vérité. Après la perte de votre mère et en mon absence, je crains que vous n'ayez été fort mal prise en charge. Loué soit Maribor, je suis revenue à temps car qui sait ce que vous seriez devenue… Mais ne vous inquiétez pas, ma très chère, maintenant vous êtes de nouveau sur le droit chemin. Vous verrez, tout s'arrangera lorsque nous vous aurons trouvé un mari convenable. Toutes ces aberrations appartenant au passé seront bientôt oubliées.

La dignité d'Arista, ainsi que la longueur de sa robe, lui interdisaient de descendre les marches en courant. Hilfred, son garde du corps, trottait derrière elle, faisant de son mieux pour gérer sa hâte soudaine. Elle l'avait pris par surprise – elle s'était étonnée elle-même. Arista avait prévu de marcher calmement pour aller trouver son frère et lui demander poliment s'il avait perdu la raison. Le plan s'était déroulé sans encombre jusqu'à ce qu'elle passe devant la chapelle, puis elle n'avait cessé d'accélérer.

« La bonne nouvelle, c'est que l'évêque a remis une liste de prétendants possibles à Sa Majesté ce matin. »

Elle voyait encore le sourire satisfait de Bernice et la joie perverse dans ses paroles, comme le spectateur au pied d'un gibet attendant impatiemment que le bourreau renverse le tabouret.

« J'espère que ce sera ce charmant prince Rudolf, le fils du roi Armand. »

La princesse peinait à respirer. Le ruban qui retenait ses cheveux lâcha et s'envola derrière elle. En tournant à l'angle de la salle de bal, son pied gauche dérapa et elle manqua de tomber. Elle perdit sa chaussure qui glissa sur le sol poli. Elle la laissa là, sans ralentir, clopinant telle une charrette à la roue brisée. Elle atteignit la galerie ouest. C'était un grand couloir en ligne droite orné d'armures, et elle pressa encore le pas. Jacobs, le secrétaire royal, la vit arriver dans le hall depuis le perchoir de son bureau et se leva d'un bond.

— Votre Altesse ! s'exclama-t-il en s'inclinant.

— Est-il ici ? aboya-t-elle.

Le petit homme au visage rond et au nez rouge hocha la tête.

— Mais Sa Majesté tient une réunion d'État. Il a expressément demandé à ne pas être dérangé.

— Il est déjà très dérangé. Je suis venue fourrer un peu de bon sens dans son petit crâne débile.

Le secrétaire eut un mouvement de recul. Il avait l'air d'un écureuil surpris par l'orage. S'il avait eu une queue, il y aurait enfoui sa tête. Arista reconnut le pas familier d'Hilfred derrière elle.

Elle se tourna vers la porte et fit un pas.

— Vous ne pouvez pas entrer, paniqua Jacobs. C'est une réunion d'État, répéta-t-il.

Les soldats postés de chaque côté de la porte firent un pas en avant pour la bloquer.

— Hors de mon chemin ! cria-t-elle.

— Veuillez nous pardonner, Votre Altesse, mais le roi nous a ordonné de ne laisser entrer personne.

— Je suis sa sœur, protesta-t-elle.

— Navré, Votre Majesté, mais Son Altesse a précisé que cet ordre valait surtout pour vous.

— Quoi ?

Elle resta stupéfaite un instant, puis se tourna brusquement vers le secrétaire, occupé à s'essuyer le nez avec un mouchoir.

— Qui est avec lui ? Qui participe à cette *réunion d'État* ?

— Que se passe-t-il ici ? demanda Julian Tempête, le chambellan, en surgissant de son bureau.

C'était un homme âgé, qui occupait déjà ce poste au château Essendon avant la naissance de la princesse, peut-être même avant celle de son père. Il portait en temps normal une perruque poudrée, qui pendait sur ses épaules comme les longues oreilles tombantes d'un vieux chien, mais elle l'avait surpris et il apparut sans coiffe, quelques touffes de cheveux blancs éparses sur son crâne nu comme de rares soies sur de l'herbe aux perruches.

— Je veux voir mon frère, exigea Arista.

— Mais… mais, Votre Altesse, il tient une réunion d'État, cela peut certainement attendre.

— Avec qui se réunit-il ?

— Il me semble qu'il y a l'évêque Saldur, le chancelier Pickering et le seigneur Valin. Je ne sais pas qui sont les autres.

Julian chercha du regard le soutien de Jacobs.

— Et de quoi traite cette réunion ?

— Eh bien, pour tout dire, je pense que cela est lié… (Il hésita.) À votre avenir.

— Mon avenir ? Ils sont réunis là pour décider de mon sort et je ne peux pas entrer ? s'emporta la princesse, livide. Le prince Rudolf est-il présent ? Ou Lanis Ethelred, peut-être ?

— Hum… Je ne sais pas… Je ne pense pas, répondit le chambellan en regardant de nouveau le secrétaire qui ne voulait visiblement pas s'impliquer. Votre Altesse, je vous prie de vous apaiser. Je crains qu'ils ne puissent vous entendre.

— Parfait ! hurla-t-elle. Ils doivent m'entendre. C'est ce que je veux. S'ils croient que je vais me contenter de rester là à attendre leur verdict, le destin qu'ils ont choisi pour moi, je…

— Arista !

Elle se retourna et vit les portes de la salle du trône ouvertes. Son frère Alric se tenait entre les deux gardes qui s'écartèrent vivement. Il portait le manteau d'hermine que Julian tenait à voir sur ses épaules dans ses fonctions officielles et la lourde couronne d'or qu'il repoussait en arrière sur sa tête.

— Qu'est-ce qui te prend ? On dirait une folle furieuse.

— Je vais te dire ce qui m'arrive. Je ne te laisserai pas me faire cela. Tu ne m'enverras pas à Alburn ou Warric comme… comme… une propriété du royaume.

— Je ne t'envoie ni à Warric ni à Alburn. Nous avons déjà décidé que tu partais pour Dunmore.

— Dunmore ? releva-t-elle. (Le mot lui fit l'effet d'une gifle.) Tu plaisantes. Dis-moi que tu plaisantes.

— J'allais te le dire ce soir. Mais je pensais que tu le prendrais mieux. Je croyais que cela te ferait plaisir.

— Plaisir ? Plaisir ! Oh, bien sûr, j'adore cette idée d'être manipulée comme un pion sur l'échiquier politique. Qu'est-ce qu'ils te donnent en échange ? C'était ce que vous faisiez là-dedans, vous preniez les enchères ? (Elle se dressa sur la pointe des pieds pour essayer de voir par-dessus l'épaule de son frère qui se cachait dans la salle du trône.) Les as-tu laissés négocier mon prix comme ils l'auraient fait pour une vache de concours ?

— Une vache de concours ? De quoi parles-tu ?

Alric regarda derrière lui d'un air contrit et ferma la porte. Il chassa d'un geste Julian et Jacobs. Il reprit ensuite, d'une voix plus douce :

— Cela te donnera un statut plus respectable. Ton autorité sera reconnue. Tu ne seras plus seulement *la princesse*, et tu auras quelque chose à faire. N'as-tu pas dit que tu souhaitais quitter ta tour pour contribuer au bien-être du royaume ?

— Et… et c'est à cela que tu as pensé ? répliqua-t-elle, prête à hurler. Ne me fais pas cela, Alric, je t'en supplie. Je sais que je t'ai mis dans l'embarras. Je sais ce que l'on dit de moi. Tu crois que je ne les entends pas me traiter de sorcière dès que j'ai le dos tourné ? Tu crois que j'ignore ce qui a été dit lors de mon procès ?

— Arista, ces gens ont été forcés. Tu le sais.

Il adressa un coup d'œil à Hilfred qui se tenait près d'Arista, la chaussure qu'elle avait perdue à la main.

— Je dis juste que je suis au courant. Je suis certaine qu'ils se plaignent tout le temps auprès de toi, reprit-elle en désignant la porte close derrière le roi. (Elle ignorait à qui renvoyait ce « ils » et espérait que son frère ne relèverait pas.) Mais je ne peux rien changer à ce que pensent les gens. Si tu veux, je prendrais part à davantage d'événements. Je viendrais aux dîners officiels. J'apprendrais la broderie. Je tisserais même une maudite tapisserie. Quelque chose de mignon et d'inoffensif. Pourquoi pas une chasse au cerf ? Je ne sais pas comment faire une tapisserie, mais je suis persuadée que Bernice est experte… elle connaît toutes ces idioties.

— Toi, tu vas tisser une tapisserie ?

— Si c'est nécessaire, oui. Je m'améliorerai, promis. Je n'ai même pas mis de serrure à ma porte dans la nouvelle tour. Je n'ai rien fait de mal depuis ton couronnement, juré. Je t'en prie, ne me condamne pas à une vie de servitude. Cela ne me dérange pas de n'être que la princesse, vraiment.

Il la regarda, perplexe.

— Je pense ce que je dis. Crois-moi, Alric. Je t'en prie, ne fais pas cela.

Il soupira et la regarda tristement.

— Arista, que puis-je faire d'autre de toi ? Je ne veux pas que tu vives en ermite dans cette tour pour le restant de tes jours. Je pense sincèrement que c'est le mieux à faire. Cela te fera du bien. Tu ne t'en rends peut-être pas compte pour le moment mais… Ne me regarde pas ainsi ! Je suis le roi et tu feras ce que je dis. J'ai besoin que tu le fasses pour moi. Le royaume a besoin que tu le fasses.

Arista n'arrivait pas à croire ce qu'elle entendait. Les larmes lui montaient aux yeux. Elle crispa la mâchoire, serra les dents, et son souffle se fit plus rapide. Elle se sentait fiévreuse et avait un peu le tournis.

— Et je suppose que tu vas immédiatement m'expédier là-bas. C'est pour cela que tous ces carrosses sont assemblés dehors ?

— Oui, dit-il fermement. J'espérais que tu partirais dans la matinée.

— Dès demain ? s'exclama Arista qui sentit ses jambes se dérober, ses poumons se vider.

— Oh, par Maribor, Arista… Ce n'est pas comme si je te demandais d'épouser un vieil ours.

— Oh, parfait ! Je suis ravie que tu te soucies de moi, répliqua-t-elle. Alors qui est-ce ? L'un des neveux du roi Roswort ? Au nom de Maribor, Alric ! Pourquoi Dunmore ? Rudolf aurait déjà été un calvaire, pourtant je pouvais comprendre une alliance avec Alburn. Mais Dunmore ? C'est tout simplement cruel. Tu me détestes donc à ce point ? Suis-je si horrible qu'il faille me marier à quelque duc inconnu dans un coin reculé du royaume ? Même notre père ne m'aurait pas fait cela… Pourquoi… pourquoi ris-tu ? Cesse, sale petit gnome insensible !

— Je ne te marie pas, Arista, parvint à articuler le roi.

Elle le regarda, les yeux plissés.

— Vraiment ?

— Non, par Maribor ! C'est ce que tu pensais ? Je ne ferais pas une chose pareille. Je sais quelles personnes tu fréquentes. Je me retrouverais une fois de plus embarqué sur les eaux du Galewyr.

— Quoi alors ? Julian a dit que tu décidais de mon avenir là-dedans.

— J'ai… je t'ai officiellement nommée ambassadrice de Melengar.

Elle l'observa longuement, en silence. Sans tourner la tête, elle récupéra la chaussure que tenait Hilfred. Elle s'appuya sur l'épaule du garde et la remit.

— Mais Bernice a dit que Sauly t'avait donné une liste de prétendants, protesta-t-elle timidement, toujours sur ses gardes.

— Oh oui, en effet, répondit Alric, hilare. Nous en avons bien ri.

— Nous ?

— Mauvin et Fanen sont ici, dit-il en désignant la porte du pouce. Ils partent avec toi. Fanen espère intégrer le tournoi organisé par l'Église à Ervanon. Tu comprends, cela devait être une surprise, mais comme d'habitude, tu as tout gâché.

— Je suis désolée, dit-elle d'une voix qui trembla malgré elle.

Elle prit son frère dans ses bras avec emportement et le serra contre elle.

— Merci.

Les roues avant du carrosse rebondirent dans un trou, suivies tout aussi brusquement par les roues arrière. Arista manqua de se cogner la tête contre le toit et perdit sa concentration, ce qui l'irrita au plus haut point, d'autant qu'elle était sur le point de se souvenir du nom du ministre des Finances de Dunmore. Cela commençait par Bon, Bonny ou Bobo… non, ce n'était tout de même pas Bobo ? Mais cela y ressemblait. Tous ces noms, tous ces titres… Le troisième baron de Brodinia, le comte de Nith, ou était-ce le troisième baron de Nith et le comte de Brodinia ? Arista regarda la paume de sa main et se demanda si elle ne devrait pas y inscrire quelques notes. Si on découvrait ce subterfuge, ce serait une honte pour elle, Alric et Melengar tout entier. Désormais, tout ce qu'elle ferait aurait des conséquences : non seulement elle paierait ses erreurs – le moindre faux pas lui serait reproché –, mais l'image de son royaume en serait entachée. Elle devait être parfaite. Le problème était de savoir comment y parvenir. Elle aurait aimé que son frère lui laisse plus de temps pour se préparer.

Dunmore était un jeune royaume, créé quelque soixante-dix ans auparavant, un fief démesuré récupéré sur les terres sauvages par d'ambitieux nobles d'une vague lignée. Il n'avait ni les traditions, ni le raffinement du reste d'Avryn, mais il disposait d'une pléthore de ministères aux noms impossibles. Elle était certaine que le roi Roswort les avait créés comme un homme vaniteux surcharge la décoration de sa modeste demeure. Il avait plus de ministres à ses ordres qu'Alric, avec des titres deux fois plus longs et toujours vagues, comme « l'Assistant secrétaire du quorum d'inspection de la Seconde avenue royale ».

Qu'est-ce que cela peut bien vouloir dire ? Et ce titre tout simplement inconcevable, pour un royaume dénué de côtes, de « Grand maître de la Flotte » ! Julian lui avait cependant remis une liste et elle faisait de son mieux pour la mémoriser, ainsi que des feuilles compilant leurs importations, leurs exportations, leurs accords commerciaux, leurs traités militaires et même le nom du chien du roi. Elle reposa sa tête contre le revêtement de velours et soupira.

— Un problème, très chère ? demanda l'évêque Saldur assis juste en face d'elle, les doigts joints.

Il la regarda fixement, détaillant bien plus que son visage. Elle aurait jugé cela insolent chez un autre. Mais Saldur, ou Sauly comme elle l'appelait, lui avait appris l'art de souffler sur les pissenlits pour en disperser les graines alors qu'elle avait cinq ans. Il lui avait appris à jouer aux dames et avait fermé les yeux lorsqu'elle escaladait les arbres, ou poussait son poney au galop. Lorsqu'elle avait eu seize ans, Sauly lui avait personnellement enseigné les fondements de la foi de Nyphron. Il était comme un grand-père pour elle. Il la regardait toujours fixement. Elle avait renoncé à comprendre pourquoi.

— Il y a trop à apprendre. Je n'arrive pas à tout retenir. Et les cahots n'aident pas. Pourtant... (Elle parcourut rapidement les feuillets de parchemin sur ses genoux en secouant la tête.) Je veux faire du bon travail, mais je doute d'en être capable.

Le vieil homme lui sourit, levant les sourcils en une expression compréhensive.

— Tout se passera bien. Eh puis, ce n'est que Dunmore, précisa-t-il avec un clin d'œil. Je pense que sa Majesté le roi

Roswort vous semblera un homme de fort bon commerce. Dunmore a mis longtemps avant d'acquérir les vertus que le reste de la civilisation a appris à apprécier. Contentez-vous d'être patiente et respectueuse. N'oubliez pas que vous serez en *sa* Cour, pas celle de Melengar, et que vous serez donc ici sujette à son autorité. Votre principal allié lors des discussions sera votre silence. Apprenez à développer ce talent. Tâchez d'écouter au lieu de parler, et vous éviterez bien des orages. Et surtout, abstenez-vous de promettre quoi que ce soit. Donnez l'impression de vous engager, mais ne prononcez jamais réellement ces mots. Alric aura ainsi une marge de manœuvre. Il n'est jamais bon de lier les mains de votre monarque.

— Voulez-vous boire quelque chose, ma dame ? demanda Bernice, assise près d'Arista sur le banc rembourré et gardant un panier de douceurs pour le voyage.

Elle se tenait très droite, les genoux joints, les mains crispées sur la corbeille, caressant doucement l'osier de ses pouces. Bernice adressa un sourire radieux à la princesse, révélant des rides profondes au coin des yeux. Ses joues rondes et lourdes s'étirèrent à l'excès sous ce sourire trop large, un sourire condescendant, comme on en adresse à un enfant qui vient de s'écorcher les genoux. Arista se demandait quelquefois si la vieille femme n'essayait pas de se substituer à sa mère.

— Qu'avez-vous là, ma chère ? demanda Saldur. Quelque chose d'un peu corsé ?

— J'ai un demi-litre de cognac, dit-elle.

Puis elle ajouta à la hâte :

— Au cas où il ferait froid.

— Maintenant que j'y pense, je n'ai vraiment pas chaud, déclara Saldur en se frottant les bras et en feignant de trembler.

Arista leva un sourcil.

— Ce carrosse ressemble à un four, protesta-t-elle en tirant sur le haut col de sa robe, qui lui montait jusqu'au menton.

Alric avait bien insisté pour qu'elle porte une tenue chaste et de circonstance, comme si elle avait eu coutume de se promener dans le château en robe rouge au décolleté vertigineux, comme on en voit dans les tavernes. Bernice avait considéré cette consigne comme une carte blanche pour emprisonner la jeune femme dans des costumes antiques aux étoffes lourdes. L'unique exception était sa tenue pour l'entretien avec le roi de Dunmore. Arista voulait tout mettre de son côté pour faire bonne impression et avait choisi de porter la robe de cérémonie de sa mère. Il s'agissait tout simplement de la tenue la plus sublime que la princesse ait jamais vue. Lorsque sa mère l'avait portée, toutes les têtes s'étaient tournées vers elle. Elle avait eu l'air si impressionnante, si magnifique… une reine, dans toute sa splendeur.

— Mes vieux os, très chère, expliqua Saldur. Allons, Bernice, pourquoi ne pas partager une petite coupe avec moi ?

Cette idée fit naître un sourire flatté sur le visage de la vieille femme.

Arista repoussa le rideau de velours et regarda par la fenêtre. Son carrosse était au milieu d'une caravane de charrettes et de soldats à cheval. Mauvin et Fanen étaient quelque part, dehors, mais elle ne voyait pas au-delà du rectangle de verre. Ils traversaient le royaume de Ghent, qui, dépourvu de roi, n'avait de royaume que le nom. L'Église de Nyphron administrait directement la région depuis des siècles. Il y avait peu d'arbres sur le paysage rocailleux, et les collines se dessinaient en brun terne, comme si le printemps avait tardé à venir, trop occupé à se divertir en d'autres lieux et négligeant ses devoirs envers cette terre. Loin au-dessus de la plaine, un faucon décrivait de larges cercles.

— Oh, ciel ! s'exclama Bernice lorsque le carrosse tressauta de nouveau.

« Oh, ciel ! » était ce que Bernice connaissait de plus approchant d'un juron. Arista lui jeta un coup d'œil et vit que les cahots compliquaient grandement le service du cognac. Sauly tenait la bouteille, Bernice le verre, leurs bras s'agitant de haut en bas en tâchant de rétablir l'équilibre, comme pour un jeu d'adresse d'une fête de mai – un jeu conçu pour paraître simple mais qui mettait les joueurs au supplice. Enfin, Sauly parvint à incliner correctement la bouteille et tous deux se réjouirent.

— Pas une goutte de perdue, déclara-t-il avec fierté. Voilà, à notre nouvelle ambassadrice. Puisse-t-elle nous faire honneur. (Il leva son verre, avala une longue gorgée, et se rassit dans un soupir.) Êtes-vous déjà allée à Ervanon, ma chère ?

Arista secoua la tête.

— Je pense que vous trouverez les lieux très stimulants d'un point de vue spirituel. Honnêtement, je suis surpris que votre père ne vous ait jamais emmenée là-bas. C'est un pèlerinage que tout membre de l'Église de Nyphron doit faire une fois dans sa vie.

Arista hocha la tête, s'abstenant de préciser que son défunt père n'était pas particulièrement dévot. Il avait dû jouer un rôle dans les offices religieux du royaume mais les avait négligés plus d'une fois, si les poissons mordaient ou si quelqu'un disait avoir aperçu un cerf dans la vallée près du fleuve. Bien sûr, il y avait parfois cherché du réconfort. Elle s'était beaucoup interrogée sur sa mort. Que faisait-il dans la chapelle la nuit où ce misérable nain l'avait poignardé ? Et plus important encore, comment son oncle Percy avait-il su qu'il s'y trouverait, profitant de cette occasion pour exécuter son plan ? Cela l'avait laissée perplexe jusqu'à ce qu'elle comprenne qu'il ne priait pas Novron ou Maribor, mais qu'il lui parlait à *elle*. C'était la date anniversaire de l'incendie. Le jour où la mère d'Arista était morte. Il se rendait certainement chaque année dans la chapelle et cela dérangeait Arista que son oncle en ait su plus qu'elle au sujet des habitudes de son père. Elle se sentait également mal de ne jamais avoir songé se joindre à lui.

— Vous aurez le privilège de rencontrer Sa Sainteté l'archevêque de Ghent.

La princesse se redressa, surprise.

— Alric n'a jamais évoqué cela. Je pensais que nous ne ferions que transiter par Ervanon sur le chemin de Dunmore.

— Ce n'est pas un rendez-vous officiel, mais il désire ardemment rencontrer la nouvelle ambassadrice de Melengar.

— Verrai-je également le patriarche ? demanda-t-elle avec inquiétude.

Ne pas être parée pour Dunmore était une chose, mais rencontrer le patriarche sans préparation serait une catastrophe.

— Non, répondit Saldur avec le sourire d'un homme amusé par les efforts d'une enfant qui fait ses premiers pas. Tant que nous n'avons pas trouvé l'Héritier de Novron, le patriarche est le plus proche de la voix de Dieu. Il vit en reclus et ne parle que rarement. C'est un grand homme, un saint homme. Et puis nous ne pourrons pas vous retenir trop longtemps. Vous ne devez pas être en retard pour votre rencontre avec le roi Roswort à Glamrendor.

— Alors je suppose que je ne verrai pas le tournoi.

— Je ne vois pas pourquoi, répondit l'évêque en reprenant une gorgée qui lui humecta les lèvres.

— Si je continue jusqu'à Dunmore, je ne serais plus à Ervanon pour voir…

— Oh, mais le tournoi ne se déroulera pas à Ervanon, expliqua Saldur. Les panonceaux que vous avez sans doute vus indiquent que les concurrents doivent se *réunir* là-bas.

— Mais alors, où cela se passera-t-il ?

— Ah, c'est-à-dire que c'est en quelque sorte un secret. Étant donné l'importance de l'événement, il est essentiel de garder le contrôle de la situation, mais je peux tout de même vous dire que Dunmore se trouve sur notre route. Vous pourrez y faire halte assez longtemps pour votre audience auprès du roi, puis vous continuerez vers le tournoi avec nous autres. Alric voudra certainement avoir un ambassadeur sur place pour cette occasion mémorable.

— Oh, magnifique, cela me plairait… Fanen Pickering sera en lice. Mais cela signifie-t-il que vous ne viendrez pas ?

— L'archevêque décidera.

— J'espère que vous le pourrez. Je suis certaine que Fanen apprécierait d'avoir le plus de spectateurs possible venus le soutenir.

— Oh, mais ce n'est pas un tournoi au sens compétitif du terme. Je sais bien que les hérauts l'annoncent ainsi, mais c'est fort dommage, car ce n'était pas l'intention du patriarche.

Arista regarda le prélat, perplexe.

— Je pensais que c'était un simple tournoi. J'ai vu une annonce qui déclarait que l'église organisait un grand événement, pour mettre à l'épreuve le courage et l'habileté, et que le gagnant recevrait une récompense fabuleuse.

— Oui, et tout cela est vrai, mais trompeur. Le talent ne sera pas aussi nécessaire que le courage et… Eh bien, vous verrez.

Il inclina sa coupe, fronça les sourcils puis regarda Bernice avec espoir.

Arista regarda intensément le prélat pendant quelques instants encore, en se demandant ce que tout cela signifiait, mais il était clair que Sauly n'ajouterait pas un mot sur le sujet. Elle se tourna de nouveau pour regarder par la fenêtre. Hilfred allait au trot, près du carrosse, sur son étalon blanc. Contrairement à Bernice, son garde du corps était discret et silencieux. Il était toujours près d'elle, distant, attentif, respectueux de sa vie privée, du moins autant que pouvait l'être un homme à qui l'on avait ordonné de suivre sa protégée partout. Il était toujours visible mais ne regardait jamais : une ombre parfaite. Il s'était toujours comporté ainsi, mais depuis le procès, il était différent. Le changement était subtil, mais elle sentait qu'il s'était un peu éloigné d'elle. Peut-être se sentait-il coupable pour son témoignage, ou peut-être, comme beaucoup d'autres, croyait-il à certaines accusations formulées contre la princesse. Il était possible qu'Hilfred pense servir une sorcière. Peut-être même regrettait-il de l'avoir sauvée de l'incendie au cours de cette nuit tragique. Elle referma le rideau et soupira.

Lorsque la caravane atteignit Ervanon, il faisait nuit. Bernice dormait, la tête pendant mollement au-dessus du panier qui menaçait de tomber. Saldur s'était aussi laissé aller au sommeil, le menton s'affaissant de plus en plus, sursautant parfois pour mieux se rendormir. Arista sentit l'air froid et humide de la nuit lui fouetter le visage lorsqu'elle tordit le cou pour observer par la petite fenêtre l'avant du cortège. Le ciel était constellé d'étoiles, lui donnant une apparence légèrement poudreuse, et Arista distingua la silhouette de la cité sur sa haute colline. Les bâtiments les plus bas n'étaient que des ombres, mais une tour remarquable se dressait parmi eux. La Tour de la Couronne était immanquable. Les remparts d'albâtre qui en entouraient le sommet ressemblaient à une couronne blanche flottant dans les airs. Ce vestige antique de l'Empire du Gardien était facilement reconnaissable comme la plus haute structure bâtie par l'homme. Même à cette distance, l'édifice suscitait l'émerveillement.

La ville était entourée de feux de camp, des lumières vacillantes réparties dans toutes les plaines alentour, comme un essaim de lucioles posé au sol. Lorsque le cortège approcha, la princesse distingua des voix, des cris, des rires, quelques disputes qui s'élevaient des campements le long de la route. Il s'agissait des concurrents pour le tournoi, et il devait y en avoir des centaines. Arista ne put qu'apercevoir la scène en passant. Des visages éclairés par l'éclat des flammes. Des silhouettes qui portaient des assiettes ; des hommes et des jeunes gens assis sur le sol, riant et portant des coupes à leurs lèvres. Les tentes remplissaient l'espace entre les brasiers, des alignements de chevaux attachés et de carrosses stationnaient parmi les ombres.

Les roues et les sabots de son équipage résonnèrent à grand fracas sur la route pavée. Le carrosse passa par une porte et elle ne put distinguer que des torches éclairant parfois un mur, ou quelque brève lumière, derrière une fenêtre. Arista était déçue. Elle avait appris l'histoire de cette ville à l'université de Sheridan et avait hâte de découvrir l'ancien siège du pouvoir qui avait influencé le monde entier. Au cœur du vide politique qui avait suivi la chute de l'ancien Empire novronien, les guerres civiles s'étaient multipliées et les peuples s'étaient divisés suivant les anciennes frontières ethniques d'Apeladorn, donnant ainsi naissance aux quatre nations encore présentes : Trent, Avryn, Calis et Delgos. Au sein de chaque région, divers chefs de guerre s'étaient disputé la suprématie, combattant leurs voisins pour les terres et le pouvoir. Après plus de trois siècles de combats, un seul dirigeant avait obtenu un semblant d'union des quatre nations d'Apeladorn en un nouvel empire. Glenmorgan de Ghent avait mis fin à une ère de guerres civiles et avait su, grâce à des tournois brutaux, réunir Trent, Avryn, Calis et Delgos sous une même bannière. L'Église de Nyphron lui avait apporté son soutien, non sans rappeler au peuple qu'il n'était pas l'Héritier de Novron, en lui donnant le titre de Défenseur de la foi et Gardien de l'Héritier. Pour sceller cette union, les autorités religieuses s'étaient installées à Ervanon et avaient bâti la grande cathédrale à côté du château de Glenmorgan.

Le règne du Gardien n'avait pas duré. D'après le professeur d'Arista, le fils de Glenmorgan n'était pas fait pour la tâche dont il avait hérité et l'Empire du Gardien s'était éteint soixante-dix ans seulement après sa création, s'effondrant avec la trahison de Glenmorgan III par ses nobles. Il ne fallut pas longtemps à Calis et Trent pour se détacher de l'ancienne alliance, et Delgos se déclara république indépendante.

Ervanon fut quasiment ruinée par la guerre qui s'ensuivit, mais par la suite, le patriarche vint s'établir dans le dernier vestige de l'immense palais de Glenmorgan : la Tour de la Couronne. Depuis ce jour, cette tour et la ville autour d'elle devinrent indissociables de l'Église et la cité fut reconnue comme le lieu le plus sacré de ce monde après l'antique, mais disparue, capitale novronienne de Percepliquis.

Le carrosse s'arrêta dans un cahot qui secoua tous ses occupants, réveillant Saldur, tandis que la vieille gouvernante retint une exclamation en voyant le contenu de son panier se répandre sur le sol.

— Nous sommes arrivés, déclara Saldur d'une voix ensommeillée, tandis qu'il se frottait les yeux, bâillait et s'étirait.

Le conducteur bloqua le frein du carrosse, descendit et ouvrit la porte. Une bourrasque de vent humide s'engouffra dans le véhicule et glaça la princesse. Elle sortit, raide et faible, l'esprit embrumé. Le simple fait de se tenir debout immobile semblait étrange. Le petit groupe de voyageurs se tenait au pied de l'immense Tour de la Couronne. Arista leva les yeux et un vertige la saisit. Malgré l'heure tardive, le sommet de l'édifice se détachait nettement du ciel nocturne. La tour s'élevait sur un dôme rocheux nommé la Pointe de Glenmorgan, le plus haut sommet à des lieues à la ronde. Même sans avoir eu à escalader la montagne, la princesse avait l'impression de se tenir sur le toit du monde, tandis qu'elle contemplait la vallée qui s'étendait derrière les murs antiques.

Arista bâilla et frissonna, Bernice lui jeta aussitôt une cape sur les épaules et boutonna le vêtement. Sauly prit plus de temps pour descendre du carrosse. Lentement, il étira l'une après l'autre ses jambes minces vers l'extérieur et testa leur capacité à soutenir son corps.

— Votre Grâce, dit un jeune homme qui arrivait à cet instant, j'espère que vous avez fait bon voyage. L'archevêque m'a chargé de vous dire qu'il attend la princesse dans ses appartements personnels.

Arista était éberluée.

— Maintenant ? s'étonna-t-elle en regardant l'évêque. Vous ne pensez tout de même pas que je vais le rencontrer après une journée de voyage, couverte de poussière et de sueur ? Je fais peur à voir, je dégage une odeur de porcherie et je suis épuisée.

— Vous êtes aussi charmante que de coutume, roucoula Bernice en lissant les cheveux de sa protégée, une habitude que la princesse détestait tout particulièrement. Je suis certaine que l'archevêque, avec la spiritualité qui le caractérise, regardera votre âme et non votre apparence.

Arista adressa un regard incrédule à Bernice, puis leva les yeux au ciel.

Des serviteurs en robes de bure s'affairaient autour d'eux, portaient les bagages, défaisaient les harnais de l'équipage et donnaient à boire aux chevaux.

— Par ici, Votre Grâce, invita le garçon qui guida les voyageurs vers la tour.

Le groupe entra dans une vaste rotonde au sol de marbre poli, orné de colonnes qui séparaient le centre et un promenoir longeant les murs. La princesse distinguait un chant, comme une rumeur très lointaine. Des douzaines de voix, une chorale sans doute, s'élevaient. Les lumières vacillantes de lampes invisibles se réfléchissaient sur les surfaces lisses. Le moindre pas renvoyait un écho puissant.

— Ne puis-je le voir demain matin ?

— Non, répondit Saldur, c'est une affaire importante.

Arista fronça les sourcils et réfléchit. Elle avait cru que la visite à l'archevêque ne serait qu'une formalité, mais elle n'en était plus si sûre. Afin de mener à bien son projet d'usurpation du royaume de Melengar, Percy Braga l'avait accusée du meurtre de son père. Elle n'avait pas pu assister à la scène, mais elle avait ensuite entendu des rumeurs sur les témoignages, y compris celui de son cher Sauly. Si elle en croyait les bruits qui circulaient, Sauly l'accusait non seulement d'avoir tué son père, mais l'accablait aussi du crime de sorcellerie. Elle n'avait jamais parlé avec l'évêque de ces allégations et n'avait demandé aucune explication à Hilfred. Percy Braga était le seul responsable. Il avait trompé tout le monde. Hilfred et Sauly n'avaient fait que ce qui leur semblait le mieux pour le royaume. Pourtant, elle ne pouvait s'empêcher de se demander si ce n'était pas d'elle que l'on se jouait.

D'après l'Église, la sorcellerie et la magie, quelle que soit leur forme, étaient des abominations contraires à la foi. *Si Sauly me croyait coupable, pourrait-il prendre des mesures contre moi ?* Il lui semblait impossible que l'évêque, qu'elle considérait comme un membre de la famille, qui semblait toujours si bon et bienveillant, puisse faire une chose pareille. Pourtant, après presque vingt ans de bons et loyaux services, son oncle Braga avait assassiné son père et également tenté de les tuer, Alric et elle. Sa soif de pouvoir ne connaissait aucune entrave.

Elle était terriblement consciente de la présence d'Hilfred qui montait les marches derrière elle. Ce qui lui avait autrefois procuré un agréable sentiment de sécurité lui apparaissait maintenant comme une menace. *Pourquoi ne m'a-t-il jamais regardée ?* Peut-être qu'elle se trompait. Ce n'était peut-être ni de la culpabilité, ni de la haine, mais simplement une façon de prendre ses distances. Elle avait entendu dire que les fermiers qui élevaient des vaches pour leur lait les appelaient fréquemment Bessie ou Gertrude mais que ceux qui les destinaient aux abattoirs ne leur donnaient jamais de noms.

Les pensées d'Arista commencèrent à s'emballer. La menaient-ils à une cellule pour l'enfermer dans une autre tour ? Allaient-ils l'exécuter, comme l'Église l'avait fait avec Glenmorgan III ? La brûleraient-ils sur le bûcher en justifiant ensuite sa mort par la purification de ses hérésies ? Que ferait Alric lorsqu'il l'apprendrait ? Déclarerait-il la guerre à l'Église ? S'il le faisait, tous les autres royaumes se retourneraient contre lui. Il n'aurait d'autre choix que d'accepter l'édit des adeptes de Nyphron.

Le petit groupe atteignit une porte et l'évêque demanda à Bernice de partir préparer la chambre de la princesse pour son arrivée. Il ordonna à Hilfred d'attendre devant la porte, puis invita Arista à entrer et ferma derrière elle.

La pièce était étonnamment petite, une étude minuscule garnie d'un bureau encombré et de quelques chaises. Des appliques murales soutenaient de vieux livres épais, des parchemins, des sceaux, des cartes et des vêtements cléricaux pour diverses occasions.

Deux hommes attendaient à l'intérieur. Assis derrière le bureau se trouvait l'archevêque, un vieil homme aux cheveux blancs et à la peau ridée. Il arborait une soutane mauve sombre avec une capeline brodée. Une grande étole dorée pendait à son cou comme une écharpe détachée. Il avait un long visage pâle, encore allongé par sa barbe négligée qui touchait le sol lorsqu'il était assis. Ses sourcils étaient si broussailleux que c'en était comique. Il était installé sur un haut banc de bois, un peu courbé, comme s'il se penchait en avant avec intérêt.

Un autre homme, plus jeune, mince et petit, cherchait dans le désordre, agitant ses longs doigts et scrutant les alentours de ses yeux vifs. Il était pâle, lui aussi, comme s'il n'avait pas vu le soleil depuis des années. Ses longs cheveux noirs étaient rassemblés en une queue de cheval serrée qui lui donnait l'air sévère et impressionnant d'un homme consumé par son travail.

— Votre sainteté l'archevêque Galien, déclara Saldur lorsqu'il fut entré, permettez-moi de vous présenter la princesse Arista Essendon de Melengar.

— Je suis ravi que vous ayez pu venir, répondit le vieux prélat.

De nombreuses dents lui manquaient et ses lèvres fines semblaient fréquemment aspirées dans sa bouche. Il avait un timbre de voix râpeux et voilé.

— Je vous en prie, asseyez-vous. Je suppose que la journée a été difficile pour vous, malmenés par les cahots à l'arrière d'un de ces carrosses qui abîment les routes et vous réduisent en charpie. Je déteste monter dedans. Cela ressemble à un cercueil, et à mon âge, on a des réserves à s'enfermer dans une boîte, quelle qu'elle soit. Mais cela est sans doute nécessaire pour notre avenir, pour un avenir que je ne verrai pas.

Il adressa à Arista un clin d'œil inattendu.

— Puis-je vous proposer à boire ? Du vin peut-être ? Carlton, rendez-vous utile, jeune vagabond, et apportez à Son Altesse un verre de Montemorcey.

Le petit homme ne répondit pas mais se dirigea rapidement vers un coffre dans un coin. Il en sortit une bouteille sombre et la déboucha.

— Asseyez-vous, Arista, murmura Saldur à l'oreille de la jeune femme.

La princesse choisit une chaise couverte de velours rouge devant le bureau et, ramenant les pans de sa robe, elle prit place, très raide. Elle était mal à l'aise, mais elle s'efforçait de contrôler sa peur grandissante.

Carlton lui offrit un verre de vin rouge posé sur un plateau d'argent gravé. Elle réfléchit à la possibilité qu'il contienne une drogue ou un poison, mais rejeta ces idées en les jugeant ridicules. *Pourquoi m'empoisonner ou me droguer ? J'ai déjà commis l'erreur fatale de me jeter aveuglément dans votre toile.* Si Hilfred était passé dans leur camp, elle n'avait plus que Bernice pour la protéger contre toutes les forces armées de Ghent. Elle était déjà à leur merci.

Arista prit le verre, remercia Carlton d'un signe de tête, et but une gorgée.

— Ce vin est importé par les Épices de Vandom, de Delgos, lui dit l'archevêque. J'ignore où se trouve Montemorcey, mais son nectar est incroyable. Qu'en pensez-vous ?

— Je tiens à m'excuser, lâcha Arista nerveusement. Je ne pensais pas venir directement auprès de vous. Je croyais que j'aurais le temps de me rafraîchir après ce long voyage. Je suis d'ordinaire plus présentable. Peut-être devrais-je me retirer. Pourrions-nous nous rencontrer demain ?

— Vous êtes charmante. Vous n'y pouvez rien. Les adorables jeunes princesses ont toutes ce don. L'évêque Saldur a bien fait de vous conduire à moi immédiatement, plus encore qu'il ne pense.

— Il s'est passé quelque chose ? demanda Saldur.

— J'ai reçu l'information, littéralement, répondit le prélat en levant les yeux pour désigner le plafond, que Luis Guy voyagerait avec nous.

— La sentinelle ?

Galien acquiesça.

— Cela pourrait être une bonne chose, ne pensez-vous pas ? Il sera accompagné d'un contingent de Seret, je suppose. Cela aidera à maintenir l'ordre.

— Je suis certain que c'est aussi ce que pense le patriarche. Mais de mon côté, je connais le fonctionnement des sentinelles. Il ne m'écoutera pas et ses méthodes sont un peu extrêmes. Mais ce n'est pas l'objet de cette rencontre.

Il marqua une pause, prit une grande inspiration et se tourna vers Arista.

— Dites-moi, mon enfant, que savez-vous d'Esrahaddon ?

Arista eut un coup au cœur mais ne dit rien.

L'évêque Saldur posa une main sur la sienne et sourit.

— Ma chère, nous savons déjà que vous lui avez rendu visite pendant des mois dans la prison de Gutaria et qu'il vous a enseigné tout ce qu'il pouvait de sa vile magie noire. Nous savons aussi qu'Alric l'a libéré. Mais rien de tout cela n'a d'importance maintenant. Ce que nous devons savoir est où il se trouve et s'il vous a contactée depuis sa libération. Vous êtes la seule personne que nous connaissions qui soit susceptible de lui faire confiance et qu'il puisse donc envisager de contacter. Alors, mon enfant, dites-nous, avez-vous communiqué avec lui ?

— Est-ce pour cela que vous m'avez fait venir ? Pour vous aider à localiser un criminel présumé ?

— C'est un criminel reconnu, Arista, corrigea Galien. Malgré tout ce qu'il a pu vous dire, il est…

— Comment savez-vous ce qu'il m'a dit ? Avez-vous prêté attention aux moindres paroles de cet homme ?

— Absolument, répondit le prélat sur un ton calme.

La réponse directe la surprit.

— Ma chère enfant, ce vieux magicien vous a raconté une histoire. Une bonne partie est effectivement vraie ; mais il a omis quantité de détails.

La princesse regarda Sauly, dont l'expression paternaliste lui parut sinistre lorsqu'il hocha la tête.

— Votre oncle Braga n'était pas responsable du meurtre de votre père, lui dit l'archevêque. Le coupable est Esrahaddon.

— C'est absurde, railla Arista. Il était en prison pendant toute cette affaire et ne pouvait pas même envoyer de message vers l'extérieur.

— Ah, mais si, il pouvait, et il l'a fait… grâce à vous. Pourquoi croyez-vous qu'il vous a enseigné comment préparer cette potion de guérison pour votre père ?

— Vous voulez dire, à part pour le soigner ?

— Esrahaddon n'avait que faire d'Amrath. Il ne se souciait pas même de vous. En réalité, il avait besoin que votre père meure. Votre erreur a été d'aller vers lui. De vous fier à lui. Pensiez-vous en faire un ami ? Un vieux tuteur plein de sagesse, comme Arcadius ? Esrahaddon est une bête fauve, pas un gentilhomme honorable. C'est un démon, il est dangereux. Il s'est servi de vous pour s'enfuir. Lorsque vous l'avez rencontré, il avait déjà mis au point un plan pour vous manipuler comme un pion.

Pour s'évader, il fallait que le monarque de ce royaume vienne le libérer. Votre père savait qui il était, ce qu'il était ; il n'aurait donc jamais accepté. Mais Alric, qui ignorait tout de lui, était susceptible de le faire. Il fallait donc que votre père disparaisse. Il suffisait à Esrahaddon de faire croire à l'Église qu'il était l'Héritier. Il savait que cela nous pousserait à agir contre lui.

— Mais pourquoi l'Église voudrait-elle la mort de l'Héritier ? Je ne comprends pas.

— Nous y reviendrons en temps voulu. Disons simplement que son intérêt pour votre père et vous a attiré notre attention. C'est la potion de guérison qu'Esrahaddon vous a fait créer qui a scellé le destin du roi. Elle a teinté son sang pour qu'il semble être le descendant de la famille impériale. Lorsque Braga l'a appris, il a suivi ce qui lui semblait être les désirs de l'Église et a tout mis en œuvre pour se débarrasser d'Amrath et de ses enfants.

— Vous voulez dire que Braga servait l'Église lorsqu'il a fait assassiner mon père ?

— Pas directement, pas officiellement. Mais Braga était très zélé dans ses convictions. Il a agi à la hâte sans attendre l'avis de la *bureaucratie* de l'Église, comme il disait. L'évêque et moi parlons au nom de l'Église lorsque nous disons être vraiment désolés pour la tragédie qui s'est produite. Pourtant, vous devez comprendre que nous ne l'avons pas orchestrée. L'instigateur de tout cela est Esrahaddon, il a mis en route les rouages de son plan menant à la fin de votre père. Il s'est servi de l'Église autant que de vous.

Arista lança un regard terrible à l'archevêque, puis à Sauly.

— Vous saviez tout cela ?

L'évêque acquiesça.

— Comment avez-vous pu laisser Braga tuer mon père ? Il était votre ami.

— J'ai essayé de l'en empêcher, répondit Sauly. Vous devez me croire. Dès l'instant où le test a été réalisé et votre père impliqué, j'ai demandé une réunion urgente du conseil de l'Église, mais je n'ai pu arrêter Braga. Il a refusé de m'écouter et a dit que je perdais un temps précieux.

La peur d'Arista d'être assassinée à son tour s'envola, mais sa colère combla rapidement ce vide. Elle se leva, poings serrés, le regard empli de haine.

— Arista, je sais que vous êtes fâchée, et vous avez d'excellentes raisons de l'être, mais laissez-moi vous expliquer encore, intervint l'archevêque qui attendit qu'elle se rassoie. Ce que je vais vous révéler est le secret le mieux gardé de l'Église de Nyphron. Cette information est strictement réservée aux plus hauts dignitaires du clergé. Je vous la confie car nous avons besoin de votre aide, et je sais que vous ne nous l'accorderez pas tant que vous ne comprendrez pas le pourquoi de tout cela.

Il prit son verre de vin, le vida et se pencha pour parler à voix basse à la jeune femme.

— Pendant les dernières années de l'Empire, l'Église a découvert un complot sinistre et pervers dont le but n'était rien de moins que de réduire l'humanité en esclavage. La conspiration remontait directement à l'empereur. Seule l'Église pouvait sauver les hommes. Nous avons tué l'empereur et essayé de nous débarrasser de sa descendance, mais son fils fut aidé par Esrahaddon. Son héritage lui donne le pouvoir d'invoquer les démons du passé pour précipiter l'humanité dans le chaos. Pour cette raison, l'Église a cherché l'Héritier pour détruire cette lignée dont l'existence représente un couteau sous la gorge de tous les hommes. Après si longtemps, le descendant ne doit même plus avoir conscience de son pouvoir, ni de qui il est. Mais Esrahaddon le sait. Si le magicien le retrouve, il pourra l'utiliser comme une arme contre nous. Personne ne sera à l'abri.

L'archevêque étudia prudemment la princesse.

— Esrahaddon fit autrefois partie du haut conseil. Il était l'un des membres-clés ayant participé à la sauvegarde de l'Empire contre les conspirateurs, mais au dernier moment, il a trahi l'Église. Plutôt que de permettre une transition pacifique, il a causé sans remords une guerre civile qui a détruit l'Empire. Le clergé lui a fait couper les mains et l'a enfermé pendant près d'un millénaire. Que croyez-vous qu'il fera s'il a une chance d'exercer sa vengeance ? Les vestiges d'humanité qui demeuraient encore en lui sont morts dans la prison de Gutaria. Il ne reste qu'un puissant démon obsédé par notre destruction. La vengeance pour la vengeance, cela le rend fou. Il est comme un feu de forêt qui consume tout si on ne l'arrête pas.

» En tant que princesse, vous devez comprendre : des sacrifices doivent être consentis pour la préservation du royaume. Nous regrettons profondément l'erreur commise vis-à-vis de votre père, mais nous espérons que vous arriverez à comprendre, que vous accepterez nos excuses, et que vous nous aiderez à empêcher la destruction du monde que nous connaissons.

» Esrahaddon est un fou, certes incroyablement intelligent, mais qui cherche à tout détruire. L'Héritier serait son arme. S'il le trouve avant nous, si nous ne pouvons l'empêcher de réveiller l'horreur que nous avons maintenue en sommeil pendant des siècles, alors tout ceci, cette cité, le royaume de Melengar, Apeladorn tout entier seront perdus. Nous avons besoin de votre aide, Arista. Nous avons besoin que vous nous assistiez dans la capture d'Esrahaddon.

La porte s'ouvrit brusquement et un prêtre entra.

— Votre Grâce, dit-il, hors d'haleine. La sentinelle appelle le rassemblement de la curie.

Galien hocha la tête et regarda Arista.

— Qu'en dites-vous, ma chère ? Pouvez-vous nous aider ?

La princesse regarda ses mains. Trop de choses tournoyaient follement dans sa tête : Esrahaddon, Braga, Sauly, de mystérieuses conspirations, des potions de guérison. La seule image stable était le souvenir de son père allongé sur son lit, le visage pâle et les draps trempés de sang. Il lui avait fallu si longtemps pour atténuer sa douleur et maintenant… Esrahaddon l'avait-il tué ? L'avaient-ils tous fait ?

— Je ne sais pas, murmura-t-elle.

— Pouvez-vous au moins nous dire s'il vous a contactée depuis son évasion ?

— Je n'ai plus vu Esrahaddon, ni entendu parler de lui depuis longtemps. Cela date d'avant la mort de mon père.

— Vous comprenez, bien sûr, reprit l'archevêque, qu'en l'état vous êtes probablement la personne en qui il aura le plus confiance, et nous aimerions que vous preniez en considération la possibilité d'œuvrer avec nous pour le retrouver. En tant qu'ambassadrice de Melengar, vous pouvez voyager de royaumes en nations sans jamais être soupçonnée. Je comprends bien que pour le moment vous ne soyez pas prête à un tel engagement, aussi ne le demanderai-je pas ; mais je vous en prie, réfléchissez-y. L'Église vous a horriblement trahie, je vous demande toutefois de nous donner une chance de nous racheter à vos yeux.

Arista vida son verre de vin et hocha lentement la tête.

— Vous pensez qu'elle dit la vérité ? demanda l'archevêque.

Il y avait une légère lueur d'espoir sur son visage, assombri par une expression générale de désarroi.

— J'ai senti beaucoup de résistance en elle, ajouta-t-il.

Saldur regardait toujours la porte par laquelle était sortie la princesse.

— De la colère serait un mot plus juste, mais oui, je pense qu'elle disait vrai.

Il se demanda à quoi s'attendait Galien. Pensait-il qu'Arista allait accueillir à bras ouverts sa confession sur le meurtre de son père ? C'était une idée absurde, la tentative désespérée d'un homme englouti par les sables mouvants.

— Cela en valait la peine, déclara l'archevêque sans conviction.

Saldur jouait avec un fil de sa manche et se prit à regretter de ne pas avoir récupéré le reste de la bouteille de Bernice. Il n'était pas amateur de vin. Plus que tout, la mort tragique de Braga était la perte d'une appréciable source d'excellent cognac. L'archiduc s'y connaissait en alcool.

Galien regarda attentivement le prélat.

— Vous êtes bien silencieux, remarqua-t-il. Vous pensez que j'ai eu tort, bien sûr. Vous me l'avez déjà dit. Vous ne vous en êtes pas caché lors de notre dernière rencontre. Vous étiez à l'affût de tous ses faits et gestes. Vous avez chargé ce… cette… (Le vieil homme agita la main vers la porte comme si ce geste avait pu éclaircir sa pensée.)… cette vieille suivante de surveiller son moindre soupir. Et si Esrahaddon l'avait contactée, nous l'aurions su et il n'aurait pas eu l'avantage, mais à présent…

L'archevêque leva les mains, feignant le dégoût en une imitation sarcastique de Saldur.

L'évêque continua à entortiller le fil à l'extrémité de son doigt, de plus en plus serré.

— Vous êtes trop arrogant, l'accusa Galien, sur la défensive. Cet homme est un magicien de l'Empire. Ce qu'il est capable d'accomplir dépasse votre compréhension. Comment savoir s'il ne lui a pas rendu visite sous la forme d'un papillon dans le jardin ? Un papillon de nuit qui serait entré par la fenêtre de sa chambre chaque soir ? Nous devions être sûrs.

— Un papillon ? répéta Saldur, surpris.

— C'est un magicien, bon sang. C'est ce qu'ils font.

— Je doute vraiment…

— Ce qu'il faut retenir, c'est que nous n'étions pas sûrs.

— Ce qui est toujours le cas. Tout ce que je peux dire, c'est que je doute qu'elle ait menti, mais Arista est intelligente. Maribor sait qu'elle l'a déjà prouvé.

Galien leva son verre vide.

— Carlton !

Le serviteur leva la tête.

— Je suis désolé, Votre Grâce, mais je ne la connais pas assez pour donner un avis recevable.

— Par Dieu, je ne vous interroge pas sur elle, je veux seulement un autre verre de vin, imbécile !

— Ah, dit simplement Carlton en prenant la bouteille qui produisit un son creux lorsqu'il la déboucha.

— Le problème, c'est que le patriarche me tient pour responsable de la disparition d'Esrahaddon, continua Galien.

Pour la première fois depuis le départ d'Arista, Saldur se pencha avec intérêt.

— Il vous l'a dit ?

— C'est bien le problème ; il ne m'a rien dit. Il ne parle plus qu'aux sentinelles maintenant. Luis Guy et cet autre, Thranic. Guy est désagréable, mais Thranic…

Il laissa sa phrase en suspens, secoua la tête et fronça les sourcils.

— Je n'ai jamais rencontré de sentinelle, remarqua Saldur.

— Estimez-vous heureux. Mais je pense que cette chance ne durera pas. Guy passe toutes ses matinées en haut, s'entretenant longuement avec le patriarche. (Il joua avec son verre vide, passant le doigt le long du bord.) Il se trouve dans la salle du conseil à cet instant, pour s'adresser à la curie.

— Ne devrions-nous pas y aller ?

— Oui, répondit l'archevêque d'un air misérable, sans pour autant bouger d'un pouce.

— Votre Grâce ? insista Saldur.

— Oui, oui, répondit le prélat en agitant la main. Carlton, donnez-moi ma canne.

Saldur et l'archevêque entrèrent alors que la voix puissante d'un homme résonnait entre les murs. La grande salle du conseil était une pièce circulaire à deux étages qui occupait toute la largeur de la tour. Elle était entourée de fines colonnes groupées par deux pour symboliser la relation entre Novron, le défenseur de la foi, et Maribor, le dieu des hommes. Entre chaque duo se trouvait une grande fenêtre mince et l'ensemble offrait une vue panoramique complète de la campagne environnante. Assis en rangées circulaires, qui semblaient irradier du centre de la pièce, se trouvaient les membres de la curie ; le collège des plus hauts prélats de l'Église de Nyphron. Les dix-huit autres évêques étaient présents pour entendre les paroles que le patriarche avait confiées à Luis Guy.

La sentinelle Luis Guy, un homme grand et mince aux longs cheveux noirs et au regard dérangeant, se dressait au centre de la salle. Aiguisé et droit ; telle fut la première impression de Saldur en découvrant cet homme propre, ordonné, dont on percevait la concentration tant dans les manières que dans le physique. Il avait des cheveux très noirs mais la peau pâle, et le contraste était saisissant. Il arborait une moustache étroite et une barbe courte et sévère, taillée en fine pointe. Il portait la chasuble rouge traditionnelle et une cape à capuche noire réhaussée d'un écusson, soigneusement brodé sur sa poitrine, sur lequel figurait une couronne brisée. Pas un pli ou un cheveu n'était déplacé. Il se tenait droit, et ne regardait pas la foule ; il la transperçait avec intensité.

— … le patriarche pense que Rufus a la force de persuader les nobles de Trent, et l'Église fournira le reste. N'oubliez pas qu'il ne s'agit pas de choisir le meilleur cheval. Le patriarche doit choisir celui qui peut gagner la course, et Rufus est le meilleur candidat. C'est un héros au Sud et un natif du Nord. Il n'entretient pas de liens visibles avec l'Église. Le couronner empereur permettra d'étouffer rapidement les éventuelles protestations d'une grande partie de la population. Rufus ne saura peut-être pas convaincre Trent et Calis de se soumettre au Nouvel Empire, mais il devrait les dissuader de s'allier contre nous. Leur incertitude nous laissera le temps d'affirmer la domination d'un empereur unique sur l'ensemble d'Avryn. Ensuite, méthodiquement, l'un après l'autre, nous forcerons Trent puis Calis à nous rejoindre ou à faire face à une invasion. Avryn étant largement plus riche et plus puissant, il est plus que probable qu'ils se soumettront sans combattre, d'autant plus si Rufus est empereur.

— Vous parlez comme si l'union était déjà acquise, répliqua l'évêque Tidale de Dunmore. Mais Avryn se compose de huit royaumes, et seuls Dunmore, Ghent et Warric sont impérialistes. Et les royalistes ? Ils n'accepteront pas cela sans lutter. Nous ne sommes plus au temps de Glenmorgan, où il n'y avait à combattre qu'une poignée de seigneurs de guerre. Il s'agit maintenant de rois, avec des terres et des titres, qu'ils détiennent depuis des générations.

Alburn et Melengar sont des royaumes anciens et fiers. Même le roi Urith de Rhenydd, aussi pauvre qu'il puisse être, ne mettra pas genou à terre devant Rufus simplement parce que nous lui demanderons. Et que faites-vous de Maranon ? Leurs champs approvisionnent presque tout Avryn en nourriture. Si le roi Vincent résiste, il pourrait nous affamer jusqu'à ce que nous cédions. Et Galeannon ? Le roi Frederick a souvent menacé d'embrasser la cause calianne, préférant devenir le chef puissant d'une petite armée plutôt que le dirigeant trop faible d'une grande puissance. Si nous insistons pour qu'il renonce au peu d'indépendance dont il dispose, nous risquons de le perdre.

— Je puis vous assurer que le roi Frederick s'inclinera devant le trône impérial le moment venu, annonça l'évêque de Galeannon.

— Et ne vous préoccupez pas des champs de blé de Maranon, ajouta le prélat en charge de cette région.

— Comme vous pouvez le constater, le problème des royalistes a été éliminé, déclara Guy avec assurance. Il nous a fallu presque une génération, mais l'Église a réussi à placer des impérialistes loyaux à des postes-clés dans chaque royaume, à l'exception près de Melengar, où nos plans ne se sont pas déroulés comme prévu. Cet échec sera aisément compensé par son caractère unique. Une fois Rufus nommé empereur, tous les autres royaumes prêteront allégeance et Melengar sera seul. Ils devront capituler ou entrer en guerre avec tout le reste d'Avryn. Ainsi, excepté quelques menus problèmes, l'unification d'Avryn est bel et bien achevée. Simplement, nous ne l'avons pas encore annoncé publiquement.

Cette révélation souleva des murmures à travers la pièce.

— Je savais que nous avancions avec succès dans ce projet, dit Saldur à l'archevêque, mais je ne me doutais pas que nous étions si près du but.

— La nomination de Braga à la tête de Melengar devait être le point final, répondit Galien d'un air déçu.

De tous les royaumes que l'Église avait préparés pour l'avènement du Nouvel Empire, seul celui que dirigeait Saldur avait connu un échec.

— Et les nationalistes ? s'enquit le prélat de Ratibor. Ils sont toujours plus nombreux. Nous ne pouvons les ignorer.

— Les nationalistes poseront problème, admit Guy. Depuis des années, les Seret surveillent Gaunt et ses partisans. Ils sont financés par la famille DeLur et d'autres puissants cartels marchands dans la République de Delgos. Ce territoire se complaît depuis trop longtemps dans sa liberté pour être convaincu des vertus d'un gouvernement centralisé. Ses dirigeants craignent déjà la simple idée d'un empire uni. Nous savons donc qu'ils se battront. Il faudra les vaincre sur le champ de bataille, ce qui explique aussi le choix de Rufus par le patriarche. C'est un seigneur de guerre sans pitié. Écraser les nationalistes sera son premier acte en tant qu'empereur. Delgos tombera peu après.

— Avons-nous des troupes pour prendre Delgos ? demanda le prélat Krindel, l'historien en résidence. Tur Del Fur est défendue par une forteresse naine. Elle a tenu face à un siège de deux ans mené par Dacca.

— J'ai précisément réfléchi à ce problème et je pense avoir une solution… originale.

— Et quelle est-elle ? demanda Galien d'un ton soupçonneux.

Luis Guy leva la tête.

— Ah, archevêque, quelle gentillesse de vous joindre à nous. J'ai envoyé un émissaire informant du début de cette réunion il y a une heure.

— Comptez-vous me donner la fessée pour être arrivé en retard, Guy ? Ou essayez-vous simplement d'éviter ma question ?

— Vous n'êtes pas prêts à entendre la réponse à une telle interrogation, répliqua la sentinelle, s'attirant un regard chargé de reproches du prélat. Vous ne me croiriez pas si je vous le disais, et vous n'approuveriez sans doute pas. Mais le moment venu, et cela sera nécessaire, soyez assurés que la forteresse de Drumindor tombera, et Delgos avec elle.

L'archevêque fronça les sourcils devant la condescendance de son interlocuteur, mais avant qu'il puisse faire un commentaire, Saldur reprit la parole :

— Et le peuple des roturiers ? Acceptera-t-il un nouvel empereur ?

— J'ai arpenté de long en large le territoire des quatre nations pour promouvoir ce tournoi. Les hérauts l'ont annoncé de Dagastan au sud à Morneplaine au nord ; tout Apeladorn est informé de l'événement. Sur les marchés, dans les tavernes et les cours de palais, l'impatience est à son comble. Lorsque nous annoncerons le but véritable de ce tournoi, le peuple sera déchaîné. Messieurs, nous vivons des heures exaltantes. Il n'est plus question de savoir *si* mais *quand* le Nouvel Empire sera instauré. Tous les préparatifs sont achevés. Il ne nous reste plus qu'à donner la couronne.

— Et le roi Ethelred de Warric ? s'enquit Galien. Est-il d'accord ?

Guy haussa les épaules.

— Il n'est pas ravi de céder son trône pour devenir vice-roi, mais peu de monarques le sont, même ceux que nous avons mis sur le trône. C'est incroyable comme les dirigeants s'habituent vite à être appelés « Votre Majesté ». Mais je lui ai promis qu'étant le premier à remettre sa couronne, il serait en première ligne sous le nouvel ordre. Il assurera très probablement le poste de régent, administrant l'Empire au nom du seigneur Rufus, lorsque celui-ci devra partir pour réprimer toute révolte. J'ai également suggéré qu'il pourrait rester chef du conseil. Cela a semblé le satisfaire.

— Je n'aime toujours pas l'idée de confier le pouvoir à Rufus et Ethelred, grommela Saldur.

— Ce ne sera pas le cas, l'assura Galien. C'est l'Église qui tirera les ficelles. Ils sont le visage de l'Empire mais nous en sommes l'esprit. L'Église nommera un délégué permanent au palais du Nouvel Empire, qui sera chargé de veiller à la construction du nouvel ordre. Le patriarche vous en a-t-il informé ? ajouta-t-il à l'intention de Guy.

— En effet.

— Et a-t-il dit qu'il assumerait en personne cette responsabilité ?

— En raison de son âge avancé, le patriarche ne pourra assurer cette lourde tâche. Il choisira un membre de cette assemblée et lui donnera tout pouvoir pour agir de manière autonome au nom de toute la Communauté de Nyphron.

Cette personne recevra le titre de corégent auprès d'Ethelred, au moins pendant la phase de reconstruction.

— Un tel homme jouira d'un immense pouvoir, remarqua l'archevêque.

Saldur devina à sa voix, sans doute comme toutes les personnes présentes, qu'il savait que ce ne serait pas lui.

— Serez-vous cet homme ? reprit Galien.

Guy secoua la tête.

— Ma tâche, comme celle de mon père avant moi, et de son père autrefois, est de trouver l'Héritier de Novron. Le patriarche m'a demandé de l'assister dans les affaires qui concernent la mise en place immédiate de l'Empire, et je suis ravi de lui obéir. Mais je ne me laisserai pas distraire du but de toute une vie.

— De qui s'agira-t-il, alors ?

— Sa Sainteté n'a pas encore décidé, répondit Guy. Je pense qu'il attend de voir comment se déroule le défi. (Il y eut un moment de silence pendant lequel tous attendirent que Guy parle de nouveau.) C'est un moment historique. Tout ce pour quoi nous avons œuvré, tout ce qui a été soigneusement nourri pendant des siècles est maintenant sur le point de donner des fruits. Nous nous tenons au seuil d'une aube nouvelle pour l'humanité. Ce qui a été initié il y a près d'un millénaire va s'achever avec cette génération. Puisse Novron bénir nos mains.

— Il est impressionnant, dit Saldur à Galien.

— Vous trouvez ? répliqua l'archevêque. Tant mieux, parce que vous venez avec nous.

— Au tournoi ?

Le prélat acquiesça.

— J'ai besoin d'une présence pour contrebalancer celle de Guy. Vous pourrez peut-être vous révéler aussi gênant pour lui que vous l'avez été pour moi.

Arista hésita devant la porte, une simple bougie à la main. Derrière le battant, elle entendait Bernice s'agiter, arranger le lit, verser de l'eau dans la bassine, préparer la tenue de nuit d'Arista avec ses manières de nourrice qui glaçaient la jeune femme. Arista était épuisée mais elle n'avait aucune envie d'ouvrir la porte. Elle devait réfléchir à trop de choses et ne pourrait pas supporter Bernice en même temps.

Combien de jours ?

Elle essaya de les compter dans sa tête, les repassant mentalement, pour retrouver les souvenirs de ces jours de confusion entre la mort de son père et celle de son oncle ; il s'était passé tant de choses en si peu de temps. Elle revoyait encore le visage blême de son père allongé sur le lit, une seule larme de sang sur la joue, et la tache sombre qui s'étalait sur le matelas.

Arista regarda Hilfred qui se tenait près d'elle.

— Je ne suis pas encore prête à aller me coucher, dit-elle.

— Comme il vous plaira, ma dame, répondit-il à voix basse, comme s'il comprenait son besoin de ne pas alerter la terrible suivante dans la chambre.

La princesse se mit à marcher sans but. Elle avança jusqu'au bout du couloir. Ce simple fait lui donna un sentiment d'autonomie, l'impression d'aller quelque part sans y être poussée et entraînée malgré elle. Hilfred suivait à trois pas de distance, son épée claquant contre sa cuisse, un son qu'Arista avait entendu pendant des années, régulier comme le balancier d'une horloge, marquant les secondes de sa vie.

Combien de jours ?

Sauly savait que son oncle Percy allait tuer son père. Il le savait avant que cela ne se produise ! Combien de temps l'avait-il appris avant le jour fatidique ? Quelques heures ? Des jours ? Des semaines ? Il disait avoir voulu l'empêcher. C'était un mensonge, sans aucun doute. Pourquoi ne pas le dénoncer ? Pourquoi ne pas en informer son père ? Mais Sauly l'avait peut-être fait. Amrath pouvait avoir refusé d'écouter. Était-il possible qu'Esrahaddon l'ait réellement utilisée ?

Le couloir faiblement éclairé tournait en suivant les murs de la tour. L'absence de décor surprenait Arista. Bien sûr, la Tour de la Couronne n'était qu'une infime partie de l'ancien château, un simple escalier d'angle. Les pierres étaient de vieux blocs taillés mis en place des siècles auparavant. Elles avaient toute la même allure : crasseuses, couvertes de suie et jaunes comme de vieilles dents. Elle passa plusieurs portes avant d'atteindre un escalier qu'elle emprunta. Elle appréciait de pouvoir marcher après une si longue immobilité.

Combien de jours ?

Elle se souvint des recherches de son oncle pour trouver Alric, sa façon de la surveiller, de la faire suivre. Si Saldur était informé des projets de Percy, pourquoi n'était-il pas intervenu ? Pourquoi avait-il permis qu'elle soit enfermée dans une tour et soumise à ce procès abject ? Sauly les aurait-il laissés l'exécuter ? Si seulement il avait pris la parole. S'il l'avait soutenue. Alors, elle aurait pu exiger l'emprisonnement de Braga. La bataille de Medford aurait pu être évitée et tous ces gens vivraient encore.

Combien de jours, avant la mort de Braga, Saldur a-t-il su… sans rien faire ?

C'était une question sans réponse. Elle tentait de s'en convaincre, mais elle voulait à tout prix connaître le fin mot de l'histoire.

Et quelle était cette histoire de destruction de l'humanité ? Elle savait qu'ils la croyaient naïve. *Me prennent-ils également pour une ignorante ?* Aucune personne n'avait le pouvoir de réduire toute une race en esclavage. Sans compter ce récit aberrant selon lequel l'idée émanait de l'empereur. C'était absurde, il dominait déjà le monde entier !

L'escalier aboutissait à une pièce circulaire plongée dans l'obscurité. Il n'y brûlait ni applique, ni torche, ni lanterne. Sa petite bougie était la seule source de lumière. Arista s'engagea sur le palier, suivie par Hilfred. Ils avaient atteint la couronne d'albâtre près du sommet de la tour. La jeune femme ressentit un malaise immédiat. Il lui semblait être une intruse en terre interdite. Rien n'était pourtant conçu pour donner cette impression, hormis l'obscurité. Ses sensations étaient celles d'un enfant explorant un grenier, dans le silence et les ombres qui suggéraient des trésors cachés, oubliés au fil du temps.

Comme tout le monde, elle avait grandi bercée par les contes des trésors de Glenmorgan, dissimulés au sommet de la Tour de la Couronne. Elle connaissait même l'histoire qui voulait qu'ils aient été volés, puis remis à leur place la nuit suivante. Cette tour était l'objet de bien des légendes, sur des personnages célèbres emprisonnés en son sommet. Des hérétiques comme Edmund Hall, qui était censé avoir découvert l'entrée de la ville sainte de Percepliquis et l'avait payé en restant prisonnier le reste de sa vie, isolé de tous pour ne pouvoir révéler son secret.

C'était ici. Tout était ici.

Arista parcourut la pièce. Ses pas résonnaient singulièrement sur le sol de pierre, peut-être en raison du plafond bas. Sans doute n'était-ce là que l'effet de son imagination. Elle leva sa bougie et aperçut une porte de l'autre côté de la salle. C'était un panneau ancien, grand et large, qui n'était ni en bois comme les autres fermetures de la tour, ni en fer ou en acier. C'était une porte de pierre, en un seul bloc massif qui ressemblait à du granit et semblait déplacé contre les murs d'albâtre poli.

La princesse la regarda, perplexe. Il n'y avait ni serrure, ni poignée, ni gonds. Rien ne semblait en permettre l'ouverture. Elle réfléchit à la possibilité de frapper. *Que pourrais-je obtenir à taper contre du granit hormis des articulations en sang?* Elle posa une main sur la porte et poussa, mais rien ne se produisit. Arista jeta un coup d'œil vers Hilfred, qui se tenait près d'elle, silencieux.

— Je voulais juste contempler la vue depuis le sommet, lui dit-elle en s'imaginant ce qui pouvait lui passer par la tête.

Elle entendit alors quelque chose, un son traînant, des pas au-dessus d'elle. Elle inclina la tête et leva sa bougie. Des toiles d'araignées couvraient le plafond de bois. Mais il y avait clairement quelqu'un ou quelque chose là-haut.

Le fantôme d'Edmund Hall!

L'idée surgit dans son esprit, et elle secoua la tête à cette idée stupide. Elle pourrait peut-être courir se pelotonner dans son lit et demander à tatie Bernice de lui lire une belle histoire pour la nuit ? Mais cela l'intriguait tout de même. Qu'y avait-il derrière cette porte si solide ?

— Ohé ? lança une voix, la faisant sursauter.

Arista aperçut au-dessous d'elle une nouvelle lueur et entendit des bruits de pas.

— Il y a quelqu'un là-haut ? ajouta l'inconnu.

La jeune femme réfréna une soudaine envie de se cacher, et elle l'aurait fait s'il y avait eu le moindre endroit où se dissimuler, et si Hilfred ne l'avait pas accompagnée.

— Qui est là ?

Une tête apparut, à l'angle de l'escalier du bas. C'était un homme, un prêtre sans doute, à en juger par son apparence. Il portait une robe noire avec une sorte d'écharpe violette qui pendait sur ses épaules. Il avait les cheveux clairsemés et de là où elle se tenait, Arista distinguait un début de calvitie à l'arrière du crâne, comme une île bronzée au milieu d'une mer de cheveux grisonnants. L'homme tenait une lanterne au-dessus de sa tête et la regardait, les yeux plissés, l'air perplexe.

— Qui êtes-vous ? demanda-t-il d'un ton neutre.

Il n'était ni menaçant, ni accueillant. Tout simplement curieux.

Arista sourit, gênée.

— Je suis Arista, Arista de Melengar.

— Arista de Melengar ? répéta-t-il d'un air songeur. Puis-je vous demander ce que vous faites ici, Arista de Melengar ?

— Honnêtement ? Je… eh bien, j'espérais atteindre le sommet de la tour pour profiter de la vue. C'est la première fois que je viens ici.

Le prêtre sourit et commença à rire.

— Alors vous visitez ?

— Oui, on peut dire cela.

— Et ce gentilhomme à vos côtés, lui aussi, il visite ?

— Non, c'est mon garde du corps.

— Garde du corps ? releva l'homme en se figeant. Toutes les jeunes dames de Melengar bénéficient-elles d'une telle protection lorsqu'elles voyagent à l'étranger ?

— Je suis la princesse de Melengar, fille du défunt roi Amrath et sœur du monarque Alric.

— Aaah ! s'exclama le prêtre qui entra enfin dans la pièce et se dirigea vers eux. C'est ce que je pensais. Vous faites partie de la caravane qui est arrivée ce soir, vous êtes la dame qui est arrivée avec l'évêque de Medford. J'ai vu le carrosse royal, mais je ne savais pas quel membre de la famille il abritait.

— Et vous êtes ? demanda Arista.

— Oh, oui, je suis désolé, je suis monseigneur Merton de Ghent, et j'ai passé mon enfance dans cette même région, dans un petit village nommé Iberton, à un jet de pierre d'Ervanon. Mon père était pêcheur. Nous œuvrions toute l'année, au filet en été, à l'hameçon en hiver. Apprenez à un homme à pêcher, et il n'aura jamais faim, c'est ma devise. Je suppose que c'est un peu pour cela que je me suis retrouvé ici, si vous voyez ce que je veux dire.

Arista sourit poliment et jeta un regard vers la porte de pierre.

— Je suis navré, mais cette porte ne donne pas vers l'extérieur, et j'ai peur que vous n'ayez pas accès au sommet.

Il leva la tête vers le plafond et ajouta à voix basse :

— C'est là qu'*il* vit.

— Il ?

— Sa Sainteté, le patriarche Nilnev. Le dernier étage de cette tour est son sanctuaire. Je viens parfois ici, juste pour m'asseoir et écouter. Quand tout est silencieux, lorsque le vent se tait, je peux parfois l'entendre bouger. Il m'a semblé une fois l'entendre parler, mais ce n'était peut-être qu'une illusion de mes oreilles et de mes espoirs. C'est comme si Novron lui-même était là-haut, en ce moment, à nous regarder et à veiller sur nous. Enfin, si vous le désirez, je sais où vous trouverez une belle vue. Suivez-moi.

Le prêtre se retourna et redescendit les marches. Arista jeta un dernier regard vers la porte et le suivit.

— Quand sort-il ? demanda la jeune femme. Le patriarche, je veux dire ?

— Il ne sort jamais. Du moins, pas à ma connaissance. Il vit dans l'isolement total, pour ne faire qu'un avec notre Seigneur.

— S'il ne sort jamais, comment savez-vous qu'il est vraiment là-haut ?

— Mmmh ? (Merton regarda la jeune femme derrière lui et gloussa.) Oh, eh bien, il s'entretient tout de même avec quelques personnes. Il tient des réunions privées avec quelques privilégiés qui transmettent sa parole aux autres.

— Et qui sont ces gens ? L'archevêque ?

— Parfois, mais dernièrement, ses décrets nous sont parvenus par le biais des sentinelles. (Il interrompit sa descente et se tourna vers elle.) Je suppose que vous avez entendu parler d'eux ?

— Oui, répondit-elle.

— En tant que princesse, il me semblait bien.

— Pour tout dire, nous n'avons pas eu la visite de l'un des leurs à Melengar depuis des années.

— C'est compréhensible. Ils ne sont plus que quelques-uns et ils doivent couvrir un territoire très vaste.

— Pourquoi sont-ils si peu ?

— Sa Sainteté n'en a plus nommé de nouveaux, pas depuis qu'il a ordonné Luis Guy. Je pense qu'il était le dernier.

Pour Arista, ce fut la première bonne nouvelle du jour. Les sentinelles étaient connues comme les chiens de garde de l'Église. Créé à l'origine pour trouver l'Héritier perdu, ce corps commandait les célèbres chevaliers de l'Ordre de Seret. Ces hommes étaient chargés de faire respecter la volonté de l'Église. Ils surveillaient les laïcs comme les religieux, traquant tout signe d'hérésie. Lorsque les Seret menaient l'enquête, ils trouvaient forcément un coupable, et quiconque protestait se voyait également accusé.

Monseigneur Merton guida la princesse jusqu'à une porte située deux étages plus bas et frappa.

— Qu'est-ce que c'est ? demanda une voix agacée.

— Nous sommes venus profiter de la vue, répondit Merton.

— Je n'ai pas de temps à te consacrer aujourd'hui, Merton, va ennuyer quelqu'un d'autre et laisse-moi en paix.

— Ce n'est pas pour moi. La princesse Arista de Medford est ici, et elle voudrait contempler le paysage depuis la tour.

— Oh, non, vraiment, protesta Arista en secouant la tête. Ce n'est pas si important. Je voulais juste…

La porte s'ouvrit d'un coup sur un homme rondouillard, sans un seul cheveu sur le crâne. Il était tout de rouge vêtu, une corde tressée dorée ceinte autour de sa large taille. Il essuya ses mains graisseuses sur une serviette et regarda Arista intensément.

— Par Mar ! C'est bien une princesse.

— Janison ! coupa Merton. Je t'en prie, ce ne sont pas des paroles qui siéent à un prélat de l'Église.

Le gros homme jeta un regard renfrogné à Merton.

— Vous voyez comme il me traite ? Il me prend pour Uberlin en personne parce que j'aime manger et que j'apprécie un petit verre de temps à autre.

— Ce n'est pas moi qui te juge mais notre seigneur Novron. Pouvons-nous entrer ?

— Oui, oui, bien sûr, allez-y.

La pièce était un désordre de vêtements, parchemins et peintures, étalés sur le sol ou amassés dans des paniers et des coffres. Un bureau occupait une extrémité et une grande table plate et inclinée se trouvait de l'autre côté. Les deux meubles étaient couverts de tas de cartes, de bouteilles d'encre, et de douzaines de plumes. Rien ne semblait à sa place, si tant est que ces objets en aient une.

— Oh…

Arista interrompit son « Oh, ciel ! » en s'apercevant qu'elle était sur le point d'imiter Bernice.

— Oui, c'est un spectacle étonnant. Le prélat Janison est loin d'être ordonné.

— Je suis soigneux avec mes cartes et les choses importantes.

— Pas aux yeux de Novron.

— Vous voyez ? Et bien sûr, je ne peux rien y redire. Comment espérer tenir tête à Sa Sainteté monseigneur Merton, qui guérit les malades et converse avec Dieu ?

Arista, qui suivait Merton parmi le fatras vers un mur tendu de rideaux, s'arrêta en se souvenant d'une histoire de son enfance. Elle regarda le prêtre et se rappela.

— Vous êtes le sauveur de Fallon Mire ?

— Ah ah ! Bien sûr, il ne vous a rien dit. Cela serait pécher par orgueil d'admettre qu'il est l'élu de notre Seigneur.

— Oh, arrête, répliqua Merton qui adressa à son tour un regard noir à Janison.

— Était-ce vous ? insista Arista.

Merton acquiesça en fusillant du regard le prélat bedonnant.

— J'ai entendu toute l'histoire. Cela remonte à quelques années. Je devais avoir cinq ou six ans quand la peste s'est abattue sur Fallon Mire. Tout le monde tremblait car le fléau s'étendait vers le sud, et Medford ne se trouvait pas très loin. Je me souviens que mon père avait envisagé de déplacer la cour aux Champs de Drondil, mais il ne l'a jamais fait. En effet, la peste n'a jamais migré vers le nord.

— Parce qu'il y a mis fin, déclara Janison.

— Ce n'était pas moi ! coupa Merton. C'était Novron.

— Mais c'est bien lui qui t'a envoyé là-bas ? Je me trompe ?

Merton soupira.

— Je n'ai fait que ce que le Seigneur attendait de moi.

Janison regarda Arista.

— Vous voyez, comment puis-je espérer rivaliser avec l'homme que Dieu lui-même a choisi pour ses petites conversations quotidiennes ?

— Vous avez vraiment entendu la voix de Novron vous demander de sauver le peuple de Fallon Mire ?

— Il a dirigé mes pas.

— Mais tu lui parles également, le pressa Janison en regardant la princesse. Il refuse de l'admettre, évidemment. Dire une telle chose serait une hérésie et Luis Guy se trouve à l'étage d'en dessous. Il n'a que faire de son miracle. (Janison s'assit sur un tabouret et gloussa.) Non, notre bon monseigneur ici présent ne reconnaîtra jamais converser avec le Seigneur, mais c'est pourtant la vérité. Je l'ai entendu. Tard, la nuit, dans les couloirs, quand il croit que tout le monde dort. (Janison monta sa voix d'une octave comme s'il imitait une jeune fille.) « Oh, seigneur, pourquoi me tenir éveillé avec ce mal de tête alors que j'ai tant d'ouvrage demain matin ? Comment ? Oh, je vois, cela est fort sage de votre part. »

— Il suffit, Janison, déclara Merton d'un ton sévère.

— Oui, je n'en doute pas, monseigneur. Maintenant, allez profiter de la vue et laissez-moi savourer mon repas.

Janison saisit une patte de poulet et se remit à mâcher, pendant que Merton ouvrait les rideaux et révélait une fenêtre magnifique. Elle était immense, presque de la largeur de la pièce et uniquement divisée par trois colonnes de pierre. La vue était à couper le souffle. La lune généreuse éclairait la nuit comme une lanterne que l'on aurait pu toucher du doigt, suspendue au milieu d'une multitude d'étoiles étincelantes.

Arista posa la main sur le rebord et baissa les yeux. Elle distinguait la ligne argentée et sinueuse d'une rivière au loin, les eaux brillantes sous le clair de lune. En bas de la tour, des feux de camp entouraient la ville comme de petits éclats vacillants, semblables à des étoiles terrestres. En regardant directement vers la base de l'édifice, la princesse fut saisie par le vertige et son cœur battit plus vite. Elle se demanda à quelle distance elle se trouvait du sommet, leva les yeux et compta trois étages en plus, avant d'atteindre la couronne d'albâtre.

— Merci, dit-elle à Merton avant d'adresser un signe de tête à Janison.

— Soyez assurée, Votre Altesse, qu'il est bien là-haut.

Elle hocha la tête, mais elle ignorait si le prêtre faisait référence à Dieu ou au patriarche.

4

Dahlgren

Pendant cinq jours, Royce, Hadrian et Thrace marchèrent vers le nord à travers la mer d'arbres, sans nom, qui bordait Avryn à l'est, une région revendiquée à la fois par Alburn et Dunmore. Les deux puissances réclamaient la propriété du vaste et dense bois qui les séparait, mais avant la création de Dahlgren, aucun n'avait semblé pressé de coloniser les lieux. L'immense forêt, connue comme l'Est ou les terres sauvages, restait sans coupe, ni changement ni souillure. Le chemin sur lequel avançait le petit groupe en quittant Alburn vers le nord était une large route, mais il s'était réduit à deux pistes divisées par une ligne d'herbe, puis à un seul sentier de terre qui menaçait de disparaître à tout instant. Aucune barrière, pas de ferme, nul relais parmi cette muraille d'arbres. Ils ne croisèrent aucun voyageur. Les cartes du Nord-Est, où ils se trouvaient, étaient vagues, avec peu de repères et devenaient entièrement vierges au-delà du fleuve Nidwalden.

La beauté de la forêt était à couper le souffle, avec une dimension presque spirituelle. Des ormes monolithiques se dressaient majestueusement, et leurs branches entremêlées créaient un tunnel de verdure impressionnant. Cela rappelait à Hadrian les rares fois où il avait passé la tête dans la cathédrale de Mares, à Medford. Les troncs élancés s'inclinaient au-dessus du chemin, comme les arcs-boutants de la grande église, formant une nef naturelle. Des rayons de lumière tamisée perçaient la canopée de biais, comme s'ils pénétraient par une galerie de fenêtres dans les hauteurs. Le sol était tapissé d'éventails de fougères aux ramifications délicates, poussant sur la végétation brunie de l'année précédente, comme un tapis tendre sous les pieds. Un chœur d'oiseaux invisibles s'élevait dans les arbres et la couche de feuilles mortes bruissait d'écureuils et de tamias avec autant de fracas qu'une foule animée de toussotements, murmures et bruits de pas. L'ensemble était superbe mais dérangeant, comme si les voyageurs avaient nagé trop loin en mer, dérivant vers l'inconnu, l'invisible, vers des rivages sauvages.

Les derniers jours, le voyage s'était avéré de plus en plus difficile. Les récents orages de printemps avaient abattu des arbres sur les chemins, ce qui bloquait le passage aussi sûrement qu'une porte de forteresse. Le petit groupe descendit de cheval et se fraya un passage parmi les buissons épais, tandis que Royce cherchait un moyen de contourner l'obstacle. Les heures passèrent mais ils ne purent retrouver la route. Couverts d'écorchures et de sueur, ils guidèrent les chevaux à travers plusieurs petites rivières, et se retrouvèrent même en haut d'une falaise.

Hadrian regarda en bas de la colline rocheuse et adressa un regard sceptique à Royce. D'ordinaire, le mercenaire ne remettait pas en question le sens de l'orientation de son associé, ni ses choix d'itinéraires. Royce avait un talent inné pour se repérer dans la nature, comme il l'avait prouvé à de multiples reprises. Hadrian leva la tête. Il ne distinguait ni le soleil, ni le ciel. Il n'y avait aucun point de repère dans ce décor de branches et de feuilles. Royce ne l'avait jamais déçu, mais c'était la première fois que le duo se retrouvait dans un tel endroit.

— Tout va bien, lui dit Royce avec une pointe d'agacement.

Le petit groupe descendit laborieusement, Royce et Thrace menant les chevaux en marchant à côté, pendant qu'Hadrian dégageait la route. Lorsqu'ils atteignirent le bas, ils trouvèrent un ruisseau, mais pas de chemin. Hadrian regarda de nouveau son ami, mais cette fois, le voleur ne fit aucun commentaire, tandis qu'ils poursuivaient leur route à travers la zone de végétation la moins dense.

— Là-bas, dit Thrace en désignant une clairière révélée par un rayon de soleil qui avait réussi à percer la canopée.

Après quelques pas, le groupe découvrit une petite route. Royce l'étudia un moment puis se contenta de hausser les épaules, remonta à cheval et éperonna Souris.

Ils émergèrent de la forêt comme d'une caverne profonde, retrouvant pour la première fois depuis des jours un espace ouvert et exposé directement aux rayons du soleil. Dans la clairière, près de la margelle d'un puits, grossièrement taillée dans le bois, se trouvait un enfant au milieu de huit cochons occupés à brouter l'herbe. L'enfant n'avait pas plus de cinq ans et tenait un grand bâton fin, son visage couvert de poussière et de sueur affichant une expression songeuse. Hadrian n'aurait su dire s'il s'agissait d'une fille ou d'un garçon, car rien ne permettait de faire la distinction. L'enfant était vêtu d'un simple sarrau de lin, sali et usé, percé de tant de trous et déchirures qu'on aurait pu les prendre pour les motifs du vêtement.

— Pearl ! s'exclama Thrace en descendant maladroitement de Millie, si vivement que la jument vira. Je suis revenue.

Elle se dirigea vers l'enfant et ébouriffa sa tignasse emmêlée.

D'après ce qu'Hadrian avait compris, la fillette réagit à peine à la venue de la jeune femme, et continua à regarder fixement les nouveaux arrivants, les yeux écarquillés.

Thrace écarta les bras avec enthousiasme et tourna sur elle-même.

— Voici Dahlgren, ma maison.

Hadrian descendit de sa monture et regarda autour de lui, perplexe. Ils se trouvaient dans un pré soigneusement tondu par le bétail, près d'un puits fait de planches maladroitement assemblées, avec sur le bord un seau humide qui gouttait régulièrement. Deux autres chemins cahoteux croisaient celui par lequel ils étaient arrivés, formant un triangle autour du puits. De tous côtés, la forêt les entourait. Des arbres massifs d'une taille incroyable obstruaient encore le ciel, à l'exception de l'espace au-dessus de la clairière, où Hadrian pouvait enfin contempler le bleu pâle de la fin d'après-midi.

Le mercenaire prit un peu d'eau dans le seau de bois pour se débarrasser de la sueur qui perlait sur son visage, et Millie manqua de le faire tomber lorsqu'elle le repoussa pour enfoncer le museau dans le seau et boire longuement.

— Qu'est-ce que c'est que cette cloche ? demanda Royce en descendant de Souris et en désignant quelque chose dans les ombres.

Hadrian regarda et découvrit avec surprise une immense cloche de bronze accrochée à un balancier, lui-même attaché à une branche basse d'un chêne tout proche. Hadrian songea que si l'objet avait été posé sur le sol, Royce aurait pu se tenir debout en dessous. Une corde pendait, nouée en plusieurs endroits.

— C'est nouveau, commenta le mercenaire en se dirigeant vers la cloche. Quel son rend-elle ?

— Ne la faites pas sonner ! s'exclama Thrace. (Hadrian leva les sourcils.) Nous ne l'utilisons que pour les urgences.

Le mercenaire regarda la cloche et remarqua les images en relief de Maribor et Novron, ainsi que les lignes d'écritures religieuses qui l'entouraient.

— C'est assez extravagant pour… hum…

Il regarda la clairière déserte autour de lui.

— C'était l'idée du diacre Tomas. Il n'arrêtait pas de dire : « un village n'en est pas un tant qu'il n'a pas d'église ; et une église n'en est pas une si elle n'a pas de cloche. » Tout le monde a participé. Le vieux marquis a tout rassemblé et a passé commande pour nous. La cloche a été finie bien avant que nous ne trouvions le temps de bâtir une église. Monsieur McDern est parti avec ses bœufs et l'a ramenée depuis Ervanon. Lorsqu'il est revenu, il n'y avait nulle part où la mettre et il avait besoin de sa charrette. Mon père a eu l'idée de l'accrocher ici et de s'en servir comme alarme jusqu'à ce que l'église soit bâtie. Cela s'est passé une semaine avant le début des attaques. À l'époque, personne n'imaginait à quel point elle nous serait utile.

Elle regarda un moment l'immense cloche, en silence, puis ajouta :

— Je déteste le son de cette cloche.

Une bourrasque de vent souleva les feuilles, envoyant une mèche de cheveux sur son visage. Elle la repoussa et se détourna du chêne et de son ornement incongru.

— C'est par là que vivent la plupart d'entre nous, dit-elle en désignant le chemin de fortune.

Hadrian repéra des constructions dans les ténèbres, dans un léger creux, derrière un rideau de solidages et de laiterons. Il s'agissait de petits bâtiments de bois aux clayonnages enduits de torchis – un mélange de boue, de paille et de fumier. Les toits étaient en chaume, les fenêtres, de simples trous dans les murs. La majorité des maisons n'avait pas de portes, celles-ci avaient été remplacées par des rideaux qui voletaient, révélant des sols de terre. Près d'une bâtisse, il aperçut un potager profitant d'un rayon de soleil.

— Là devant, c'est la maison de Mae et Went Drundel, expliqua Thrace. Enfin, maintenant, ce n'est que celle de Mae. Went et les garçons ont été… pris… il n'y a pas longtemps. À gauche, celle avec le jardin appartient aux Bothwick. Je gardais souvent Tad et les jumeaux, mais Tad est maintenant assez grand pour surveiller tout seul les petits. Ils sont vraiment comme ma famille. Lena et ma mère étaient très proches. Derrière, vous pouvez voir le toit de McDern. Monsieur McDern est le forgeron du village et le propriétaire de la seule paire de bœufs. Il les prête à tout le monde, ce qui le rend très populaire au printemps. À droite, là où il y a une balançoire, c'est la maison des Caswell. Maria et Jessie sont mes meilleures amies. Mon père a fixé cette balançoire pour nous, peu de temps après notre arrivée. J'y ai passé certaines des meilleures journées de ma vie.

— Et votre maison ? demanda Hadrian.

— Mon père l'a bâtie un peu plus loin, sur le versant de la colline, dit-elle en désignant un petit chemin qui partait vers l'est. C'était la plus belle maison du village, la meilleure ferme en vérité. Tout le monde le disait. Mais à présent, il n'en reste presque plus rien.

Pearl continuait à contempler fixement le petit groupe, surveillant chacun de leurs gestes.

— Bonjour, lui dit Hadrian qui sourit en s'accroupissant. Je m'appelle Hadrian et voici mon ami Royce.

Pearl lui jeta un regard terrible, puis recula en brandissant le petit bâton devant elle.

— Tu ne parles pas beaucoup, n'est-ce pas ? ajouta le mercenaire.

— Ses parents ont été tués il y a deux mois pendant qu'ils cultivaient leurs champs, expliqua Thrace en couvant l'enfant d'un regard compréhensif. Il faisait jour, et comme tous les autres, ils se croyaient à l'abri, mais le temps était orageux. Les nuages avaient assombri le ciel. (Thrace marqua une pause avant de reprendre.) Beaucoup de gens sont morts ce jour-là.

— Où sont les autres ? s'enquit Royce.

— Ils doivent tous être aux champs à cette heure, pour rapporter la première moisson de foin. Mais ils reviendront bientôt, il se fait tard. Pearl surveille les cochons de tout le village, n'est-ce pas, Pearl ?

La fillette hocha vigoureusement la tête, tenant son bâton à deux mains tandis qu'elle gardait un œil prudent sur Hadrian.

— Qu'y a-t-il là-bas ? demanda Royce.

Il s'était éloigné de la forêt et regardait le chemin qui partait vers le nord.

Hadrian le suivit, laissant Millie boire au seau d'eau, tandis qu'elle chassait de sa queue une poignée de mouches obstinées. Hadrian dépassa un bosquet d'épicéas et découvrit une colline déboisée, à quelques centaines de mètres seulement. Au sommet se trouvait une sorte de palissade de troncs coupés et au centre une grande maison de bois.

— C'est le château du marquis. Le diacre Tomas a décidé d'y faire office de gardien jusqu'à ce que le roi nomme un nouveau seigneur. Il est très gentil et je pense qu'il ne vous en voudra pas d'utiliser les écuries, puisqu'il n'y a pas d'autres chevaux dans le village. Pour le moment, vous pouvez simplement les attacher au puits, et nous irons voir mon père.

» Pearl, surveille leurs affaires et maintiens les cochons à l'écart. Si Tad, Hal ou Arvid reviennent avant moi, dis-leur de conduire les chevaux au château et de demander au diacre s'ils peuvent les mettre à l'écurie, d'accord ?

La fillette hocha la tête.

— Est-ce qu'elle parle ? demanda Hadrian.

— Oui, mais plus beaucoup. Allons, je vais vous mener à ma… ce qui était ma maison. Mon père doit y être. Ce n'est pas loin et le trajet est agréable.

Elle partit devant eux vers l'est, empruntant le chemin qui descendait la colline, en passant parmi les maisons. Pendant qu'ils marchaient, Hadrian put mieux voir le village. Il distinguait davantage de maisons, toutes très petites et fragiles, sans doute constituées d'une pièce unique. Il y avait également de plus petites structures, quelques celliers de bois dressés sur des pilotis pour décourager les rongeurs, et ce qui ressemblait à un appentis commun, mais n'avait pas davantage de porte solide.

— Je vais demander aux Bothwick de vous accueillir pendant votre séjour. Moi-même, je reste avec eux, ils…

Thrace s'interrompit. Elle se cacha le visage dans les mains et ravala un sanglot tandis que ses lèvres se mettaient à trembler.

Près du chemin, non loin de la maison avec une balançoire, deux planches de bois se dressaient dans la terre fraîchement retournée. Elles étaient gravées aux noms de Maria et Jessie Caswell.

La ferme de la famille Wood apparut en bas du chemin. Plusieurs hectares étaient déboisés, surtout en bas de la colline ou des plants de blé luxuriants poussaient en rangées parfaitement droites. Un mur bas, bâti en pierres soigneusement alignées, entourait le périmètre. C'était un champ magnifique, d'une belle terre noire, retournée avec soin, bien plantée, et consciencieusement irriguée.

La propriété surplombait les champs. La maison n'était plus qu'une coquille vide, en ruine, sans toit, le chaume répandu dans la cour et éparpillé par le vent. Seules quelques poutres restaient, des montants brisés qui se dressaient comme des os cassés saillant sous la peau. La moitié basse du bâtiment et la cheminée étaient en pierres des champs, de tailles inégales, qui semblaient presque intactes. Quelques rochers étaient entassés là où ils avaient glissé de leur emplacement, mais la majorité de la construction était étrangement bien conservée.

Peu de choses retinrent l'attention d'Hadrian. Sous une fenêtre, il vit une jardinière festonnée gravée d'une image de cerf. La porte d'entrée, en chêne solide, ne comportait ni pointe, ni jointure visible. Les pierres des murs, alternant des teintes grises, roses et fauves, étaient toutes taillées avec soin, plates et fines. Le sentier incurvé était bordé de buissons patiemment élagués en haie.

Theron Wood était assis au milieu de sa maison en ruine. L'imposant fermier avait une courte tignasse de cheveux gris couronnant un visage à la peau tannée par le vent et le soleil. Il semblait surgi de la terre elle-même, comme le tronc tordu d'un grand arbre, son visage évoquait l'aplomb d'une falaise usée par les intempéries. Il était installé sur le mur encore debout, une faux calée entre les jambes, et passait lentement une pierre à aiguiser sur la grande lame incurvée. L'ustensile frottait le métal d'avant en arrière et l'homme regardait fixement les champs verdoyants en contrebas, avec une expression qu'Hadrian assimila à du mépris.

— Papa ! Je suis de retour, annonça Thrace en courant vers le vieil homme pour se pendre à son cou. Tu m'as manqué.

Theron la laissa l'embrasser et jeta un regard noir vers les deux hommes.

— Alors ce sont eux ?

— Oui. Voici Hadrian et Royce. Ils ont fait tout le chemin depuis Colnora pour nous aider. Ils pourront récupérer l'arme dont nous a parlé Esra.

— J'ai déjà une arme, gronda le fermier qui se remit à aiguiser sa lame.

Le son rendu était froid et grinçant.

— Ça ? demanda Thrace. Une faux ? Le marquis avait une épée, un bouclier et une armure, et il…

— Pas ça, j'ai une autre arme, bien plus grande, bien plus acérée.

Perplexe, la jeune fille regarda autour d'elle. Le vieil homme ne précisa pas ce qu'il voulait dire.

— Je n'ai pas besoin de ce qu'il y a dans cette tour pour tuer la bête, reprit-il.

— Mais tu m'as promis.

— Et je tiens parole, répliqua-t-il en passant encore une fois la pierre sur la tranche de sa lame. Attendre n'a fait qu'aiguiser encore mon arme.

Il plongea la pierre dans un seau d'eau posé près de lui. Il la leva de nouveau vers le fer, mais s'interrompit.

— Chaque jour, je me lève et je vois le lit brisé de Thad, et le berceau de Caryet. Je vois le tonneau qu'avait fait Thad, réduit en miettes, les champs que j'avais plantés pour lui, qui poussent malgré moi. C'est la meilleure récolte depuis dix ans. J'en aurais tiré assez pour payer les dettes et acheter des outils. J'aurais pu mettre de l'argent de côté. Je lui aurais bâti une échoppe. J'aurais peut-être pu payer une enseigne et même de vraies fenêtres de verre. Il aurait pu avoir une belle porte plate, avec des gonds et des clous. Sa boutique aurait été plus belle que n'importe quelle maison du village. Mieux que le château. Les gens seraient venus la contempler en se demandant quel grand homme pouvait posséder un tel commerce. Quel talent devait avoir ce tonnelier de village pour se permettre une telle échoppe !

» Et ces bâtards de Glamrendor qui ne laissaient pas Thad toucher une planche... Ils n'auraient jamais rien vu de tel. Il y aurait eu un toit de bardeaux et des avant-toits festonnés, un comptoir en chêne dur, et des crochets de fer pour tenir les lanternes, s'il avait eu besoin de travailler tard la nuit pour terminer toutes ses commandes. Ses tonneaux auraient été entreposés dans un abri près du magasin. Un bel entrepôt, grand comme une grange, que j'aurais peint d'un rouge vif pour que tout le monde le remarque. Je lui aurais aussi trouvé une charrette, même s'il avait fallu la construire de mes propres mains, pour vendre ses produits dans tout Avryn, et même à Glamrendor. Je les aurais menés en personne juste pour voir leur expression étonnée et jalouse.

« Bien le bonjour ! », voilà ce que j'aurais dit, avec un sourire de crocodile. « Voilà un nouvel arrivage de beaux tonneaux de Thaddeus Wood, le meilleur tonnelier d'Avryn. » Ils auraient fait la grimace, ils auraient juré. « Ouais, mon p'tit gars, et ce n'est pas un fermier, non monsieur. » Avec lui, les Wood seraient devenus des artisans et des marchands.

» Et puis ce village aurait grandi. Des gens seraient venus s'installer, établir leurs échoppes, mais Thad aurait toujours été le premier, le plus influent, le meilleur. J'y aurais veillé. Bientôt, ici, ce serait devenu une ville, une grande cité, et les Wood auraient été la famille la plus florissante, une dynastie de marchands qui aurait donné de l'argent pour les arts et se serait promenée dans de beaux carrosses. Cette maison aurait été un vrai palais, parce que Thad aurait insisté, mais ça m'aurait été égal, oui, monsieur. Je me serais contenté de regarder Caryet grandir, apprendre à lire et écrire, peut-être devenir magistrat. Mon petit-fils en robe noire ! Oui, monsieur, le magistrat Wood se rend à la cour dans ce beau carrosse et je suis là pour le regarder.

» Je vois bien tout ça. Tous les jours quand je me lève ; je m'assois, je regarde la Colline Rocheuse, et je vois tout ça. C'est juste là, dans ce champ qui pousse devant moi. Je n'ai pas sarclé. Je n'ai pas pioché. Mais regardez. Les meilleures pousses que j'ai jamais fait pousser, plus hautes chaque jour.

— Papa, s'il te plaît, viens avec nous chez les Bothwick. Il se fait tard.

— C'est ma maison ! cria le vieil homme, mais sans s'adresser à sa fille.

Il regardait toujours les champs. Il aiguisa de nouveau la faux. Thrace soupira.

Un long silence se fit.

— Tes amis et toi, partez. J'ai juré de ne pas la chercher, mais il y a toujours un risque qu'elle vienne à moi.

— Mais, Papa…

— Je t'ai dit de partir avec eux. Je n'ai pas besoin de vous ici.

Thrace jeta un regard vers Hadrian. Elle avait les larmes aux yeux. Ses lèvres tremblaient. Elle resta là où elle se trouvait pendant un moment, vacillante, puis soudain, elle partit en courant sur le chemin qui menait au village. Theron l'ignora. Le vieux fermier inclina la lame de sa faux de l'autre côté et se remit à affûter. Hadrian le regarda quelque temps, le son de la pierre sur le métal couvrait les sanglots de plus en plus distants de la jeune fille. L'homme, impassible, ne leva pas les yeux une seule fois, ni vers le mercenaire, ni pour regarder sa fille s'éloigner.

Hadrian retrouva Thrace seulement quelques douzaines de mètres plus haut. Elle était agenouillée et pleurait. Son corps frêle était secoué par les sanglots et ses cheveux ondulaient au même rythme. Il posa doucement la main sur son épaule.

— Votre père a raison. Il possède une arme terriblement acérée.

Royce les rattrapa, un morceau de bois brisé à la main. Il baissa les yeux vers Thrace, l'air mal à l'aise.

— Quoi de neuf ? demanda le mercenaire avant que son associé ne dise quoi que ce soit de trop maladroit.

— Qu'est-ce que tu penses de cela ? répondit Royce en tendant le débris qui avait dû faire partie de la charpente de la maison.

C'était une poutre large et épaisse, en bon chêne massif, prélevée sur le tronc d'un vieil arbre. Le morceau était marqué de quatre trous profonds.

— Des traces de griffes ? proposa Hadrian qui prit le morceau et plaça sa main dessus, doigts écartés. Des marques de griffes géantes ?

Royce hocha la tête.

— Quoi que ce soit, ce monstre est énorme. Alors pourquoi personne ne l'a-t-il jamais vu ?

— La nuit est très sombre par ici, leur expliqua Thrace en se levant et en essuyant ses joues.

Une étrange expression passa sur son visage et elle se dirigea vers un forsythia à fleurs jaunes qui poussait sous un érable. Thrace avança d'un pas hésitant, se pencha et ramassa ce qu'Hadrian prit pour un tas de vêtements et d'herbe sèche. Elle retira soigneusement les feuilles et brindilles et découvrit une poupée grossière aux cheveux faits de fils et aux yeux cousus en X.

— C'est la vôtre ? demanda-t-il.

Elle secoua la tête en silence. Après un instant, elle répondit :

— Je l'avais faite pour Caryet, le fils de Thad. C'était son cadeau d'hivernal, son préféré. Il le promenait partout. (Elle retira les dernières herbes de la poupée et la caressa.) Il y a du sang dessus, dit-elle d'une voix tremblante.

Elle serra le jouet contre sa poitrine et murmura :

— Il oublie que… c'était aussi ma famille.

Royce estimait que la soirée était encore jeune lorsqu'ils revinrent au cœur du village, mais la lumière avait déjà baissé, le soleil voilé était totalement englouti par les grands arbres. La fillette et son troupeau de cochons avaient disparu, ainsi que leurs chevaux et le matériel. À la place, il vit une foule qui accourait avec une précipitation qui le mit mal à l'aise.

Des hommes traversaient la clairière en portant des binettes, des haches et des piles de bois coupé sur leurs épaules. La plupart marchaient pieds nus, vêtus de tuniques tachées de sueur. Les femmes suivaient avec des fagots de brindilles, de roseaux, d'épaisses herbes des marais et de tiges de lin. Elles ne portaient pas davantage de chaussures et leurs cheveux étaient relevés, rassemblés sous de simples étoffes. Royce comprit l'émoi de Thrace face à la robe qu'ils lui avaient offerte car toutes les femmes portaient des sarraus cousus par leurs soins, d'une même couleur blanchâtre naturelle, sans le moindre ornement.

Tous semblaient avoir chaud et ils paraissaient épuisés. Ils avaient hâte d'atteindre leurs maisons pour se délester de leur charge. Lorsque le trio s'approcha du village, un jeune homme leva les yeux et se redressa. Il portait une faux sur les épaules, et entourait le long manche de ses bras.

— C'est qui ? demanda-t-il.

Cela attira l'attention des autres. Une vieille femme regarda fixement les nouveaux venus, sans lâcher son sac de brindilles. Un homme torse nu aux bras puissants abaissa son chargement de bois pour assurer sa prise sur la hache. Il regarda Thrace, qui essuyait encore ses yeux rouges, et avança vers le petit groupe en passant son outil dans la main droite.

— Vince, on a de la visite ! cria-t-il.

Un homme plus petit et plus âgé, à la barbe mal entretenue tourna la tête et lâcha également son fardeau. Il regarda celui qui avait remarqué en premier les arrivants.

— Tad, va chercher ton 'pa.

Le jeune homme hésita.

— Vas-y maintenant, mon gars !

Tad partit rapidement vers les maisons.

— Ma petite Thrace, demanda la vieille femme, tu vas bien ?

L'homme barbu lança un regard terrible aux deux voleurs.

— Qu'est-ce qu'ils t'ont fait, fillette ?

Tandis que les hommes avançaient, Royce et Hadrian se rapprochèrent en regardant Thrace avec espoir. Le voleur glissa une main dans les pans de sa cape.

— Oh, non ! lança brusquement Thrace. Ils ne m'ont rien fait.

— Ça m'a pas l'air de rien. Tu disparais des semaines et puis tu resurgis en larmes, habillée comme une…

Thrace secoua la tête.

— Je vais bien, c'est juste mon père…

Les hommes s'arrêtèrent. Ils gardèrent un œil prudent sur les étrangers, mais adressèrent des regards compréhensifs à la jeune fille.

— Theron est un bon gars, lui dit Vince, un type solide. Il va s'en sortir, tu verras. Il a juste besoin de temps.

Elle hocha la tête, mais elle dut se forcer.

— Alors, vous êtes qui tous les deux ?

— Ce sont Hadrian et Royce, parvint enfin à dire Thrace, de Colnora, à Warric. Je leur ai demandé de venir nous aider. Voici monsieur Griffin, le fondateur du village.

— Je suis arrivé avec une hache, un couteau, et pas grand-chose de plus ; ces pauvres âmes ont été assez folles pour me suivre, parce que j'ai dit que la vie était meilleure ici et qu'ils ont été assez bêtes pour me croire. (Il tendit la main.) Appelez-moi Vince.

— Je suis Dillon McDern, annonça le grand homme torse nu. Je suis le forgeron du coin. Je pense que vous aurez besoin de mes services. Vous avez des chevaux, pas vrai ? Mes petits gars m'ont dit qu'ils en avaient mené deux au manoir, il y a peu.

— Voici Mae, dit Vince en désignant la vieille femme qui hocha la tête d'un air solennel.

Maintenant qu'elle ne doutait plus que Thrace était indemne, elle reprit sa posture voûtée, son regard se ternit et se fit distant, et elle s'éloigna avec un chargement de branchettes.

— Ne faites pas attention à elle. Elle est… Eh bien, ça n'a pas été facile pour Mae dernièrement.

Vince jeta un regard à Dillon qui acquiesça.

Le garçon envoyé par le vieil homme revint accompagné. L'homme, plus âgé que McDern mais plus jeune que Griffin, plus mince que les deux, arriva en traînant les pieds, les yeux plissés malgré la lumière rare. Il tenait entre ses mains un petit cochon qui se débattait pour fuir.

— Pourquoi t'as amené ton cochon, Russel ? demanda Griffin.

— Le gamin a dit que vous aviez besoin de moi, que c'était urgent.

Griffin jeta un coup d'œil à Dillon, qui lui rendit son regard en haussant les épaules.

— Tu trouves que les urgences exigent souvent un cochon, c'est ça ?

Russel grimaça.

— Je viens de la rattraper. Elle s'est énervée toute la journée avec Pearl, c'est pas facile de la tenir. Je ne la laisse pas filer à la nuit tombée. Alors ? Quelle est l'urgence ?

— Finalement, aucune. Fausse alerte, répondit Griffin.

Russell secoua la tête.

— Par Mar, Vince, tu m'as fait une peur pas possible. La prochaine fois, je suppose que tu vas sonner la cloche juste pour voir les gens s'évanouir.

— C'était pas volontaire, répondit Vince en inclinant la tête vers Royce et Hadrian. On pensait que ces gaillards mijotaient quelque chose.

Russell les observa.

— Des visiteurs, hein ? D'où vous venez tous les deux ?

— Colnora, répondit Thrace. Je les ai invités. Esra a dit qu'ils pourraient aider mon père. J'espérais que tu les laisserais rester avec nous.

Russell la regarda et poussa un grand soupir, une moue lui déformant la bouche.

— Oh, eh bien… heu, ce n'est pas grave, bafouilla Thrace d'un air mal à l'aise. Je peux demander au diacre Tomas s'il…

— Bien sûr qu'ils peuvent rester avec nous, Thrace. Tu ne devrais même pas avoir à demander.

L'homme plaça le cochon sous son bras et caressa la joue de la jeune fille.

— C'est juste que Lena et moi, on… on pensait que t'étais partie pour de bon. On s'était dit que t'avais trouvé un nouveau foyer.

— Je n'abandonnerais jamais mon père.

— Non. Non, je suppose que tu ne ferais pas ça. Ton 'pa et toi, vous vous ressemblez là-dessus. Des rocs, tous les deux, et que Maribor vienne en aide à la charrue qui vous trouvera sur sa route.

Le cochon tenta de s'enfuir, se tordit, donna des coups de pattes en poussant des cris. Russell le rattrapa juste à temps.

— Je dois rentrer. Ma femme va me chercher. Viens, Thrace, et amène tes amis. (Il les guida parmi les petites maisons.) Par Mar, fillette, où t'as trouvé cette robe ?

Royce ne bougea pas, alors que les autres se mettaient en marche. Hadrian le regarda curieusement, mais il suivit Russell. Le voleur resta sur le chemin, immobile, étudiant les villageois qui semblaient mener une course contre les dernières lueurs du jour : ils tiraient de l'eau, pendaient des vêtements, rassemblaient les bêtes. Pearl vagabondait au-delà du puits, son troupeau de cochons se trouvant réduit à deux animaux. Mae Drundel sortit de chez elle, sa coiffe retirée et ses cheveux gris pendants. Contrairement aux autres, elle marchait sans hâte. Elle se dirigea vers le côté de sa maison, où Royce remarqua trois piquets comme ceux des Caswell. Elle resta là un moment, s'agenouilla un peu, puis rentra lentement. Elle fut la dernière du village à disparaître dans les bâtiments.

Il ne resta bientôt plus que Royce et un autre homme près du puits.

Ce n'était pas un fermier.

Royce l'avait remarqué dès leur retour, sa longue silhouette appuyée sur la margelle, caché dans les ombres, où il se fondait presque dans le décor, silencieux. La chevelure de l'homme, noire et parsemée de quelques fils gris, tombait librement sur ses épaules. Ses pommettes étaient hautes et ses yeux sombres et menaçants. La longue robe qui l'enveloppait étincelait sous les derniers rayons de lumière. Il était assis, sans bouger. C'était un homme à l'aise avec l'attente, qui avait appris à être patient.

Il ne semblait pas vieux mais Royce ne s'y trompait pas. Il n'avait pas beaucoup changé en deux ans, depuis que Royce, Hadrian et le jeune prince Alric, accompagnés d'un moine du nom de Myron, l'avaient aidé à s'échapper de la prison de Gutaria. La couleur de sa robe était différente, mais encore indéfinissable. Cette fois, il sembla à Royce qu'elle jouait sur des dégradés de turquoise et de vert sombre, et comme avant, les manches étaient suffisamment longues pour cacher l'absence de mains. Il portait également une barbe, une nouveauté.

Ils se regardèrent, de part et d'autre de l'étendue d'herbe. Royce avança en silence pour venir se placer devant lui. Ils ressemblaient à deux spectres se retrouvant à la croisée d'un chemin.

—Cela fait longtemps... Esra, n'est-ce pas? Ou dois-je dire monsieur Haddon?

L'homme inclina la tête et leva les yeux.

—Je suis, moi aussi, enchanté de te voir, Royce.

— Comment connaissez-vous mon nom ?

— Je suis un magicien, à moins que ce détail ne t'ait échappé lors de notre précédente rencontre.

Royce marqua une pause et sourit.

— Vous savez, vous avez raison, c'est peut-être le cas. Vous devriez sans doute me l'écrire pour que je ne l'oublie pas la prochaine fois.

Esrahaddon leva un sourcil.

— C'est un coup bas.

— Comment savez-vous qui je suis ?

— Eh bien, j'ai vu *La Conspiration de la couronne*, lors de mon passage à Colnora. J'ai trouvé la mise en scène pitoyable et l'orchestration lamentable, mais l'histoire était bonne. J'ai particulièrement apprécié la fuite audacieuse de la tour, et le petit moine était hilarant… de loin mon personnage préféré. J'ai été ravi de constater qu'il n'y avait aucun magicien dans ce conte. Je me demande qui je dois remercier pour ce petit résumé ; pas toi, je suppose.

— Et ils n'ont pas utilisé nos vrais noms. Donc, une fois de plus, comment les connaissez-vous ?

— Comment découvririez-vous votre nom, si vous étiez à ma place ?

— Je demanderais à des gens qui le savent. Alors, à qui avez-vous demandé ?

— Pourquoi ne me le dis-tu pas ?

Royce fronça les sourcils.

— Vous répondez toujours à une question par une autre question ?

— Désolé, c'est une habitude. J'ai été professeur pendant de longues années de ma vie d'homme libre.

— Votre façon de parler a changé, remarqua Royce.

— Merci de le remarquer. J'y ai travaillé dur. Je me suis assis dans nombre de tavernes ces deux dernières années pour écouter. J'ai un talent pour les langues, j'en parle plusieurs. Je ne connais pas encore tous les termes familiers, mais je n'ai pas eu beaucoup de mal à m'adapter à la grammaire générale. Il s'agit de la même langue, après tout, le dialecte que vous pratiquez est simplement... moins sophistiqué que celui auquel j'étais accoutumé. Cela me donne l'impression de parler avec un accent un peu fruste.

— Donc, vous avez découvert qui nous étions en demandant et en assistant à de mauvaises pièces, et vous avez appris la langue en écoutant les conversations des ivrognes. Alors dites-moi, pourquoi êtes-vous ici et pourquoi nous avoir fait venir ?

Esrahaddon se leva et fit lentement le tour du puits. Il contempla sur le sol les derniers rayons de soleil qui se répandaient en traversant les feuilles d'un peuplier.

— Je pourrais te dire que je me cache ici, et cela semblerait plausible. Je pourrais prétendre avoir entendu parler du fléau qui s'abat sur ce village, et dire que je suis venu apporter mon aide, parce que c'est ce que font les magiciens. Bien sûr, nous savons tous les deux que tu ne croirais aucune de ces réponses. Alors gagnons du temps. Pourquoi ne me dis-tu pas toi-même pourquoi je suis ici ? Ensuite, tu pourras essayer de déterminer à ma réaction si tu as vu juste ou non, car c'est ce que tu prévois de faire de toute manière.

— Tous les magiciens sont-ils aussi insupportables ?

— Bien pires, j'en ai peur. Je suis le plus jeune et le plus avenant d'entre eux.

Un jeune homme, que Royce crut reconnaître comme un nommé Tad, trotta vers eux un seau à la main.

— Il se fait tard, dit-il avec un regard troublé, tandis qu'il puisait de l'eau.

Quelques mètres plus loin, le voleur repéra une femme qui se débattait avec une chèvre têtue et cherchait à la faire rentrer, tandis qu'un garçonnet poussait l'animal par-derrière.

— Tad ! cria un homme, et le garçon au puits se retourna brusquement.

— J'arrive ! répondit-il.

Il sourit et adressa un signe de tête aux deux hommes, prit son seau d'eau et retourna sur ses pas, renversant la moitié de l'eau dans sa hâte.

Le voleur et le magicien se retrouvèrent de nouveau seuls.

— Je pense que vous êtes ici parce que vous avez besoin de quelque chose qui est caché dans Avempartha, déclara Royce. Et je ne pense pas que ce soit une épée tueuse de démon. Vous vous servez de cette pauvre fille et du tourment de son père pour nous appâter, Hadrian et moi, dans ce village et tourner la poignée que vous ne pouvez évidemment pas faire jouer.

Esrahaddon soupira.

— Quelle déception. Je te croyais plus intelligent, et ces références constantes à mon handicap sont réellement minables. Je ne me sers de personne.

— Vous prétendez donc qu'il y a vraiment une arme dans cette tour ?

— Très exactement.

Royce étudia un moment le magicien puis fit la moue.

— Tu n'arrives pas à déterminer si je mens ou pas, n'est-ce pas ? le nargua Esrahaddon avec un sourire suffisant.

— Je ne pense pas que vous mentiez, mais je ne crois pas que vous disiez la vérité non plus.

Le magicien leva les sourcils.

— Ah, voilà qui est mieux. Il y a peut-être un espoir.

— Il y a probablement une arme dans cette tour. Il se peut qu'elle ait le pouvoir de tuer… cette chose, quelle que soit la menace qui rôde ici, mais vous avez aussi bien pu invoquer cette bête pour servir de prétexte à notre venue.

— Logique, approuva Esrahaddon en hochant la tête. Une manipulation morbide, mais je suis ton raisonnement. Souviens-toi, les attaques ont commencé à toucher le village alors que j'étais encore en prison.

Royce prit un air renfrogné.

— Alors, pourquoi êtes-vous ici ?

Esrahaddon sourit.

— Tu dois comprendre une chose, mon garçon : les magiciens ne sont pas des sources intarissables d'informations. Mais il faut que tu sois conscient d'un fait : le fermier Theron et sa fille seraient morts à cette heure si je n'étais pas venu la charger d'aller vous trouver.

— Parfait, la raison de votre présence ici ne me concerne pas, je peux accepter cela. Mais pourquoi suis-je ici, moi ? Vous pouvez au moins me dire cela, je pense. Pourquoi prendre la peine de trouver nos noms et de chercher où nous nous trouvions, ce qui m'impressionne beaucoup d'ailleurs, alors que n'importe quel voleur aurait pu crocheter votre serrure et ouvrir la tour ?

— Parce que les autres n'auraient pas fait l'affaire. Tu es le seul que je connaisse qui puisse ouvrir Avempartha.

Royce le regarda intensément.

— Il y a ici un monstre qui tue sans discrimination, déclara Esrahaddon avec un sérieux inattendu. Nulle arme forgée par un homme ne peut le blesser. Il vient la nuit et les villageois meurent les uns après les autres. Rien ne l'arrêtera à part l'épée qui se trouve dans cette tour. Tu dois trouver un moyen d'entrer et de la récupérer.

Royce continuait à le dévisager.

— Tu as raison, ce n'est pas l'entière vérité, mais ça l'est au moins en partie, et c'est tout ce que je souhaite t'expliquer… pour le moment. Pour en apprendre davantage, il te faudra entrer dans les lieux.

— Voler des épées, marmonna Royce pour lui-même. Très bien, allons voir cette tour. Plus tôt je la découvrirai, plus tôt je pourrai commencer à regretter de m'être embarqué là-dedans.

— Non, répondit le magicien.

Il baissa de nouveau les yeux vers le sol, où le soleil n'était même plus visible.

— La nuit approche, il faut nous mettre à l'abri. Nous irons au matin, mais ce soir, nous devons nous cacher avec les autres.

Royce regarda le magicien un instant.

— Vous savez, quand je vous ai rencontré la première fois, j'avais entendu toutes ces histoires, racontant quel magicien terrifiant vous étiez, pouvant invoquer la foudre et déplacer des montagnes, et finalement, vous ne pouvez même pas combattre un petit monstre ou ouvrir la porte d'une vieille tour. Je vous croyais plus puissant que cela.

— Je l'étais répondit Esrahaddon, et pour la première fois, il leva les bras et laissa glisser ses manches, révélant les moignons à leur extrémité. Exercer la magie, c'est un peu comme jouer du violon : c'est extrêmement difficile quand on n'a plus de mains.

Le dîner du soir était composé d'un potage de légumes, d'un ragoût léger de poireaux, céleris, oignons et pommes de terre dans un bouillon clair. Hadrian ne se servit qu'une petite part, loin de le rassasier, mais il trouva le plat étonnamment goûteux ; un mélange de saveurs inconnues qui laissait une sensation épicée sur le palais.

Lena et Russell Bothwick tinrent leur promesse de les accueillir pour la nuit, une offre d'autant plus généreuse que les voleurs découvrirent une petite maison déjà pleine à craquer. Le couple avait deux enfants, quatre cochons, deux moutons et une chèvre nommée Mammy, et tout ce petit monde s'entassait dans une seule grande pièce. Les moustiques se joignirent à la fête, prenant la relève des mouches qui les avaient harcelés le jour. Il était difficile de respirer dans la maison emplie de fumée, d'odeurs d'animaux et de la vapeur qui s'élevait de la marmite. Royce et Hadrian s'assirent sur le sol d'un petit coin de terre le plus près possible de l'issue, sans porte.

— Je ne connaissais rien à l'agriculture, leur expliquait Russell Bothwick.

Comme la plupart des hommes du village, il portait une chemise usée et légère qui lui pendait jusqu'aux genoux, serrée à la taille par une cordelette. Il avait des poches sombres sous les yeux, un autre trait commun à tous les habitants de Dahlgren.

— Je fabriquais des bougies à Drismoor. J'étais compagnon dans une petite échoppe de la rue d'Hithil. C'est Theron qui nous a permis de survivre pendant notre première année ici. Nous serions morts de faim ou de froid sans Theron et Addie Wood. Ils nous ont pris sous leur aile et nous ont aidés à bâtir cette maison. Theron m'a appris à labourer un champ.

— Addie a été ma sage-femme quand j'ai eu les jumelles, dit Lena en servant une louche dans des bols que Thrace donna aux enfants.

Les fillettes et Tad, exilés sur la mezzanine, sortirent de leurs lits de paille et regardèrent en bas, mentons et mains sur le bord du plancher, les yeux alertes.

— Et c'était Thrace qui nous gardait, complétèrent-ils.

— Nous n'avons pas hésité une seconde à l'héberger ici, dit Russell. J'aimerais seulement que Theron vienne aussi, mais il est têtu.

— Je n'en reviens pas de cette robe, elle est si belle, répéta Lena qui regardait Thrace en secouant la tête.

Russell marmonna quelque chose mais personne n'entendit ses paroles, étouffées par une bouchée de ragoût.

Lena se renfrogna.

— Eh bien, elle est vraiment jolie.

Elle cessa d'en parler mais continua à regarder fixement le vêtement. Lena était une femme maigre aux cheveux châtain clair, coupés court, ce qui lui donnait des airs de garçon manqué. Son nez était si pointu qu'on aurait pu couper du parchemin avec. Elle était couverte de taches de rousseur et n'avait pratiquement pas de sourcils. Les enfants lui ressemblaient tous, fille et garçon ayant la même coupe rase, tandis que Russell était chauve.

Thrace les amusa du récit de ses aventures dans la grande ville, de ce qu'elle avait vu, et des gens qu'elle avait croisés. Elle expliqua qu'Hadrian et Royce l'avait menée dans un hôtel somptueux. Une expression inquiète passa sur le visage de Lena, mais elle se détendit en prenant en compte d'autres détails. Thrace était intarissable sur son bain pris dans une baignoire d'eau chaude, avec du savon parfumé et sur la nuit passée dans un grand lit de plumes sous un toit aux poutres solides. Elle ne mentionna pas l'Arche des commerces, ni ce qui s'y était passé.

Envoûtée par le récit, Lena faillit laisser brûler le reste de ragoût. Russell ne cessa de marmonner et grommeler pendant tout le repas. Esrahaddon était assis dos au mur, entre le rouet de Lena et la baratte à beurre. Sa robe était maintenant d'un gris sombre. Il était si silencieux qu'on aurait pu le prendre pour une ombre. Pendant le repas, Thrace nourrit le magicien en lui tendant des cuillerées de ragoût.

Quel effet est-ce que ça fait? se demanda Hadrian en les observant. *Avoir possédé un tel pouvoir et être soudain incapable de seulement tenir une cuillère?*

Après le repas, Thrace aida Lena à laver la vaisselle et, tandis qu'elle plaçait les bols sur l'étagère, elle remarqua:

—Je me souviens de cette assiette.

Elle sourit à la vue du seul objet de céramique de la maison. L'ovale blanc pâle, aux décors bleus délicats, était soigneusement rangé au fond du placard avec les autres trésors de l'héritage familial.

— Je me rappelle quand j'étais petite, Jessie Caswell et moi…

Elle s'interrompit et tout le monde fit silence. Même les enfants cessèrent de s'agiter.

Lena interrompit sa vaisselle et entoura Thrace de ses bras pour la serrer contre elle. Hadrian remarqua que de nouvelles rides semblaient marquer le visage de la femme. Les deux amies restèrent ainsi, devant le seau d'eau sale, et pleurèrent en silence.

— Tu n'aurais pas dû revenir, murmura Lena. Tu aurais dû rester avec ces gens dans ce bel hôtel.

— Je ne peux pas le laisser, répondit Thrace d'une petite voix étouffée contre l'épaule de son amie. Il est tout ce qu'il me reste.

Thrace s'écarta et Lena fit de son mieux pour lui sourire.

Il faisait totalement nuit dehors. Depuis son poste surélevé près de la porte, Hadrian ne distinguait presque rien : seul un faible rayon de lune éclairait çà et là. Des lucioles clignotaient dans les airs en laissant derrière elles un sillage lumineux. Tout le reste se perdait dans l'étendue sombre de la forêt.

Russell prit un tabouret et s'assit en face des deux voleurs. Il alluma une longue pipe de terre avec une brindille et demanda :

— Alors, vous êtes là pour aider Theron à tuer le monstre ?

— Nous ferons notre possible, répondit Hadrian.

Russell tira fortement sur sa pipe pour s'assurer qu'elle s'allumait, puis écrasa le bout incandescent de sa brindille sur le sol de terre.

— Theron a plus de cinquante ans. Il sait manier une fourche du mordant au manche, mais je crois qu'il n'a jamais tenu une épée. Vous deux, vous m'avez l'air d'avoir vu des batailles de près, et Hadrian ne possède pas une, mais trois épées. Je dirais qu'un homme qui se promène avec un tel arsenal sait comment s'en servir. Il me semble que deux gars comme vous peuvent faire mieux qu'aider un vieillard à se faire tuer.

— Russell ! le gronda Lena. Ce sont nos invités. Pourquoi ne pas leur jeter de l'eau bouillante pendant que tu y es ?

— Je ne veux pas voir ce maudit imbécile aller à la mort. Si le marquis et ses chevaliers n'ont pas réussi, comment s'en sortira Theron ? Un vieil homme avec sa faux. Qu'est-ce qu'il essaie de prouver ? Son courage ?

— Il n'essaie pas de prouver quoi que ce soit, intervint brusquement Esrahaddon, et sa voix provoqua le silence comme si une assiette venait de se briser. Il essaie de se tuer.

— Quoi ? s'étonna Russell.

— Il a raison, dit Hadrian. J'ai déjà observé cela chez des soldats de carrière, des hommes courageux, mais qui avaient atteint un stade où c'était simplement trop pour eux. Peu importait la cause : un mort de trop, un ami qui tombait au combat, ou même un détail aussi insignifiant qu'un changement de temps. J'ai connu un homme qui avait mené la charge à des douzaines de batailles. C'est le jour où un chien qu'il adorait a été tué et mangé qu'il a lâché prise. Bien sûr, un combattant de cette trempe ne peut pas se rendre, ni simplement abandonner. Il doit partir dans un dernier coup d'éclat. Alors il s'est élancé avec les autres, sans défense, dans une bataille qu'il ne pouvait gagner.

— Donc je vous ai fait perdre votre temps, dit Thrace. Si mon père ne veut plus vivre, ce qui se trouve dans cette tour ne pourra pas l'aider.

Hadrian regretta d'avoir parlé et ajouta :

— Chaque jour qui passe apporte à votre père une nouvelle chance de reprendre espoir.

— Ton père s'en sortira, Thrace, renchérit Lena. Il est plus dur que le granit. Tu verras.

— Maman, appela l'un des enfants depuis la mezzanine.

Lena ignora l'appel.

— Tu ne devrais pas écouter les gens qui parlent de lui comme ça. Ils ne le connaissent pas.

— Maman…

— Honnêtement, raconter à une malheureuse jeune fille de telles choses, alors qu'elle vient de perdre sa famille !

— Maman !

— Par le ciel, Tad, qu'est-ce qu'il y a ? demanda Lena en criant presque.

— Les moutons. Regarde les moutons.

Tout le monde remarqua alors ce qui se passait. Amassés dans un coin de la pièce, les moutons ne faisaient plus un bruit. Hadrian avait oublié l'empilement laineux. Les bêtes se poussaient les unes les autres contre la planche qu'avait installée Russell. La petite cloche au cou de Mammy sonnait, tandis que l'animal s'agitait nerveusement. L'un des cochons s'élança vers la porte mais Thrace et Lena l'attrapèrent juste à temps.

— Les enfants, descendez! ordonna Lena d'un murmure.

Tous les trois obéirent et empruntèrent l'échelle avec les gestes précis acquis grâce à l'habitude de telles alertes. Leur mère les rassembla autour d'elle au centre de la pièce. Russell se leva de son fauteuil et éteignit le feu avec l'eau de vaisselle.

Les ténèbres les entourèrent. Personne ne parla. Dehors, les criquets cessèrent leur chant. Les grenouilles firent silence un instant plus tard. Les animaux continuaient à s'agiter et à piétiner. Un autre cochon s'élança. Hadrian entendit ses petits sabots sur le sol de terre, il se précipitait vers la sortie. Il sentit Royce bouger près de lui, puis le silence revint.

— Que quelqu'un le prenne, chuchota Royce.

Tad se faufila jusqu'à l'animal et le récupéra.

Tous attendirent.

Le son s'éleva alors, distant et creux. Un souffle, songea Hadrian, comme des soufflets attisant un four. Il se rapprocha, plus fort, moins irréel, profond et puissant. Le bruit passa au-dessus de la maison et Hadrian leva instinctivement les yeux, mais ne vit que l'obscurité du toit. Ses mains glissèrent vers les pommeaux de ses épées.

Skarfsh. Skarfsh. Skarfsh.

Tous étaient assis, recroquevillés dans le noir, et écoutaient le son aller et venir au-dessus de leurs têtes. Il y eut une pause, un silence total. Dans la maison, même le bruit léger des respirations s'éteignit.

Craaac!

Hadrian sursauta en entendant le fracas terrible, comme si un arbre s'était abattu sur la place. Craquements, déchirures, bris, une explosion de sons violents s'éleva. Un hurlement. Une voix de femme. Le cri retentit dans le village, hystérique, frénétique.

— Oh, Maribor bien-aimé ! C'est Mae, s'exclama Lena.

Hadrian se dressa d'un bond. Royce était déjà debout.

— Pas la peine, leur dit Esrahaddon. Elle est déjà morte, et vous ne pouvez rien faire. Le monstre ne peut être blessé par vos armes. Il…

Les deux voleurs étaient sortis.

Royce était plus rapide et il s'élança à travers la place vers la petite maison de Mae Drundel. Hadrian ne voyait rien et suivait en aveugle les pas de son ami.

Les hurlements cessèrent brusquement, une fin aussi violente que le tumulte précédent.

Royce s'arrêta et Hadrian manqua de le heurter.

— Qu'est-ce qui s'est passé ?

— Le toit est arraché. Il y a du sang sur les murs. Elle a disparu. La bête est partie.

— La bête ? Tu as vu quelque chose ?

— Par une ouverture dans la canopée… Juste une seconde, mais cela m'a suffi.

5

La citadelle

Royce et Esrahaddon partirent aux premières lueurs de l'aube et empruntèrent un petit chemin à l'extérieur du village. Depuis l'arrivée des deux voleurs à Dahlgren, Royce avait remarqué un son étouffé et distant, mais constant. Alors que le magicien et lui approchaient de l'eau, le bruit se transforma en rugissement. Le Nidwalden était massif : une étendue d'eau verte et tumultueuse qui bouillonnait avec rage, au débit rapide, heurtant les rochers violemment. Royce contempla le spectacle un moment. Il repéra une branche au milieu, une masse de feuilles vertes et grises ballottée par les flots, sans pouvoir rien faire contre le courant. Elle filait, s'engouffrait dans les espaces entre les affleurements, rebondissait contre les pierres, et disparut soudain dans un nuage blanc. Il distingua quelque chose de haut qui se dressait au milieu de l'eau, en grande partie caché par la brume et les branches d'arbres qui couvraient le torrent.

— Nous devons descendre encore, expliqua Esrahaddon en le guidant en aval du cours d'eau, le long du chemin qui suivait la berge.

Des herbes aquatiques bordaient la rive, scintillantes de gouttelettes, et des oiseaux lançaient leurs chants aigus dans l'air doux du matin. Malgré le fleuve grondant, et le souvenir encore vivace de la maison sans toit aux murs maculés de sang, l'endroit était paisible.

— La voici, dit Esrahaddon, une note de respect dans la voix lorsqu'ils atteignirent une clairière rocheuse où la vue était dégagée.

Le fleuve y était large et l'eau affluait avec puissance et rage, avant de disparaître dans une chute brutale.

Ils se tenaient au bord de la falaise et voyaient la brume blanche s'élever de l'eau, comme un étrange brouillard. Au milieu du fleuve, au bord de la cascade, un amas de rochers se dressait comme la proue d'un puissant navire échoué juste avant la chute. Sur ce piédestal effrayant se dressait la citadelle d'Avempartha. La tour de pierre s'élevait avec majesté des rochers. Un bouquet de grands pics minces tendait ses ramifications vers le ciel, comme des éclats de cristal ou des stalagmites, sa base noyée dans les nuages immaculés et bouillonnants de brume et d'eau. Cela ressemblait de prime abord à une formation naturelle, mais une étude plus approfondie de l'édifice permettait de repérer des fenêtres, des promenades, et des escaliers soigneusement inclus dans l'architecture.

— Comment suis-je censé me rendre là-bas ? demanda Royce en criant, pour surmonter le grondement des flots, tandis que sa cape claquait et s'enroulait comme un serpent.

— Ce sera le premier problème, répondit Esrahaddon, sans autre indication.

Est-ce une sorte de test ou est-ce qu'il ne sait vraiment pas ?

Royce suivit le fleuve sur les rochers nus jusqu'à la falaise. La chute s'étendait sur plus de soixante mètres au-dessus d'une vallée. Le voleur découvrit un spectacle d'une beauté saisissante. La cascade était splendide. Le pouvoir bestial du torrent titanesque était hypnotisant. L'eau bleue et verte se déversait et étincelait dans la brume mouvante aux scintillements blancs comme des diamants. Le grondement puissant lui emplissait les oreilles et résonnait dans sa poitrine. Plus loin, au sud, il distingua une autre scène à couper le souffle. Sur des lieues entières, le fleuve continuait sa route comme un long serpent brillant à travers le paysage verdoyant, en direction de la mer des Gobelins.

Esrahaddon se dirigea près d'un promontoire plus abrité, vers la terre ferme, derrière une pierre de granit dressée qui le protégeait des bourrasques de vent et des projections d'écume. Royce montait vers lui quand il repéra un renfoncement parmi les arbres en retrait du fleuve. Un bosquet placé plus bas que les autres formait une ouverture dans la canopée uniforme. Le voleur descendit au niveau de la forêt et s'aperçut que ce qu'il avait pris pour un ravin était en fait un espace de pousses plus jeunes. Plus important encore, l'alignement était parfait. De vieilles plantes grimpantes et des buissons d'épines cachaient des monticules artificiels. Il débroussailla et retira quelques couches de terre et de feuilles mortes, jusqu'à toucher de la pierre plate.

— On dirait qu'il y avait une route ici, cria-t-il au magicien.

— En effet. Un grand pont enjambait autrefois le fleuve vers Avempartha.

— Qu'est-il devenu ?

— Le fleuve, répondit le magicien. Le Nidwalden ne tolère pas longtemps les constructions humaines. La plus grande partie a dû être balayée, et les ruines ont fini par s'écrouler.

Royce suivit la route enterrée jusqu'à la rive, où il examina la tour au-delà des flots déchaînés. Une grande vague grise s'élança vers lui, mais sa vitesse n'était pas aussi vertigineuse que sa taille ne l'aurait laissé supposer. La couleur sombre se mua en un vert transparent lorsque l'eau atteignit la rive. Quand la vague retomba, l'eau éclata en écume blanche, en milliards de gouttelettes voletantes, dont le voleur n'entendit plus que le grondement assourdissant.

— Impossible, marmonna-t-il.

Il revint vers le magicien et s'assit sur la pierre chauffée par le soleil, pour contempler dans le lointain la tour qui se dressait dans la brume où jouaient des arcs-en-ciel.

— Vous voulez vraiment que j'ouvre cette chose ? demanda sérieusement le voleur. Ou est-ce une sorte de jeu ?

— Ce n'est pas un jeu, répondit Esrahaddon en s'asseyant, adossé à un rocher, les bras croisés et les yeux fermés.

Royce fut agacé par l'apparente décontraction du magicien.

— Alors vous feriez mieux de m'en dire un peu plus.

— Que veux-tu savoir ?

— Tout, tout ce que vous savez à propos de cet endroit.

— Eh bien, voyons, la tour est là depuis très longtemps. À l'époque, elle avait une autre allure, évidemment. D'abord, le pont de Novron était encore là et permettait de marcher jusqu'à la citadelle.

— Donc c'était le seul moyen d'y parvenir ?

— Oh, non, je ne pense pas. Cela ne serait pas logique. Vois-tu, les elfes ont construit Avempartha avant que la race des hommes ne foule la surface d'Elan. Personne, enfin, aucun humain, ne sait pourquoi et dans quel but. Son emplacement sur les chutes, face au sud, vers ce que nous nommons la mer des Gobelins, suggère une possible utilisation de l'édifice par les elfes pour se défendre contre les enfants d'Uberlin, que tu connais certainement sous leur nom nain de Ba Ran Ghazel, *les gobelins de la mer*. Mais cela semble peu probable, car la tour est plus ancienne que ces créatures. Il y avait peut-être une ville ici, autrefois. Il reste très peu de traces des ouvrages elfiques en Apeladorn, mais leur culture était fabuleuse, débordant de richesses esthétiques, musicales, et dans le domaine de l'Art.

— Quand vous parlez de l'Art, vous entendez la magie ?

Le magicien ouvrit un seul œil et fronça les sourcils.

— Oui, et ne me regarde pas de cette façon, comme si la magie était sale ou vile. J'ai observé cette expression trop de fois depuis mon évasion.

— Il est vrai que la magie n'est pas bien vue.

Esrahaddon soupira et secoua la tête d'un air grave.

— C'est démoralisant de voir ce qui est arrivé à ce monde pendant mes années d'emprisonnement. Je suis resté en vie et sain d'esprit car je savais qu'un jour, je pourrais jouer mon rôle dans la protection de l'humanité, mais je m'aperçois maintenant que cela n'en vaut plus la peine. Quand j'étais jeune, le monde était incroyable. Les villes étaient magnifiques. À cette époque, votre Colnora ne serait pas arrivée à la cheville d'une mansarde dans un village reculé. Nous avions de la plomberie dans les maisons, des robinets y versaient l'eau des pompes directement. Il y avait de grands systèmes d'égout, soigneusement entretenus, qui empêchaient nos rues d'empester comme autant de fosses d'aisance. Les bâtiments comptaient sept ou huit étages, et certains allaient jusqu'à onze. Nous avions des hôpitaux où les malades étaient traités et véritablement guéris. Nous disposions de bibliothèques, musées, temples et écoles de toutes sortes.

» L'humanité a gaspillé l'héritage de Novron. Il me semble m'être endormi riche et réveillé démuni. (Il marqua une pause.) Et puis il y a ce que vous appelez vulgairement « magie ». L'Art nous différenciait des animaux. C'était la plus grande réussite de notre civilisation. Non seulement il a été oublié, mais il est désormais méprisé. De mon temps, ceux qui maîtrisaient l'Art et savaient invoquer les pouvoirs de la nature à leur gré, étaient considérés comme des agents des dieux, des sacro-saints. Aujourd'hui, vous finissez au bûcher si vous devinez par hasard le temps qu'il fera demain.

» Tout était différent, alors. Les gens étaient heureux. Il n'y avait pas de familles pauvres vivant dans les rues. Pas de paysans ruinés et sans espoir qui peinaient à trouver de quoi manger ou se massaient dans des masures avec trois enfants, quatre cochons, deux moutons et une chèvre, où les mouches de l'après-midi représentaient plus de volume que le ragoût du soir pour toute la maisonnée.

Esrahaddon jeta un regard triste autour de lui.

— En tant que magicien, ma vie était consacrée à l'étude de la vérité, que je devais employer au service de l'empereur. Je n'ai jamais connu plus de révélations et ne l'ai jamais mieux servi qu'en venant ici. Pourtant, de bien des façons, je le regrette. Oh, si seulement j'étais resté chez moi. Je serais mort depuis longtemps, après une vie heureuse et riche.

Royce lui sourit.

— Je croyais que les magiciens ne se livraient pas volontiers.

Esrahaddon adopta un air renfrogné.

— Alors, cette tour ? reprit le voleur.

Le magicien contempla les flèches élégantes qui surplombaient la brume.

— Avempartha fut le site de la dernière bataille des Grandes Guerres elfiques. Novron repoussa les elfes jusqu'au Nidwalden, mais ils tinrent bon en fortifiant leurs positions dans cette tour. Novron n'allait pas se laisser bloquer par un peu d'eau, et il ordonna que l'on bâtisse un pont. Cela prit huit ans et coûta la vie à des centaines d'hommes, la plupart emportés dans les chutes, mais le pont fut enfin achevé. Il fallut à Novron cinq années de plus pour prendre la citadelle. C'était un acte aussi symbolique que stratégique, qui força les elfes à reconnaître que rien ne pouvait arrêter Novron, et qu'il pourrait les balayer de la surface d'Elan. Il se produisit alors un curieux événement, qui demeure encore mystérieux à ce jour. On raconte que Novron obtint la Corne de Gylindora et qu'il s'en servit pour obtenir la rémission sans condition des elfes. Il leur ordonna de se débarrasser de leurs généraux et machines de guerre, et de se retirer de l'autre côté du fleuve qu'ils ne devaient plus jamais franchir.

—Alors il n'y avait pas de pont avant que Novron en construise un ? Sur aucune rive ?

—Non, c'était le problème. Il n'y avait aucun moyen d'atteindre la tour.

—Mais comment faisaient les elfes ?

—C'est une bonne question, renchérit le magicien en hochant la tête.

—Vous ne savez pas ?

—Je suis vieux, mais pas à ce point. Novron est plus ancien que moi, plus éloigné de mon temps que mon époque de la tienne.

—Il y a donc une réponse à ce mystère. Elle n'est simplement pas évidente.

—Penses-tu que Novron aurait passé huit ans à construire un pont dans le cas contraire ?

—Et qu'est-ce qui vous fait croire que je suis capable de trouver ?

—Une infusion, disons.

Royce le regarda avec curiosité.

—Vous voulez dire une intuition ?

Le magicien le regarda avec agacement.

— Mon vocabulaire présente sans doute encore quelques lacunes.

Royce regarda de nouveau la tour au milieu du fleuve et se demanda pourquoi les missions consistant à voler des épées s'avéraient toujours aussi compliquées.

L'enterrement de Mae Drundel fut sobre et respectueux, même si Hadrian eut l'impression d'assister à une cérémonie bien rodée. Il n'y eut pas de moments de flottement, pas de confusion ni d'erreur. Chacun connaissait parfaitement son rôle. Les derniers résidents de Dahlgren agissaient presque en professionnels lors des enterrements, malgré leur douleur.

Le diacre Tomas prononça la seule partie un peu personnelle du service, en mentionnant la dévotion de la défunte envers sa famille et son église. Mae était la dernière des siens. La maladie avait emporté ses fils avant leurs six ans, et son mari avait été tué par la bête moins de cinq mois auparavant. Dans son éloge funèbre, Tomas déclara tout haut ce que presque tous pensaient : sa mort était une chose affreuse, mais ce n'était peut-être pas si terrible pour Mae. Certains allèrent jusqu'à prétendre qu'elle avait laissé une bougie à sa fenêtre, comme une invitation, lors des deux nuits précédentes.

Comme de coutume, il n'y avait pas de corps à enterrer et ils se contentèrent d'enfoncer dans le sol un pic blanchi et d'y inscrire son nom au fer. Le piquet se trouvait près de ceux marqués des noms de Davie, Firth et Went Drundel.

Tout le monde vint à l'office sauf Royce et Esrahaddon. Même Theron Wood fit une apparition pour présenter ses hommages. Le vieux fermier semblait encore plus hagard et misérable que les jours précédents et Hadrian songea qu'il n'avait pas dû dormir de la nuit.

Une fois la cérémonie achevée, les villageois partagèrent le repas de midi. Les hommes installèrent des rangées de tables à la suite sur toute la longueur de la place et chaque famille apporta un plat. Les mets les plus courants étaient du poisson fumé, du boudin (une saucisse cuisinée avec du sang de cochon, du lait, de la graisse, des oignons et de l'avoine) et du mouton.

Hadrian resta en retrait, adossé à un cèdre, observant les autres se placer en lignes.

— Servez-vous, l'invita Lena.

— On dirait qu'il n'y a pas grand-chose. J'ai des provisions dans mon sac, la rassura-t-il.

— Absurde ! Pas de ça avec nous, tout le monde mange aux veillées. Mae l'aurait voulu ainsi, et à quoi sert un enterrement sinon à témoigner son respect pour le défunt ?

Elle le regarda fixement jusqu'à ce qu'il acquiesce et se dirige vers les tables en quête d'une assiette.

— Alors ce sont vos chevaux que j'ai dans les écuries du château ? déclara une voix.

Hadrian se retourna et découvrit un homme replet en tenue cléricale. C'était la première personne du village qu'il rencontrait qui ne semblait pas avoir un besoin urgent de se nourrir. Il avait les joues rosées et rondes et lorsqu'il souriait, ses yeux se plissaient presque jusqu'à se fermer.

Il n'avait pas l'air très vieux, mais ses cheveux et sa barbe étaient d'un blanc immaculé.

— Si vous êtes le diacre Tomas, alors oui, répondit le mercenaire.

— C'est bien moi, et ne vous en faites pas. Je me sens parfois seul, là-haut sur la colline, la nuit dans ces pièces vides. Vous entendez le moindre bruit, la nuit, vous savez. Le vent qui fait claquer un volet, un craquement de poutre, c'est très déconcertant. Je peux maintenant mettre tout ce vacarme sur le compte de vos chevaux. Je suis fort loin des écuries et je doute de les entendre, mais au moins, je peux faire semblant. (Le diacre gloussa.) Mais honnêtement, cela peut être pesant là-bas. J'ai coutume d'être entouré de gens, et l'isolement de ce manoir est éprouvant, dit-il en empilant les morceaux de mouton dans son assiette.

— Ça doit être affreux pour vous. Mais je suppose que la nourriture est bonne. Ces nobles savent comment remplir un cellier, non ?

— Eh bien, oui, c'est certain, répondit le diacre. En fait, le marquis dispose d'une quantité remarquable de viandes fumées, sans parler de la bière et du vin, mais je ne prends que le strict nécessaire, évidemment.

— Évidemment, renchérit Hadrian. En vous regardant, je devine que vous n'êtes pas le genre d'homme à profiter de la situation. Vous avez fourni la bière pour l'enterrement ?

— Oh, non, répliqua le diacre, horrifié. Je n'oserais pas piller ainsi le manoir. Comme vous l'avez dit, je ne suis pas de ceux qui profitent de la situation, et ces réserves ne sont pas à moi, je ne peux pas les donner ainsi.

— Je vois.

— Oh, ciel, du fromage, s'exclama le diacre en coupant une tranche qu'il enfourna dans sa bouche. Je dois admettre une chose, reprit-il en mastiquant, Dahlgren sait comment mener de beaux enterrements.

Lorsque les deux hommes atteignirent la fin de l'alignement de tables, Hadrian chercha une place où s'asseoir. Les quelques bancs étaient occupés par des villageois qui mangeaient, leurs assiettes sur les genoux.

— Debout les gamins ! cria le diacre à Tad et Pearl. Vous n'avez pas besoin de banc. Allez vous asseoir dans l'herbe.

Les enfants froncèrent les sourcils mais obéirent.

— Vous êtes Hadrian, c'est cela ? reprit le diacre. Venez vous installer ici et dites-moi ce qui amène à Dahlgren un homme qui possède un cheval et trois épées. Je ne pense pas que vous soyez un noble, ou vous auriez frappé à ma porte la nuit dernière.

— Non, je ne suis pas un noble, reconnut le mercenaire, mais cela m'évoque une question. Comment avez-vous hérité du château ?

— Hmm ? Hérité ? Oh, je n'ai hérité de rien. C'est tout simplement mon rôle en tant que serviteur de cette communauté que d'apporter mon aide en temps de crise. Lorsque le marquis et ses hommes sont morts, j'ai compris que je devrais gérer un troupeau affligé et veiller aux intérêts du roi. J'ai donc relevé le défi et je fais de mon mieux.

— C'est-à-dire ?

— Comment ? demanda le diacre en mordant dans un morceau de mouton qui lui laissa les lèvres et les joues luisantes de graisse.

— Qu'avez-vous fait pour aider ?

— Oh, eh bien, voyons… Je veille à ce que la maison soit propre, la cour entretenue et le jardin bien arrosé. Il faut vraiment bien surveiller ces mauvaises herbes, vous savez, ou elles envahissent tout le terrain et pas un légume ne survit. Oh, et comme cela me fait souffrir du dos ! Mais je n'ai jamais eu un dos solide, comme on dit.

— Je parlais des attaques. Quelles mesures avez-vous prises pour sécuriser le village ?

— Voyons, gloussa le diacre, je suis un homme d'Église, pas un chevalier. Je ne sais même pas tenir une épée correctement et je n'ai pas d'armée de cavaliers sous mes ordres. Alors à part prier avec ferveur, je ne suis pas le mieux placé pour remédier à la situation.

— Avez-vous pensé à laisser les villageois passer la nuit au château ? Quelle que soit cette créature, les toits de chaume ne l'arrêtent pas, mais le manoir semble avoir une charpente solide et des murs épais.

Le diacre secoua la tête en souriant à Hadrian, comme un adulte face à un enfant qui demande pourquoi il doit y avoir des pauvres gens dans le monde.

— Non, non, cela n'irait pas du tout. Je suis certain que le prochain seigneur de ce château n'apprécierait pas de savoir le village entier entre ses murs.

— Mais vous êtes conscient que la responsabilité d'un seigneur est de protéger ses sujets ? C'est pour cela qu'ils lui versent un impôt. Si le seigneur n'est pas disposé à les protéger, pourquoi lui feraient-ils l'honneur de leur argent, de leurs cultures, et même de leur respect ?

— Vous n'avez peut-être pas remarqué, répliqua le diacre, mais nous sommes entre deux règnes pour le moment.

— Vous n'avez tout de même pas l'intention de continuer à taxer ces gens pour le temps passé sans protection ?

— Eh bien, je ne voulais pas dire cela…

— Alors, vous entendez assumer les responsabilités d'intendant ?

— Eh bien, je…

— Je comprends que vous hésitiez à aller au-delà de votre autorité et à ouvrir les portes du château aux villageois, je suis donc certain que vous choisirez l'autre solution.

— L'autre solution ? répéta l'ecclésiastique qui avait porté un autre morceau de mouton à sa bouche mais était trop distrait pour mordre.

— Oui, en tant qu'intendant et assumant les devoirs du seigneur, il vous incombe de protéger ce village en son nom, et puisqu'il est hors de question d'inviter ces gens la nuit au manoir, je suppose donc que vous allez vous rendre sur le terrain et affronter la bête.

— L'affronter ? releva le diacre qui laissa tomber sa viande sur ses genoux. Je ne pense pas que…

Avant qu'il n'ait pu ajouter autre chose, Hadrian continua :

— La bonne nouvelle, c'est que je peux vous aider pour cela. J'ai une épée en plus si vous n'en avez pas, et puisque vous avez été assez aimable pour me laisser placer mon cheval à l'écurie, je pense que la moindre des choses est de vous le prêter pour le combat. J'ai entendu dire que certains avaient déterminé où se trouvait l'antre de la bête, c'est donc tout simplement une affaire de...

— Je... je ne me rappelle pas avoir dit que loger les gens au château la nuit était hors de question, déclara le diacre d'une voix forte pour interrompre le mercenaire, au point que quelques têtes se tournèrent vers lui. (Il baissa le ton.) Je disais simplement que ce n'était pas une décision à prendre à la légère. Voyez-vous, le fardeau de l'autorité est fort pesant, et je dois envisager les conséquences de tous mes actes car ils risquent de faire le mal autant que le bien. Non, non, on ne peut agir à la hâte pour ces questions.

— C'est très compréhensible et fort sage, je dirais, reconnut Hadrian d'une voix assez distincte pour que les autres l'entendent. Mais le marquis a été tué il y a plus de deux semaines maintenant, je suis donc certain que vous avez pris votre décision.

Le diacre surprit les regards intéressés de plusieurs villageois. Ceux qui avaient fini leur repas marchaient tranquillement dans les environs. Parmi eux se trouvait Dillon McDern, qui dépassait tous les autres de sa haute taille et observait attentivement le duo.

— Je... heu...

— Tout le monde ! cria Hadrian. Rassemblez-vous, le diacre veut nous parler de la défense du village.

La foule endeuillée des villageois, leurs assiettes en main, se retourna et vint se placer autour du puits. Tous les regards convergèrent vers le diacre Tomas qui arbora soudain une expression de lapin sans défense pris dans un piège.

— Je… hum… commença le diacre qui affaissa les épaules.

— Face aux récentes attaques de vos maisons, vous êtes tous invités à passer les prochaines nuits à l'abri dans le château, déclara-t-il d'une voix forte.

Les villageois échangèrent des murmures et Russell Bothwick demanda :

— Y aura-t-il assez de place pour tout le monde ?

L'ecclésiastique parut sur le point de revenir sur sa décision et Hadrian se leva :

— Je suis certain qu'il y a beaucoup de place là-bas, pour toutes les femmes, les enfants et la plupart des hommes mariés. Les célibataires de plus de treize ans pourront s'établir dans les écuries, le fumoir et les autres annexes. Elles ont toutes des murs et des toits plus solides que les maisons du village.

Les habitants se rassemblaient maintenant en petits groupes enthousiastes.

— Et notre bétail ? demanda un autre fermier. Allons-nous l'abandonner à la bête ?

Hadrian ne reconnut pas l'homme.

— Sans nos animaux, reprit le paysan, pas de viande, pas de laine, pas de bêtes de trait pour travailler.

— Je dois penser à Parci et Parlà, remarqua McDern. Dahlgren serait une province misérable s'il arrivait quelque chose à mes bœufs.

Hadrian bondit sur la margelle du puits et se dressa au-dessus de la foule, une main sur le treuil.

— Il y a largement la place derrière la palissade pour tous les animaux. Ils seront plus à l'abri que dans vos maisons. Rappelez-vous, plus vous serez nombreux, moins vous serez vulnérables. Si vous restez assis seuls dans le noir, il est aisé pour une créature de vous tuer, mais elle n'aurait pas l'audace d'entrer dans l'enceinte fermée d'un château où le village entier la surveille. Nous pourrons allumer des feux de camp pour assurer la lumière.

Quelques exclamations étouffées s'élevèrent.

— Mais la lumière attire la créature !

— Eh bien, si je m'en tiens à ce que j'ai vu, elle n'a aucun mal à vous trouver, même dans le noir.

Les regards passèrent alternativement du mercenaire au diacre.

— Comment le savez-vous ? demanda quelqu'un. Qu'est-ce que vous y connaissez ? Vous n'êtes pas d'ici. Comment seriez-vous au courant ?

— C'est un démon d'Uberlin ! hurla une personne qu'Hadrian ne put identifier.

— On ne peut l'arrêter ! cria une femme. Nous regrouper ne fera que rendre le massacre plus facile.

— La bête ne cherche pas à vous tuer tous en même temps, et ce n'est pas un démon, assura Hadrian.

— Comment le savez-vous ?

— Elle ne tue qu'une ou deux personnes, pourquoi ? Si elle a pu anéantir la maison de Theron Wood et arracher le toit de Mae Drundel en quelques secondes, elle pourra aisément détruire tout le village en une nuit, pourtant, elle ne le fait pas. Elle ne le fait pas parce qu'elle ne veut pas vous tuer tous d'un coup. Elle chasse pour se nourrir. La bête n'est pas un démon, c'est un prédateur.

Les villageois réfléchirent et Hadrian profita de cette accalmie pour reprendre :

— D'après ce que j'ai entendu raconter sur le monstre, personne ne l'a jamais vu et aucune victime n'a survécu. Cela ne me surprend pas. Comment espérer survivre en restant assis dans le noir à attendre de se faire dévorer ? Personne ne l'a vu parce qu'il ne veut pas être vu. Comme tout prédateur, il se cache jusqu'à fondre sur sa proie, et il vise les plus faibles. Il cherche les plus isolés : les jeunes, les vieux et les malades. Jusqu'à maintenant, vous n'avez réussi qu'à vous diviser en petits repas individuels. Vous vous êtes rendus trop abordables pour résister. Si nous nous rassemblons, la créature choisira peut-être de chasser un cerf ou un loup cette nuit-là au lieu de s'en prendre à vous.

— Et si vous vous trompez ? S'il s'agissait d'un démon invisible ? On pourrait avoir affaire à un esprit sans corps qui se nourrit de notre terreur. N'est-ce pas, diacre Tomas ?

— Heu, eh bien… bafouilla l'ecclésiastique.

— Possible, mais ce n'est pas le cas.

— Comment le savez-vous ?

— Parce que mon associé l'a vu la nuit dernière.

Cette déclaration prit tout le monde par surprise et plusieurs conversations s'interrompirent à l'instant. Hadrian aperçut Pearl assise dans l'herbe, le regard fixé sur lui. Plusieurs questions s'élevèrent sur-le-champ et Hadrian ramena le silence d'un geste de la main.

— Je ne l'ai pas vu moi-même, je préfère donc que Royce vous en parle en personne. Il reviendra avant la nuit.

— Comment aurait-il pu voir dans l'obscurité ? demanda un vieux fermier d'un air sceptique. J'ai regardé dehors quand j'ai entendu le cri et c'était noir comme dans ce puits. Il n'a pas pu voir la bête.

— Il a vu le cochon ! intervint Tad Bothwick.

— Qu'est-ce que tu dis, petit ? demanda McDern.

— Le cochon, dans la maison, la nuit dernière, reprit Tad avec excitation. Il faisait tout noir, et le cochon s'est enfui, mais il l'a vu et l'a rattrapé à temps.

— C'est vrai, se rappela Russell Bothwick. On venait d'éteindre le feu, je ne voyais pas ma main ouverte devant mon visage, mais ce gars-là a rattrapé un cochon qui courait. Il a peut-être bien vu quelque chose.

— L'important, continua Hadrian, est qu'on aura tous plus de chances de survivre si on reste ensemble. Le diacre nous a gracieusement invités à tous nous joindre à lui derrière la protection de murs robustes et d'un toit solide. Je pense qu'on devrait écouter ses sages conseils, nous préparer à nous installer là-bas et récolter du bois avant la nuit. Nous aurons largement le temps de bâtir de grands feux.

Tous regardaient maintenant Hadrian en hochant la tête. Même ceux qui semblaient encore sceptiques avaient visiblement repris espoir. De petits groupes se formaient, discutaient, organisaient les tâches.

Hadrian se rassit et mangea. Il n'était pas grand amateur de boudin et s'en tint au poisson fumé, qui était délicieux.

— Je vais amener les bœufs, annonça McDern. Brent, va chercher ta charrette et ta hache.

— Il va falloir des pelles et la scie de Went, ajouta Vince Griffin. Il l'a toujours bien aiguisée.

— Je vais envoyer Tad la chercher, annonça Russell.

— C'est vrai ? demanda une voix.

Hadrian leva les yeux de son assiette et découvrit Pearl qui se tenait devant lui. Elle avait le visage aussi sale que la veille.

— Ton ami, il a vraiment rattrapé un cochon dans le noir ?

— Si tu ne me crois pas, tu pourras lui demander ce soir.

Le mercenaire repéra Thrace derrière la petite fille. Elle était assise, seule, sur le sol du chemin derrière les tombes des Caswell. Il remarqua qu'elle s'essuyait les joues. Il reposa son assiette vide sur la table, adressa un sourire à Pearl et s'éloigna. Thrace ne leva pas la tête quand il s'approcha et il s'accroupit près d'elle.

— Qu'est-ce qui ne va pas ?

— Rien, répondit-elle en secouant la tête, cachant son visage derrière un rideau de cheveux.

Hadrian jeta un coup d'œil vers le chemin, puis vers les villageois. Les femmes mettaient de côté la nourriture restante, tandis que les hommes rassemblaient les outils, tout en discutant avec animation.

— Où est votre père ? Je l'ai vu un peu plus tôt.

— Il est rentré, répondit-elle en reniflant.

— Que vous a-t-il dit ?

— Je vous assure que tout va bien, répliqua-t-elle en se levant.

Elle épousseta sa robe et se sécha les yeux.

— Il faut que j'aide à nettoyer, excusez-moi.

Hadrian entra dans la clairière et contempla de nouveau les ruines de la ferme des Wood. Les piliers de la charpente pendaient d'un côté, le bâti était réduit en brindilles, le chaume était éparpillé… *On dirait un rêve brisé.* La ferme semblait maudite, hantée par des spectres, mais l'un des fantômes manquait : aucune trace du vieux fermier dont la faux était posée contre le muret en ruine, abandonnée. Hadrian en profita pour jeter un œil à l'intérieur, sur les meubles brisés, les placards fracassés, les vêtements déchirés et les taches de sang. Une seule chaise se dressait au centre des débris, près d'un berceau de bois.

Theron Wood revint du fleuve quelques instants plus tard, portant une palanche sur les épaules avec deux seaux remplis d'eau aux extrémités. Il n'hésita pas en voyant Hadrian devant les ruines de sa maison. Il avança. Il posa ses seaux et commença à en verser le contenu dans trois grandes cruches.

— Vous êtes revenu ? demanda-t-il sans lever la tête. Thrace a dit qu'elle vous avait donné des pièces d'argent pour la suivre. C'est ça que vous faites ? Vous abusez des filles naïves ? Vous prenez leur argent chèrement gagné et vous mangez la nourriture du village ? Si vous êtes venu pour essayer de récupérer plus d'argent, vous allez être déçu.

— Je ne suis pas venu pour l'argent.

— Non ? Pourquoi, alors ? demanda-t-il en vidant le second seau. Si vous êtes là pour récupérer ce bâton, cette épée ou je ne sais quoi caché dans la tour comme le prétend ce cinglé manchot, vous ne devriez pas être en train d'essayer de traverser le fleuve à cette heure ?

— Mon associé y travaille, en ce moment même.

— Ah, c'est lui le nageur ? Et vous, vous êtes quoi, le type qui vole leur argent aux malheureux fermiers ? J'ai déjà vu vos semblables, des bandits de grand chemin et des filous… Vous faites peur aux gens pour qu'ils vous paient rien que pour avoir la vie sauve. Eh bien ça ne marchera pas cette fois, mon ami.

— Je vous ai dit que je n'étais pas venu pour l'argent.

Theron posa le seau à ses pieds et se tourna vers le mercenaire.

— Alors pourquoi êtes-vous ici ?

— Vous avez quitté la veillée très tôt et je m'inquiétais, vous n'avez pas dû entendre la nouvelle : tout le village va passer la nuit dans l'enceinte du château.

— Merci pour l'information, répondit Theron qui se retourna et entreprit de boucher les cruches.

Lorsqu'il eut fini, il leva les yeux, agacé.

— Qu'est-ce que vous faites encore là ?

— Que savez-vous exactement des techniques de combat ?

Le fermier lui lança un regard intense.

— En quoi ça vous regarde ?

— Comme vous l'avez fait remarquer, votre fille nous a payés, mon associé et moi, pour vous aider à tuer ce monstre. Royce s'occupe de vous fournir l'arme nécessaire. Moi, je dois m'assurer que vous saurez vous en servir quand vous l'aurez.

Theron Wood passa la langue sur ses dents.

— Vous voulez m'éduquer, c'est ça ?

— Quelque chose comme ça.

— J'ai pas besoin d'entraînement.

L'homme ramassa les seaux et la palanche et commença à s'éloigner.

— Vous ne connaissez rien aux combats. Avez-vous déjà seulement tenu une épée ?

Theron se retourna.

— Non, mais j'ai retourné cinq hectares de terre en une journée. J'ai abattu une demi-cordée de bois avant midi. J'ai survécu, piégé dans le blizzard à près de treize kilomètres de tout abri, et j'ai perdu toute ma bon sang de famille en une nuit ! Et vous, vous avez déjà vécu ou accompli une seule de ces choses ?

— Pas *toute* votre famille, lui rappela Hadrian.

— Ceux qui comptaient.

Le mercenaire tira son épée et avança vers Theron. Le vieil homme le regarda avec indifférence.

— Ceci est une épée bâtarde, dit Hadrian en jetant l'arme aux pieds du fermier, avant de s'éloigner d'une douzaine de pas. Je pense qu'elle vous ira bien. Prenez-la et attaquez-moi.

— J'ai plus important à faire que de jouer avec vous, répliqua Theron.

— De la même façon que vous aviez plus important à faire que de protéger votre famille, cette nuit-là ?

— Surveille tes paroles, gamin.

— Des affaires plus urgentes que de veiller sur votre pauvre petit-fils sans défense ? Qu'est-ce que ça cache, Theron ? Pourquoi est-ce que vous étiez au travail si tard cette nuit-là ? Ne me servez pas vos excuses sur l'aide apportée à votre fils. Vous vouliez plus d'argent cette année-là, pour payer quelque chose dont *vous* aviez envie. Quelque chose dont vous pensiez avoir tellement besoin que vous avez laissé mourir votre famille.

Le fermier ramassa l'épée. Les dents serrées, il gonflait les joues et roulait des épaules, respirant bruyamment.

— Je ne les ai pas laissés mourir. Ce n'était pas ma faute !

— Qu'avez-vous reçu en échange, Theron ? Le rêve d'un pauvre fou ? Vous n'aviez que faire de votre fils ; vous ne pensiez qu'à vous. Vous vouliez être le grand-père d'un magistrat. Vous vouliez être un grand homme, pas vrai ? Et vous étiez prêt à tout pour réaliser ce rêve. Vous avez travaillé tard. Vous n'étiez pas là. Et c'est à cause de votre rêve et de vos désirs que vous étiez dans les champs quand la chose est venue. C'est pour ça que vous avez laissé mourir votre fils ? Les autres n'ont jamais compté pour vous. Pas vrai ? Vous ne vous intéressez qu'à vous.

Le fermier chargea en tenant l'épée à deux mains et l'abattit vers Hadrian. Le mercenaire fit un simple pas de côté et le coup se perdit dans le vide, mais la puissance de l'élan entraîna le fermier qui s'écroula à terre.

— Vous les avez laissés mourir, Theron. Vous n'étiez pas là, à la place qu'un chef de famille aurait dû occuper. Car un homme doit protéger sa famille. Mais que faisiez-vous ? Vous étiez dans les champs à travailler à *vos* projets. Ce que *vous* vouliez obtenir.

Theron se releva et attaqua de nouveau. Hadrian esquiva encore d'un seul pas. Cette fois, le fermier parvint à rester debout et à fouetter l'air furieusement. Hadrian tira son épée courte et para les attaques. Le vieil homme était enragé, frappait comme un dément, et manipulait l'épée comme une hache, donnant des coups directs, de taille, qui le déséquilibraient. Hadrian n'eut bientôt plus besoin de parer et se contenta d'esquiver. Le visage de Theron s'empourprait davantage à chaque échec. Il avait les larmes aux yeux. Enfin, il s'effondra dans la poussière, épuisé.

— Ce n'est pas moi qui les ai tués ! cria-t-il. C'est *elle* ! Elle a laissé la lumière. Elle a laissé la porte ouverte.

— Non, Theron, répliqua Hadrian qui ôta l'arme des mains inertes du fermier. Thrace n'a pas tué votre famille, et vous non plus. C'est la bête qui est responsable. (Il rangea l'épée dans son fourreau.) Vous ne pouvez pas lui reprocher d'avoir laissé une porte ouverte. Elle ne savait pas ce qui allait se passer. Personne ne le savait. Dans le cas contraire, vous auriez été là. Si votre famille avait su, elle aurait éteint la lumière. Plus tôt vous cesserez d'accuser des innocents, pour tenter de trouver une solution au problème, mieux vous vous porterez tous.

» Theron, votre arme est peut-être terriblement acérée, mais à quoi sert une arme aiguisée si l'on ne touche rien, ou pire, si l'on frappe la mauvaise cible ? On ne gagne pas une bataille grâce à la haine. La colère et la rage peuvent vous rendre courageux, puissant, mais également stupide. Vous avez fini par trébucher, souligna le mercenaire en baissant les yeux vers le vieil homme. Je pense que cela suffit pour la leçon d'aujourd'hui.

Royce et Esrahaddon revinrent moins d'une heure avant le coucher du soleil et tombèrent sur un défilé d'animaux arpentant le chemin. Il semblait que toutes les bêtes du village étaient en route, escortées par de nombreux habitants. Munis de bâtons, de cloches, de pots et de cuillères s'entrechoquant, ils guidaient le bétail vers la colline et le château. Les moutons et les vaches se suivaient sans trop de problème, mais les cochons étaient moins disciplinés et Royce vit Pearl armée de son petit bâton, qui ramenait habilement les bêtes à la traîne en direction du troupeau.

Rose McDern, la femme du forgeron, fut la première à voir les deux hommes et elle s'exclama soudain :

— Il est revenu !

Le cri fut repris avec excitation par les autres villageois.

— Qu'est-ce que vous faites ? demanda Royce à Pearl en esquivant volontairement les adultes.

— On emmène les bêtes au château. Il paraît qu'on reste tous là-bas pour la nuit.

— Sais-tu où est Hadrian ? Tu te rappelles, l'homme avec qui je suis arrivé ? Thrace était sur son cheval.

— Au château, répondit la fillette avant de regarder le voleur d'un air suspicieux. T'as vraiment rattrapé un cochon dans le noir ?

Royce la regarda, perplexe. Au même instant, un cochon s'élança sur la route et la petite se lança à sa poursuite en agitant son long bâton.

Le manoir de la province de la Rive Ouest était un château à motte classique, bâti sur une colline artificielle abrupte, et dont les annexes étaient délimitées par une clôture de bûches taillées en pointe. Une lourde porte fermait l'entrée. Un simulacre de douve encerclait le palais, mais ressemblait davantage à un fossé étroit. Des arbres coupés avaient laissé près de quarante mètres de souches pointues réparties de façon aléatoire dans les alentours.

Des hommes travaillaient parmi les arbres et coupaient des pins. Royce avait encore des doutes sur leurs noms mais il reconnut Vince Griffin et Russell Bothwick qui maniaient une scie à deux poignées. Tad Bothwick et quelques autres jeunes hommes couraient sans relâche pour récupérer des branches avec des haches et des hachettes. Trois jeunes filles rassemblaient la récolte en fagots et les entassaient dans une charrette. Dillon McDern et ses fils utilisaient les bœufs pour hisser les bûches le long de la colline, en direction du château où d'autres hommes coupaient et fendaient le bois.

Royce trouva Hadrian occupé à tailler des troncs près de l'entrée de la palissade. Il était torse nu mais portait toujours un petit médaillon d'argent qui pendait à son cou lorsqu'il se penchait pour placer un autre morceau. Il était en sueur : une haute pile de bois se dressait près de lui.

— Alors, on manigance ? lui demanda Royce en contemplant l'effervescence générale.

— Tu admettras qu'ils étaient loin d'avoir un bon plan de défense, répondit le guerrier en s'interrompant pour éponger la sueur de son front.

Royce lui sourit.

— Tu ne peux pas t'en empêcher, hein ?

— Et toi ? Tu as trouvé la poignée ?

Hadrian ramassa une cruche et avala plusieurs gorgées, si vite qu'un peu d'eau lui coula sur le menton. Il en versa un peu dans ses paumes et se rinça le visage, avant de se passer la main dans les cheveux.

— Je n'ai même pas réussi à m'approcher assez pour voir la porte.

— Bah, regarde le bon côté des choses, au moins cette fois, tu n'as pas été capturé et condamné à mort.

— C'est ça, le bon côté ?

— Que dire ? Je suis de ceux qui voient le verre à moitié plein.

— Le voilà, cria Russell Bothwick en tendant le doigt, c'est Royce là-bas.

— Qu'est-ce que cela veut dire ? demanda le voleur tandis qu'une foule se dirigeait soudain vers lui, depuis les champs et l'enceinte du château.

— J'ai évoqué le fait que tu avais vu la bête, et maintenant, ils veulent savoir à quoi elle ressemble, expliqua Hadrian. Qu'est-ce que tu croyais ? Qu'ils venaient te lyncher ?

Le voleur haussa les épaules.

— Que dire ? Je suis de ceux qui voient le verre à moitié vide.

— À moitié vide ? releva Hadrian en gloussant. Tu es sûr qu'il y a quelque chose dans ce verre ?

Royce posait toujours un regard noir sur Hadrian lorsque les villageois les entourèrent. Les femmes, manches relevées et visages crasseux, portaient des fichus sombres sur leurs têtes, humides au niveau du front. La plupart des hommes, comme Hadrian, avaient retiré leurs chemises, des éclats de bois et des aiguilles de pin leur collant à la peau.

— Vous l'avez vue ? demanda Dillon. Vous avez vraiment aperçu la bête ?

— Oui, répondit Royce, et plusieurs personnes laissèrent échapper des murmures.

— À quoi ressemblait-elle ? demanda le diacre Tomas.

Le prêtre se tenait parmi la foule, frais, propre et reposé.

— Avait-elle des ailes ? demanda Russell.

— Et des griffes ? renchérit Tad.

— Quelle taille faisait-elle ? s'enquit Vince Griffin.

— Laissez-le répondre ! tonna Dillon, et la foule fit silence.

— Elle a des ailes et des griffes. Je ne l'ai vue que brièvement car elle volait au-dessus des cimes. Je l'ai aperçue par une petite ouverture dans les feuillages, et c'était un monstre long comme un serpent ou un lézard, avec des ailes et deux pattes qui… qui enserraient Mae Drundel.

— Un lézard avec des ailes ? répéta Dillon.

— Un dragon, déclara une femme. Voilà ce que c'est. C'est un dragon !

— C'est vrai, renchérit Russell. Un lézard ailé, c'est ça.

— On dit que leur point faible se situe dans leur armure au niveau de l'aisselle, quel que soit le nom que ça porte chez un dragon, expliqua une femme au nez particulièrement sale. J'ai entendu raconter qu'un archer avait un jour abattu un dragon en plein vol en le touchant à cet endroit précis.

— Il paraît qu'on peut affaiblir un dragon en lui volant son trésor, ajouta un homme chauve. Un conte parle d'un prince piégé dans l'antre d'un dragon dont il jeta toutes les richesses à la mer. Cela a tellement affaibli le monstre que le prince a pu le tuer d'un coup d'épée dans l'œil.

— J'ai entendu dire que les dragons étaient immortels et ne pouvaient être tués, dit Rose McDern.

— Ce n'est pas un dragon, intervint Esrahaddon d'un ton dégoûté.

Il sortit de la foule et tous le regardèrent.

— Pourquoi dites-vous ça ? demanda Vince Griffin.

— Parce que c'est vrai, répliqua le magicien avec assurance. Si vous aviez attiré la colère d'un dragon, le village aurait été balayé de la surface d'Elan depuis des mois. Les dragons sont très intelligents, bien plus encore que moi, et plus puissants que nous ne pouvons l'imaginer. Non, madame Brockton, aucun archer n'a jamais tué un dragon en visant de ses traits un quelconque point faible. Et non, monsieur Goodman, voler le trésor d'un dragon ne l'affaiblit pas. En fait, ils ne possèdent nulle richesse. Que feraient-ils d'or et de joyaux ? Vous pensez qu'il existe une échoppe pour ces puissants reptiles, quelque part ? Les dragons ne s'intéressent pas aux biens de ce monde, à moins que pour vous, les souvenirs, la force et l'honneur en fassent partie.

— Mais c'est ce qu'il a dit avoir vu, répliqua Vince.

Le magicien soupira.

— Il a parlé d'un serpent ou d'un lézard avec des ailes et deux pattes. Cela aurait déjà dû vous interpeller.

Le magicien se tourna vers Pearl qui venait de conduire le dernier cochon dans la cour du château et accourait pour rejoindre la foule.

— Dis-moi, Pearl, combien de pattes possède un dragon ?

— Quatre, répondit l'enfant sans réfléchir.

— Exactement. Ce n'est donc pas un dragon.

— Alors qu'est-ce que c'est ? demanda Russell.

— Un Gilarabrywn, répondit Esrahaddon le plus naturellement du monde.

— Un… un quoi ?

— Gil… lar… ah… brin, prononça lentement le magicien en articulant soigneusement chaque syllabe. Gilarabrywn, une créature magique.

— Qu'est-ce que ça veut dire ? Elle peut lancer des sorts comme une sorcière ?

— Non, je veux dire qu'elle n'est pas naturelle. Elle a été créée, invoquée si vous préférez.

— C'est absurde, intervint Russell. Vous nous croyez aussi naïfs ? Ce truc a tué des dizaines de personnes. Ce n'est pas une invention.

— Non, attendez, intervint le diacre en agitant la main dans la foule.

Les villageois s'écartèrent pour laisser passer l'ecclésiastique, la main toujours levée, le regard songeur.

— Il y a bien eu des créatures nommées Gilarabrywn. J'en ai entendu parler au séminaire. Lors des Grandes Guerres elfiques, elles étaient les instruments de l'Empire d'Erivan, de véritables machines de guerre qui dévastèrent les terres et massacrèrent des milliers de personnes. Dans certains récits, il est question des cités en ruine et des armées entières anéanties qu'elles laissaient derrière elles. Aucune arme ne pouvait les blesser.

— Vous connaissez bien l'histoire, diacre, déclara Esrahaddon. Les Gilarabrywn étaient des instruments de guerre dévastateurs : intelligents, puissants, des assassins silencieux surgis du ciel.

— Comment une telle créature aurait pu survivre aussi longtemps ? demanda Russell.

— Elles ne sont pas naturelles. Elles ne peuvent mourir d'une mort normale parce qu'elles ne sont pas vivantes, enfin, pas de la façon dont nous l'entendons.

— Je crois qu'il va nous falloir plus de bois, marmonna Hadrian.

Alors que le soleil se couchait, les villageois finirent d'approvisionner le château. Les enfants et les femmes se rassemblèrent sous les grandes poutres du manoir, et les hommes travaillèrent jusqu'au coucher du soleil pour monter des piles de bois. Hadrian avait formé des équipes efficaces qui coupaient, tiraient et rassemblaient, ce qui leur permit, le crépuscule venu, de disposer de six grandes piles entourant les murs et une posée au centre de la cour. Ils arrosèrent les réserves d'huile et de graisse animale pour faciliter l'allumage. La nuit allait être longue et ils ne voulaient pas que les feux s'éteignent, pas plus qu'ils ne souhaitaient les allumer en retard.

— Hadrian ! cria Thrace en courant vers lui.

— Thrace, répondit le mercenaire qui aidait aux derniers préparatifs avec le bois, il fait nuit. Vous devriez être à l'intérieur.

— Mon père n'est pas là ! s'exclama-t-elle. Il doit toujours être à la maison. Il est là-bas, dehors, tout seul, et s'il n'y a que lui cette nuit…

— Royce ! cria Hadrian.

Mais ce n'était pas nécessaire, le voleur sortait déjà leurs chevaux sellés de l'écurie.

— Elle m'a trouvé le premier, expliqua-t-il en confiant les rênes de Millie au mercenaire.

— Ce fichu imbécile, pesta Hadrian en récupérant sa chemise et ses armes avant de se hisser sur son cheval. Je lui ai dit qu'on se rassemblait au château.

— Moi aussi, dit Thrace, l'air terriblement apeuré.

— Ne vous inquiétez pas. On le ramènera sain et sauf.

Les deux hommes talonnèrent les chevaux et passèrent les portes au galop.

Theron était assis au milieu des ruines de sa maison, sur une chaise en bois. Un petit feu brûlait dans un trou devant la porte. Le ciel était noir et les étoiles brillaient. Il écoutait le concert nocturne des criquets et des grenouilles. Au loin, une chouette partit en chasse. Le feu craquait et crachotait, et le rugissement de la cascade ajoutait un bruit de fond constant. Les moustiques entraient dans la maison sans murs. Ils tourbillonnaient, se posaient et piquaient. Le vieil homme les laissait faire. Il restait assis, comme toutes les nuits, contemplant en silence ses souvenirs.

Son regard se posa sur le berceau. Theron se rappela avoir construit le petit lit à bascule pour son premier fils. Addie et lui avaient décidé de nommer leur premier-né Caryet, en référence au noyer, un bon bois, solide et durable. Theron avait arpenté toute la forêt en quête du noyer parfait et l'avait un jour trouvé sur la colline, baigné de soleil comme si les dieux l'avaient désigné. Chaque nuit, Theron avait soigneusement sculpté le berceau et traité le bois pour qu'il dure. Ses cinq enfants y avaient dormi. Caryet était mort avant son premier anniversaire, emporté par une maladie rare. Tous ses fils étaient morts jeunes, sauf Thad, qui était devenu un homme solide. Il avait épousé une douce jeune femme du nom d'Emma, et lorsqu'elle avait donné naissance à son petit-fils, ils l'avaient prénommé Caryet. Theron avait alors songé que le monde semblait chercher à se rattraper pour toutes les épreuves qu'il lui avait fait endurer ; comme si la punition non méritée de la mort prématurée de son premier fils était compensée par la naissance de son petit-fils. Mais tout cela avait disparu à présent. Il ne lui restait plus que le lit de ses cinq enfants, taché de sang.

Derrière le berceau se trouvait l'une des deux robes d'Addie. Elle était horrible, salie et déchirée, mais à ses yeux emplis de larmes, elle paraissait merveilleuse. Addie avait été une bonne épouse. Pendant plus de trente ans, elle l'avait suivi de ville minable en village lugubre, dans sa quête d'un lieu où s'établir. Leur famille n'avait jamais été riche, ils avaient eu faim plus d'une fois, et ils avaient failli mourir de froid à plusieurs reprises. Mais pendant toutes ces épreuves, il ne l'avait jamais entendue se plaindre. Elle avait réparé ses vêtements et ses os brisés, préparé ses repas et pris soin de lui lorsqu'il était malade. Elle avait toujours été trop maigre, sacrifiant la plus grosse portion des repas à son époux et à leurs enfants. Ses tenues étaient les pires de la famille. Elle ne trouvait jamais le temps de les repriser. Elle avait été une épouse parfaite mais Theron ne se souvenait pas de lui avoir dit qu'il l'aimait. Cela ne lui avait jamais semblé si important avant. La bête l'avait emportée avec les autres, en la cueillant sur le chemin entre le village et la ferme. La femme de Thad, Emma, avait comblé ce vide et il avait réussi à continuer à vivre. Il avait évité de penser à sa femme en se concentrant sur ses objectifs, mais maintenant ses rêves s'étaient envolés, et sa maison était dévastée.

Qu'ont-ils ressenti quand la bête est venue ? Étaient-ils vivants quand elle les a attrapés ? Est-ce qu'ils ont souffert ?

Ces pensées tourmentaient le fermier tandis que le chant des criquets s'éteignait dans le lointain.

Il se dressa, sa faux à la main, prêt à affronter les ténèbres, lorsqu'il entendit ce qui avait fait cesser la rumeur nocturne. Des sabots martelèrent le chemin, et les deux hommes employés par Thrace entrèrent en toute hâte dans la lumière du feu de camp.

— Theron ! cria Hadrian tandis que Royce et lui arrivaient dans la cour de la ferme.

Le soleil était couché. Avec la fin du jour, le feu du vieil homme ressemblait à une invitation, mais elle ne leur était pas destinée.

— En route. Nous devons rentrer au château.

— Vous, vous rentrez, grommela le vieil homme. Je ne vous ai pas demandé de venir. C'est ma maison et je reste ici.

— Votre fille a besoin de vous. Alors grimpez sur ce cheval. Nous avons peu de temps.

— Je ne vais nulle part. Ma fille va bien, elle est avec les Bothwick. Ils prendront soin d'elle. Allez, dégagez de mes terres !

Hadrian descendit de cheval et avança vers le fermier qui ne bougea pas, tel un arbre fermement enraciné.

— Par Mar, vous êtes une bon sang de tête de mule. Soit vous montez sur ce cheval, soit je vous y fais monter de force.

— Alors il faudra me forcer, déclara le vieil homme qui reposa sa faux et croisa les bras sur sa poitrine.

Hadrian tourna la tête vers Royce, assis en silence sur Souris.

— Pourquoi tu ne m'aides pas ?

— Cela ne relève en rien de mon domaine de compétences. Mais si tu veux que je le tue, là, je peux t'aider.

Hadrian soupira.

— S'il vous plaît, montez à cheval. Vous allez finir par tous nous faire tuer en restant ici.

— Comme je l'ai dit, je ne vous ai pas demandé de venir.

— Bon Dieu, jura Hadrian en retirant ses armes pour les fixer à la selle de son cheval.

— Attention, dit Royce en se penchant vers son ami. Il est vieux, mais il a l'air solide.

Hadrian se pencha et chargea le fermier qu'il projeta à terre. Theron était plus massif que le mercenaire, avec des bras puissants et des mains musclées par des années de dur labeur, mais Hadrian était rapide et agile. Les deux hommes s'empoignèrent dans une lutte qui les envoya rouler dans la poussière en grognant, tandis que chacun essayait de prendre l'avantage.

— C'est ridicule, marmonna Hadrian en se mettant debout. Montez sur ce cheval, c'est tout.

— *Vous* y montez. Débarrassez le plancher et laissez-moi tranquille ! leur cria Theron en peinant à reprendre son souffle, debout mais courbé, les mains sur les genoux.

— Tu vas peut-être m'aider cette fois ? demanda Hadrian à son ami.

Le voleur leva les yeux au ciel et descendit de cheval.

— Je ne pensais pas que tu aurais autant de mal.

— Ce n'est pas facile de dominer quelqu'un de plus fort sans le blesser, se défendit le mercenaire.

— Eh bien, voilà où est le problème, répliqua Royce. Pourquoi ne pas essayer en lui faisant mal ?

Lorsqu'ils se tournèrent vers Theron, le fermier tenait un bâton de bonne taille et affichait un air décidé.

Hadrian soupira.

— Je crois qu'on n'a pas le choix.

— Papa ! cria Thrace qui accourut dans le cercle de lumière, le visage inondé de larmes. Papa ! répéta-t-elle.

Elle se précipita vers le vieil homme et l'enlaça de ses bras.

— Thrace, qu'est-ce que tu fais ici ? s'exclama Theron. C'est dangereux !

— Je suis venue te chercher.

— Je reste ici, répliqua-t-il en repoussant sa fille. Alors rappelle les bandits que tu as engagés et retournez immédiatement auprès des Bothwick. Tu as compris ?

— Non, lui cria Thrace, les bras levés, cherchant toujours à saisir le vieil homme. Je ne te laisserai pas.

— Thrace ! hurla-t-il, la dominant de sa silhouette massive. Je suis ton père et tu feras ce que j'ordonne !

— Non ! répliqua-t-elle, les larmes sur ses joues étincelant sous l'éclat du feu. Je ne te laisserai pas mourir ici. Frappe-moi si tu veux, mais tu devras aller avec moi au château pour le faire.

— Petite imbécile, cracha-t-il. Tu vas te faire tuer. Tu n'en as pas conscience ?

— Ça m'est égal ! cria-t-elle d'une voix aiguë, les poings serrés, les bras tendus le long du corps. Quelle raison ai-je de vivre si mon propre père, la seule personne qui me reste au monde, me déteste tellement qu'il préfère mourir que de rester à mes côtés ?

Theron parut stupéfait.

— Au début, dit-elle d'une voix tremblante, je pensais que tu voulais t'assurer que personne d'autre ne serait tué. Puis je me suis dit que c'était peut-être, je ne sais pas, pour que leurs âmes reposent en paix. Ensuite, j'ai cru que, dévoré par la haine, tu voulais te venger. Ou que tu tenais à voir mourir la bête de tes propres yeux. Mais rien de tout ça n'était vrai. Tu veux juste mourir. Tu te détestes, et tu me hais. Rien n'a plus d'importance pour toi en ce monde.

— Je ne te hais pas, protesta Theron.

— Si. Parce que c'est ma faute. Je sais combien ils comptaient pour toi, et je me réveille chaque matin en y pensant. (Elle essuya les larmes qui lui brouillaient la vue.) Si ça avait été moi, tu aurais fait comme avec Maman, tu aurais planté un piquet avec mon nom sur la Colline Rocheuse, et le lendemain, tu aurais repris le travail. Tu aurais labouré les terres en remerciant Maribor d'avoir épargné ton fils. C'est moi qui aurais dû mourir, mais je ne peux pas changer le passé, et ta mort ne le fera pas revenir. Rien ne le ramènera. Mais si tout ce que je peux faire aujourd'hui, si tout ce qui me reste à faire pour me racheter est de mourir ici auprès de toi, alors je le ferais. Je ne te laisserai jamais, Papa. Je ne peux pas. C'est impossible.

Elle tomba à genoux, épuisée, et ajouta d'une voix fragile :

— Au moins, nous serons tous réunis.

Alors, comme en réponse à ses paroles, tout bruit cessa dans les bois autour d'eux. Cette fois, les criquets et les grenouilles mirent fin à leur chant si brusquement que le silence se fit assourdissant.

— Non, dit Theron en secouant la tête. (Il leva les yeux vers le ciel nocturne.) Non !

Le fermier saisit sa fille et la remit sur pied.

— Nous partons. Aidez-nous.

Hadrian fit virer Millie.

— Montez, tous les deux.

La jument commença à tirer sur les rênes et à piétiner, les naseaux dilatés, les oreilles agitées de mouvements vifs. Hadrian l'attrapa par le mors et la tint fermement.

Theron monta sur le cheval et hissa Thrace devant lui d'un geste rapide. Le mercenaire poussa aussitôt Millie au galop sur le chemin du village. Royce bondit sur le dos de Souris et tendit une main à son ami pour le faire grimper derrière lui, tout en partant lui aussi au pas de charge dans la nuit.

Les chevaux n'avaient pas besoin d'être aiguillonnés, ils galopaient à pleine vitesse, l'encolure baignée de sueur. Leurs sabots battaient le sol dans un roulement de tonnerre, ébranlant la terre comme de violents coups de tambour. La route était légèrement plus éclairée que le reste de la forêt, mais pour Hadrian, le chemin n'était souvent qu'une vision floue lorsque le vent le faisait pleurer.

— Au-dessus ! cria Royce.

Là haut, dans les feuillages, ils perçurent un mouvement rapide.

Les chevaux tournèrent abruptement au cœur de la forêt. Des branches invisibles, des feuilles, des tiges de pins les frappaient, les fouettaient et les meurtrissaient. Les animaux couraient, aveuglés par la panique. Ils s'élancèrent dans les broussailles, esquivant les troncs et envoyant voler des branches en tous sens. Hadrian perçut un mouvement d'esquive chez Royce et l'imita.

Skarfsh. Skarfsh. Skarfsh.

Le mercenaire entendit un battement mesuré au-dessus de lui, comme un soufflet puissant et lent. Une bourrasque descendit jusqu'à lui, un brusque afflux d'air. Le souffle était accompagné par le son effrayant de grattements, craquements et brisures de bois. Les cimes se fendirent et explosèrent.

— Tronc ! cria Royce, et son cheval bondit.

Hadrian n'échappa à la chute que grâce à Royce qui le rattrapa souplement. Dans le noir, Thrace hurla. Puis un grognement se fit entendre, et un son, comme un manche de hache frappant le bois. Le voleur tint fermement les rênes de Souris, luttant contre l'animal, retenant sa tête tandis qu'il se cabrait et soufflait. Hadrian entendait Millie galoper devant.

— Qu'est-ce qui se passe ? demanda le mercenaire.

— Ils sont tombés, gronda Royce.

— Je ne les vois pas, dit Hadrian en bondissant à terre.

— Dans les buissons, à ta droite, indiqua Royce en mettant pied à terre, tandis que Souris paniquait et donnait de grands coups de tête.

— Ici ! cria Theron avec difficulté. Par ici !

Le fermier s'était placé au-dessus de sa fille. Elle gisait à terre, inconsciente, étalée comme une poupée désarticulée. Du sang lui gouttait du nez et de la bouche.

— Elle a heurté une branche, expliqua Theron d'une voix tremblante. Je… je n'ai pas vu le tronc.

— Mettez-la sur mon cheval, ordonna Royce. Theron, portez-la et galopez jusqu'au château. Nous sommes tout près. Vous pouvez voir les lumières des feux d'ici.

Le fermier ne protesta pas. Il monta sur la jument qui ne cessait de piétiner en soufflant. Hadrian se pencha sur Thrace. Un rayon de lune révéla une tache sombre sur son visage, une marque longue et large. Il la souleva. Sa tête retomba mollement en arrière, tandis que ses membres pendaient, sans réaction. Il lui semblait porter un corps sans vie. Il la confia à Theron qui installa sa fille contre sa poitrine et la serra fermement. Royce lâcha le mors de son cheval qui partit aussitôt au pas de course dans la plaine, laissant les deux voleurs en arrière.

— Tu crois que Millie est dans le coin ? murmura Hadrian.

— Je crois que Millie sert déjà d'amuse-gueule, répliqua Royce.

— Je suppose que c'est une bonne chose, cela a permis à Thrace et Theron de fuir en sécurité.

Les deux hommes se dirigèrent lentement vers l'orée de la forêt. Ils étaient tout près de l'endroit où Dillon et ses fils avaient récolté des bûches un peu plus tôt. Ils distinguaient trois des six feux qui brûlaient au loin et illuminaient la plaine.

— Et nous ? demanda Royce.

— Tu crois que le Gilarabrywn sait qu'on est encore là ?

— Esrahaddon a dit qu'il était intelligent, je pense donc qu'il est capable de compter.

— Alors il va revenir nous chercher. Il faut atteindre le château. La distance à découvert est de quoi ? Soixante mètres ?

— Environ, confirma Royce.

— Il n'y a plus qu'à espérer qu'il soit encore occupé à mâchonner Millie. Prêt ?

— Dispersons-nous autant que possible, qu'il ne puisse pas nous attraper tous les deux. Allez !

L'herbe était humide de rosée et cachait des creux et des bosses. Hadrian ne parcourut qu'une douzaine de mètres avant de tomber.

— Reste derrière moi, lui conseilla Royce.

— Je croyais qu'on se séparait.

— C'était avant que je me rappelle que tu es aveugle.

Ils s'élancèrent en esquivant les obstacles, tandis que Royce choisissait leur itinéraire vers le château. Ils avaient parcouru la moitié du chemin quand le grondement des soufflets reprit.

Skarfsh. Skarfsh. Skarfsh.

La menace fondait sur eux. Hadrian leva les yeux et vit une forme sombre passer devant la lune qui se levait : un serpent doté d'ailes de chauve-souris étincelantes, décrivant des cercles comme un faucon en quête de rongeurs dans un champ.

Le battement sourd s'interrompit.

— Il pique ! cria Royce.

Une violente bourrasque les projeta au sol. Les grands feux s'éteignirent immédiatement. Une seconde plus tard, un grondement ébranla la terre et un mur massif de feu vert explosa en un grand cercle entourant la colline tout entière. Des flammes stupéfiantes, de presque dix mètres de haut, se dressèrent tels des arbres de lumière, dégageant une intense chaleur.

Hadrian, qui voyait désormais clairement la route à suivre, se dressa d'un bond et se précipita vers la porte, Royce sur les talons. Derrière eux, les flammes rugissaient, et un cri à glacer le sang retentit.

Dillon, Vince et Russell refermèrent les portes à la seconde où les voleurs les eurent franchies. Les feux de la cour, éteints à cet instant, explosèrent brutalement en flammes bleu-vert qui firent sursauter tout le monde et se dressèrent telles des colonnes éclatantes vers le ciel. Une fois de plus, dans les ténèbres de la nuit, le Gilarabrywn hurla en direction des hommes.

L'enfer émeraude s'éteignit lentement. Les flammes perdirent leur éclat vert et diminuèrent jusqu'à ce qu'il ne reste plus que des feux ordinaires. Ils craquèrent et sifflèrent, projetant des tempêtes d'étincelles vers la lune. Les hommes dans la cour levèrent les yeux, mais il n'y avait plus aucun signe de la bête, seuls demeuraient les ombres et le chant lointain des criquets.

6

Le tournoi

— Je vous assure, Votre Altesse Royale, dit Arista de sa voix la plus agréable, qu'il n'y aura aucun changement dans les politiques intérieure et étrangère sous le règne du roi Alric. Il continuera à suivre les objectifs fixés par notre père en assurant la dignité et l'honneur de la maison Essendon. Melengar restera votre voisin amical à l'ouest.

Arista se tenait devant le roi de Dunmore dans la plus belle robe de sa mère, une tenue de soie argentée à couper le souffle. Quarante boutons s'alignaient le long des manches. Des dizaines de mètres de velours frappé bordaient le corsage brodé et la longue jupe. Le col arrondi lui serrait les épaules. Elle se tenait très droite, le menton levé, le regard droit, les mains croisées.

Le roi Roswort, assis sur son trône, enveloppé de fourrure, de loup apparemment, vida sa coupe et rota. Il était petit et terriblement obèse. Son visage rond et mou s'affaissait sous son propre poids, s'entassait à la base et formait un triple menton. Il avait les yeux mi-clos, les lèvres humides et la jeune femme était certaine de distinguer un filet de bave le long des plis de son cou. Sa femme Freda était assise près de lui. Elle était également ronde, mais paraissait mince à ses côtés. Le roi semblait exsuder de liquide, mais la reine était sèche comme le désert, tant dans son allure que dans ses manières.

La salle du trône était petite, avec un sol de bois et des poutres soutenant un haut plafond de cathédrale. Des têtes de cerfs et d'élans saillaient des murs, tous couverts de suffisamment de poussière pour que leur fourrure semble grise. Près des portes se dressait le célèbre Oswald, un ours empaillé de près de trois mètres, griffes sorties, gueule ouverte, mimant un grognement terrifiant. D'après la légende de Dunmore, Oswald aurait tué cinq chevaliers et un nombre inconnu de paysans jusqu'à ce que le roi Ogden, le grand-père du roi Roswort, ne l'abatte, armé d'une simple dague. Cela remontait à soixante-dix années, lorsque Glenmorgan n'était qu'une forteresse frontalière et Dunmore une forêt avec quelques sentiers. Roswort, de son côté, ne pouvait se réclamer d'une telle gloire. Il avait abandonné les traditions chasseresses de ses pères pour privilégier la vie de Cour, et cela se voyait.

Le roi leva sa coupe et l'agita.

Arista attendit et le roi bâilla. Derrière lui, des talons retentirent nettement sur le sol de la salle du trône. Il y eut un murmure, puis de nouveau les talons et un claquement de doigts. Enfin, la fine et délicate silhouette d'un elfe s'approcha de l'estrade royale. Il était vêtu d'un uniforme de laine brute marron, et portait autour du cou un lourd collier de fer, tenu par des rivets. Il s'approcha, un pichet en main, et remplit la coupe du roi avant de se retirer à reculons. Le monarque but, inclina trop la coupe et le vin coula sur son menton, laissant une petite ligne rosée suspendue à ses moustaches mal entretenues. Il éructa de nouveau, plus fort cette fois, et poussa un soupir de contentement. Le roi tourna enfin le regard vers Arista.

— Et cette histoire sur la mort de Braga ? demanda Roswort. Vous avez des preuves qu'il était impliqué dans cette soi-disant conspiration ?

— Il a essayé de me tuer.

— Oui, c'est vous qui le dites, mais même si c'est vrai, il semblait avoir une bonne raison. Braga était un fidèle de l'Église de Nyphron, dévot, et vous n'êtes, après tout, qu'une sorcière.

Arista serra les mains. Ce n'était pas la première fois et elle commençait à avoir les doigts douloureux.

— Pardonnez-moi, Votre Altesse Royale, mais je crains que vous n'ayez été mal informé sur ce point.

— Mal informé ? J'ai…

Il toussa, une fois, puis deux, et cracha sur le sol près du trône. Freda se tourna sèchement vers l'elfe et lui lança un regard noir, jusqu'à ce qu'il se penche pour nettoyer le crachat à l'aide de sa tunique.

— J'ai de très bons informateurs, reprit le monarque. Ils disent que Braga et l'évêque Saldur vous ont fait un procès pour sorcellerie et pour le meurtre de votre père. Immédiatement après, Braga a été tué, décapité, et accusé des charges qui pesaient contre vous. Maintenant, vous venez ici comme ambassadeur de Melengar, vous, une femme. Je crains que tout ça ne soit un peu trop facile à mon goût.

— Braga m'a également accusée d'avoir tué Sa Majesté Royale Alric, celui-là même qui m'a désignée pour cette charge, à moins que vous ne reconnaissiez pas son existence.

Le roi leva les sourcils.

— Vous êtes jeune, dit-il froidement. C'est votre première audience en tant qu'ambassadeur. J'ignorerai votre affront… pour cette fois. Insultez-moi encore et je vous ferai expulser de mon royaume.

Arista inclina la tête sans un mot.

— Il ne me paraît pas de bon augure que le trône de Melengar ait été conquis par le sang. Ni que la maison des Essendon n'affiche qu'une foi de façade envers l'Église. Et la tolérance de votre royaume envers les elfes est répugnante. Vous laissez ces viles bestioles aller et venir librement. Novron n'a jamais voulu une telle chose. L'Église nous apprend que les elfes sont une maladie. Ils doivent être soumis à notre volonté ou anéantis. Ce sont des rats, et Melengar est comme une pile de bois infestée, à ma porte. Oui, je ne doute pas qu'Alric poursuive la politique de son père. Tous deux sont nés avec des œillères. Des changements se profilent, et je vois déjà que Melengar ne plie pas sous le vent. Tant mieux pour Dunmore, je dirais.

Arista ouvrit la bouche, mais le roi leva un doigt.

— Cet entretien est terminé. Retournez auprès de votre frère, et dites-lui que nous vous avons accordé la faveur de vous recevoir, et que nous n'avons pas été impressionnés.

Le roi et la reine se levèrent ensemble et s'éloignèrent par le passage à l'arrière de la salle, abandonnant Arista devant deux chaises de bois vides. L'elfe, qui se tenait tout près, la regarda intensément mais ne dit rien. Elle envisagea un instant de débiter le reste du discours qu'elle avait préparé. Cela resterait tout aussi futile et des trônes vides ne répondraient pas autant, mais ils seraient sans conteste plus polis.

Elle soupira. Ses épaules retombèrent. *Je crois que cela n'aurait pas pu être pire.* Elle se retourna et partit, écoutant le froissement de sa belle robe à chaque pas.

Elle sortit du palais et contempla la ville. De profondes ornières marquaient les routes sales et inégales, si rudimentaires et couvertes de cailloux qu'elles ressemblaient à des rivières à sec. Le soleil ternissait en gris pâle les alignements serrés de bâtiments aux armatures de bois identiques. La plupart des habitants portaient des couleurs fades et des vêtements en laine et en lin non teints. Des dizaines de personnes aux visages fatigués étaient assises dans les coins de rue ou avançaient sans but, les mains tendues. Elles semblaient invisibles aux yeux des passants. C'était la première visite d'Arista à Glamrendor, la capitale de Dunmore. Elle secoua la tête et murmura d'une voix douce :

— Nous aussi, nous vous avons vus.

Malgré sa taille modeste, la ville était très animée, mais la princesse songea que les plus empressés devaient être ses résidents. Il n'était pas difficile de les identifier : ceux qui venaient d'une autre ville portaient des chaussures. Des charrettes, carrosses, diligences et chevaux affluaient au centre de la capitale ce matin-là, tous en direction de l'est. L'Église ouvrait le tournoi à tous, roturiers et nobles. C'était une chance d'obtenir gloire, fortune et renommée.

Le carrosse d'Arista, à l'effigie du faucon de Melengar, était avancé. Hilfred lui tenait la porte. Bernice était assise à l'intérieur avec un plateau de sucreries et un sourire aux lèvres.

— Comment cela s'est-il passé, ma chère ? Avez-vous fait forte impression ?

— Non, je n'ai pas été impressionnante, mais au moins, nous ne sommes pas en guerre. Je devrais donc remercier Maribor pour sa bonté.

Elle s'assit face à la gouvernante, en s'assurant d'avoir ramené toute la longueur de sa robe avant qu'Hilfred ne ferme la porte.

— Vous voulez un bonhomme de pain d'épices ? proposa Bernice en tendant le plateau avec un air de pitié. Cela devrait vous réconforter.

— Où est Sauly ? demanda la princesse en jetant un coup d'œil aux gâteaux à forme humaine.

— Il a dit qu'il devait parler avec l'archevêque et qu'il voyagerait dans le carrosse de Sa Grâce. Il espérait que vous ne lui en voudriez pas.

Arista s'en moquait et regrettait simplement que la gouvernante ne se soit pas jointe à lui. Elle était lasse de sa compagnie constante et la solitude de sa tour lui manquait. Elle prit un biscuit et sentit le carrosse tanguer lorsque Hilfred monta à côté du conducteur. Le véhicule s'ébranla et ils se mirent en marche, bondissant sur la route défoncée.

— Ils sont rassis, commenta Arista, la bouche pleine d'un pain d'épices dur et sablonneux.

Bernice parut mortifiée.

— Je suis désolée.

— Où les avez-vous achetés ?

— Une petite boulangerie, vers…

Elle tendit le doigt vers la fenêtre, mais le mouvement du carrosse la désorienta. Elle regarda autour d'elle puis abandonna et reposa la main.

— Oh, je ne sais plus, mais c'était une charmante échoppe et je pensais que vous auriez besoin de… vous savez… quelque chose pour vous réconforter après la rencontre.

— Besoin ?

Bernice hocha la tête avec un sourire forcé, puis elle se pencha pour tapoter la main de la princesse et ajouta :

— Ce n'est pas votre faute, ma chère. C'est injuste de la part de Sa Majesté de vous avoir chargée de cette mission.

— J'aurais dû rester à Medford et recevoir des prétendants, décréta Arista.

— Exactement. C'est de fort mauvais goût.

— Tout comme ce gâteau, remarqua la princesse qui reposa sur le plateau le bonhomme, sans la jambe qu'elle avait mordue.

Elle se passa la langue sur les dents, comme un chat s'évertuant à se débarrasser d'un poil en se léchant frénétiquement les babines.

— Au moins, Sa Majesté royale a dû être impressionnée par votre allure, dit Bernice en regardant la princesse avec fierté. Vous êtes magnifique.

Arista lui adressa un regard de biais.

— La robe est magnifique.

— Bien sûr, mais…

— Oh, par Maribor ! coupa Arista en regardant par la fenêtre. Combien sont-ils ? J'ai l'impression de voyager avec une armée.

Lorsque le carrosse atteignit la sortie de la ville, elle découvrit la foule. Il devait y avoir au moins trois cents hommes rassemblés sous les bannières de l'Église de Nyphron. Ils attendaient tous, en une seule ligne, mais ils n'auraient pu offrir une plus grande diversité : musclés, chétifs, grands et petits. Tous les rangs étaient représentés : chevaliers, soldats, nobles et paysans. Certains portaient des armures, certains de la soie, d'autres du lin ou de la laine. Ils étaient assis sur des destriers, des chevaux de trait, des poneys, des mules, dans des carrosses, des véhicules ouverts ou de simples chariots. C'était un mélange étrange et incongru, mais tous arboraient le même sourire impatient et excité, le regard tourné vers l'est.

La première ambassade officielle d'Arista était achevée. Aussi décevants que soient ses résultats, elle avait accompli sa mission. En l'absence de Sauly, elle pouvait mettre de côté ses pensées sur l'Église et l'État, sa honte et sa responsabilité. La pression qui l'avait agitée pendant des jours entiers s'évapora et elle put enfin prendre part à l'excitation bouillonnante qui l'entourait.

Des participants accouraient de toutes les directions pour rejoindre la file grandissante. Certains n'avaient qu'un petit sac de tissu calé sous le bras, et d'autres étaient accompagnés d'une caravane entière de bêtes de somme.

D'autres encore s'occupaient de commander des chariots chargés de tentes, de nourriture et de vêtements. Un marchand en tenue élégante avait installé des chaises tapissées de velours et un lit à baldaquin au sommet de sa charrette.

Le toit du carrosse fut ébranlé par un choc violent qui surprit les deux femmes. Les bonshommes de pain d'épices volèrent en tous sens.

— Oh, ciel ! hoqueta Bernice.

Un instant plus tard, Mauvin Pickering apparut à la fenêtre, regardant l'intérieur du carrosse depuis son cheval, ses cheveux noirs pendant sans retenue sur son visage.

— Alors, comment cela s'est-il passé ? demanda-t-il avec un sourire des plus malicieux. Est-ce que je dois me préparer à la guerre ?

Arista se renfrogna.

— Aussi bien que cela, hein ? continua Mauvin, inconscient du désordre qu'il avait causé. Nous parlerons plus tard. Je dois trouver Fanen avant qu'il provoque quelqu'un en duel. Salut, Hilfred. Cela promet d'être grandiose. Quand est-ce que nous avons campé ensemble pour la dernière fois ? À plus tard.

Bernice s'éventait des deux mains, les yeux tournés vers le toit, la bouche ouverte. En la voyant, ainsi que sa petite armée de bonshommes de pain d'épices répandus sur les bancs, dans les plis des rideaux, sur le sol et sur ses genoux, Arista ne put réprimer un sourire.

— Vous aviez raison, Bernice. Ces gâteaux m'ont remonté le moral.

— Tu le vois ? demanda Fanen en désignant un homme en pourpoint de daim marron. C'est le seigneur Enden, peut-être le plus grand chevalier vivant, après le seigneur Breckton.

Après une autre journée de voyage épuisante, Arista se trouvait à présent dans le campement des Pickering, où elle se cachait de Bernice. Les deux garçons partageaient une tente pointue élégante, ornée de rayures alternées or et vertes, qu'ils avaient installée à la bordure est du plus grand campement. Les trois amis étaient assis devant la tente, sous un auvent festonné soutenu par deux grands pics de bois. À gauche, flottait le faucon doré sur champ rouge de la maison des Essendon, à droite, l'épée d'or sur champ vert de la famille Pickering. C'était une installation modeste comparée à la plupart de celles des autres nobles. Certains aménagements ressemblaient à de petits châteaux et demandaient deux heures de montage à une troupe entière de serviteurs. Les Pickering voyageaient sans s'encombrer et portaient tout le nécessaire sur leurs étalons et deux chevaux de bât. Ils n'avaient ni table, ni chaises et Arista, en robe modeste, s'était installée sur une simple étoffe. Si Bernice la voyait, la vieille femme ferait une attaque.

Arista s'en moquait. Elle trouvait merveilleux de pouvoir s'allonger et s'étirer sous le ciel. Cela lui rappelait la période d'estival lorsqu'ils étaient enfants. La nuit, les adultes dansaient et les plus jeunes s'étendaient sur la colline au sud du château des Pickering, dans les Champs de Drondil, pour compter les étoiles filantes et les lucioles. Ils étaient alors tous rassemblés : Mauvin, Fanen, Alric et même Lenare… C'était avant que la sœur des jeunes garçons ne prenne ses manières de grande dame. Elle se rappelait la brise fraîche qui soufflait sur elle, la sensation de l'herbe sous ses pieds nus, l'étendue constellée d'étoiles au-dessus d'eux, et la douce mélodie des musiciens jouant une chanson folklorique de Galilin, *Calide Portmore*.

— Et là, tu vois ce grand homme avec une tunique verte ? C'est le seigneur Gravin ; il enchaîne les quêtes qu'on lui confie. Il travaille le plus souvent pour l'Église de Nyphron. Tu vois, récupérer des artefacts, tuer des monstres, ce genre de choses. Il est connu comme l'un des plus grands aventuriers de notre temps. Il vient de Vernes, tout là-bas près de Delgos.

— Je sais où se trouve Vernes, Fanen, répondit Arista.

— C'est vrai, tu es censée connaître tout cela, maintenant, remarqua Mauvin. Ô grandiose et exaltée ambassadrice.

L'aîné des Pickering la gratifia d'une révérence élaborée, tout en restant assis.

— Tu peux rire, mais tu ne perds rien pour attendre, répliqua la jeune femme. Ton tour viendra, tu seras marquis un jour. La vie ne sera plus faite que de jeux et d'amusements. Tu auras des responsabilités, petit monsieur.

— Pas moi, répondit tristement Fanen.

S'il n'avait pas eu trois ans de moins que son aîné, Fanen aurait pu être le jumeau de Mauvin. Ils avaient tous les deux les traits fringants des Pickering, le visage taillé à la serpe, les cheveux noirs et abondants, des dents très blanches et de larges épaules qui surmontaient une taille fine et athlétique. Fanen était juste un peu plus fin et petit. Contrairement à Mauvin, qui avait toujours les cheveux en bataille, Fanen les coiffait avec soin.

— C'est pourquoi il faut que tu gagnes, déclara Mauvin à son frère. Et bien sûr, tu y arriveras, parce que tu es un Pickering, et les Pickering n'échouent jamais. Regarde ce gars là-bas. Il n'a aucune chance.

Arista ne prit pas la peine de se redresser. Il avait fait cela toute la nuit : désigner des candidats pour expliquer comment il déduisait, d'après leur démarche ou leur manière de tenir l'épée, que Fanen les vaincrait sans peine. Elle ne doutait pas qu'il ait raison ; elle était simplement lasse de l'entendre.

— Quel est le prix de ce tournoi ? demanda la princesse.

— Ils ne l'ont pas encore dit, marmonna Fanen.

— De l'or, probablement sous forme d'un trophée, mais ce n'est pas ce qui lui donne de la valeur, répondit Mauvin. C'est le prestige. Lorsque Fanen aura remporté cette récompense, il aura un nom ; enfin, il a déjà le nom des Pickering mais pas encore de titres. Quand ce sera fait, toutes sortes d'opportunités se présenteront à lui. Bien sûr, cela pourrait être des terres. Alors il serait installé.

— Je l'espère. Je n'ai aucune envie de finir dans un monastère.

— Tu écris toujours des poèmes, Fanen ? demanda Arista.

— Non, plus depuis un moment.

— Ils étaient bons, du moins dans mon souvenir. Tu écrivais tout le temps. Que s'est-il passé ?

— Il a appris la poésie de l'épée. Cela lui servira davantage que celle de la plume, répondit Mauvin.

— Qui est-ce ? s'enquit Fanen en désignant l'ouest.

— C'est Rentinual, expliqua Mauvin, il s'est autoproclamé génie. Écoute un peu : il a amené cette chose, cet énorme engin avec lui.

— Pourquoi ?

— Il dit que c'est pour le tournoi.

— Qu'est-ce que c'est ?

Mauvin haussa les épaules.

— Je ne sais pas, mais c'est gros. Il le garde sous une bâche et gémit comme une fille dès que le chariot rebondit dans une ornière. Eh, ce n'est pas le prince Rudolf ?

— Où ? demanda Arista, dressant la tête et s'appuyant sur les coudes.

Mauvin gloussa.

— Je plaisante. Alric nous a expliqué… ta méprise.

— Tu as déjà rencontré Rudolf ? demanda la princesse.

— Eh bien oui, dit Mauvin. Les ânes de son royaume prennent assez mal le fait d'être sans cesse comparés à lui.

Il y eut une seconde de flottement, puis Fanen et Arista éclatèrent de rire, suivis par Mauvin.

— C'est un royal abruti, c'est sûr, et j'aurais été vraiment révolté de devoir passer ma vie aux côtés de ce jean-foutre. Honnêtement, Arista, je suis surpris que tu n'aies pas changé Alric en crapaud ou quelque chose comme cela.

Arista cessa brusquement de rire.

— Quoi ?

— Tu sais, avec une petite malédiction. Une semaine sous forme de grenouille lui aurait… Qu'est-ce qui ne va pas ?

— Rien, répliqua-t-elle en se rallongeant avant de se tourner sur le ventre.

— Eh, attends… Je ne pensais pas à…

— C'est bon, pas de souci, mentit-elle.

— C'était juste une blague.

— La première était meilleure.

— Arista, je sais que tu n'es pas une sorcière.

Un long silence gêné suivit.

— Je suis désolé, tenta Mauvin.

— Il t'a fallu le temps, répliqua la jeune femme.

— Cela aurait pu être pire, déclara Fanen. Alric aurait pu t'obliger à épouser Mauvin.

— C'est dégoûtant, commenta Arista en roulant pour s'asseoir de nouveau.

Mauvin lui adressa un regard blessé et surpris. Elle secoua la tête.

— Je veux juste dire que cela me donnerait l'impression d'épouser un frère. Je vous ai toujours considérés comme ma famille.

— Ne dis rien à Denek, répondit Mauvin. Il a un faible pour toi depuis des années.

— C'est vrai ?

— Oh, et ne lui dit pas que je te l'ai avoué. Hum… Le mieux serait d'oublier que j'ai dit cela.

— Et ces deux-là ? demanda soudain Fanen, en désignant une tente rouge et noire massive d'où émergeaient deux hommes.

L'un d'eux était immense, avec des moustaches et une barbe rousses et sauvages. Il portait une tunique sans manches écarlate, une ceinture de tissu vert et un casque de métal marqué de plusieurs impacts. L'autre homme était grand et fin, avec de longs cheveux noirs et une barbe taillée courte. Il arborait une soutane rouge et une cape noire, le symbole de la couronne brisée sur sa poitrine.

— Je doute que tu veuilles avoir affaire à aucun des deux, dit Mauvin après un instant. Il s'agit du seigneur Rufus de Trent, seigneur de guerre de Lingard, chef de clan et vétéran de douzaines de combats contre les hommes sauvages d'Estrendor, mais aussi héros reconnu de la bataille des collines de Vilan.

— C'est Rufus ? murmura Fanen.

— J'ai entendu dire qu'il avait un caractère de cochon et les bras d'un ours.

— Et l'autre, celui avec le symbole d'une couronne brisée ? demanda Fanen en désignant l'homme.

— Lui, mon cher frère, c'est une sentinelle, et j'espère qu'aucun de nous ne se trouvera jamais plus près de son engeance que nous le sommes en ce moment.

Tandis qu'Arista observait les deux hommes, elle remarqua une silhouette qui se dessinait devant un feu de camp éloigné : très petite, avec une longue barbe et des manches bouffantes.

— Au fait, je veux partir tôt demain, Fanen, déclara Mauvin. Je veux être en route avant l'affluence. J'en ai assez de manger de la poussière.

— Quelqu'un sait-il où nous allons exactement ? demanda son frère. J'ai l'impression que nous voyageons jusqu'au bout du monde.

Arista hocha la tête.

— J'ai entendu Sauly en parler avec l'archevêque. Je crois qu'il s'agit d'un petit village nommé Dahlgren.

Elle regarda de nouveau en direction du feu, mais la silhouette avait disparu.

7

Des elfes et des hommes

Thrace était allongée sur le lit du marquis dans le château, la tête soigneusement entourée d'étoffes. Ses cheveux étaient emmêlés, et des mèches blondes surgissaient parfois entre les bandages. Des marques violettes et jaunes s'étalaient autour de ses yeux et de son nez. Sa lèvre supérieure avait doublé de volume et une ligne sombre de sang avait séché le long de sa bouche. Thrace toussait et marmonnait mais ne parlait pas, n'ouvrait pas les yeux.

Et Theron ne quitta pas un instant son chevet.

Esrahaddon avait ordonné à Lena de faire bouillir des feuilles de grande camomille dans une marmite de vinaigre de cidre. Elle lui avait obéi. Tout le monde l'écoutait désormais. Depuis la nuit précédente, les habitants de Dahlgren traitaient le handicapé avec un nouveau respect et le regardaient avec fascination. Tad Bothwick et Rose McDern l'avaient vu soulever les flammes vertes qui avaient chassé la bête. Personne ne prononça les mots « sorcier » ou « magicien ». C'était inutile. La fumée de la marmite emplit bientôt la pièce d'une odeur entêtante et fleurie.

— Je suis vraiment désolé, murmura Theron à sa fille.

La toux et les gémissements avaient cessé et elle était aussi immobile qu'un cadavre. Il porta à sa joue la main inerte de Thrace, sans savoir si elle l'entendait. Il se confondait en excuses depuis des heures et la suppliait de revenir à elle.

— Je ne voulais pas. J'étais tellement furieux. Je suis désolé. Ne me quitte pas. Je t'en prie, reviens-moi.

Il entendait encore le cri de sa fille dans la nuit, interrompu subitement par le craquement étouffé. S'il s'était agi d'un tronc ou d'une branche plus épaisse, Theron songea qu'elle serait morte sur le coup. Mais en l'état, sa vie était encore en danger.

Personne, à part Lena et Esrahaddon, n'osait entrer dans la chambre que le vieux fermier emplissait de sa peine. Tout le monde s'attendait au pire. Le sang avait recouvert le visage de la jeune fille et la chemise de son père le temps qu'ils arrivent au château. La peau blafarde, les lèvres d'une étrange teinte bleutée, Thrace n'avait ni bougé, ni ouvert les yeux. Esrahaddon avait murmuré quelque chose à son oreille et ordonné aux autres de la conduire au manoir pour qu'elle soit à l'abri et au chaud. C'était le genre de choses que l'on faisait pour les mourants, en leur assurant un maximum de confort. Le diacre Tomas avait prié pour elle et ne s'éloignait pas, prêt à lui offrir les derniers sacrements.

Le village de Dahlgren avait connu quantité de morts cette dernière année. Toutes n'étaient pas le fait de la bête. Il y avait comme toujours les accidents, les maladies et les loups qui chassaient l'hiver dans les parages. Il y avait également des disparitions inexpliquées. Elles étaient souvent attribuées à la créature, mais il arrivait que des habitants se perdent dans la forêt ou tombent accidentellement dans le Nidwalden. En un an à peine, plus de la moitié du village avait péri ou disparu. Tout le monde connaissait au moins l'un des défunts, et presque toutes les familles avaient perdu un parent. Les habitants de Dahlgren s'étaient habitués à la mort. C'était une visiteuse nocturne, une invitée à toutes les tables du petit déjeuner. Tous connaissaient son visage, le son de sa voix, sa démarche, ses habitudes. Elle était toujours là. Sans le désordre qu'elle laissait dans son sillage, elle serait presque passée inaperçue. Personne ne s'attendait à ce que Thrace survive.

Le soleil se leva, baignant d'une lumière terne la pièce où Theron pleurait sa fille. Le dernier membre de sa famille le quittait. Il prenait seulement conscience de ce qu'elle représentait pour lui. Des pensées lui vinrent, impromptues. Tant de fois, elle était allée à sa rencontre. Il se rappelait la nuit où la bête avait attaqué sa ferme, alors qu'il rentrait tard. Elle seule avait bravé les ténèbres pour aller le chercher. C'était elle, Thrace, une si jeune fille, encore une enfant, qui avait traversé la moitié d'Avryn et sacrifié les économies de toute une vie pour lui apporter de l'aide. Et la nuit précédente, quand son obstination l'avait poussé à rester à la ferme, elle était venue le trouver dans le noir, traversant la forêt sans protection, ignorant les dangers. Elle n'était guidée que par une idée : le sauver. Elle avait réussi. Elle avait privé la bête de sa chair, mais plus encore, elle l'avait ramené dans le monde des vivants. Elle avait déchiré le voile noir tendu devant ses yeux et libéré son cœur du poids de la culpabilité, mais elle l'avait payé de sa vie.

Des larmes coulèrent sur ses joues. Elles restèrent en suspens sur sa lèvre supérieure. Il embrassa la main de sa fille, la laissant humide de ses pleurs, comme une offrande, une excuse.

Comment ai-je pu être aveugle à ce point ?

Le souffle de sa fille se faisait plus lent à chaque inspiration, moins fréquent, plus court à chaque fois. Il écouta ce decrescendo, comme des pas qui s'éteignaient, s'éloignaient, plus confus, plus distants.

Il serra la petite main, l'embrassa à plusieurs reprises et la pressa contre sa joue humide. Il lui semblait qu'on lui arrachait le cœur de la poitrine.

Enfin, le rythme régulier de la respiration cessa.

Theron sanglota :

— Mon Dieu.

— Papa ?

Le fermier releva la tête brusquement. Sa fille avait ouvert les yeux. Elle le regardait.

— Tu vas bien ? murmura-t-elle.

Il ouvrit la bouche, mais aucun son n'en sortit. Ses larmes continuaient à couler, et, comme une pluie bienfaisante sur un désert aride depuis des années, un sourire radieux illumina son visage.

Des nuages rapides traversaient le ciel capricieux tandis que le vent se levait, présage d'un orage à venir en ce jour nouveau. Royce était assis sur la rive rocheuse, là où le fleuve plongeait dans la cascade, où l'écume humidifiait la pierre. Ses pieds et jambes étaient trempés après toute une matinée passée à arpenter la forêt humide. Ses yeux ne quittaient pas la crête des chutes près du promontoire sur lequel la citadelle se dressait, comme une tentation provocante. Le voleur avait envisagé qu'un tunnel puisse passer sous le fleuve. Il avait cherché un accès parmi les arbres, en vain. Il était dans une impasse.

Après presque deux jours, il ne s'était pas rapproché d'un pouce de son objectif. La tour était toujours hors d'atteinte. À moins de trouver comment nager dans ce courant, marcher sur l'eau ou voler, il n'avait aucune chance de traverser le fossé qui le séparait d'Avempartha.

— Ils sont là, en ce moment même, tu sais, dit Esrahaddon.

Royce avait oublié le magicien. Il était arrivé un peu plus tôt et l'avait informé que Thrace avait survécu, qu'elle était réveillée et semblait en bonne voie de guérison. Il s'était ensuite assis sur un rocher et avait passé une heure à regarder de l'autre côté du fleuve, comme Royce l'avait fait toute la journée.

— Qui ?

— Les elfes. Ils sont sur leur rive et nous regardent. Je pense qu'ils peuvent nous voir, même à cette distance. C'est ce qui les rend si étonnants. La plupart des humains les jugent inférieurs, mais ils sont finalement supérieurs dans de nombreux domaines. Je suppose que c'est pour cela que les humains sont si empressés à les montrer du doigt ; ils ne veulent pas admettre qu'ils n'arrivent qu'à la seconde place.

» Les elfes sont vraiment remarquables. Regarde cette tour. Fluide et sans faille, comme si elle était née directement de la roche. Quelle élégance. Quelle perfection. Elle s'inclut dans le paysage comme une création innée, une merveille de la nature, mais elle ne l'est pas. Les elfes l'ont bâtie en utilisant des savoirs et des techniques que nos meilleurs maçons ne pourraient pas comprendre. Imagine comme leurs villes devaient être glorieuses ! Quelles merveilles la forêt de l'autre côté du fleuve abrite-t-elle ?

— Alors vous n'avez jamais traversé ? demanda Royce.

— Nul homme n'est passé, et nul ne passera certainement jamais sur l'autre rive. À l'instant où un homme posera le pied sur cette berge éloignée, il tombera, foudroyé. Le fil qui retient le destin d'un homme est bien fin, en vérité.

— Comment cela ?

Esrahaddon sourit.

— Sais-tu qu'aucune armée humaine n'a remporté de bataille contre les elfes avant l'arrivée de Novron ? En ce temps, les elfes étaient nos démons. La Grande Bibliothèque de Percepliquis alignait d'innombrables volumes sur le sujet. Pendant un temps, nous avons même cru qu'ils étaient des dieux. Leur espérance de vie est si longue que personne ne les voit vieillir. Leurs rites funéraires sont si secrets que nul homme n'a jamais vu un cadavre d'elfe.

» Ils étaient les premiers nés, les enfants de Ferrol, sublimes et puissants. Au combat, ils étaient craints plus que tout. On pouvait soigner les maladies, chasser et piéger les ours et les loups, ou encore se préparer aux orages torrentiels et aux sécheresses. Mais rien, rien ne résistait aux elfes. Leurs lames tranchaient les nôtres, leurs flèches perçaient nos armures, et ils connaissaient l'Art. Imagine un ciel assombri par une horde de Gilarabrywn. Et ce n'était que l'une de leurs armes. Même sans cela, même sans l'Art, leur rapidité, leur vision, leur ouïe, leur sens de l'équilibre, leurs savoirs ancestraux surpassaient toutes les capacités humaines.

— Si cela est vrai, que font-ils là-bas tandis que nous sommes assis de ce côté ?

— Tout cela vient de Novron. Il nous a montré leurs faiblesses. Il a appris à l'humanité à se battre,à se défendre, et il nous a enseigné l'art de la magie. Sans cela, nous étions comme nus et sans ressources face à eux.

— Je ne comprends toujours pas comment il a gagné, répliqua Royce d'un ton de défi. Même avec ces connaissances, ils semblent toujours avoir l'avantage.

— C'est exact, et dans un combat loyal, nous aurions perdu. Mais nous n'étions pas à armes égales. Vois-tu, les elfes vivent très longtemps. Je doute qu'aucun humain connaisse exactement leur espérance de vie, mais il est certain qu'ils traversent au moins plusieurs siècles. Il peut y avoir des elfes, parmi ceux qui nous regardent en ce moment, qui se souviennent du visage de Novron. Les elfes ont peu d'enfants et pour eux, une naissance est un événement important. Naissances et décès, dans le monde elfique, sont rares et sacrés.

» Imagine l'ampleur de leurs pertes et la peine engendrée par ces guerres. Peu importait le nombre de batailles gagnées, ils étaient un peu moins nombreux à chaque fois. Alors que les humains se remettaient de leurs pertes en une génération, il fallait un millénaire aux elfes. Ils étaient consumés, ou plutôt noyés dans la mer immense de l'humanité. (Esrahaddon marqua une pause avant de reprendre.) Mais à présent, Novron n'est plus. Il n'y aura pas de sauveur cette fois.

— Cette fois ?

— Que crois-tu qui les retient là-bas ? Ces terres leur appartiennent. Pour nous, ces guerres remontent à un autre âge, mais pour eux, c'est hier qu'ils ont dû traverser le fleuve. Depuis ce temps, ils sont sans doute de nouveau aussi nombreux qu'avant.

— Alors qu'est-ce qui les retient sur cette rive ?

— Qu'est-ce qui retient quelqu'un d'aller s'emparer de ce qu'il désire ? La peur. La peur d'être annihilés, la peur que nous les détruisions totalement. Mais Novron est mort.

— Vous l'avez déjà mentionné, remarqua Royce.

— Ce que j'ai dit est que l'humanité a couru à sa perte en gaspillant l'héritage de Novron. Ce dernier a offert la magie aux hommes, mais il n'est plus et la magie a été oubliée. Nous sommes là, assis comme des enfants, nus et sans arme. L'humanité invite à la colère une race si supérieure qu'elle n'entendrait même pas ses cris en cas d'affrontement. Le fait que les elfes ignorent nos faiblesses, et l'accord fragile passé entre l'Empire d'Erivan et le défunt empereur, sont les dernières défenses de l'humanité.

— Alors c'est une bonne chose qu'ils n'en sachent rien.

— C'est tout le problème, répondit le magicien. Ils apprennent.

— Le Gilarabrywn ?

Esrahaddon hocha la tête.

— D'après le décret de Novron, les rivages du fleuve Nidwalden sont *ryin contita*.

— Interdites à tous, traduisit rapidement Royce, en décrochant un léger sourire au magicien. Je sais également lire et écrire.

— Ah, un homme vraiment éduqué. Comme je le disais, les rives du Nidwalden sont *ryin contita*.

Le regard du voleur s'éclaira, il avait compris.

— Dahlgren viole le traité.

— Exactement. Le décret stipule également que les elfes ne sont pas autorisés à prendre des vies humaines, à moins que les hommes ne traversent le fleuve. Il n'est pas question des vies perdues indirectement. Si je pousse un rocher, il ira rouler n'importe où, mais il y a de grandes chances qu'il descende la colline. Si des maisons et des hommes se trouvent sur son chemin, ils risquent d'être détruits, mais je ne serais pas leur assassin véritable. Le responsable sera le rocher et le fait regrettable que ces gens se soient établis sur sa route au pied de la colline.

— Et ils observent ce que nous faisons, comment nous réagissons. Ils mesurent nos forces et faiblesses. Comme vous le faites avec moi.

Esrahaddon sourit.

— Peut-être, dit-il. Il est impossible de déterminer s'ils sont responsables de la présence de cette bête, mais ce qui est certain, c'est qu'ils nous observent. Lorsqu'ils verront que nous sommes impuissants face à un Gilarabrywn, s'il leur semble que le traité est rompu, ou lorsqu'il arrivera à expiration, alors la peur ne les retiendra plus.

— Est-ce la vraie raison de votre présence ici ?

— Non, répondit le magicien en secouant la tête. C'est en partie vrai, mais la guerre entre les elfes et les hommes aura lieu malgré tout ce que je pourrais faire. J'essaie simplement d'adoucir le choc pour que l'humanité soit en mesure de riposter.

— Vous pourriez commencer par apprendre à d'autres comment faire ce que vous avez réalisé la nuit dernière.

Le magicien regarda Royce.

— Que veux-tu dire ?

— La modestie ne vous va pas.

— J'en doute, en effet.

— Je croyais que vous ne pouviez exercer votre art sans vos mains.

— Cela devient très difficile et prend beaucoup de temps pour un résultat approximatif. Imagine-toi en train d'écrire ton nom avec les orteils. J'ai commencé à travailler à ce sort avant votre arrivée, car il me semblait qu'il finirait par nous être utile. En l'occurrence, le mur de flammes a manqué de peu de vous consumer tous les deux. Il devait se dresser plusieurs mètres plus loin, et tenir des heures au lieu de quelques minutes. Avec mes mains j'aurais pu… (Il hésita.) Inutile de jouer à cela.

— Vous étiez vraiment aussi puissant, avant ?

Esrahaddon lui adressa un sourire malicieux.

— Oh, mon garçon, tu n'as même pas idée.

La nouvelle du réveil de Thrace se répandit rapidement dans le village. Elle était encore un peu sonnée, mais remarquablement résistante. Elle voyait clairement, n'avait pas perdu une dent et montrait bon appétit. En milieu de matinée, elle était déjà assise à boire de la soupe. Ce jour-là, quelque chose avait changé dans le regard des villageois. La même idée silencieuse habitait tous les esprits : la bête avait attaqué, et personne n'était mort.

La plupart avaient vu la créature se détacher devant les flammes vertes étincelantes, cette nuit-là. Et au matin, chacun marchait aux côtés d'un étrange compagnon, un ami parti de longue date qui était revenu de manière inattendue : l'espoir.

Les villageois s'affairaient dès l'aube pour préparer de nouveaux brasiers. Ils avaient mis au point un système permettant de s'organiser, et dressé une pile de bois en quelques heures seulement. Vince Griffin avait songé que si la bête voyait clairement dans le noir, elle serait peut-être moins habile entourée d'un brouillard épais ; il avait donc suggéré d'utiliser des pots de fumée. Pendant des siècles, les fermiers s'en étaient servis pour chasser les insectes qui menaçaient de dévorer les cultures, et Dahlgren avait également utilisé cette technique. De vieux pots furent rapidement réunis et remplis, comme si un nuage de sauterelles était en route. Pendant ce temps, Hadrian, Tad Bothwick et Kline Goodman entreprenaient de faire le tour des annexes dans la basse-cour du château, pour y repérer les meilleurs abris.

Hadrian s'empressa de former de petits groupes. L'un d'eux fouilla les celliers du fumoir, et un autre commença à creuser un tunnel dans l'idée d'y piéger la bête. Un immense serpent à la poursuite d'un homme risquait de le suivre dans un souterrain, mais si le tunnel allait en rétrécissant, les villageois auraient une chance de sceller les issues avant que la créature ne s'aperçoive de son erreur. Aucune arme forgée par l'homme ne pourrait la tuer, mais Hadrian estimait que rien n'empêchait d'emprisonner la bête.

Le diacre Tomas était loin de se réjouir de ces travaux, des trous, des coupes et des flammes qui parsemaient le terrain du château, mais il était déjà très clair que les habitants de Dahlgren avaient trouvé un nouveau meneur en la personne d'Hadrian. Tomas restait discrètement entre les murs et prenait soin de Thrace.

— Hadrian ?

Le mercenaire se lavait au puits du village où il avait trouvé un peu d'intimité. Il releva la tête et découvrit Theron.

— Vous avez creusé, à ce que je vois, dit le fermier. Dillon raconte que vous leur faites faire un tunnel. C'est bien pensé.

— Il y a peu de chances que ça marche, expliqua le guerrier en s'aspergeant le visage d'eau. Mais au moins, il faut le tenter.

— Écoutez, commença le fermier, l'air peiné.

Mais il n'ajouta rien.

— Thrace va bien ? demanda Hadrian après une minute de silence.

— Parfaitement, elle est solide comme son vieux père, dit-il fièrement en se frappant la poitrine. Il faudra plus qu'une branche pour avoir raison d'elle. C'est comme ça, avec nous, les Wood. On n'a pas l'air comme ça, mais on est solides. Il nous faut parfois du temps, mais on revient, et alors, on est plus forts qu'avant. Mais le truc c'est qu'il nous faut quelque chose, vous voyez, une raison. Je n'en avais pas, enfin, je pensais ne pas en avoir. Thrace m'a prouvé le contraire.

Ils restèrent face à face dans un silence embarrassé.

— Écoutez, répéta Theron avant de marquer une nouvelle pause. Je n'ai pas l'habitude d'être redevable à quelqu'un, vous savez. J'ai toujours payé mes dettes. J'ai obtenu tout ce que j'ai à la sueur de mon front, et je n'ai jamais ménagé mes efforts. Je ne demande d'aide à personne et je refuse de m'excuser pour ce que je suis, vous comprenez ?

Hadrian hocha la tête.

— Mais… eh bien, il y a pas mal de vrai dans ce que vous avez dit hier. Mais aujourd'hui, les choses sont différentes… vous me suivez ? Thrace et moi, on va partir d'ici dès qu'elle sera en état. Je pense qu'après quelques jours de repos, elle sera capable de voyager. On ira au sud, peut-être vers Alburn ou même Calis ; il paraît qu'il y fait chaud plus longtemps, et que ça pousse mieux. Enfin, on sera encore là quelques nuits. Je ne veux pas perdre ma petite fille comme j'ai perdu les autres membres de ma famille. Alors je sais qu'un vieux fermier comme moi ne servira pas à grand-chose en levant une faux ou une fourche contre la bête, mais s'il faut en arriver là, ça serait bien que je sache combattre comme il faut. Comme ça, si la créature se présente avant notre départ, j'aurais au moins une chance. Je ne possède pas grand-chose, c'est vrai, mais j'ai quelques pièces d'argent de côté, et je me demandais si votre proposition de m'apprendre à me battre tenait toujours ?

— D'abord, il faut mettre une chose au clair, répliqua Hadrian d'un ton sévère. Votre fille nous a payés comptant pour faire tout notre possible pour vous aider, vous garderez donc votre argent pour le voyage vers le sud, sinon, je ne vous apprendrai pas une seule passe. D'accord ?

Theron hésita puis hocha la tête.

— Bien. Alors, je suppose que nous pouvons commencer immédiatement, si vous êtes prêt.

— Est-ce qu'on prendra vos épées ? demanda Theron.

— Ça risquerait de poser problème, étant donné que j'avais attaché mes armes à Millie la nuit dernière et que personne ne l'a vue depuis ; mais pour le moment, ce n'est pas un souci.

— Vous voulez que je coupe deux bâtons, alors ? demanda le fermier.

— Non.

— Alors quoi ?

— Je vous propose de vous asseoir et d'écouter. Il y a beaucoup à apprendre avant de chercher à donner des coups.

Theron adressa un regard sceptique au mercenaire.

— Vous voulez que je vous apprenne, non ? Si je vous demandais de faire de moi le meilleur des fermiers en quelques heures, qu'est-ce que vous diriez ?

Theron acquiesça d'un air résigné et s'assit par terre, non loin de l'endroit où Hadrian avait croisé Pearl pour la première fois. Le guerrier remit sa chemise, saisit un seau, le retourna et s'assit dessus devant le vieil homme.

— Comme tout le reste, le combat nécessite de l'entraînement. Tout peut sembler facile quand on regarde quelqu'un qui maîtrise son sujet, mais on ne voit jamais les heures et les années d'efforts passées à perfectionner son art. Je suis certain que vous sauriez labourer un champ en un rien de temps comparé au temps qu'il me faudrait pour effectuer la même tâche. Se battre à l'épée n'échappe pas à la règle. L'entraînement vous apprendra à réagir d'instinct aux événements, voire à anticiper. Cela s'apparente à une prescience, un talent pour voir l'avenir et les gestes exacts que choisira l'adversaire, avant même qu'il les réalise. Sans pratique, vous devrez trop réfléchir. Lors d'un combat contre un adversaire plus doué, une seule seconde d'hésitation peut vous coûter la vie.

— Mon adversaire est un serpent ailé géant, déclara Theron.

— Et il a tué plus d'une vingtainc d'hommes. Il me semble que c'est un adversaire supérieur, non ? La pratique est donc capitale. La question est de savoir à quoi s'entraîner.

— Donner des coups d'épée, je dirais.

— C'est juste, mais ce n'est qu'une petite partie du travail. S'il suffisait d'agiter une épée, n'importe qui avec deux jambes et au moins un bras serait un expert. Non, c'est bien plus que ça. D'abord, il y a la concentration, qui va plus loin qu'être simplement attentif au combat en cours. Je veux dire qu'il ne faut pas vous inquiéter pour Thrace ou penser à votre famille, au passé ou à l'avenir. Il faut plus que tout se concentrer sur ce que vous faites au-delà de tout le reste. Ça a l'air facile, mais ça ne l'est pas. Ensuite, la respiration.

— La respiration ? répéta Theron, dubitatif.

— Oui. On bloque son souffle ou on ne respire pas correctement. Vous avez déjà été surpris au point de découvrir ensuite que vous aviez retenu votre souffle ? Vous vous êtes déjà retrouvé haletant lorsque vous étiez nerveux ou effrayé ? Certaines personnes commettent ces erreurs, parfois jusqu'à l'évanouissement. Croyez-moi, lors d'un vrai combat, vous aurez peur, et à moins de vous entraîner, vous finirez par ne plus respirer assez, voire plus du tout. Le manque d'air vide votre corps de ses forces et vous empêche de penser avec lucidité. Vous deviendrez fatigué et lent, et vous ne pouvez pas vous le permettre en plein combat.

— Alors, comment respire-t-on correctement ? demanda Theron, toujours avec une pointe de sarcasme.

— Il faut que le souffle soit profond et lent avant même que ce soit nécessaire, avant que l'effort l'exige. D'abord, il faudra y faire attention et vous trouverez ça contre-productif, voire gênant. Mais avec le temps, ça deviendra une seconde nature. Il est également bon de garder en tête qu'un coup porté en expirant est plus puissant. Cela ajoute de la force et de la précision. Parfois, ça aide d'aller jusqu'à hurler. Je vous demanderai de le faire pendant l'entraînement. Je veux entendre lorsque vous portez vos coups. Ensuite, ce ne sera plus nécessaire, quoique ça puisse aider à surprendre l'adversaire.

Hadrian marqua une courte pause et Theron distingua l'ombre d'un sourire au coin de ses lèvres.

— Le point suivant est l'équilibre, qui implique davantage que le fait de ne pas tomber au sol. Les humains n'ont malheureusement que deux jambes, autrement dit deux points d'appui. S'il en manque un, vous devenez vulnérable. C'est pourquoi il faut veiller à garder les pieds bien au sol. Cela n'interdit pas de bouger, mais dans ce cas, il faut glisser les pieds plutôt que les soulever. Le poids doit reposer vers l'avant, les genoux légèrement pliés, pour placer le point d'équilibre sur le bout du pied, plutôt que sur le talon. Attention, le rapprochement des pieds réduit les deux points d'appui à un seul, veillez donc à les tenir distants, d'un écart équivalent à la largeur des épaules.

» Choisir son moment est tout aussi capital. Je vous préviens tout de suite, vous serez très mauvais pour commencer, car ça ne s'améliore qu'avec l'entraînement. Lorsque vous m'avez attaqué hier, vous avez pu mesurer combien il est horripilant de frapper dans le vide. Le minutage vous permettra de toucher, et au-delà, de faire des dégâts. Vous apprendrez à distinguer des schémas dans les mouvements de l'autre. Vous saurez prévoir une ouverture, ou une faiblesse. Vous pouvez souvent anticiper une attaque en observant la manière dont l'adversaire se déplace : la position de ses pieds, son regard, un affaissement significatif de l'épaule, un muscle qui se raidit.

— Mais je ne combats pas une personne, interrompit Theron. Et je ne suis même pas sûr que cette chose ait une épaule.

— Même les animaux laissent transparaître des signes de ce qu'ils vont faire. Ils se ramassent, tournent et changent de point d'appui, comme les humains. De tels signes ne sont pas forcément évidents. La plupart des combattants habiles tenteront de masquer leurs intentions, ou pire, de donner volontairement des indications erronées. Ils chercheront à vous tromper sur le choix de l'instant, à vous déséquilibrer, pour finalement obtenir une ouverture qu'ils pourront exploiter. C'est évidemment ce que vous chercherez aussi à faire. Si votre mouvement trompeur est bien réalisé, l'adversaire le verra, sans deviner l'attaque qu'il dissimule. Le résultat, dans votre cas, sera un serpent volant sans tête.

» La dernière chose à apprendre est la plus difficile. Je ne peux l'enseigner. Il est presque impossible de l'expliquer. C'est l'idée que la lutte, la bataille, n'existe pas tant dans vos mains et vos pieds que dans votre tête. Le vrai combat se déroule dans votre esprit. Vous devez être certain que vous allez gagner avant de commencer à vous battre. Vous devez le voir, le sentir comme un parfum, en être intimement convaincus. C'est une forme de confiance, mais vous devez vous méfier d'un excès d'assurance. Vous devez être souple, capable de vous adapter en un instant sans jamais vous autoriser à abandonner. Sans ça, rien n'est possible. Si vous ne croyez pas que vous allez gagner, la peur et l'incertitude vous entraveront pendant que votre adversaire vous portera le coup fatal. Et maintenant, allons trouver deux solides bâtons et nous verrons si vous avez bien retenu la leçon.

Cette nuit-là, les villageois allumèrent les feux une fois de plus, et se regroupèrent à l'abri sous le porche du fumoir. Royce et Hadrian furent les seuls à sortir pour contempler la nuit illuminée par les grands feux.

— Comment va Thrace ? demanda Royce, le regard tourné vers le ciel.

— Bien, pour quelqu'un qui a cassé une branche d'arbre avec sa tête, répondit Hadrian, assis sur un tonneau, tandis qu'il dégustait les derniers morceaux de viande sur un os de mouton. J'ai même entendu dire qu'elle s'était levée pour proposer d'aider à préparer le dîner. (Il secoua la tête et sourit.) Cette fille, c'est quelqu'un, pas de doute. C'était difficile à imaginer quand on l'a trouvée sous l'arche à Colnora, pourtant elle est solide. Mais le vrai changement s'est opéré chez son père. Theron dit qu'ils ont prévu de partir dans un jour ou deux, dès que Thrace pourra voyager.

— Alors nous n'avons plus de travail ? interrogea Royce avec une déception feinte.

— Pourquoi, tu étais proche de la solution ? demanda Hadrian en jetant l'os nettoyé avant de s'essuyer les mains sur sa veste.

— Non. Je ne comprends pas comment accéder à la tour.

— Un tunnel ?

— J'y ai pensé, mais j'ai étudié chaque pouce de la forêt et des rochers et il n'y a rien. Pas de caverne, de vallon enfoui, rien qui ressemble à un tunnel. Je suis dans une impasse totale.

— Et Esra ? Le magicien n'a pas d'idées ?

— Peut-être, mais il reste évasif. Il nous cache quelque chose. Il veut entrer dans la tour, mais il ne veut pas dire pourquoi et évite les questions directes. Il lui est arrivé quelque chose, ici, il y a longtemps. Quelque chose dont il ne souhaite pas parler. Mais je pourrai peut-être le pousser à en dire davantage demain, quand je lui apprendrai que les Wood n'ont plus besoin de nos services et que nous n'avons plus aucune raison d'essayer.

— Tu ne crois pas qu'il devinera ta manœuvre ?

— Quelle manœuvre ? demanda Royce. Honnêtement, j'essaie encore un coup demain et si je ne trouve rien, je propose que nous partions avec Theron et Thrace.

Hadrian ne répondit pas.

— Quoi ? demanda le voleur.

— Je n'aime pas l'idée de les abandonner ainsi, c'est tout. Je veux dire, ils commencent enfin à réagir…

— Tu fais ça à chaque fois. Tu t'ériges en défenseur des causes perdues…

— Je tiens à te rappeler que venir ici était ton idée. J'étais sur le point de refuser le travail, tu te souviens ?

— Eh bien, beaucoup de choses peuvent se produire en une journée ; je trouverai peut-être un passage demain.

Hadrian s'avança vers la sortie et jeta un regard dehors.

— La forêt est pleine de bruits. On dirait que notre ami ne nous rendra pas visite ce soir. Peut-être que les flammes d'Esrahaddon lui ont brûlé les ailes et qu'il dîne de quelque venaison cette nuit.

— Les feux ne le feront pas fuir éternellement, remarqua Royce. D'après le magicien, les flammes ne le blessent pas, elles le désorientent simplement ; il semble que les lumières vives aient ce pouvoir. Seule l'épée de la tour peut l'atteindre vraiment. Il reviendra.

— Alors on devrait profiter de son absence et prendre une bonne nuit de repos.

Hadrian descendit dans le cellier, laissant Royce contempler le ciel nocturne et les nuages qui s'amoncelaient parmi les étoiles. Le vent était encore fort, fouettant les arbres et battant les feux.

Le voleur pouvait presque le sentir ; le changement était dans l'air et soufflait dans leur direction.

8

Mythes et légendes

De bon matin, Royce se trouvait déjà sur le bord du fleuve et tentait de lancer des cailloux vers la tour. Aucun ne fit plus d'un rebond avant que les eaux agitées ne l'avalent. Sa dernière idée pour atteindre la tour consistait à bâtir une petite embarcation et à la lancer depuis l'amont du fleuve, en espérant accoster sur le parapet rocheux avant que le courant terrible ne le précipite dans les chutes. Il n'y avait pas de point précis où accoster, mais la tentative restait envisageable s'il parvenait à saisir le courant comme il fallait pour se diriger vers les rochers. La force de l'eau briserait probablement le bateau sur la rive ou le ferait chavirer lors du choc contre la berge, mais il pourrait peut-être se dégager avant de basculer dans le précipice. Le problème était que, même s'il parvenait à réaliser ce remarquable exploit à l'aller, le retour demeurerait impossible.

Il se retourna et vit le magicien qui marchait sur la rive du fleuve. Peut-être gardait-il un œil sur le voleur, mais il semblait plus probable qu'il veillât à rester dans les parages, au cas où Royce trouverait l'entrée.

— Bonjour, salua le magicien. Une révélation aujourd'hui ?

— Une seule. Il est impossible d'atteindre cette tour.

Esrahaddon eut l'air déçu.

— J'ai épuisé toutes les possibilités que j'avais envisagées. Et puis Theron et Thrace vont quitter Dahlgren. Je n'ai plus de raison de me casser la tête à propos de cette tour.

— Je vois, répondit Esrahaddon en regardant fixement le voleur. Et la sauvegarde du village ?

— Ce n'est pas vraiment mon problème. Ce village ne devrait même pas être là, vous vous rappelez ? C'est une violation du traité. Le mieux serait que tous ces gens s'en aillent.

— Si nous laissons raser le village, cela pourrait être pris pour un signe de faiblesse invitant les elfes à nous envahir.

— Et permettre au village de survivre revient à violer le traité, ce qui peut entraîner les mêmes conséquences. Heureusement pour moi, je ne porte pas de couronne. Je ne suis ni empereur, ni rien, et je n'ai pas à m'occuper de cela.

— Tu vas partir, tout simplement ?

— Il y a une raison pour que je reste ?

Le magicien leva un sourcil et regarda longuement le voleur.

— Que veux-tu ? demanda-t-il enfin.

— Vous proposez de me payer maintenant ?

— Nous savons tous les deux que je n'ai pas d'argent, mais tu veux quelque chose de moi. Qu'est-ce que c'est ?

— La vérité. Que cherchez-vous ? Que s'est-il passé ici, il y a neuf cents ans ?

Le magicien étudia Royce un moment puis baissa les yeux vers le sol. Après quelques minutes, il hocha la tête. Il se dirigea vers un tronc de hêtre tombé sur la rive de granit et s'assit. Il tourna son regard vers l'eau et l'écume, comme s'il cherchait quelque chose dans la brume, quelque chose qui ne s'y trouvait pas.

— J'étais le plus jeune membre des Cenzar. Nous formions le conseil des magiciens, au service direct de l'empereur. Les plus grands praticiens de l'Art que ce monde ait connu. Il y avait également l'ordre des Teshlor, comptant les meilleurs chevaliers de l'empereur. La tradition voulait qu'un mentor de chaque conseil serve de précepteur et de protecteur au fils et héritier de l'empereur. En tant que cadet du conseil, la tâche m'est revenue d'instruire Nevrik, et Jerish Grelad a été choisi au nom des Teshlor. Comme la plupart d'entre eux, il se méfiait des magiciens, et je n'avais que peu d'estime pour ses manières brutales et violentes.

» Nevrik, cependant, parvint à nous rapprocher. Comme son père, l'empereur Nareion, Nevrik était d'un genre à part, et c'était un honneur de faire son apprentissage. Jerish et moi passions presque tout notre temps en sa compagnie. Je lui parlais des traditions, de livres, et de l'Art, tandis que Jerish lui enseignait le combat et les arcanes de la guerre. Je pense encore que la pratique de la lutte physique était trop triviale pour l'empereur et son fils, mais il était clair que Jerish était aussi dévoué que moi à Nevrik. C'est grâce à ce point commun que nous avons trouvé un terrain d'entente.

Lorsque l'empereur décida de rompre la tradition en se rendant à Avempartha avec son fils, nous partîmes avec eux.

— Briser la tradition ?

— L'empereur n'avait pas parlé directement avec les elfes depuis des siècles.

— Après la guerre, il n'y avait pas eu de tribut payé ou quelque chose de ce genre ?

— Non, tous les contacts avec le Nidwalden furent rompus, c'était donc un événement très excitant. Personne ne savait à quoi s'attendre. Personnellement, j'en savais très peu sur Avempartha, hormis son rôle historique central en tant que site de la dernière bataille des Grandes Guerres elfiques. L'empereur rencontra plusieurs hauts dignitaires de l'Empire d'Erivan dans la tour, pendant que Jerish et moi tentions, sans grand succès, de continuer les leçons de Nevrik. Les chutes immenses et l'architecture elfique étaient bien trop impressionnantes pour ne pas fasciner un garçon de douze ans.

» Le crépuscule est arrivé, il faisait presque nuit. Nevrik n'avait cessé de désigner une chose puis une autre pendant toute la journée, se délectant de l'ignorance de Jerish et moi, face à ses trouvailles, de la culture des elfes. C'était bien sûr la première fois depuis des siècles que des humains rencontraient les elfes, nous étions donc clairement désavantagés. Par exemple, plusieurs tenues elfiques, cousues en une matière scintillante que nous ne pûmes identifier, séchaient au soleil. Nevrik profitait de pouvoir prendre en défaut ses professeurs, et lorsqu'il nous interrogea sur la *chose* qu'il voyait voler vers la tour, je crus qu'il parlait d'un oiseau ou d'une chauve-souris.

Puis il précisa que c'était trop grand et que cela ressemblait à un serpent. Il indiqua que la bête était passée par l'une des hautes fenêtres de la tour. Nevrik maintint ce qu'il avait vu et il fut si virulent que nous revînmes à la tour. Nous nous étions à peine engagés dans l'escalier principal lorsque les cris commencèrent.

» Il nous semblait qu'une guerre avait éclaté au-dessus de nos têtes. Les gardes personnels de l'empereur, un détachement de Teshlor, luttaient contre le Gilarabrywn et protégeaient l'empereur, mais dégringolaient dans les marches. Je vis des elfes se jeter sur la bête et mourir en tentant de protéger notre empereur.

— Les elfes aussi ?

Esrahaddon hocha la tête.

— Cette vision me stupéfia. La scène est encore gravée dans mon esprit après presque mille ans. Mais rien de ce que faisaient les chevaliers ou les elfes ne pouvait arrêter la bête déchaînée, apparemment déterminée à tuer l'empereur. La bataille était terrible, les Teshlor basculaient dans l'escalier et mouraient sur les marches humides, où les elfes tombaient à leur tour. L'empereur nous ordonna de mettre Nevrik en sécurité.

» Jerish saisit le garçon et l'entraîna en bas de la tour, ignorant ses cris et ses ruades, mais j'hésitai. J'avais conscience qu'une fois dehors, la bête ailée pourrait fondre sur nous et nous tuer sans retenue. L'Art ne pouvait la vaincre. La créature était magique et sans la clef pour défaire le sortilège, je ne pouvais rien faire pour détruire l'enchantement. Il me vint une idée tandis que l'empereur quittait la tour, et je jetais un sort d'entrave, non pas sur la bête, mais sur l'édifice, emprisonnant ainsi le Gilarabrywn dans ses murs. Les chevaliers et les elfes encore présents moururent, mais le monstre était piégé.

— D'où venait-il ? Pourquoi a-t-il attaqué ?

Esrahaddon haussa les épaules.

— Les elfes se défendirent de savoir quoi que ce soit de cette attaque, expliquant qu'ils ignoraient d'où venait la bête, mais précisant qu'un Gilarabrywn avait manqué à l'appel à l'issue des guerres. Ils l'avaient cru détruit. Ils évoquèrent une société militante, un mouvement d'elfes en pleine expansion au sein de l'Empire d'Erivan, qui cherchaient à encourager la guerre. Ils pensaient qu'ils étaient responsables. Les seigneurs elfiques présentèrent leurs excuses et assurèrent qu'ils enquêteraient sur toute l'affaire. L'empereur, convaincu que se venger ou même rendre l'incident public n'était pas un choix avisé, décida d'ignorer l'attaque et de rentrer au palais.

— Alors, cette histoire d'arme ?

— Le Gilarabrywn est une créature invoquée, le résultat d'une magie puissante animée d'une vie propre, au-delà de l'existence de son créateur. La créature n'est pas exactement vivante, elle ne peut se reproduire, vieillir ou apprécier la saveur de l'existence, mais elle ne peut pas mourir non plus. En revanche, elle peut être révoquée. Aucun enchantement n'est parfait ; toute trame magique comporte un fil qui peut permettre de dénouer toute sa structure. Dans le cas du Gilarabrywn, la faille vient de son nom. Lorsque la bête est créée, un objet doit l'accompagner, une épée gravée de son nom, afin de pouvoir contrôler la créature et, si nécessaire, la détruire. D'après les elfes, à la fin de la guerre, ils avaient placé toutes les épées de Gilarabrywn dans la tour, suivant les ordres de Novron. Tous les artefacts réunis furent écornés pour prouver que les bêtes qui leur étaient liées étaient bien mortes. Tous, sauf un.

Royce se leva pour étirer ses jambes.

— Bien, les seigneurs elfes ont donc gardé l'un de leurs monstres en cas de besoin, ou alors ce groupe militant en a caché un pour provoquer de semblables catastrophes. Les chefs vous ont dit que toutes les épées étaient là-dedans. C'est peut-être vrai, ou peut-être pas, et ils veulent juste…

— Elles y sont, coupa Esrahaddon.

— Vous les avez vues ?

— On nous avait fait visiter les lieux à notre arrivée. Près du sommet se trouve une sorte de mémorial de la guerre. Toutes les épées y sont exposées.

— Bien, il y a donc une épée, dit Royce, mais ce n'est pas ce que vous cherchez là-bas. Vous n'êtes pas venu pour sauver Dahlgren. Pourquoi êtes-vous vraiment là ?

— Tu ne m'as pas laissé finir, répliqua Esrahaddon avec des airs de sage professeur enseignant à son élève la patience. L'empereur pensait avoir empêché une guerre avec les elfes et il rentra au palais, mais il fut accueilli par une exécution. Pendant notre absence, l'Église, menée par le patriarche Venlin, avait organisé l'assassinat de notre chef. Cela se produisit sur les marches du château pendant une cérémonie fêtant la fondation de l'Empire. Jerish et moi nous échappâmes avec Nevrik. Je savais que de nombreux Cenzar et Teshlor étaient impliqués dans les projets de l'Église et qu'ils nous trouveraient. Jerish et moi avons donc convenu d'un plan : nous avons caché Nevrik et créé deux talismans. J'en remis un à Nevrik et l'autre à Jerish. Ces amulettes devaient les dissimuler aux recherches clairvoyantes que ne manqueraient pas de mener les Cenzar, tout en me permettant de les localiser. Ensuite, je les laissai partir.

— Et vous ? demanda Royce.

— Je suis resté en arrière. J'ai tenté de sauver l'empereur. (Il marqua une pause, le regard lointain.) J'ai échoué.

— Alors, qu'est-il advenu de l'Héritier ? demanda Royce.

— Comment le saurai-je, je suis resté emprisonné pendant neuf cents ans. Tu crois peut-être qu'il m'a écrit ? Jerish a dû le cacher. (Le magicien se permit un sourire sinistre.) Nous pensions tous les deux qu'il ne s'agirait que d'un mois ou deux.

— Alors vous ne savez même pas s'il existe encore un Héritier ?

— J'ai bon espoir que l'Église ne l'ait pas encore tué, sans quoi ses sbires m'auraient assassiné peu après, mais j'ignore ce qu'il est advenu de Jerish et Nevrik. Si quelqu'un pouvait protéger la vie du garçon, c'était bien Jerish. Malgré son âge, c'était l'un des meilleurs chevaliers de l'empereur. Le fait qu'il lui ait confié son enfant parle de lui-même. Comme tous les Teshlor, Jerish était un maître dans tous les domaines martiaux ; aucun homme sur terre ne pouvait le vaincre au combat et il serait mort avant d'abandonner Nevrik. Ils doivent tous deux être morts, maintenant, bien sûr, le temps y aura veillé, ainsi que leurs arrière-arrière-petits-enfants, s'ils en ont eu. Je pense que

Jerish aura veillé à perpétuer la lignée en s'installant dans un endroit retiré et en encourageant Nevrik à se marier et avoir des enfants.

— Et vous attendre ?

— Comment ?

— C'était le plan, n'est-ce pas ? Ils devaient fuir et se cacher et vous restiez en arrière, avant d'aller les retrouver quand le danger serait passé.

— Quelque chose comme cela.

— Vous aviez donc un moyen de les contacter. Une solution pour localiser l'Héritier ? Cela devait avoir un rapport avec les amulettes.

— Il y a neuf cents ans, je t'aurais dit oui, mais espérer trouver leurs descendants maintenant n'est qu'un rêve illusoire. Le temps peut détruire tant de choses.

— Mais vous essayez tout de même.

— Que reste-t-il d'autre à un vieux paria handicapé ?

— Vous allez me dire comment vous comptez les trouver ?

— Je ne peux pas faire cela. Je t'en ai déjà confié plus que j'aurais dû. L'Héritier a des ennemis et, même si je me suis attaché à toi, je ne peux te révéler un tel secret. Je le dois à Jerish et Nevrik.

— Mais il y a quelque chose dans cette tour qui fait partie du plan. C'est pourquoi vous voulez y entrer. (Royce réfléchit.) Vous avez scellé cette tour juste avant d'être mis en prison, et puisque le Gilarabrywn n'a été libéré que récemment, nous pouvons être presque certains que l'intérieur de la tour est resté intact depuis tout ce temps. C'est le seul endroit identique au jour où vous l'avez quitté.

Il y a quelque chose à l'intérieur que vous avez vu ce jour-là, ou quelque chose que vous avez déposé là ; un élément indispensable pour retrouver l'Héritier.

— Dommage que tu ne sois pas aussi doué pour découvrir le moyen d'entrer dans la tour.

— À ce propos, répliqua Royce, vous avez dit que l'empereur avait rencontré les elfes dans la tour. Ils ne sont pas admis sur la berge, n'est-ce pas ?

— Exact.

— Et il n'y avait pas de pont de leur côté du fleuve ?

— Encore exact.

— Mais vous n'avez jamais vu comment ils étaient entrés dans la tour ?

— Non.

Royce réfléchit un moment.

— Pourquoi les marches étaient-elles humides ?

Esrahaddon le regarda, perplexe.

— Comment ?

— Vous avez dit tout à l'heure que les chevaliers qui combattaient le Gilarabrywn mouraient sur les marches mouillées. Étaient-elles trempées de sang ?

— Non, d'eau, je pense, je me souviens de l'escalier humide quand nous sommes montés car cela rendait la pierre glissante et j'ai failli tomber. Certains des chevaliers ont glissé, c'est pour cela que je m'en rappelle.

— Et vous avez dit que les elfes avaient mis des vêtements à sécher au soleil ?

Esrahaddon hocha la tête.

— Je vois où tu veux en venir, mais même un elfe ne peut nager jusqu'à la tour.

— C'est peut-être vrai, mais alors pourquoi étaient-ils trempés ? Faisait-il très chaud ? Était-il possible qu'ils soient allés nager ?

Esrahaddon leva les sourcils, incrédule.

— Dans ce fleuve ? Non, c'était le début du printemps et il faisait encore frais.

— Alors comment se sont-ils mouillés ?

Royce entendit un léger bruit derrière lui. Il commença à se retourner mais interrompit son geste.

— Nous ne sommes pas seuls, chuchota-t-il.

— Quand vous vous fendez, avancez la jambe du côté de l'épée, ça vous donnera plus d'amplitude et un meilleur équilibre, dit Hadrian à Theron.

Les deux hommes s'étaient retrouvés une nouvelle fois près du puits. Ils s'étaient levés tôt et Hadrian enseignait au fermier quelques gestes de base au moyen d'épées improvisées à partir de manches de râteaux. Il avait été surpris par la vivacité de Theron : malgré sa silhouette massive, le vieil homme savait bouger. Le mercenaire avait abordé les bases des parades, ripostes, attaques en flèche, techniques de harcèlement, et la fente. Ils travaillaient à présent sur un enchaînement composé d'une feinte, d'une parade puis d'une riposte.

— Le coup de tranchant et le coup d'estoc doivent se suivre sans pause. Il faut toujours accroître la vitesse, l'agressivité et la ruse. Et tout devient plus simple, expliqua Hadrian.

— Je l'écouterais à votre place. Si quelqu'un sait se battre au bâton, c'est bien Hadrian.

Les deux hommes se tournèrent et découvrirent deux cavaliers qui entraient dans la clairière, chacun suivi par un poney chargé de piquets et de paquetages. Ils étaient jeunes, à peine plus âgés que Thrace, mais vêtus comme des princes en pourpoints magnifiques, campés sur des chevaux aux passepoils à volants et dentelles.

— Mauvin ! Fanen ! s'exclama Hadrian, stupéfait.

— Ne sois pas si surpris, protesta l'aîné en laissant du mou à son cheval pour qu'il puisse brouter un peu d'herbe.

— Eh bien, c'est assez difficile. Au nom de Maribor, que faites-vous ici tous les deux ?

Au même instant, une procession de musiciens, hérauts, chevaliers, charrettes et carrosses émergea de la forêt dense. De longues bannières rouge et or se déployaient dans la lumière du matin et les porte-étendards précédaient le cortège, suivis par les gardes impériaux aux coiffes à plumeaux de l'Église de Nyphron.

Hadrian et Theron reculèrent contre les arbres pour plus de sécurité, tandis que la parade d'étalons élégamment habillés d'étoffes, et de carrosses décorés de dorures, passait devant eux. Il y avait des prélats aux tenues raffinées, des soldats en cottes de mailles, des chevaliers accompagnés de leurs écuyers menant des chevaux de bât chargés de superbes armures en métal rutilant. Des nobles passaient sous des étendards venus d'aussi loin que Calis et Trent, mais le défilé comportait aussi des roturiers, des hommes rudes aux épées larges et aux visages couturés, des moines en robes usées, et des forestiers armés d'arcs longs, cachés sous des capuchons verts. Cette troupe hétéroclite rappela à Hadrian un cirque qu'il avait vu un jour ; mais cette colonne d'hommes et de chevaux était bien trop austère et sérieuse pour être une fête foraine. Enfin, au dernier rang, venait un groupe de six cavaliers en noir et rouge, portant le symbole de la couronne brisée sur la poitrine. Un grand homme mince allait en tête, les cheveux longs et noirs, la barbe courte et soignée.

— Eh bien, ils ont enfin décidé de faire quelque chose, commenta Hadrian. Je suis impressionné par les efforts déployés par l'Église pour sauver un tout petit village si reculé que son propre roi s'en désintéresse. Mais ça n'explique toujours pas ce que vous faites ici.

— Je suis blessé, répondit Mauvin en simulant une douleur au cœur. J'admets que je ne suis venu que pour aider Fanen, mais je pourrais tenter ma chance également. Quoique si tu entres en compétition, je pense que nous aurons fait tout ce trajet en vain.

Theron murmura à Hadrian :

— Qui sont ces gens ? Et de quoi parlent-ils ?

— Heu… Désolé. Voici Mauvin et Fanen Pickering, fils du comte Pickering de Melengar, qui se sont de toute évidence sérieusement perdus. Mauvin, Fanen, voici Theron Wood, un fermier de ce village.

— Et il te paie pour des leçons ? Excellente idée, mais comment es-tu arrivé avant les autres ? Je ne t'ai vu à aucun des campements. Oh, mais où ai-je la tête ? Royce et toi avez sans doute eu peu de mal à découvrir le lieu du tournoi.

— Le tournoi ?

— Royce était probablement caché sous le bureau de l'archevêque quand il a établi les règles. Alors, ce sera à l'épée ? Si c'est le cas, Fanen a vraiment une chance de gagner, mais si c'est une joute, eh bien… (Il jeta un regard vers son frère qui grimaça d'un air renfrogné.) Il n'est vraiment pas doué pour cela. Sais-tu comment se passeront les éliminations ? J'ai du mal à imaginer des nobles affrontant des roturiers, ce qui veut dire que Fanen ne t'affrontera pas, donc…

— Vous n'êtes pas là pour tuer le Gilarabrywn ? Vous voulez dire que tous ces gens sont venus pour un stupide tournoi ?

— *Gilarabrywn*, qu'est-ce qu'un Gilarabrywn ? Est-ce une créature semblable à l'ours Oswald ? J'ai entendu dire qu'il avait parcouru tout Dunmore. Il avait terrorisé les villages pendant des années jusqu'à ce que le roi le tue avec une simple dague.

Les escortes des participants passaient devant eux sans s'arrêter, en direction du château. L'un des carrosses se détacha du cortège juste après le puits. Il s'arrêta, et une jeune femme en robe somptueuse descendit et courut vers le petit groupe, levant les pans de sa jupe pour ne pas ramasser de terre.

— Hadrian ! s'exclama-t-elle avec un sourire éclatant.

Le mercenaire s'inclina et Theron l'imita.

— Est-ce ton père, Hadrian ? demanda-t-elle.

— Non, Votre Altesse. Je vous présente Theron Wood du village de Dahlgren. Theron, voici Son Altesse Royale, la princesse Arista de Melengar.

Theron regarda fixement le guerrier, stupéfait.

— Vous en connaissez des gens, vous.

Hadrian répondit d'un sourire gêné et haussa les épaules.

— Eh, Arista, tu ne devineras jamais. Hadrian dit que le défi consiste à tuer une bête.

— Je n'ai pas dit ça.

— Cela me convient, parce que si Hadrian avait été en lice, je me serais retiré. Mais une chasse, c'est tout autre chose. Vous savez, la chance est souvent un facteur décisif dans de telles épreuves.

— De telles épreuves ? releva Arista en riant. Tu as souvent pris part à des concours de traques et tué des bêtes, Fanen ?

— Bah, répliqua le garçon. Tu vois bien ce que je veux dire. Parfois, on se trouve tout simplement au bon endroit au bon moment.

Mauvin haussa les épaules.

— Cela ne ressemble pas vraiment à une épreuve digne de la noblesse. Si c'est la vérité, je trouve cela décevant. Abattre un pauvre animal n'est pas une tâche digne de la lame d'un Pickering.

— Et as-tu déjà entendu parler de la récompense ? demanda Fanen. Si l'on en croit les annonces faites sur toutes les places et dans chaque église et taverne d'Avryn, elle doit être conséquente. S'agira-t-il simplement d'un trophée d'or ou bien de terres ? J'espère bien gagner un territoire avec ce tournoi. Mauvin héritera du titre de notre père, mais je dois me débrouiller seul pour m'établir. À quoi ressemble cet animal ? Est-ce un ours ? Est-il gros ? L'as-tu déjà vu ?

Hadrian et Theron échangèrent des regards stupéfaits.

—Quoi ? reprit Fanen. Il n'est quand même pas déjà mort ?

—Non, répondit le mercenaire. Il n'est pas encore mort.

—Oh, parfait.

—Votre Altesse ! s'exclama une femme dans le carrosse toujours arrêté en bordure de chemin. Il faut partir. L'archevêque va nous attendre.

—Je suis désolée, dit Arista au petit groupe. Je dois y aller. J'ai été heureuse de vous revoir.

Elle adressa un signe à ses amis et courut vers le carrosse.

—Nous devrions sans doute nous mettre en route nous aussi, dit Mauvin. Nous voulons que le nom de Fanen soit en tête de liste, autant que possible.

—Attendez, intervint Hadrian. Renoncez au concours.

—Comment ? s'exclamèrent les deux frères.

—Nous avons chevauché des jours entiers pour venir ici, se plaignit Fanen.

—Suivez mon conseil. Faites demi-tour dès maintenant et rentrez chez vous. Prenez Arista avec vous et tous ceux que vous pourrez convaincre de partir. Si l'épreuve consiste à tuer le Gilarabrywn, ne vous engagez pas. Il ne faut pas combattre cette chose. Je suis sérieux. Vous ne savez pas à quoi vous avez affaire. Si vous essayez de vous battre contre cette créature, elle vous tuera.

—Mais tu penses pouvoir la tuer ?

—Je ne la combats pas. Royce et moi ne sommes venus que pour une mission confiée par la fille de Theron, mais nous allions partir.

—Royce est également ici ? demanda Fanen en regardant autour de lui.

— Accordez au moins cette faveur à votre père : partez dès maintenant.

Mauvin fronça les sourcils.

— Venant d'un autre, j'aurais mal pris ces mots et les aurais trouvés insolents, j'aurais qualifié leur auteur de lâche ou de menteur, mais je sais que tu n'es aucun des deux. (Il soupira et se caressa le menton, songeur.) Tout de même, nous avons parcouru un trajet fort long pour nous contenter de faire demi-tour. Tu as dit que vous vous apprêtiez à partir ? Quand ?

Hadrian regarda Theron.

— Encore deux jours, je pense, indiqua le vieux fermier à Hadrian. Je ne veux pas partir avant d'être sûr que Thrace supportera le voyage.

— Alors nous resterons cette même période et jugerons nous-mêmes de la situation, déclara le jeune noble. S'il s'avère que tu as raison, nous partirons avec vous. Qu'en penses-tu, Fanen ?

— Je ne vois pas pourquoi tu ne partirais pas pendant que je reste. Après tout, c'est moi qui vais entrer en lice.

— Personne ne tuera cette chose, Fanen, intervint Hadrian. Écoutez, je suis ici depuis trois nuits. Je l'ai vue et je sais de quoi elle est capable. Ce n'est une affaire ni de talent, ni de courage. Votre épée ne lui fera rien, aucune de nos armes ne la blessera. Combattre cette créature n'est rien de moins qu'un suicide.

— Je ne vais pas décider maintenant, déclara Fanen. Nous ne sommes même pas certains de l'objectif du concours. Je ne m'inscrirai pas tout de suite, mais je ne pars pas maintenant.

— Alors accordez-moi au moins une faveur, leur demanda Hadrian. Restez entre des murs solides, cette nuit.

Il y avait quelque chose, ou quelqu'un, dans les fourrés.

Royce laissa Esrahaddon sur la berge et s'écarta du rivage en prenant soin de ne pas regarder vers l'origine du bruit. Il descendit des rochers en direction du creux près du fleuve, puis il se glissa parmi les arbres et fit demi-tour. Un intrus se cachait dans la végétation et faisait de son mieux pour rester silencieux.

Royce aperçut d'abord un éclat orange et azur entre les feuilles et crut n'avoir affaire qu'à un merle bleu, mais la forme bougea, se révélant bien trop grande pour n'être qu'un oiseau. Royce se rapprocha et découvrit une barbe tressée d'un châtain clair, un large nez épaté, une veste de cuir bleu, de grandes bottes noires et une chemise orange éclatante aux manches bouffantes.

— Magnus ! salua-t-il d'une voix forte, provoquant le déséquilibre et la chute du nain dans les ronces.

Le petit homme glissa de la rive herbeuse et tomba sur le dos à même la pierre, non loin de l'endroit où était assis Esrahaddon. Le souffle coupé, le nain tenta de reprendre une inspiration.

Royce bondit et posa sa dague sur la gorge du nain.

— Beaucoup de gens sont à ta recherche, lui annonça le voleur d'un ton menaçant. Je dois admettre que j'avais très envie de te revoir en personne, pour te remercier pour toute l'aide précieuse que tu m'as apportée au château Essendon.

— Ne me dis pas que c'est le nain qui a tué le roi Amrath de Melengar, s'étonna Esrahaddon.

— Il se nomme Magnus, ou du moins c'est ainsi que l'appelait Percy Braga. C'est un maître dans la confection de pièges et le forage de roche, n'est-ce pas ?

— C'est mon travail ! protesta le nain qui peinait toujours à reprendre son souffle. Je suis un artisan. J'accepte des missions tout comme toi. Tu ne vas pas reprocher à un homme de vouloir travailler.

— J'ai failli mourir grâce à tes œuvres, répliqua Royce. Et tu as tué le roi. Alric sera ravi quand je lui apprendrai que je t'ai enfin éliminé. Et si je me souviens bien, ta tête est mise à prix.

— Attends, une minute ! cria Magnus. Ce n'était pas personnel. Tu ne vas pas me dire que tu n'as jamais tué quelqu'un pour de l'argent, Royce !

Le voleur hésita.

— Oui, je sais qui tu es, reprit le nain. Je voulais savoir qui avait déjoué mon piège. Tu travaillais pour le Diamant Noir, et pas comme commis. Je te répète que c'était mon travail. Je me moque de la politique, de Braga ou des Essendon.

— Je pense qu'il dit vrai, intervint Esrahaddon. Je n'ai jamais connu de nain qui s'intéressait aux affaires humaines au-delà de leur aspect financier.

— Tu vois, il comprend de quoi je parle. Tu peux me relâcher.

— J'ai admis que tu disais la vérité, pas qu'il devait te laisser vivre, précisa le magicien. En fait, maintenant que je m'aperçois que tu as espionné nos conversations, je ne peux qu'encourager l'idée de mettre fin à ta vie. Je ne peux pas savoir l'étendue de ce que tu as entendu.

— Quoi ? s'exclama le nain.

— Une fois sa gorge tranchée, nous pourrons rouler le petit corps vers ce précipice, ici, reprit le magicien qui s'avança en regardant la falaise.

— Non, répondit Royce, mieux vaut le jeter dans les chutes. Il n'est pas très lourd ; son corps sera certainement entraîné jusqu'à la mer des Gobelins.

— As-tu besoin de sa tête ? demanda Esrahaddon. Pour la rapporter à Alric.

— Ce serait une bonne idée, mais je ne vais pas porter une tête coupée pendant une semaine de voyage à travers ces bois. J'attirerais toutes les mouches à des lieues à la ronde et cela puerait après quelques heures à peine. Croyez-moi, je parle d'expérience.

Le nain les regardait tous deux avec horreur.

— Non ! Non ! hurla-t-il, paniqué, lorsque Royce pressa la lame contre son cou. Je peux vous aider. Je peux vous montrer comment entrer dans la tour !

Royce jeta un coup d'œil au magicien, qui affichait un air sceptique.

— Pour l'amour de Drome. Je suis un nain. Je connais la pierre. Je connais les roches. Je sais où se trouve le tunnel menant à la tour.

Royce écarta légèrement sa dague.

— Laisse-moi vivre et je te montrerai, reprit le petit homme qui tourna la tête vers Esrahaddon et ajouta : Quant à ce que j'ai entendu, je me moque des affaires des magiciens et des hommes. Je ne dirai pas un mot. Si vous connaissez les nains, alors vous savez que nous sommes têtus et durs comme la pierre lorsque nous le décidons.

— Il y a donc bien un tunnel, remarqua Royce.

— Bien sûr.

— Avant que je décide, reprit le voleur, dis-moi ce que tu fais ici ?

— Je finissais un autre travail, c'est tout.

— Et quel travail ?

— Rien d'inquiétant, j'ai juste forgé une épée pour quelqu'un.

— Et tu l'apportes dans ce coin reculé ? Qui est cette personne ?

— Le seigneur Rufus quelque chose, il m'a chargé de venir pour créer l'arme. Il devait me retrouver ici. Juré, pas de piège, pas de meurtre.

— Et comment es-tu toujours en vie ? Comment as-tu réussi à t'échapper de Melengar sans te faire prendre ?

— Mon employeur est très puissant.

— Ce Rufus ?

— Non. Je forge l'épée pour lui, mais ce n'est pas Rufus qui m'emploie.

— Alors qui ?

Royce entendit un bruit de pas. Quelqu'un courait sur le chemin. Songeant qu'il s'agissait peut-être des associés du nain, il se glissa derrière Magnus. Il lui agrippa les cheveux, lui tira la tête en arrière et se prépara à lui trancher la gorge.

— Royce ! cria Tad Bothwick depuis le bord du fleuve.

— Qu'est-ce que tu veux, Tad ? demanda prudemment le voleur.

— Hadrian m'envoie. Il dit que vous devriez revenir au village tout de suite, mais qu'Esra devrait rester à l'écart.

— Pourquoi ? s'étonna le magicien.

—Hadrian a dit que l'Église de Nyphron venait d'arriver.

—L'Église ? marmonna Esrahaddon. Ici ?

—Y a-t-il un seigneur Rufus avec eux ? demanda Royce.

—Peut-être. Il y a tout un tas de gens en beaux habits avec eux. Il doit bien y avoir au moins un seigneur dans le lot.

—Tu as une idée de la raison de leur présence, Tad ?

—Aucune.

—Vous feriez bien de ne pas trop vous montrer, recommanda le voleur au magicien. Quelqu'un a pu mentionner votre nom. Je vais aller voir ce qui se passe. En attendant, poursuivit-il en baissant les yeux vers le nain, il semblerait que ton employeur vienne d'arriver, ta peine de mort est en suspens. Le gentil vieux monsieur va te surveiller pendant l'après-midi, et tu vas rester ici. Ensuite, tu nous montreras où se trouve ce tunnel et si tu dis la vérité, tu vivras. Si tu désobéis, tu finiras en deux morceaux dans les chutes. D'accord ? Bien.

Royce se tourna vers le magicien.

—Vous voulez que je l'attache ou que je l'assomme d'un coup de pierre ? demanda-t-il, suscitant de nouveau la panique chez son prisonnier.

—Cela ne sera pas nécessaire, notre ami Magnus semble digne de confiance. Et puis je suis encore capable de quelques tours étonnants et fort désagréables. Sais-tu ce que cela fait de sentir des fourmis vivantes emprisonnées dans ton crâne ?

Le nain ne bougea pas et ne dit pas un mot. Royce le fouilla et trouva une ceinture sous ses vêtements, équipée de petits marteaux et de quelques outils de taille, ainsi que d'une dague. Le voleur regarda l'arme avec surprise.

— J'ai essayé de la copier, se justifia nerveusement le nain. Ce n'est pas très bon, mais je travaillais de mémoire.

Royce compara l'arme à sa propre dague. Les deux étaient très semblables de forme, mais les lames étaient nettement différentes. L'arme de Royce était forgée dans un métal presque transparent qui scintillait à la lumière, alors que la dague de Magnus paraissait terne et lourde à côté. Le voleur jeta l'arme du nain dans le précipice.

— C'est une arme splendide que tu as là, lui dit Magnus, hypnotisé par la lame qui lui avait frôlé la gorge un instant plus tôt. C'est une lame de Tur, n'est-ce pas ?

Royce l'ignora et se tourna vers Esrahaddon.

— Gardez-le à l'œil. Je reviens.

Arista prit place sur le balcon qui surplombait l'entrée de la grande salle du palais, avec l'escorte de l'archevêque, y compris Sauly et la sentinelle Luis Guy. C'était un petit espace, en grosses bûches et cordes épaisses, où seules quelques personnes pouvaient tenir, mais Bernice avait réussi à s'y glisser pour venir se poster juste derrière la princesse. La savoir présente sans la voir était aussi agaçant qu'entendre un moustique dans le noir.

Arista ignorait tout de la situation, et peu de gens semblaient davantage informés.

Lorsqu'elle était arrivée, le chaos régnait. Apparemment, le seigneur du château était mort et l'endroit était empli de paysans. Ils furent rapidement chassés. Luis Guy et ses Seret rétablirent l'ordre et assignèrent des appartements à chacun en fonction de son rang. Arista reçut une chambre exiguë mais privée au premier étage. C'était un endroit sinistre dénué de fenêtres. Un tapis en poils d'ours était posé sur le sol, une tête d'élan la regardait au-dessus du lit, et un portemanteau en bois de cerf pendait au mur. Bernice était occupée à sortir ses toilettes du coffre lorsque Sauly passa et insista pour qu'Arista se joigne à lui sur le balcon. Elle crut d'abord que le tournoi commençait, mais chacun savait qu'il ne débuterait qu'à la tombée de la nuit.

Un homme s'avança près de la balustrade et lança un coup de corne tonitruant. Dans la cour en contrebas, une foule se forma. Les hommes accouraient, des coupes ou des morceaux de viande entamés en main pour certains. L'un d'eux trottina même vers le rassemblement en finissant de boutonner son pantalon. L'auditoire de plus en plus nombreux formait une masse compacte de têtes et d'épaules serrées tandis que tous les regards convergeaient vers le balcon.

L'archevêque se leva lentement. Il portait une tenue de cérémonie, constituée d'une longue robe brodée, et étendit les bras en un geste solennel avant de parler, sa voix râpeuse semblant fort peu adaptée à la situation.

— Il est temps d'annoncer les détails de cet événement et de révéler l'ampleur de la tâche à laquelle vous, dévoués serviteurs de Novron, allez prendre part. Une aventure d'une telle importance que son issue changera le monde à jamais.

Plusieurs personnes placées aux derniers rangs se plaignirent de ne pas entendre, mais l'archevêque les ignora et continua :

— Je sais que certains d'entre vous sont venus en pensant s'inscrire à un tournoi classique pour se battre à l'épée ou à la lance, comme une distraction d'hivernal. Au lieu de cela, ce à quoi vous allez assister ne sera rien de moins qu'un miracle. Certains mourront, mais l'un de vous vaincra, et les autres pourront témoigner de son exploit auprès du reste du monde.

» Un mal terrible hante ces lieux. Ici, au bord du fleuve Nidwalden, en lisière du monde, demeure une bête. Pas un ours gigantesque comme Oswald, qui terrorisa Glamrendor. Cette créature n'est rien d'autre que le légendaire Gilarabrywn, une horreur qui ne fut plus contemplée depuis l'époque de Novron en personne. Un monstre si terrible, que même en ces jours de héros et de dieux, seul Novron, ou quelqu'un de son sang, pouvait prétendre abattre la bête. Votre tâche, votre défi, sera de tuer la créature et de sauver ce pauvre village de cette malédiction ancestrale.

Un murmure parcourut la foule et l'archevêque leva les mains pour faire taire l'assistance.

— Silence. Car je ne vous ai pas encore annoncé quelle sera la récompense !

Il attendit tandis que les voix se taisaient et que beaucoup bousculaient les rangs pour entendre.

— Comme je l'ai dit, le Gilarabrywn est une bête que seul Novron, ou quelqu'un de sa lignée, peut tuer. Ainsi, celui qui parviendra à vaincre cette terreur ne pourra être que l'Héritier de la couronne impériale, l'Héritier perdu de Novron !

La réaction fut étonnamment silencieuse. Il n'y eut ni cris, ni démonstrations de joie. La foule entière paraissait stupéfaite. Ils regardaient toujours aussi fixement le balcon, comme s'ils attendaient la suite. L'archevêque, à son tour, regarda autour de lui, tout aussi éberlué par l'hésitation des participants.

— Vient-il de dire que le gagnant serait l'Héritier ? demanda Arista en regardant Sauly qui affichait le même air dégoûté que s'il venait de renifler une puanteur sans nom.

Le prélat sourit à la jeune femme, se leva et murmura quelque chose à l'oreille de son supérieur. Le vieil homme se rassit et l'évêque Saldur s'adressa à la foule.

— Pendant des siècles, l'Église a lutté pour retrouver le véritable Héritier et restaurer la lignée de notre très Saint Seigneur Novron le Grand. (La voix du prélat était puissante et chaude et portait efficacement dans l'air de l'après-midi dans lequel flottait une odeur de pin.) Nous avons cherché, mais nous n'avions pour nous guider que de vieux livres et des rumeurs. De simples spéculations, des espoirs et des rêves. Il n'y a jamais eu de moyen de le trouver, aucune méthode infaillible pour découvrir où il se trouvait, ou bien qui il pouvait être. Beaucoup ont prétendu être son descendant, bien des hommes indignes se sont efforcés de conquérir cette noble couronne, et l'Église n'a pu que contempler ces tentatives d'usurpation, impuissante.

» Pourtant, nous gardons la foi qu'il existe quelque part. Novron n'aurait pas permis que sa lignée meure. Nous savons qu'il vit. Il a peut-être oublié qui il était. Mille ans sont passés depuis sa disparition, et qui d'entre nous saurait déterminer son ascendance jusqu'à l'époque de l'Empire ? Qui sait si l'un d'entre nous n'a pas un ancêtre ayant emporté dans la tombe un terrible secret ? Un terrible et magnifique secret.

» Le Gilarabrywn est un miracle que Novron nous envoie. C'est un outil pour nous révéler l'identité de son fils. Il l'a confié au patriarche et a indiqué à Sa Sainteté qu'il fallait organiser un défi, et que dans ce cas, l'Héritier serait parmi les concurrents, le fruit véritable de son sang, ayant oublié qui il était.

» Aussi voyez-vous, n'importe lequel d'entre vous peut être l'Héritier de Novron, dépositaire du sang divin… un dieu. L'un de vous a-t-il déjà senti un pouvoir singulier en lui ? Une foi en sa valeur, au-delà de celle des autres ? Voici votre chance de prouver à Elan tout entière que vous n'êtes pas un fou, ni un simple mortel. Notez votre nom sur la liste, chevauchez au crépuscule, tuez la bête et vous deviendrez notre chef divin. Vous ne serez pas un simple roi mais *l'empereur*, et tous les monarques s'inclineront devant vous. Vous siégerez sur le trône impérial d'Aquesta. Tous les loyaux impérialistes et les forces entières de l'Église vous soutiendront, tandis que nous ouvrirons la voie vers un nouvel âge d'ordre, un âge qui apportera paix et harmonie à cette terre. Il vous suffit pour cela de terrasser une bête solitaire.

» Quelle est votre réponse ?

Cette fois, la foule s'embrasa dans des cris enthousiastes. Saldur jeta un regard rapide à l'archevêque et s'écarta de la balustrade pour regagner son siège.

Lorsque Royce atteignit Dahlgren, le village était en émoi. Il y avait des gens partout. La plupart des villageois se rassemblaient vers le puits de la place commune. Il y avait de nombreux visages inconnus, tous des hommes, portant chacun une arme improvisée. Royce découvrit Hadrian au bord du puits, encerclé par les villageois. Tous affichaient un air grave.

— Et maintenant, où est-ce qu'on va aller ? demanda Selen Brockton, en larmes.

Hadrian monta une nouvelle fois sur la margelle de manière à surplomber la foule, avec l'air d'un homme qui a besoin de soulager ses nerfs en cassant quelque chose.

— Je ne sais pas, madame Brockton, chez vous, je dirais, au moins pour le moment.

— Mais nos maisons ont des toits de chaume.

— Essayez de creuser dans les celliers en allant le plus profondément possible.

— Quel est le problème ? demanda Royce.

— L'archevêque de Ghent est arrivé et s'est installé dans le château. Les membres du clergé et lui, accompagnés de quelques douzaines de nobles, ont investi les lieux et mis tout le monde dehors. Enfin, à part Russel, Dillon et Kline à qui ils ont ordonné de combler l'abri et le tunnel qu'on construisait, clamant qu'ils devraient soit réparer les dégâts, soit être pendus pour destruction de propriété. Ce bon vieux diacre Tomas est resté là à hocher la tête en disant : « Je leur avais bien dit de ne pas faire cela, mais ils ne m'ont pas écouté ». Ils ont aussi gardé la plus grande partie du bétail en arguant que puisqu'il était dans les murs du manoir, il appartenait au château. Et maintenant, tout le monde me tient pour responsable de la perte de ses bêtes.

— Et les feux ? demanda le voleur. Nous pourrions encore en installer un ici, sur la place commune.

— Impossible, répondit le mercenaire. Sa Seigneurie a déclaré illégal de couper les arbres du secteur et confisqué les bœufs avec le reste des animaux.

— Tu lui as dit ce qui se produirait à la tombée du jour ?

— Je ne peux rien lui dire, reprit Hadrian en levant les mains avant de se passer les doigts dans les cheveux, comme s'il s'apprêtait à en arracher des poignées. Je n'arrive pas à passer la vingtaine de soldats qu'il a postés aux portes du palais. Mais en un sens, c'est une bonne chose, parce que je risquerais de le tuer.

— Mais pourquoi l'Église est-elle ici ?

— Tu ne vas pas le croire, répondit Hadrian. Tu te souviens de ce défi qui a été annoncé partout ? Il s'avère que le but du concours est de tuer le Gilarabrywn.

— Comment ?

— Ils comptent envoyer des concurrents combattre la bête au crépuscule, se faire tuer les uns après les autres. Il y a une maudite liste placardée sur les portes du château.

— Tout va bien, tout va bien, cria le diacre Tomas.

Tous tournèrent la tête et virent le prélat descendre le chemin du château, en direction de la foule et du puits. Il marchait les mains levées, comme pour bénir l'assemblée. Il affichait un grand sourire qui plissait ses yeux en demi-lunes.

— Tout va bien se passer, dit-il d'une voix forte et assurée. L'archevêque est venu nous aider. Ils vont tuer la bête et mettre fin à ce cauchemar.

— Et notre bétail ? demanda Vince Griffin.

— Ils auront besoin de la majeure partie des bêtes pour nourrir les troupes, mais le reste vous sera rendu une fois la créature terrassée.

La foule grommela.

— Allons, allons, quel prix accordez-vous à votre sécurité ? À combien estimez-vous la vie de vos enfants ? Est-ce qu'un cochon ou une vache vaut mieux que leur sauvegarde ? Ou celle de votre épouse ? Voyez cela comme une sorte de dîme et remerciez l'Église d'être venue à Dahlgren pour nous sauver. Personne d'autre n'a fait cet effort. Le roi de Dunmore nous a ignorés, mais l'Église a répondu en envoyant non pas un chevalier ou un marquis, mais l'archevêque de Ghent en personne. Bientôt, la bête sera morte et Dahlgren sera de nouveau un lieu paisible. Si cela doit entraîner une année sans viande, ou des labours sans bœufs, le prix à payer ne me semble pas excessif. Maintenant, je vous en prie, que chacun rejoigne sa maison. Laissez-leur le champ libre pour faire leur travail.

— Et ma fille ? gronda Theron qui s'avança comme s'il avait été prêt à assassiner le diacre.

— Tout va bien, j'ai parlé de ce problème avec l'archevêque et l'évêque Saldur ; ils ont accepté qu'elle reste. Ils l'ont déplacée vers une chambre plus petite, mais...

— Ils refusent de me laisser la voir ! coupa le vieux fermier.

— Je sais, je sais, répondit Tomas d'un ton apaisant, mais moi, j'y suis autorisé. Je suis simplement venu expliquer la situation. Je retourne là-bas de ce pas et je vous promets que je resterai à ses côtés pour veiller sur elle, jusqu'à ce qu'elle soit parfaitement remise.

Hadrian se glissa hors de la foule qui entourait maintenant le diacre. Il tourna un regard plein d'amertume vers Royce.

— Dis-moi que tu as trouvé comment entrer dans la tour.

Le voleur haussa les épaules.

— Peut-être. Nous allons devoir vérifier ce soir.

— Ce soir ? répéta le mercenaire. Est-ce qu'il ne vaudrait pas mieux faire ça de jour ? Quand on peut tous les deux voir clair et que des monstres aux noms imprononçables ne nous volent pas autour ?

— Pas si j'ai raison.

— Et si tu as tort ?

— Si j'ai tort, nous mourrons probablement tous les deux… dévorés, sans doute.

— Le problème, c'est que je sais que tu ne plaisantes pas. Ai-je mentionné la perte de toutes mes armes ?

— Avec un peu de chance, nous n'en aurons pas besoin. Mais il nous faudra une bonne longueur de corde, au moins une vingtaine de mètres, répondit Royce. Des lanternes, de la cire, un briquet à amadou…

— Je sens que je ne vais pas aimer, pas vrai ? demanda Hadrian d'un air misérable.

— Pas du tout, confirma Royce.

9

Épreuves sous la lune

— Au lit ! cria l'homme. Retourne au lit immédiatement !

Arista se promenait dans les couloirs du château autant pour se familiariser avec son environnement que pour échapper à Bernice, qui insistait pour qu'elle fasse une sieste. Elle crut d'abord que cette injonction lui était destinée et, bien qu'elle tolérât Bernice et ses manières infantilisantes, elle ne permettrait à personne de s'adresser ainsi à elle comme le faisait cet insolent. Elle n'était plus dans son royaume natal de Melengar où elle était princesse en titre, mais elle gardait son rang en plus de son statut d'ambassadrice, et personne n'avait le droit de lui parler de la sorte.

Tout son être empreint de fureur, elle avança au pas de course, prit un tournant et repéra une jeune fille aux prises avec un homme d'âge moyen. La demoiselle portait une tenue de nuit et avait le visage tuméfié. L'homme la tenait par le poignet et cherchait à la traîner dans la chambre à coucher.

— Lâche-la ! ordonna Arista. Hilfred ! Gardes !

L'homme et la jeune fille la regardèrent, tous deux stupéfaits.

Hilfred apparut au tournant en une seconde et alla se placer, épée tirée, entre la princesse et l'homme qui avait provoqué sa colère.

— Je t'ai dit de retirer tes sales pattes immédiatement, ou je te les fais trancher aux poignets.

— Mais je… commença l'homme.

De l'autre côté du couloir, deux gardes impériaux arrivèrent.

— Ma dame ? demandèrent-ils en guise de salut.

Hilfred ne dit rien et se contenta de porter la pointe de son épée à la gorge de l'homme.

— Mettez ce misérable sous bonne garde, ordonna la princesse. Il tente de forcer cette jeune fille.

— Non, non, je vous en prie, protesta l'intéressée. C'était ma faute, j'ai…

— Ce n'est pas ta faute, la reprit Arista avec pitié. Et tu n'as rien à craindre. Je vais veiller à ce qu'il ne te dérange plus, ni qui que ce soit d'autre…

— Oh, Maribor, protège-moi, pria l'homme.

— Oh, non, vous ne comprenez pas, reprit la jeune fille. Il ne me faisait aucun mal. Il essayait de m'aider.

— Comment cela ?

— J'ai eu un accident, répondit-elle en désignant les marques sur son visage. Le diacre Tomas a pris soin de moi, mais je me sentais mieux aujourd'hui et j'ai voulu me lever et marcher, alors qu'il estimait qu'il valait mieux que je reste au lit un jour de plus. Il essaie simplement de veiller sur moi. S'il vous plaît, ne lui faites pas de mal. Il a été si bon.

— Vous connaissez cet homme ? demanda Arista aux gardes.

— Il a été autorisé à entrer par l'archevêque en tant que diacre de ce village, ma dame, et il a effectivement veillé aux soins de cette jeune personne nommée Thrace.

Tomas, les yeux écarquillés de terreur, l'épée d'Hilfred fermement pointée vers sa gorge, hocha la tête autant qu'il put et tenta même un sourire amical quoique forcé.

— Très bien, reprit Arista avec une petite moue, alors je me suis trompée. (Elle regarda les gardes.) Vous pouvez retourner à votre poste.

— Princesse, saluèrent les deux hommes en s'inclinant brièvement.

Ils firent volte-face et repartirent.

Hilfred remit lentement son arme au fourreau.

Arista examina de nouveau les deux inconnus.

— Toutes mes excuses, mais… Oh, peu importe.

Elle se détourna, mal à l'aise.

— Oh, non, Votre Altesse, protesta Thrace en effectuant une révérence du mieux qu'elle put. Merci infiniment d'être venue à mon secours, même si je n'en avais finalement pas besoin. Il est bon de savoir que quelqu'un de votre rang a pris la peine d'aider la fille d'un pauvre fermier. (Thrace couva la jeune noble d'un regard émerveillé.) Je n'avais jamais rencontré de princesse. Je n'en avais même jamais vu.

— J'espère ne pas t'avoir trop déçue, dans ce cas, dit Arista.

Thrace allait parler mais la jeune noble fut plus rapide.

— Que t'est-il arrivé ? demanda-t-elle en désignant les hématomes de la jeune fille.

— C'est le Gilarabrywn, Votre Altesse, expliqua Tomas. Thrace et son père Theron sont les deux seuls à avoir survécu à l'une de ses attaques. Maintenant, s'il te plaît, ma petite, retourne te coucher.

— Mais vraiment, je me sens beaucoup mieux.

— Laissez-la marcher avec moi, diacre, intervint la princesse dont l'humeur s'était radoucie. Si elle se trouve mal, je la raccompagnerais à son lit.

Tomas hocha la tête et s'inclina.

Arista prit Thrace par le bras et la guida dans le couloir, Hilfred leur emboîta le pas. Elles ne pouvaient aller très loin, juste une trentaine de mètres ; le manoir n'était pas un véritable palais. Il était en bûches grossièrement taillées, certaines encore couvertes d'écorce, et Arista estimait qu'il ne devait pas compter plus de huit chambres. Il y avait également un petit salon, un bureau et la grande salle à haut plafond décorée de têtes de cerf et d'ours. Cela rappelait à Arista une version plus petite et rudimentaire de la résidence du roi Roswort. Le sol était en larges planches de pin et les murs en troncs épais. Des lanternes de fer, boulonnées dedans, abritaient des bougies vacillantes qui jetaient des demi-cercles de lumière hésitante, car l'intérieur du manoir était sombre comme une caverne, bien qu'il fût encore tôt dans l'après-midi.

— Vous êtes si gentille, dit Thrace. Les autres me traitent… comme si je n'étais pas à ma place.

— Et bien, je suis heureuse que vous soyez ici, répondit Arista. Hormis ma suivante Bernice, je crois que vous êtes la seule autre femme ici.

— Tous les autres ont été renvoyés au village et je me sens si mal à l'aise. J'ai l'impression de faire quelque chose de mal. Le diacre Tomas dit que ce n'est pas vrai ; il dit que je suis blessée et que j'ai besoin de temps pour me remettre, qu'il veillera à ce que personne ne me dérange. Il a été très gentil. Je crois qu'il se sent aussi impuissant que tous les autres. Peut-être se dit-il que s'occuper de moi est une bataille qu'il peut gagner.

— Je vous ai mal jugés, le diacre et toi, répondit Arista. Toutes les filles de fermiers de Dahlgren sont-elles si avisées ?

— Avisée ? répéta Thrace, embarrassée.

Arista lui sourit.

— Où est ta famille ?

— Mon père est au village. Ils ne le laissent pas venir me voir, mais le diacre essaie d'y remédier. Mais ce n'est pas grave, nous allons quitter Dahlgren dès que je pourrai voyager, une raison de plus pour reprendre des forces. Je veux partir loin d'ici. Je veux que nous trouvions un nouvel endroit où nous établir et que nous prenions un nouveau départ. Je trouverai un homme, je me marierai, et j'aurai un fils que je nommerai Caryet.

— Voilà un bon programme, mais comment te sens-tu… vraiment ?

— J'ai encore des maux de tête et pour être honnête, j'ai un peu le vertige, maintenant.

— Alors nous devrions peut-être retourner à ta chambre, dit Arista en faisant demi-tour.

— Mais je me sens vraiment mieux qu'avant. C'est aussi pour cela que je me suis levée. Je n'ai pas eu l'occasion de remercier Esra. Je pensais qu'il serait quelque part dans les couloirs.

— Esra ? Est-ce le médecin du village ?

— Oh, non, Dahlgren n'a jamais eu de médecin. Esra est… c'est un homme très intelligent. Sans lui, mon père et moi serions morts. C'est lui qui a préparé les remèdes qui m'ont guérie.

— On dirait un grand homme.

— Oh, oui, j'essaie de le remercier en l'aidant à manger. Vous comprenez, il est très fier et ne demanderait pas, alors je me propose et je vois bien qu'il apprécie.

— Est-il trop pauvre pour acheter de quoi manger ?

— Oh, non, mais il n'a pas de mains.

— Tur est un mythe, déclara le magicien au nain alors que Royce et Hadrian rejoignaient les chutes.

— C'est vous qui le dites, répliqua Magnus.

Le magicien et le nain étaient assis sur l'escarpement rocheux, face à face, échangeant leurs arguments sous le grondement du fleuve. Le soleil avait disparu derrière les arbres et les deux hommes se trouvaient désormais dans l'ombre, mais les pics cristallins au sommet d'Avempartha emprisonnaient les derniers rayons de lumière rouge.

Esrahaddon soupira.

— Je ne comprendrai jamais comment la religion peut pousser des personnes, par ailleurs raisonnables, à croire de tels contes de fées. Même dans son contexte spirituel, Tur est une parabole, pas une réalité. Nous parlons de mythes, basés sur des légendes, qui reposent sur des superstitions, et tu prends cela pour argent comptant. Cela n'est pas digne d'un nain. Es-tu certain de ne pas avoir d'ancêtres humains ?

— C'est vraiment insultant, répondit Magnus avec un regard noir. Vous niez, mais la preuve est devant vous. Si vous aviez des yeux de nain, vous verriez la vérité sur cette lame, ajouta-t-il en désignant Royce.

— Qu'est-ce qui se passe ici ? demanda Hadrian. Bonjour, Magnus, tu as tué quelqu'un dernièrement ?

Le nain se renfrogna.

— Ce monsieur maintient que la dague de Royce a été forgée par Kile, expliqua Esrahaddon.

— Je n'ai pas dit cela, coupa le nain. J'ai dit que c'était une lame de Tur. Elle a pu être créée par n'importe qui là-bas.

— Qu'est-ce que Tur ? s'enquit le mercenaire.

— Un culte païen, entretenu par quelques esprits dérangés qui adorent un dieu fictif. Ils le nomment Kile. Admets qu'ils auraient pu trouver mieux.

— Je n'ai jamais entendu parler de Kile, répondit Hadrian. Je ne suis pas érudit en matière de religion, mais je me souviens d'un petit moine qui me conta une fois que le dieu des nains était Drome, celui des elfes Ferrol et celui des hommes Maribor. Leur sœur, la déesse de la faune et de la flore, se nommait… Muriel, non ? Et son fils Uberlin est le dieu des ténèbres. Alors où se place ce fameux Kile ?

— Il est leur père, expliqua Esrahaddon.

— Oh, c'est vrai, je l'avais oublié, mais son nom n'est pas Kile, c'est… Erebus, ou quelque chose comme ça. Il a violé sa fille et ses fils l'ont tué, mais il n'est pas vraiment mort ? Ce n'était pas très clair…

Esrahaddon gloussa.

— Les préceptes religieux ne sont jamais clairs.

— Alors qui est Kile ?

— Eh bien, d'après le culte de Tur – ou de Kile, selon les versions, un dieu est immortel. Ce groupe de déments est apparu pendant le règne impérial d'Estermon II, et a commencé à répandre l'histoire qu'Erebus était ivre, ou quel qu'en soit l'équivalent pour un dieu, lorsqu'il viola sa fille et qu'il eut honte de sa faute. Toujours d'après ce conte, Erebus laissa ses enfants, les dieux, croire qu'ils l'avaient tué. Puis Erebus vint trouver Muriel en secret et implora son pardon. Elle dit à son père qu'elle n'était pas prête à lui accorder son pardon et ne s'y résoudrait que lorsqu'il aurait fait pénitence pour son crime. Elle lui imposa de faire de bonnes actions à travers Elan, mais en tant que simple mortel, et non en sa qualité de dieu, ni même de roi. Pour tout acte de sacrifice et de bonté qu'elle jugerait digne de ses attentes, elle lui accorderait une plume de son somptueux manteau, et lorsque sa tenue serait entièrement défaite, elle lui pardonnerait et le laisserait revenir en sa demeure.

» La légende de Kile veut qu'en un âge reculé, un étranger se rendit dans un village très pauvre nommé Tur. Personne ne savait où il se trouvait, évidemment, et à travers les siècles, son emplacement changea, si l'on en croit les différentes rumeurs. Les spéculations les plus courantes le situent à Delgos, car cette région était régulièrement attaquée par les Dacca, et en raison de la ressemblance de nom avec la ville portuaire de Tur Del Fur.

» D'après l'histoire, l'étranger se faisait appeler Kile, et lorsqu'il entra dans Tur et découvrit la terrible misère dans laquelle vivaient ses habitants, il leur enseigna l'art de fabriquer des armes pour les aider à se défendre. Les objets qu'il leur apprit à créer étaient réputés pour être les plus redoutables au monde, capables de trancher le fer comme du bois tendre. Leurs armures et boucliers étaient légers, et pourtant plus solides que la pierre.

» Lorsqu'il leur eut transmis cet art, ils l'utilisèrent pour défendre leurs maisons. Ils repoussèrent les Dacca, et la légende prétend qu'à l'issue de la bataille, un coup de tonnerre ébranla le ciel sans nuage et que des cieux, une seule plume blanche tomba entre les mains de Kile. Il pleura en recevant ce présent et salua les habitants avant de partir, pour ne jamais revenir. Du moins pas auprès des villageois de Tur. Au fil du règne des différents empereurs, il semble qu'il y ait toujours une ou deux légendes sur Kile venu, ici ou là, faire une bonne action pour obtenir une plume. Le conte du village de Tur est plus connu que les autres car le pauvre hameau était devenu célèbre pour ses armes.

— Je n'ai jamais entendu parler d'une ville de ce nom.

— Tu n'es pas le seul, remarqua Esrahaddon. Alors les spécialistes de cette légende ajoutèrent une page à leur conte, comme cela arrive souvent quand ces histoires ridicules se heurtent à la réalité. Le village fut censé crouler sous les commandes d'armes. Mais les villageois ne trouvaient pas juste d'en forger pour tout le monde, et ils n'en conçurent qu'une poignée, réservée à ceux qui en avaient un véritable besoin, pour servir une noble cause. Cependant, de puissants rois décidèrent d'obtenir pour leur armée le secret de cet artisanat transmis par les dieux et se préparèrent au combat pour prendre le village. Mais le jour de la bataille, les armées se présentèrent pour finalement découvrir que le village de Tur, tous ses habitants et ses bâtiments, avaient disparu. Il ne restait pas une trace de son existence, sinon une seule plume blanche qui ne venait d'aucun oiseau connu.

— Pratique, commenta Hadrian.

— Exactement, renchérit le magicien. Un mystère en recouvre un autre, mais il n'existe aucune preuve concrète. Cela n'empêche pourtant pas les gens d'y croire.

— Je vous signale que Tur Del Fur fut autrefois une cité naine, et dans ma langue, ce nom signifie « le village de Tur ». Il existe également des légendes au sein de mon peuple qui racontent que cette ville fut le bastion de fabuleux artisans, qui connaissaient les secrets pour forger le métal et créer des épées merveilleuses.

» N'importe quel nain d'Elan donnerait sa barbe pour les secrets de Tur, ou même pour avoir une chance d'étudier l'une de ses lames.

— Et vous pensez qu'Alverstone est une lame de Tur ? demanda Hadrian.

— Comment l'as-tu appelée ? demanda Magnus, tournant soudain ses yeux rusés vers le mercenaire.

— Alverstone, c'est ainsi que Royce nomme sa dague, expliqua le guerrier.

— Ne l'encourage pas, intervint Royce, fixant la tour.

— Et où a-t-il obtenu cette… Alverstone ? demanda le nain d'une voix plus basse.

— C'était le cadeau d'un ami, dit Hadrian. C'est ça ?

— Qui ? Et d'où cet ami la tenait-elle ? insista Magnus.

— Tu es conscient que je t'entends ? coupa le voleur qui avait repéré quelque chose et désigna Avempartha. Regardez, là-bas.

Tous se rassemblèrent pour observer la silhouette évanescente de la tour. Le soleil était couché et la nuit tombait. Comme de grands miroirs, le fleuve et la tour captaient la lumière des étoiles et de la lune éclatante. La brume des chutes apparaissait comme un étrange brouillard blanc entourant la base de pierre. Près du sommet de pics, une forme sombre déploya ses ailes et s'envola, flottant à la surface de l'eau. La créature tournoya, décrivit un cercle au-dessus des chutes pour faire demi-tour, saisit les courants ascendants et s'éleva rapidement jusqu'à ce que, d'un claquement de ses ailes massives, elle s'élance par-delà les cimes, en direction de Dahlgren.

— C'est son antre ? demanda Hadrian, incrédule. Elle vit dans la tour ?

— Pratique, non ? répondit Royce. La bête réside au même endroit que l'arme qui peut la tuer.

— Pratique pour qui ?

— Je suppose que c'est encore à voir, remarqua Esrahaddon.

Royce se tourna vers le nain.

— Très bien, petit maçon, en route vers le tunnel. Il est dans le fleuve, n'est-ce pas ? Sous l'eau ?

Magnus le regarda, surpris.

— Je ne fais que supposer, mais d'après ton expression, je pense que j'ai raison. C'est le seul endroit où je n'ai pas regardé. Maintenant, si tu veux rester en vie, tu vas nous montrer où exactement.

Arista se tenait avec les Pickering sur le mur sud de la palissade et regardait le coucher de soleil par-delà les portes. Les remparts offraient la meilleure vue possible sur la cour et les collines environnantes, et le petit groupe se tenait ainsi à l'écart de l'agitation générale. En dessous, des chevaliers s'affairaient à passer leurs armures, des archers bandaient leur arc, des chevaux caparaçonnés s'agitaient d'un air mal à l'aise, et des prêtres imploraient Novron de leur donner sa sagesse. Le défi allait commencer. Au-delà des murs, le village de Dahlgren était plongé dans le silence. Pas une bougie ne brûlait. Rien ne bougeait.

Une bousculade commença près de la porte où la liste des combattants était placardée au poteau d'attache. Arista distinguait plusieurs hommes qui poussaient et se tordaient dans un nuage de poussière.

— Qui est-ce, cette fois ? demanda Mauvin.

L'aîné des Pickering se pencha contre le mur de bûches. Il portait une tunique simple et ample et une paire de chaussures souples. C'était sous cette apparence qu'Arista gardait le plus de souvenirs de lui ; un garçon insouciant qui la défiait au duel de bâtons lorsqu'elle le dépassait d'une tête et pouvait le battre sans peine, du temps où les parents de la jeune femme étaient encore là, et où son plus grand défi était de rendre Lenare jalouse.

— Je ne sais pas, répondit Fanen en regardant en bas. Je pense que l'un d'eux est le seigneur Erlic.

— Pourquoi se battent-ils ? demanda la princesse.

— Tout le monde veut être le premier sur la liste, répondit Mauvin.

— C'est absurde. Peu importe qui passe en premier.

— Cela compte si la personne avant vous tue la bestiole sans vous laisser votre chance.

— Mais c'est impossible. Seul l'Héritier peut triompher de la créature.

— Tu le penses vraiment ? demanda Mauvin qui se tourna, saisit les extrémités pointues des troncs et se pencha au-delà du mur. Personne ne partage cet avis.

— Qui est le premier sur la liste ?

— Eh bien, Tobis Rentinual l'était.

— Lequel est-ce ? s'enquit-elle.

— Celui dont nous t'avons parlé, avec le grand chariot mystérieux.

— Là-bas, dit Fanen en pointant le doigt vers la cour. Le noble à l'allure précieuse qui s'appuie contre le fumoir. Il a une voix stridente et une attitude hautaine qui vous donnent envie de l'étrangler.

Mauvin acquiesça.

— C'est lui. J'ai jeté un coup d'œil sous la bâche, il y a une énorme machine de bois, cordes et poulies. Il a réussi à trouver la liste en premier et s'y est inscrit. Personne n'y voyait d'inconvénient, tant que nous pensions qu'il s'agissait d'un simple tournoi. Ils étaient tous impatients de tenter leur chance face à lui. Mais à présent, eh bien, l'idée que Tobis soit nommé empereur sème la terreur dans toute la communauté.

— Et pourquoi as-tu dit qu'il était le premier ?

— Il a été rétrogradé, dit Fanen.

— Rétrogradé ?

— Une idée de Luis Guy, expliqua Mauvin. La sentinelle a décrété que ceux qui étaient plus en retrait sur la liste pouvaient gagner des places en combattant. Ceux qui n'étaient pas satisfaits de leur placement pouvaient en défier d'autres pour conquérir leur rang. Une fois le défi lancé, le plus haut placé pouvait choisir de céder ou de se battre avec l'autre. Le seigneur Enden de Chadwick a défié Tobis qui lui a abandonné sa place. Qui lui en voudrait ? Seul le seigneur Gravin a eu le courage de défier Enden, mais plusieurs autres ont tiré l'épée pour des rangs plus bas de la liste. La plupart pensaient que les duels seraient évalués grâce à un système de points, mais Guy a déclaré que les combats ne cesseraient que lorsque l'un des concurrents se rendrait, alors les joutes ont duré des heures. Il y a eu de nombreux blessés. Le seigneur Gravin n'a abandonné qu'après s'être fait percer l'épaule par Enden. Il a annoncé qu'il se retirait. Il s'en ira demain, et ce n'est pas le seul. Plusieurs sont déjà partis, enveloppés de bandages.

Arista regarda Fanen.

— Et tu ne provoques personne en duel ?

Mauvin gloussa.

— C'était assez drôle. À l'instant où Guy a passé cette annonce, tout le monde nous a observés.

— Mais pas de duel ? insista la jeune femme.

Fanen prit un air renfrogné et lança un regard terrible à son frère.

— Il ne me laisse pas faire. Et mon nom est presque le dernier.

— Hadrian Blackwater nous a dit de ne pas nous inscrire, expliqua Mauvin.

— Et alors ? répliqua Fanen en dévisageant son aîné.

— Alors, le seul homme qui pourrait gagner la première place sans transpirer n'a pas son nom sur la liste. Soit il sait quelque chose que nous ignorons, soit il le croit à tort. Mais cela vaut la peine d'attendre au moins la première nuit. Et puis tu as entendu Arista, peu importe qui commence.

— Tu sais qui d'autre n'est pas sur la liste ? remarqua Fanen. Le seigneur Rufus.

— Oui, j'ai vu cela. J'aurais cru qu'il défierait Enden… le voyage aurait valu la peine rien que pour assister à un tel duel. Il n'est même pas dans la cour avec les autres.

— Il a passé beaucoup de temps avec l'archevêque.

Depuis le promontoire, Arista scrutait les concurrents en contrebas. Il n'y avait plus de lumière, les murs et les arbres noyaient la cour dans l'ombre. Des hommes arpentaient le grand espace pour allumer des torches et les fixer dans des patères. Des centaines de participants étaient réunis dans l'enceinte et plus encore à l'extérieur, tous rassemblés en petits groupes. Ils parlaient, certains criaient. La princesse distinguait des rires et parfois les bribes d'une chanson. Elle ne reconnaissait pas les chants mais d'après les rythmes, ils ressemblaient à des airs paillards de taverne. Beaucoup levaient leurs verres, des hommes, silhouettes noires dans la faible lumière, larges d'épaules, puissants, qui entrechoquaient leurs coupes avec assez de force pour en faire déborder la mousse. En surplomb, sur une plate-forme dressée au centre de la cour, se tenait la sentinelle Luis Guy. Il était assez haut pour saisir les derniers rayons de soleil et les ultimes souffles du vent du soir. Dans la lumière, sa soutane rouge semblait tissée de flammes et les légères bourrasques qui soulevaient sa cape lui donnaient une allure inquiétante et solennelle.

Arista regarda de nouveau les deux frères. Mauvin avait la bouche ouverte et tentait de dégager de la nourriture coincée entre ses molaires à l'aide d'un doigt. Fanen levait la tête vers le ciel. Elle était heureuse qu'ils soient près d'elle. C'était un peu de son foyer au milieu de ces contrées sauvages et elle pouvait presque sentir le parfum des pommes.

Arista et Alric avaient passé bien des mois d'été aux Champs de Drondil, pour échapper à la canicule de la ville. Elle se souvenait d'avoir grimpé dans les arbres du verger, au-delà des murs du château, et n'avait pas oublié les batailles de pommes en début d'automne. Les fruits pourris explosaient contre les branches et projetaient leur pulpe, les couvrant peu à peu jusqu'à ce qu'ils sentent le cidre. Chaque arbre faisait office de palais souverain, mais ils créaient des alliances. Mauvin faisait toujours équipe avec Alric et criait « Mon roi ! Mon roi ! », Lenare allait avec Fanen pour protéger son plus jeune frère des « brutes », comme elle les appelait. Arista finissait toujours toute seule et combattait les deux groupes. Même lorsque Lenare cessa de grimper aux arbres, ce fut toujours les garçons contre la fille. Cela ne la dérangeait pas. Elle ne le remarquait pas. Elle n'y avait même jamais pensé jusqu'à maintenant.

Tant de choses lui encombraient l'esprit. Il y avait tant de problèmes à résoudre, de mystères à éclaircir. Elle n'avait pas pu réfléchir vraiment dans le carrosse, entre les cahots de la route et le regard insistant de Bernice. Elle avait désespérément besoin de parler à quelqu'un, ne serait-ce que pour s'entendre formuler ses inquiétudes à haute voix. L'idée que Sauly soit un conspirateur se faisait de plus en plus présente, malgré sa réticence à le croire. Si Sauly avait trahi son père, à qui pouvait-elle se fier ? Esrahaddon ? S'était-il servi d'elle pour s'évader ? Était-il responsable de la mort de son père ? Il semblait à présent que le magicien soit dans les parages, quelque part derrière les murs, passant la nuit dans l'une des maisons du village. Elle ne savait que faire, ni à qui accorder sa confiance.

Mauvin trouva ce qui le dérangeait et l'envoya d'un coup sec du doigt par-delà le mur.

Arista ouvrit la bouche pour parler mais hésita sur les mots à employer. Pendant tout le voyage, elle avait prévu de discuter avec les Pickering, du moins avec Mauvin, des problèmes soulevés à Ervanon. Elle ferma la bouche et se mordit la lèvre, rattrapée par le souvenir lointain du verger et le parfum des pommes.

—Vous voilà enfin, Votre Altesse, s'exclama Bernice qui se précipita vers elle, un châle sur les épaules. Vous ne devriez pas être dehors si tard, ce n'est pas correct.

—Vraiment, Bernice, vous auriez dû faire des enfants quand vous en aviez l'occasion. Cette manie de me couver doit cesser.

La vieille femme se contenta d'un sourire chaleureux.

—Je ne fais que veiller sur vous, ma chère. Vous en avez besoin. Cet endroit affreux est plein d'hommes rustres. Il n'y a que des murs trop fins et la grâce de l'archevêque qui les séparent de votre vertu. Une dame telle que vous est une grande tentation, et les abords sauvages de ces terres reculées pourraient aisément pousser des gentilshommes à agir inconsidérément. (Elle lança un regard soupçonneux aux deux frères qui lui répondirent d'une expression penaude.) Et il y en a plus d'un que je ne qualifierais pas de gentilhomme. Dans un grand château, avec une escorte de circonstance, les hommes peuvent être tenus en respect et impressionnés par votre aura royale, mais ici, ma dame, dans ces terres barbares et sauvages, ils pourraient perdre la tête.

— Oh, Bernice, je vous en prie.

— C'est parti, intervint Fanen, très excité.

Lorsque la dernière lueur du soleil disparut, les portes s'ouvrirent et le seigneur Enden quitta le château, escorté par deux écuyers et trois pages brandissant des torches éclatantes. Ils trottèrent vers la plaine à découvert où le chevalier se prépara à la bataille.

Un cri s'éleva de la foule à cet instant et Arista leva les yeux pour voir passer une ombre devant le ciel éclairé par la lune. La bête flottait comme un faucon, toute en ailes et en queue. Les spectateurs échangèrent murmures et hoquets étouffés lorsque la créature décrivit un cercle rapide autour du manoir. Elle fut un peu hésitante jusqu'à ce qu'elle repère les torches qu'agitait l'escorte du seigneur Enden sur le flanc de la colline.

La bête replia les ailes et piqua, s'abattant du ciel comme une flèche destinée au chevalier de Chadwick. Les torches s'agitèrent frénétiquement et Arista crut voir le noble lever sa lance et charger. Des cris résonnèrent ainsi que des hurlements de détresse et de terreur, et les torches s'éteignirent une à une.

— Suivant ! cria Luis Guy.

Le nain guida le groupe en remontant le chemin le long du fleuve, là où la lune révélait un gros rocher surgissant des flots. La pierre évoquait vaguement à Hadrian la pointe émoussée d'une lance large. Magnus martela la terre de ses bottes et désigna l'étendue d'eau.

— On entre ici. Nagez tout droit pendant six mètres vers le fond, il y a une ouverture dans la façade de la berge. Le tunnel passe juste en dessous de nous, s'incline, puis se glisse sous le lit du fleuve, jusqu'à la tour.

— Tu peux deviner cela juste d'un coup de pied ? demanda Royce.

Hadrian regarda Esrahaddon.

— Vous êtes bon nageur ?

— Je n'ai pas eu l'occasion d'essayer depuis... commença-t-il en levant les bras. Mais je sais retenir ma respiration un bon moment. Vous pourrez me tirer vers le tunnel, si nécessaire.

— Laissez-moi passer en premier, annonça Royce sans quitter Magnus des yeux.

Il jeta à terre son rouleau de corde et en noua une extrémité à sa taille.

— Déroulez-la pour moi, mais tenez bon. Je ne connais pas la violence du courant.

— Il n'y en a pas ici, intervint Magnus. Il y a un banc sous-marin qui saille et crée un tourbillon. C'est comme une petite mare au milieu du fleuve.

— Tu m'excuseras de ne pas te croire sur parole. Une fois dessous, je tirerai trois fois pour indiquer que vous pouvez suivre sans risque. Attachez-vous à l'autre bout et suivez la corde. Mais si je plonge et que la corde se tend comme si vous aviez attrapé un marlin, hissez-moi sur la berge pour que je puisse le tuer de mes mains.

Le nain soupira.

Royce retira sa cape et Hadrian saisit la corde pendant que le voleur s'engageait dans l'eau, comme s'il avait fait du rappel le long d'un mur. Il plongea et disparut sous l'étendue sombre. Hadrian sentit la corde se dérouler doucement entre ses doigts. Près de lui, Magnus ne montrait aucun signe d'inquiétude. Il avait la tête penchée en arrière et contemplait le ciel.

— Qu'est-ce que vous croyez qu'il fait ce soir ? demanda-t-il.

— Je dirai qu'il dîne de quelques chevaliers, répondit Hadrian. Espérons qu'ils suffisent à l'occuper.

La corde s'enfonça, de plus en plus profondément, puis elle s'arrêta. Le mercenaire regarda le point où la ligne entrait dans l'eau ; elle dessinait une petite traînée blanche en coupant le courant.

Tic. Tic. Tic.

— C'est le signal. Il y est, annonça le guerrier. À toi, petit homme.

Magnus lui lança un regard noir.

— Je suis un nain.

— Saute dans le fleuve.

Magnus s'approcha du bord. Il se boucha le nez, pointa les orteils et sauta, puis il disparut dans un petit bruit.

— Il ne reste que vous et moi, dit Hadrian à Esrahaddon en accrochant l'extrémité de la corde à un bouleau qui s'inclinait un peu en retrait du fleuve. Passez en premier, je suivrai et je verrai où vous en serez. S'il le faut, je vous tirerai jusqu'à destination.

Le magicien hocha la tête, et pour la première fois depuis qu'Hadrian le connaissait, il parut manquer d'assurance. Esrahaddon prit trois grandes inspirations qu'il expira rapidement ; et à la quatrième, il retint son souffle et sauta à pieds joints. Hadrian plongea juste derrière lui.

L'eau était froide, pas glaciale à couper le souffle, mais plus que le mercenaire ne l'aurait cru. Pris par surprise, il encaissa tout de même le choc. Il donna quelques coups de pieds, partit tête la première et commença à nager le long de la corde. Magnus disait vrai pour le courant. L'eau était aussi calme que dans une mare. Le mercenaire ouvrit les yeux. Au-dessus de lui, il distinguait un vague scintillement bleu-gris, mais en dessous, tout était noir. La panique saisit Hadrian quand il prit conscience qu'il ne voyait pas Esrahaddon. Comme pour répondre à sa peur, une légère lumière apparut, juste en dessous de lui. La robe du magicien diffusait un éclat bleu-vert tandis qu'il nageait en pédalant et en remuant ses bras. Bien qu'il n'eût plus de mains, il avançait efficacement.

L'éclat de sa robe révélait les contours de la berge et la corde descendante. Elle disparaissait dans un trou sombre. Le magicien s'y glissa et Hadrian, dont les poumons commençaient à brûler, le suivit. Une fois engagé dans le passage, le mercenaire donna un coup de pied pour se hisser vers le haut et il émergea, presque en même temps qu'Esrahaddon, d'une mare paisible dans une petite caverne.

Royce avait attaché son extrémité de la corde à un rocher. Une lanterne brûlait près de lui et la flamme illuminait péniblement l'espace. C'était une salle naturelle d'où partait un tunnel. Magnus se tenait près d'une paroi, soit pour étudier les murs de la caverne, soit pour garder une certaine distance avec Royce.

Lorsque Esrahaddon surgit de l'eau, le voleur l'aida à sortir.

— Vous auriez eu moins de mal à nager en enlevant…

Mais Royce s'interrompit lorsqu'il vit la robe du magicien. Elle était sèche.

Hadrian quitta la mare et sentit l'eau du fleuve lui dégouliner le long du corps. Il entendait l'écho de chaque goutte dans la caverne, comme un orage, mais la tenue d'Esrahaddon n'avait pas changé depuis son plongeon. Seuls ses cheveux et sa barbe étaient mouillés.

Hadrian et Royce échangèrent un regard mais ne dirent rien.

Le voleur prit la lanterne :

— Tu viens, courtes-pattes ?

Le nain grommela et, saisissant sa barbe à deux mains, la tordit pour l'essorer.

— Tu es conscient, mon ami, que les nains sont plus anciens et bien plus évolués…

— Avance, au lieu de discuter, l'interrompit Royce en désignant le tunnel. Passe le premier. Et je ne suis pas ton ami.

Ils eurent l'impression d'entrer dans un nouveau monde. Les murs du passage étaient lisses et sans faille, comme dessinés par le passage de l'eau. La surface vernissée amplifiait la lumière de la lanterne et l'intérieur incurvé semblait étonnamment clair.

— Alors, où est-ce qu'on est ? demanda Hadrian.

— Sous la rive, pas si loin de l'endroit où nous étions avant de plonger, répondit Magnus. Ce tunnel serpente vers le bas.

— Incroyable, commenta le mercenaire en contemplant avec émerveillement les murs étincelants qui l'entouraient. C'est comme si on était à l'intérieur d'un diamant.

Ainsi que le nain l'avait prédit, le passage s'incurvait puis descendait. Lorsque Hadrian commença à perdre tout sens de l'orientation, le tunnel cessa de tourner et partit en ligne droite. Peu de temps passa avant qu'ils n'entendent et ressentent le grondement des chutes. La cascade faisait vibrer la pierre. Le plafond et les murs exsudaient d'eau. Mille ans de négligence avaient permis à des stalactites de cristal de se former sur les hauteurs et à des amas irréguliers de se dresser du sol.

— C'est un peu inquiétant, remarqua Hadrian en voyant une flaque d'eau devenir de plus en plus profonde à mesure qu'ils avançaient.

— Bah ! marmonna Magnus, mais il n'ajouta rien de plus.

Le petit groupe se fraya un chemin dans l'eau en évitant les pics de roche. Hadrian examina les murs et remarqua des symboles gravés. Des marques aux formes géométriques et des motifs étranges apparaissaient sur toute la longueur du couloir. Certains des tracés les plus délicats étaient érodés, parfois manquants, peut-être effacés par l'écoulement de milliards de gouttelettes. Aucun mot n'était visible et les symboles lui étaient inconnus. Ces gravures ne semblaient que décoratives. Au plafond, presque perdus dans les reliefs de la roche, se trouvaient des crochets qui avaient pu servir à fixer des bannières, et les murs étaient ornés d'attaches pour des lampes. Hadrian essaya d'imaginer à quoi ressemblait ce passage avant l'ère de Novron, lorsque des bannières multicolores flottaient et que des lanternes éclatantes s'étalaient en longues rangées, illuminant le tunnel. Peu après, le chemin s'éleva et le groupe distingua une faible lueur. Le couloir prenait fin au pied d'un escalier. Les marches montaient en courbe, assez larges, obligeant chacun à faire deux pas avant de passer à l'échelon suivant. Lorsque le groupe atteignit le sommet, le ciel empli d'étoiles s'ouvrit au-dessus d'eux et ils se trouvèrent sur l'avancée de roche qui formait la base de la citadelle. Un vent puissant les accueillit. Les bourrasques étaient humides, chargées d'écume froide. Ils se trouvaient à l'extrémité d'un petit pont de pierre qui enjambait une étroite crevasse, au-delà de laquelle se dressait la tour monolithique. Elle était si imposante devant eux qu'ils n'en distinguaient pas le faîte.

Un nouvel escalier les attendait après le pont et ils avancèrent lentement mais régulièrement, en file, même si les marches étaient assez larges pour marcher à deux, voire trois de front. Ils montèrent cinq escaliers, zigzaguant en demi-cercle autour des parois extérieures de la tour. Alors qu'ils abordaient la sixième volée de marches, Royce attendit qu'ils aient atteint un point abrité du vent et ordonna une halte pour que chacun reprenne son souffle.

Plus bas, le grondement des chutes retentissait avec fracas, mais depuis leur perchoir, protégé des bourrasques, la nuit leur paraissait calme. Le silence régnait. On n'entendait pas un criquet, pas une chouette. Simplement la voix profonde du fleuve et le ululement du vent.

— C'est ridicule, cria Royce couvrant le tumulte de l'eau. Où est cette maudite porte ? Je n'aime pas être aussi exposé.

— Elle est juste devant, plus très loin, répondit Esrahaddon.

— Combien de temps a-t-on ? demanda Hadrian, qui regarda le magicien qui lui répondit par un haussement d'épaules.

— La bête revient-elle ici directement après avoir tué, ou prend-elle le temps de profiter de la nuit ? l'interrogea Royce. Je dirais qu'après avoir été enfermée pendant neuf cents ans dans cette tour, elle doit aimer prolonger ses sorties.

— Ce n'est ni une personne ni un animal. C'est une invocation, une mise en forme mystique de puissance. Elle mime la vie et comprend les dangers qui la menacent, c'est certain, mais je doute qu'elle ressente les concepts de plaisir ou de liberté. Comme je l'ai dit, elle n'est pas vivante.

— Alors pourquoi mange-t-elle ? s'étonna le voleur.

— Elle ne mange pas.

— Mais pourquoi tuer une ou deux personnes chaque nuit ?

— Je me suis également posé la question. Elle essaie peut-être d'exécuter ses derniers ordres, qui étaient clairement de tuer l'empereur. Il est possible que, faute de trouver sa cible et incapable de voyager trop loin de cette tour (les conjurations sont souvent limitées à une certaine distance de leur créateur ou de leur origine), la bête tente de la faire venir à elle. Elle peut avoir songé que l'empereur ne tolérerait pas le massacre de son peuple et viendrait aider le village.

— Quoi qu'il en soit, on devrait se hâter, conclut Hadrian.

Le vent reprit tandis qu'ils tournaient autour de l'édifice. Il leur sifflait aux oreilles et ralentissait leurs pas. Leurs vêtements humides les frigorifiaient malgré la marche harassante. Au-dessus d'eux, les pics s'élevaient très haut dans le ciel nocturne et un abattement maussade les saisit tous lorsqu'ils atteignirent un autre petit pont, qui s'achevait brusquement contre un mur.

Royce soupira de déception quand il découvrit l'impasse.

— Je croyais que vous aviez mentionné que la porte se trouvait ici, dit-il au magicien.

— Elle y était et y est encore.

Hadrian ne distinguait aucun passage. Il y avait bien une marque légère comme un contour de porte gravé dans la paroi devant eux, mais elle était en pierre bien solide.

Royce grimaça.

— Encore un portail de pierre invisible ?

— Ne perds pas ton temps, lui conseilla Magnus. Tu n'arriveras jamais à l'ouvrir. Crois-moi, je suis un nain. J'ai passé des heures à essayer d'entrer, et rien. La pierre est enchantée, impénétrable. Traverser le fleuve pour monter ici n'était rien comparé au défi d'ouvrir la porte.

Royce se tourna vers le nain d'un air perplexe.

— Tu es déjà venu ici ? Tu as essayé d'entrer. Pourquoi ?

— Je t'ai dit que j'accomplissais un travail pour l'Église.

— Tu as dit que tu avais forgé une lame pour le seigneur Rufus.

— C'est vrai, mais l'archevêque ne voulait pas n'importe quelle épée. Il voulait une réplique précise, celle d'une épée elfique. Il m'a confié un tas de vieux dessins, que j'ai utilisés pour la créer. Ils étaient assez fidèles, avec les dimensions et les matériaux répertoriés, mais rien ne vaut l'objet réel.

Le nain continua à regarder Royce fixement, d'un air entendu.

— On m'a dit que d'autres armes du même type se trouvaient dans la tour. Je suis venu et j'ai passé la journée à monter, sans jamais trouver d'entrée. Pas de porte, pas de fenêtre, uniquement ce genre de fresques.

— Cette épée que tu as forgée, intervint Esrahaddon, était-elle gravée d'écritures ?

— Oui, répondit Magnus. Ils ont vraiment insisté pour que l'inscription de la réplique soit la même que dans les livres.

— C'est cela, murmura le magicien. L'Église n'est pas ici à cause de moi, ni pour trouver l'Héritier, mais pour créer cet Héritier.

— Créer un Héritier ? Je ne comprends pas, l'interrogea Hadrian. Je croyais que vous aviez dit qu'ils voulaient sa mort.

— C'est le cas, mais ils vont se fabriquer une marionnette. Ce Rufus a été choisi pour remplacer le véritable Héritier. La légende dit que seuls ceux qui sont du même sang que Novron peuvent tuer un Gilarabrywn. Ils se serviront de la mort de la créature comme d'une preuve irréfutable que leur pantin est le véritable descendant de Novron. Cela leur fournira non seulement un moyen légitime d'imposer leurs lois aux autres rois, mais cela freinera également mes efforts pour ramener sur le trône le véritable Héritier. Qui croira un vieux magicien hors-la-loi, alors que le serviteur de l'Église a tué un Gilarabrywn ? Ils vont laisser quelques bouseux se jeter dans la bataille et mourir, simplement pour prouver que la bête est invincible. Ensuite, Rufus s'avancera avec l'épée marquée du nom de la créature, il la terrassera et deviendra empereur. Avec Rufus comme homme de paille, l'Église reprendra le pouvoir et reformera l'Empire. Un très joli coup, je dois dire. J'admets que je ne m'y attendais pas.

— Certains rois modérés trouveront peut-être quelque chose à redire, remarqua Hadrian.

— Ils le savent aussi bien que toi. Je ne doute pas qu'ils aient prévu une riposte.

— Alors, a-t-on toujours besoin de rentrer ? demanda le mercenaire.

— Oh, oui, répondit le magicien. Plus que jamais. (Il rit.) Imaginez un instant que, juste avant l'entrée en lice de leur favori Rufus, un autre concurrent tue la bête.

Le nain renifla.

— Bah ! Je vous l'ai dit, vous ne passerez pas cette porte. C'est de la pierre bien trop solide.

Le magicien regarda une nouvelle fois le seuil.

— Ouvre-la, Royce.

Royce parut sceptique.

— Ouvrir quoi ? C'est un mur. Il n'y a pas de poignée, pas de serrure, pas la moindre fente. Quelqu'un a une pierre à tester ?

— Ce n'est pas un système à gemme d'entrave, répondit le magicien.

— Je suis d'accord, et je m'y connais, ajouta Magnus.

— Essaie tout de même, insista le magicien en observant Royce fixement. C'est pour cela que je t'ai fait venir, tu te rappelles ?

Le voleur examina le mur devant lui et fronça les sourcils.

— Comment ?

— Sers-toi de ton instinct. Tu as ouvert la porte de ma prison, et elle n'avait pas davantage de mécanisme.

— J'ai eu de la chance.

— Tu en auras peut-être une fois de plus. Essaie.

Royce haussa les épaules. Il avança et plaça doucement les mains sur la pierre, laissa le bout de ses doigts caresser la surface, en quête de ce que ses yeux auraient pu négliger.

— C'est une perte de temps, déclara Magnus. De toute évidence, la fermeture est des plus complexes, et sans la clé, il est impossible de l'ouvrir. Je connais ces choses. J'en ai créé de semblables. Elles sont conçues pour empêcher des voleurs tels que lui d'entrer.

— Ah, remarqua Esrahaddon à l'intention du nain, mais tu sous-estimes Royce. Ce n'est pas un crocheteur ordinaire. Je l'ai senti la première fois que je l'ai vu. Je sais qu'il peut ouvrir. (Le magicien se tourna vers le voleur qui montrait déjà des signes d'exaspération.) Cesse d'*essayer* d'ouvrir, fais-le. N'y pense pas. Agis.

— Comment ? releva Royce avec agacement. Si je le savais, vous ne croyez pas qu'elle serait déjà ouverte ?

— C'est tout le problème, ne pense pas. Cesse d'être un voleur. Contente-toi d'ouvrir.

Royce jeta un regard terrible au magicien.

— Très bien, dit-il en posant la paume contre la pierre.

Il poussa et retira sa main d'un air stupéfait.

Esrahaddon semblait aux anges.

— Je le savais, dit-il.

— Quoi ? Qu'est-ce qui s'est passé ? demanda Hadrian.

— J'ai tout simplement poussé la porte, répondit Royce en riant à cette réponse absurde.

— Et ?

— Comment ça, « et » ? demanda Royce en désignant le mur.

— Et qu'est-ce qui s'est passé ? Pourquoi est-ce que tu souris ?

Le mercenaire étudia le mur en quête d'un détail nouveau, une fissure, un petit loquet, une serrure, mais il ne vit rien. La surface n'avait pas changé.

— C'est ouvert, déclara Royce.

Le guerrier et le nain regardèrent le voleur d'un air perplexe.

— De quoi est-ce que tu parles ?

Royce regarda derrière lui, comme si ce geste clarifiait la situation.

— Vous êtes donc tous les deux aveugles ? La porte est grande ouverte. Vous voyez bien le couloir qui…

— Ils ne le voient pas, coupa le magicien.

Royce regarda Esrahaddon puis Hadrian.

— Tu ne vois pas que la porte est ouverte ? Tu ne vois pas cette énorme double porte qui s'élève sur trois étages ?

Hadrian secoua la tête.

— Non, elle est comme tout à l'heure.

Magnus hocha la tête pour appuyer cette constatation.

— Ils ne voient rien car ils ne peuvent entrer, expliqua le magicien.

Royce leva la tête, suivant le regard du magicien, et il écarquilla les yeux.

— Quoi ? demanda Hadrian.

— La magie des elfes, répondit le magicien. Créée pour empêcher les ennemis de passer ces murs. Ils ne verront et ne toucheront qu'un mur de pierre. La porte est close à leurs yeux.

— Vous la voyez ? demanda Royce à Esrahaddon.

— Oh, oui, très bien.

— Alors pourquoi nous et pas eux ?

— Je te l'ai déjà dit, cette magie empêche les ennemis d'entrer. Il se trouve que j'ai été invité dans cette tour il y a neuf cents ans. Elle a été laissée à l'abandon immédiatement après ma visite ; je suppose donc que personne n'a annulé le privilège que j'avais reçu. (Il regarda, là où Hadrian ne distinguait toujours qu'un mur solide.) Je ne pense pas que j'aurais pu l'ouvrir, cependant, même si j'avais encore mes mains. C'est pourquoi j'avais besoin de toi.

— Moi ? releva Royce.

Son visage s'éclaira brusquement lorsqu'il comprit, alors qu'il regardait fixement le magicien face à lui.

— Alors vous saviez ?

— Je serais un piètre magicien si je n'avais rien compris, tu ne crois pas ?

Royce regarda ses pieds d'un air gêné puis tourna lentement un regard prudent vers Hadrian qui se contenta de sourire.

— Tu le savais aussi ?

Hadrian fronça les sourcils.

— Tu crois vraiment que j'aurais pu travailler toutes ces années à tes côtés sans rien deviner ? C'est plutôt évident, tu sais.

— Tu n'as jamais rien dit.

— J'ai pensé que tu ne souhaitais pas en parler. Tu gardes ton passé jalousement caché, mon vieux, et il y a chez toi bien des portes fermées auxquelles je ne frappe jamais. Honnêtement, il m'est arrivé de me demander si tu le savais toi-même.

— Savoir quoi ? Qu'est-ce qui se passe ? intervint Magnus.

— Rien qui te regarde, répliqua Hadrian, mais cela implique qu'on se sépare, non ? On ne peut entrer, et je t'avoue que je n'ai aucune envie de m'asseoir sur le seuil en attendant que le lézard volant regagne sa tanière.

— Vous devriez retourner là-bas, leur dit Esrahaddon. Royce et moi pouvons entrer seuls.

— Combien de temps vous faudra-t-il ? demanda le mercenaire.

— Plusieurs heures, peut-être un jour entier, répondit le magicien.

— J'espérais pouvoir partir avant son retour, remarqua Royce.

— Impossible, et puis cela ne devrait pas te poser problème, pas à toi, je suis certain que tu as déjà cambriolé des maisons occupées.

— Aucune où le propriétaire pouvait me gober d'un coup.

— Alors nous ferions mieux d'être aussi silencieux que possible.

10

Épées perdues

— Je trouve que la nuit dernière s'est bien passée, déclara l'évêque Saldur en se coupant une part de fromage pour le petit déjeuner.

Il était assis à la table de banquet, dans la grande salle du manoir, avec l'archevêque Galien, la sentinelle Luis Guy et le seigneur Rufus. Le haut plafond de cathédrale en rondins liés de cordages n'aidait en rien à atténuer l'atmosphère sombre et oppressante créée par le manque de lumière naturelle. Dans l'ensemble, le château n'avait que peu de fenêtres et Saldur avait l'impression de se tenir accroupi dans l'antre d'une bête, quelque terrier de marmotte ou un repaire de castor. L'idée que ce misérable taudis soit le berceau du nouvel empire le décevait beaucoup, mais c'était un homme pragmatique. Les choses fonctionnaient ou non. C'était tout ce qui comptait, et le moment était mal choisi pour se préoccuper du décorum.

Pour le moment, l'essentiel était de rétablir l'empire. L'humanité s'était trop longtemps égarée sans véritable chef. Le monde avait besoin d'une poigne solide, pour tenir bon la barre, et d'yeux clairvoyants capables d'envisager l'avenir pour mener le navire des hommes vers des eaux claires et paisibles. Saldur envisageait un monde de paix fondé sur la prospérité et la sécurité obtenue grâce à la force. Le système féodal qui prévalait à travers les quatre nations les entravait, enchaînant les royaumes dans la pauvreté, la faiblesse et la division des intérêts. Il fallait à l'humanité un gouvernement centralisé, dirigé par un chef éclairé, et une bureaucratie brillante et érudite pour superviser tous les aspects de la vie. En rassemblant ainsi la puissance de tout le peuple humain, de grandes choses seraient obligatoirement accomplies. Ils pourraient révolutionner l'agriculture et distribuer ses fruits équitablement, à des prix à la portée des plus pauvres, mettant ainsi fin aux famines. Les lois seraient harmonisées, éradiquant les punitions arbitraires de tyrans vindicatifs. Les savoirs des quatre coins du monde pourraient être rassemblés dans un même monument, où les grands esprits viendraient étudier et développer de nouvelles idées et techniques. Les transports seraient meilleurs grâce à des routes conçues sur le même modèle, et ils pourraient débarrasser les villes de leur puanteur en installant des égouts uniformes. Si cela devait débuter ici, dans cette hutte de bois aux confins du monde, c'était un prix raisonnable à payer.

— Combien sont morts ? demanda-t-il.

L'archevêque haussa les épaules et Rufus ne prit même pas la peine de lever la tête de son assiette.

— Cinq concurrents ont été tués par la bête la nuit dernière, répondit Luis Guy en prélevant un muffin de la table avec la pointe de sa dague.

Le chevalier de Nyphron impressionnait toujours Saldur. Il était une épée faite homme : aiguisé, pointu, tranchant, le tout doté d'une apparence élégante. Il se tenait toujours droit, les épaules en arrière, le front levé, les yeux concentrés sur leur cible. Son visage était semblable à un masque de pierre ciselée et empreint de défi, de provocation, comme s'il avait supplié de le combattre quiconque serait assez fou pour s'y risquer. Même après plusieurs jours passés dans ces contrées sauvages, pas un fil ne dépassait de sa tenue. C'était un parangon de l'Église, l'incarnation d'un idéal.

— Seulement cinq ?

— Lorsque le cinquième a été coupé en deux, peu de candidats se sentaient d'humeur à prendre la suite, et pendant qu'ils hésitaient, la bête s'en est allée.

— Pensez-vous que cinq morts suffisent à prouver que la bête est invincible ? demanda Galien en regardant la tablée.

— Non, mais nous n'aurons peut-être pas le choix. Après la nuit dernière, je ne suis pas certain que d'autres se porteront volontaires, répondit Guy. L'enthousiasme initial pour la traque s'est évanoui.

— Serez-vous prêt, seigneur Rufus ? Si personne d'autre ne se propose ? s'enquit l'archevêque en se tournant vers le guerrier d'allure rustre assis en bout de table.

Le noble leva la tête. Il profitait pleinement du repas et mâchait une patte de mouton qui couvrait de graisse sa barbe hirsute. Ses yeux se tournèrent vers l'assemblée, ombrés par ses épais sourcils roux broussailleux. Il cracha un petit morceau d'os.

— Ça dépend, répondit-il. L'épée faite par le nain, est-ce qu'elle peut trancher le cuir de la bestiole ?

— Nos scribes ont surveillé le travail du nain en comparant la lame aux écrits anciens, répondit Saldur. Tout correspond avec les écritures déjà présentes sur les autres armes, et qui permettaient de tuer les créatures de cette espèce.

— Si ça peut couper, je la tuerai, déclara le noble avec un sourire luisant. Tenez-vous prêts à me couronner empereur.

Il mordit de nouveau dans la viande et arracha un large morceau qui lui remplit la bouche.

Saldur avait peine à croire que le patriarche avait choisi ce mufle pour être empereur. Si Guy était une épée, Rufus était une masse, un instrument contondant pour les travaux grossiers. Natif de Trent, il assurerait la loyauté des royaumes du Nord, indisciplinés, une allégeance qu'il aurait été difficile d'obtenir d'une autre manière. Cela doublerait, au moins, leurs forces. Il était également très populaire, dans tout Avryn et jusqu'à Calis. Cela limiterait les protestations. Son statut de guerrier de renom l'aiderait dans sa première épreuve, à savoir tuer le Gilarabrywn et écraser toute opposition des nationalistes. Mais pour Saldur, le problème était que Rufus, un imbécile mal dégrossi et irréfléchi, était non seulement guerrier par le cœur, mais aussi par l'esprit. Il serait difficile de le contrôler, mais il était absurde de se torturer sur les affres de l'administration d'un empire qui n'existait pas encore. Ils devaient d'abord le créer et ils s'inquiéteraient de la qualité de l'empereur plus tard. Si Rufus devenait un problème, ils se contenteraient de veiller, lorsqu'il aurait un fils et que ce dernier serait soigneusement confié à leurs bons soins, à ce que Rufus connaisse une fin tragique.

— Bien, dans ce cas, il semble que tout soit sous contrôle, dit Galien.

— Est-ce pour cela que vous m'avez appelé ? demanda Guy d'un ton irrité.

— Non, répondit Galien. J'ai reçu des informations inattendues ce matin, et il m'a semblé que vous aimeriez les entendre, Luis, car elles vous intéresseront sans doute beaucoup. Carlton, pouvez-vous faire entrer le diacre Tomas ?

Le serviteur de Galien, Carlton, qui était occupé à servir du vin coupé d'eau, quitta rapidement la table pour aller ouvrir la porte donnant sur le couloir.

— Sa Grâce va vous recevoir maintenant.

Il fit entrer un petit homme replet en tenue de prêtre.

— Luis Guy, seigneur Rufus, permettez-moi de vous présenter le diacre Tomas, du village de Dahlgren. Tomas, voici le seigneur Rufus, la sentinelle Guy et l'évêque Saldur, que vous connaissez déjà, bien sûr.

Tomas salua l'assemblée d'un signe de tête en souriant nerveusement.

— Que signifie tout ceci ? demanda Guy comme si Tomas n'avait pas été présent.

— Allons, Tomas, dites à la sentinelle ce que vous m'avez rapporté.

Le diacre passait d'un pied sur l'autre et évitait de croiser le regard des personnes présentes. Lorsqu'il prit la parole, sa voix était si basse qu'ils durent se pencher pour l'entendre.

— Je mentionnais seulement à Sa Grâce que je m'étais porté volontaire pour m'occuper des affaires du village en l'absence du marquis. Nos terres ont connu des heures difficiles, très difficiles en vérité, mais j'ai fait de mon mieux pour garder cette demeure en bon ordre. Ce n'était pas mon idée de les laisser envahir les lieux ; j'ai essayé de les en empêcher, mais je ne suis qu'un homme, vous savez. C'était impossible…

— Oui, oui, parlez-lui de l'infirme, intervint l'archevêque.

— Oh, certainement. Oui, Esra est venu vivre parmi nous, je dirais, il y a un mois, il…

— Esra ? releva Guy, son regard se levant brusquement sur l'archevêque et Saldur, qui répondirent tous deux par un sourire entendu.

— Oui, reprit le diacre Tomas. C'est son nom. Il n'en a jamais dit beaucoup sur lui, mais les villageois sont de bonnes gens, et ils se sont relayés pour nourrir le pauvre homme qui était dans une situation désespérée, privé de ses mains.

— Esrahaddon ! siffla Guy. Où est ce serpent ?

La réaction de la sentinelle, aussi violente que soudaine, effraya Tomas qui fit un pas en arrière.

— Hum, eh bien, je ne sais pas, il va et vient, mais je me souviens qu'il était plus souvent au village avant que les deux étrangers n'arrivent.

— Des étrangers ? demanda Guy.

— Des amis de la famille Wood, je crois. En tout cas, ils sont arrivés avec Thrace et ont passé beaucoup de temps avec son père et elle. Depuis leur arrivée, Esra passe le plus clair de ses jours avec le plus silencieux des deux, Royce, il me semble.

— Royce Melborn et Hadrian Blackwater, les deux voleurs qui ont permis à Esrahaddon de s'enfuir de Gutaria, et ce maudit magicien… Ils sont tous les trois ici, dans ce village ?

Saldur et Galien hochèrent la tête en réponse à la sentinelle.

— Très étrange, ne trouvez-vous pas ? commenta l'archevêque. Peut-être ne nous sommes-nous pas intéressés au bon traqueur en contactant Arista. Il semblerait que le vieux magicien ait plutôt placé sa confiance en ces deux malfrats. La question est de savoir ce qu'ils font tous réunis ici. Cela ne peut être une coïncidence de les trouver dans ce coin reculé, au moment précis où l'empereur va être couronné.

— Il n'a pu avoir connaissance de nos projets, répliqua Guy.

— C'est un magicien ; ils sont doués pour découvrir de telles choses. Quoi qu'il en soit, vous devriez chercher à découvrir ce qu'ils complotent.

— Veillez à garder vos distances, nous ne voulons pas acculer ce renard avant qu'il ne nous ait menés à sa tanière.

Hadrian plia la couverture deux fois dans le sens de la longueur et la roula étroitement, serrant le rondin de tissu avec deux courroies de cuir. Tout le matériel sauvé se trouvait devant lui, sur le sol, en piles bien nettes. Il restait le nécessaire de camping, la nourriture et les rations pour les bêtes. Royce avait sa selle, ses rênes et ses sacs, mais le mercenaire avait perdu ses propres affaires ainsi que ses armes lorsque Millie avait disparu. Il était impossible de chevaucher à deux avec le matériel. Il faudrait tout charger sur Souris et marcher jusque chez eux.

— Vous êtes là.

Hadrian leva les yeux et vit Theron qui venait de chez les Bothwick et se dirigeait vers le puits, un seau vide à la main.

— On ne vous a pas vu dans le coin la nuit dernière. On avait peur qu'il vous soit arrivé du mal.

— On dirait qu'on a tous eu de la chance cette nuit, répondit le guerrier.

— Tout le monde dans le village, oui, mais je ne crois pas qu'ils s'en soient si bien tirés au château. On a entendu beaucoup de cris et de hurlements, et ce matin, pas un bruit de fête. Je dirais que leur projet de tuer la bête ne s'est pas passé comme prévu. (Le fermier regarda l'empilement.) Vous faites vos bagages ? Vous partez aussi, alors ?

— Je ne vois pas de raison de rester. Il n'y a plus rien qui nous retienne ici. Comment va Thrace ?

— Bien, elle côtoie la noblesse, à ce qu'elle dit. Elle arrive à marcher et les migraines ont presque complètement disparu. On partira demain matin, je pense.

— Content de l'entendre, répondit Hadrian.

— Qui est votre ami ? demanda le fermier en désignant le nain assis à quelques pas, à l'ombre d'un peuplier.

— Oh, c'est vrai, Theron, voici Magnus. C'est moins un ami qu'un associé. (Il réfléchit un instant.) Pour tout dire, c'est plutôt un ennemi sur lequel je garde un œil.

Theron hocha la tête d'un air perplexe, et le nain grommela quelque chose qu'ils ne comprirent pas.

— Et ma leçon ? demanda le fermier.

— Vous plaisantez ? Je ne vois pas l'utilité d'un cours si vous partez demain.

— Vous avez autre chose à faire ? Et puis la route est dangereuse, ça ne me ferait pas de mal de connaître quelques passes. Serait-ce une façon de me dire que maintenant, vous voulez de l'argent ?

— Non, répondit Hadrian en agitant la main. Prenez les bâtons.

Lorsque midi arriva, le soleil était si chaud qu'Hadrian était en nage d'avoir combattu avec Theron, qui s'était considérablement amélioré. Magnus était assis près du puits sur un seau retourné et observait les deux hommes avec intérêt. Le mercenaire expliquait les usages, comment donner une meilleure pénétration aux coups, comment bien tenir une garde, ce qui n'était pas une mince affaire avec un manche de râteau pour seule arme.

— Si vous tenez l'épée à deux mains, vous perdez en souplesse et en allonge, mais vous gagnez une force considérable. Un bon combattant sait quand passer de deux mains à une seule, et inversement. Si vous vous défendez contre quelqu'un avec plus de portée, il vaut mieux n'utiliser qu'une main, mais si vous souhaitez percer profondément une armure lourde, à condition de ne pas tenir un bouclier de la deuxième main, agrippez le pommeau entre les deux paumes et poussez. N'oubliez pas de crier comme je vous l'ai appris. Puis jouez sur la lame de toute votre force. Un plastron solide n'arrêtera pas un coup d'estoc. Il n'est pas fait pour ça. Les armures protègent des coups de taille ou des estafilades, mais elles ne dévient pas une pointe ; c'est pour cela que les combattants professionnels portent des armures lisses et sans ornements. On voit toujours ces princes et ces ducs avec des plastrons cuivrés et élégants, en petit métal fin lourdement incrusté… De véritables pièges mortels. Bien sûr, ils ne se battent pas vraiment. Ils ont des chevaliers qui le font à leur place. Ils se pavanent comme des coqs, c'est tout. L'idée est donc, lors d'un coup d'estoc, de viser un pli, une fente ou une fissure dans l'armure, pour accrocher la lame. Les aisselles sont des cibles de choix, vous pouvez également remonter le coup sous le protège-nez. Introduisez dans cette faille un mètre vingt de métal et vous n'aurez pas à vous inquiéter d'une éventuelle contre-attaque.

— Comment peux-tu apprendre quoi que ce soit à ce malheureux sans épée ?

Les deux combattants se retournèrent et virent approcher Mauvin Pickering, vêtu d'une simple tunique bleue. Ce n'était plus le seigneur impressionnant de Galilin, mais le garçon qu'Hadrian avait rencontré la première fois aux Champs de Drondil. Il tenait deux épées et portait deux petits boucliers ronds dans le dos.

— Je vous ai vus depuis les remparts et j'ai pensé que vous aimeriez peut-être emprunter ceci, dit-il en tendant une lame et une protection à Theron, qui les accepta maladroitement. Ce sont nos équipements de secours à Fanen et moi.

Theron regarda le jeune homme d'un air soupçonneux et jeta un coup d'œil à Hadrian.

— Allez-y, encouragea le mercenaire qui essuya la sueur de son front d'un coup de manche. Il a raison. Vous devez savoir ce que cela fait de manipuler vraiment le matériel.

Theron était visiblement perdu quant à la manière de placer le bouclier, et Mauvin entreprit de lui montrer, guidant les gestes du fermier et l'aidant à passer le bras dans les attaches de cuir.

— Tu vois, Hadrian, cela aide de montrer réellement à ton élève comment mettre un bouclier ; à moins que tu ne penses qu'il va passer son temps à combattre des troncs d'érables. D'ailleurs, où sont tes armes ?

Hadrian prit un air penaud.

— Je les ai perdues.

— N'en portes-tu pas d'ordinaire assez pour équiper cinq personnes ?

— J'ai eu une semaine difficile.

— Et vous êtes ? demanda Mauvin en regardant le nain.

Le mercenaire allait répondre mais il s'interrompit. Alric avait dû parler à son ami du nain qui avait assassiné son père.

— Lui ? Ce n'est personne.

— D'accord… (Mauvin rit, leva la main et l'agita.) Ravi de vous rencontrer, monsieur Personne.

Il alla ensuite s'asseoir sur la margelle du puits et croisa les bras sur sa poitrine.

— Allez. Montre-moi ce que tu lui as appris.

Hadrian et Theron reprirent leur affrontement, mais plus lentement, car les lames aiguisées rendaient le fermier nerveux. Il s'agaça rapidement et se tourna vers Mauvin, l'air renfrogné.

— Vous savez y faire avec ces choses ?

Le jeune homme leva un sourcil, surpris.

— Mon cher monsieur, n'avons-nous pas été présentés ? Je suis Mauvin Pickering.

Il arbora un sourire satisfait.

Theron plissa les yeux, perplexe, regarda Hadrian qui ne dit rien, puis se tourna de nouveau vers le jeune homme.

— Je vous ai demandé si vous saviez utiliser une épée, mon garçon, pas votre nom.

— Mais… je… Oh, peu importe. Oui, on m'a appris à me servir d'une épée.

— Eh bien, j'ai passé ma vie dans des fermes, ou dans des villages pas plus grands que celui-ci, et je n'ai jamais eu l'occasion de voir des hommes se battre avec des lames. Ça m'aiderait si je pouvais voir ce que je suis censé faire. Vous savez, tout bien comme il faut.

— Vous voulez une démonstration ?

Theron hocha la tête.

— Je ne peux même pas me rendre compte si Hadrian sait de quoi il parle.

— Très bien, dit Mauvin en pliant et dépliant les doigts et en secouant les mains pour les assouplir, tandis qu'il s'avançait.

Il arborait un sourire radieux, comme si Theron venait de lui proposer une partie de son jeu préféré.

Les deux escrimeurs s'approchèrent. Magnus et Theron s'installèrent par terre tandis que Mauvin et Hadrian passaient d'abord sur les gestes basiques, avant de les illustrer en vitesse normale de combat. Hadrian expliquait chaque manœuvre et commentait l'action ensuite.

— Vous voyez ça ? Mauvin pensait que j'allais frapper en intérieur vers sa cuisse, il a donc brièvement abaissé sa garde. Il l'a fait car je lui ai dicté, en suggérant par une inclinaison de l'épaule que c'était mon intention. Ainsi, avant même de porter mon coup, je savais ce que Mauvin allait faire, puisque c'était moi qui l'avais poussé à agir. En bref, je savais ce qu'il allait faire avant lui, et lors d'un combat, c'est extrêmement pratique.

— Assez de leçons, intervint Mauvin, visiblement vexé que son erreur serve d'exemple. Montrons-lui ce qu'est un vrai combat.

— Vous voulez une revanche ? demanda Hadrian.

— J'aimerais savoir si tu as seulement eu de la chance.

Hadrian sourit et murmura :

— Les Pickering…

Il retira sa chemise puis s'essuya le visage et les mains avec, avant de la jeter dans l'herbe et de se mettre en position. Mauvin s'élança et le duel s'engagea immédiatement. Les lames chantaient en fendant l'air si vite que leurs déplacements en devenaient flous. Hadrian et Mauvin tournoyaient, le poids sur l'avant du pied, glissant élégamment sur la terre sèche, soulevant un fin nuage de poussière jusqu'à hauteur de genou.

— Par Mar ! s'exclama le vieux fermier.

Puis les deux combattants s'arrêtèrent brusquement, tous deux à bout de souffle.

Mauvin lança à son adversaire un regard admiratif et agacé.

— Tu joues avec moi.

— Je pensais que c'était le but. Vous ne voulez tout de même pas que je vous tue pour de bon ?

— Eh bien non, mais, comme il l'a dit… Par Mar ! Je n'ai jamais vu qui que ce soit se battre comme tu le fais, c'est stupéfiant.

— J'ai trouvé que vous étiez tous les deux incroyables, remarqua Theron. Je n'ai jamais rien vu de tel.

— Je suis d'accord, ajouta Magnus.

Le nain s'était levé et hochait la tête.

Hadrian se dirigea vers le puits et se versa la moitié d'un seau sur la tête, avant de s'ébrouer.

— Sérieusement, Hadrian, demanda Mauvin, où as-tu appris ceci ?

— Auprès d'un homme nommé Danbury Blackwater

— Blackwater ? N'est-ce pas ton nom ?

Le mercenaire hocha la tête, l'air mélancolique.

— C'était mon père.

— « Était » ?

— Il est mort.

— Était-il guerrier ? Général ?

— Forgeron.

— Forgeron ? répéta Mauvin, incrédule.

— Dans un village à peine plus grand que celui-ci. Vous savez, le gars chargé de fabriquer des fers à cheval, des râteaux, des pots.

— Et tu prétends qu'un forgeron de village connaissait les techniques secrètes des Teshlor ? J'ai reconnu les gestes du Tek'chin, ceux que mon père m'a enseignés. Le reste, j'imagine, dépend des autres disciplines des Teshlor.

Mauvin s'attira des regards perplexes de toute l'assemblée.

— Les Teshlor ? reprit-il, ne croisant que des regards vides. (Il leva les yeux au ciel et soupira.) Barbares, je suis entouré de barbares ignorants. Les Teshlor étaient les plus grands chevaliers de tous les temps. Ils formaient la garde personnelle de l'empereur. On raconte que Novron en personne leur enseigna les cinq disciplines martiales. L'une d'elles est le Tek'chin, et elle a suffi à créer la légende de la dynastie Pickering. Ton père connaissait visiblement le Tek'chin, et apparemment d'autres disciplines Teshlor que j'avais crues perdues depuis près de mille ans ; et toi, tu me dis que c'était un forgeron ? Il devait être le plus grand combattant de son temps. Et tu ignores ce que faisait ton père avant ta naissance ?

— La même chose qu'après, je suppose.

— Alors comment aurait-il su aussi bien se battre ?

Hadrian réfléchit.

— Je pensais qu'il avait appris les techniques quand il était au service de l'armée locale. Plusieurs hommes du village avaient fait office de capitaines d'armes auprès de leur seigneur. Je pense qu'il a vu des combats. Il parlait comme si c'était le cas.

— Tu ne lui as jamais demandé ?

Ils furent interrompus par le fracas d'une cavalcade. Trois cavaliers, visiblement en provenance du château, entrèrent dans le village. Les hommes étaient tous vêtus de rouge et de noir, arborant sur la poitrine un écusson avec une couronne brisée. Un homme grand et mince aux longs cheveux noirs et à la barbe courte chevauchait à leur tête.

— Une excellente démonstration d'escrime, commenta le chef.

Il se dirigea tout droit vers Hadrian et tira brusquement les rênes de son cheval. L'étalon ébène était recouvert d'un caparaçon noir et écarlate, complété d'ornements nattés, et d'une coiffure rouge avec une plume noire d'une trentaine de centimètres. La bête renifla et frappa le sol des sabots.

— Je me demandais pourquoi le fils du comte Pickering ne prenait pas part aux combats aujourd'hui, mais je vois qu'il a trouvé un adversaire plus à sa mesure. Qui donc est ce fabuleux guerrier, et pourquoi ne l'ai-je pas croisé au château ?

— Je ne suis pas venu disputer la couronne, répondit simplement Hadrian en remettant sa chemise.

— Non ? Dommage, il semblerait que vous ayez les qualités requises pour tenter votre chance. Quel est votre nom ?

— Hadrian.

— Ah, enchanté de vous rencontrer, seigneur Hadrian.

— Juste Hadrian.

— Je vois. Vivez-vous dans ce village, *juste* Hadrian ?

— Non.

Le cavalier sembla fort peu satisfait par la réponse brève du voleur et poussa légèrement son cheval vers l'avant, de manière menaçante. L'animal laissa échapper un souffle chaud et humide au visage du guerrier.

— Alors que faites-vous ici ?

— Je ne fais que passer, répondit le mercenaire de son habituel air aimable.

Il parvint même à esquisser un petit sourire amical.

— Vraiment ? Vous passiez par Dahlgren ? Et quelle destination, si je peux me permettre, requiert de passer par ces confins ?

— Eh bien, un peu toutes, c'est une question de point de vue, ne pensez-vous pas ? Je veux dire, toutes les routes mènent quelque part. (Lassé de rester sur la défensive, il inversa la joute verbale.) Y a-t-il une raison derrière votre intérêt ?

— Je suis la sentinelle Luis Guy, chargé de l'organisation de ce concours. Je dois m'assurer que tous les participants sont sur la liste.

— Je vous ai déjà dit que je ne venais pas pour le défi.

— En effet, dit Guy qui embrassa l'assistance d'un lent regard, s'arrêtant plus particulièrement sur Magnus. Vous avez dit que vous n'étiez que de passage, mais peut-être que ceux qui vous accompagnent souhaitent s'inscrire au tournoi ?

Une feinte ? se demanda Hadrian qui décida de parer.

— Aucun de ceux qui m'accompagnent ne veut figurer sur la liste.

— « Ceux qui vous accompagnent » ?

Hadrian grinça des dents. C'était bien une feinte. Le mercenaire se réprimanda mentalement.

— Vous n'êtes donc pas seul, observa la sentinelle. Où sont les autres ?

— Je ne saurais vous dire.

— Ah non ?

Hadrian secoua la tête : moins il parlait, moins il risquait de commettre une erreur.

— Vraiment ? Je veux dire, ils pourraient être en train de basculer dans les chutes à cet instant et cela vous laisserait indifférent ?

— Je n'ai pas dit ça, répondit Hadrian avec agacement.

— Mais vous ne ressentez nul besoin de savoir où ils se trouvent ?

— Ce sont de grands garçons.

La sentinelle sourit de nouveau.

— Et qui sont ces *grands garçons* ? Veuillez me le dire, afin que je puisse, éventuellement, me renseigner sur eux par la suite.

Hadrian plissa les yeux en comprenant trop tard son erreur. L'homme devant lui était habile, trop habile.

— Avez-vous également oublié leurs noms ? s'enquit Luis Guy en se penchant sur sa selle.

— Non, répondit simplement Hadrian pour gagner un peu de temps, alors qu'il se démenait pour trouver une idée.

— Alors qui sont-ils ?

— Eh bien, commença-t-il en déplorant de ne pas avoir ses propres épées mais simplement une lame empruntée. Comme je l'ai dit, je ne sais pas où ils sont *tous les deux*. Mauvin est ici, bien sûr, mais je n'ai aucune idée de l'endroit où est parti Fanen.

— Vous devez vous tromper, remarqua Guy. Les Pickering ont voyagé avec moi et le reste de l'escorte.

— Oui, c'était le cas, mais ils prévoyaient de rentrer chez eux avec moi.

Les yeux de la sentinelle s'étrécirent.

— Vous prétendez donc que vous avez fait le voyage jusqu'ici seul, pour ne faire que passer, comme vous l'avez dit, et que vous venez soudain de vous joindre aux Pickering ?

Hadrian lui répondit d'un sourire. C'était une piètre excuse, maladroite, l'équivalent en escrime de lâcher sa lame pour renverser l'adversaire au sol à mains nues, mais c'était tout ce qu'il avait trouvé.

— Est-ce vrai, Pickering ?

— Absolument, répondit Mauvin sans hésiter.

Guy regarda de nouveau le mercenaire.

— Comme cela est pratique, dit-il d'un air déçu. Eh bien dans ce cas, je ne vais pas gêner plus longtemps votre entraînement. Bonne journée, messieurs.

Le petit groupe suivit des yeux les trois cavaliers qui s'éloignèrent vers le chemin en direction du fleuve.

— C'était effrayant, remarqua Mauvin en regardant fixement la direction prise par la sentinelle. Ce n'est jamais bon qu'une sentinelle s'intéresse à vous, et encore moins s'il s'agit de Luis Guy.

— Qui est-ce ? demanda Hadrian.

— Je n'ai entendu que des rumeurs. C'est un zélote de l'Église, mais beaucoup, même parmi les adeptes de Nyphron, ont peur de lui. C'est le genre d'homme qui peut faire disparaître un roi. On raconte aussi qu'il est obsédé par l'idée de trouver l'Héritier de Novron.

— Tous les Seret ne le sont-ils pas ?

— Selon la doctrine de l'Église, oui. Mais il est vraiment extrême sur ce point, et cela explique sa présence.

— Et les deux hommes avec lui ?

— Des Seret, les chevaliers de Nyphron, l'armée de l'ombre personnelle d'hommes comme lui. Ils ne répondent à aucun roi, aucune nation, uniquement aux sentinelles et au patriarche.

Mauvin regarda Hadrian.

— Tu devrais garder cette épée. Il semble que le moment soit mal choisi pour être sans arme.

Royce avait éteint sa lanterne longtemps avant le retour de la créature, mais il voyait parfaitement. La lumière s'infiltrait dans les murs d'Avempartha, traversant la pierre comme une simple paroi de fumée. Il faisait jour, il en était certain, car la couleur de l'éclairage était passée d'un bleu sombre à un blanc doux.

Tandis que le soleil se levait, l'intérieur de la citadelle se transformait en un univers éclatant de couleurs fabuleuses et de beauté absolue. Le plafond s'élevait en hautes arches irréelles, qui se croisaient à des centaines de mètres du sol et donnaient l'impression à Royce d'avoir quitté les murs et de contempler un vaste paysage où l'horizon se perdait dans les nuées. Le rugissement des chutes toutes proches, amoindri par les murs de la tour, se muait en un bourdonnement doux, discret, indéniablement apaisant.

De fines bannières de gaze pendaient des hauteurs. Chacune étincelait, ornée de symboles que Royce ne comprenait pas. Il pouvait s'agir d'étendards royaux, de lois, d'indications pour diriger les visiteurs, ou de simples décorations. Mais après un millénaire, leurs motifs précis étaient toujours fluides et éclatants. Il s'agissait d'œuvres d'art irréalisables par de simples mortels, nées d'une culture insondable. C'était la première fois que Royce s'aventurait dans un édifice elfique, et c'était aussi son seul aperçu de ce monde qui lui semblait étrangement paisible. Calme et silencieux, tout était magnifique. Cela ne ressemblait à rien qu'il ait déjà vu, et pourtant sa raison luttait contre la sensation grandissante d'une certaine familiarité avec les lieux. Le voleur se sentait apaisé en parcourant les couloirs. Les formes et les ombres faisaient vibrer des cordes de son esprit dont il n'avait jamais soupçonné l'existence. Tout lui parlait une langue qu'il ne pouvait comprendre. Il percevait parfois un mot ou une phrase, dans une avalanche de sensations qui le laissait perplexe et le captivait, tandis qu'il se promenait sans but, comme un homme aveuglé par une lumière intense.

Il marchait de pièce en pièce, montait des escaliers et passait des balcons, ne suivant pas un chemin précis mais se contentant d'avancer en regardant et en écoutant. Il remarqua avec une certaine inquiétude que chacun de ses mouvements était gardé en mémoire par des siècles de poussière qui couvraient le sol. Il fut néanmoins fasciné de découvrir que là où il déplaçait la couche volatile, il révélait une surface polie aussi claire et lisse que l'eau.

Il traversa les diverses pièces et se sentit comme dans un musée, perdu et figé dans le temps. Des assiettes étaient encore posées devant des chaises renversées, certaines tombées sur le côté, bousculées dans la confusion et la panique qui avaient ébranlé les lieux mille ans auparavant. Des livres étaient ouverts là où s'étaient arrêtés des lecteurs neuf cents ans plus tôt, mais Royce savait que même pour celui qui s'était assis là il y avait si longtemps, cet endroit, cette tour, était déjà ancienne. En dehors de son histoire dramatique, Avempartha était déjà, de par son âge, un monument, un lieu sacré aux yeux des elfes, un lien avec les temps anciens. Ce n'était pas une citadelle ordinaire. Il ignorait comment il le savait, mais il était certain que cet édifice était bien davantage.

Esrahaddon avait quitté Royce presque immédiatement après leur arrivée, en lui indiquant simplement la direction à suivre. Il lui avait dit qu'il trouverait l'épée qu'il cherchait quelque part au-dessus de l'entrée, mais que son chemin le menait ailleurs. Les deux hommes s'étaient séparés depuis des heures et la lumière du jour commençait déjà à décliner. Royce n'avait toujours pas trouvé l'épée. Il se laissait distraire par ce qu'il voyait, entendait et sentait. Il y avait trop à assimiler en une seule fois, trop de choses à identifier et à classer, et il fut rapidement perdu.

Il revint sur ses pas lorsqu'il découvrit que ses empreintes se croisaient et qu'il tournait en rond. Il commençait à s'inquiéter quand il entendit un son nouveau. Contrairement à tout ce qu'il avait perçu jusque-là, ce bruit était dérangeant. C'était la résonance régulière et épaisse d'une lourde respiration.

Tous les chemins qui s'offraient au voleur étaient marqués de ses pas, sauf un. Il menait à un nouvel escalier où le souffle semblait plus fort. Royce n'était pas certain du nombre d'étages qu'il avait gravis, mais il savait qu'il n'avait croisé aucune épée. Lentement, et aussi silencieusement que possible, il se glissa vers les hauteurs.

Il n'avait pas monté plus de cinq marches, lorsqu'il repéra la première épée. Elle était couverte de poussière, à un pas d'un squelette. Les vêtements avaient disparu mais l'armure restait. Plus haut, il fit la même découverte, encore, et encore. Il y avait deux types de corps, des humains avec de lourds et larges plastrons et jambières, et des elfes en armures bleues délicates. C'était la dernière résistance, l'ultime défense qui s'était dressée pour protéger l'empereur. Des elfes et des hommes tombés les uns sur les autres.

Royce se pencha et passa le pouce le long du plat de la lame à ses pieds. En retirant la poussière, il révéla l'éclat étonnant de l'acier elfique, éclatant comme une arme neuve, mais rien n'était gravé dessus. Royce regarda vers le haut des marches et enjamba à regret les corps pour poursuivre son ascension.

La respiration se fit plus forte et profonde, comme des bourrasques de vent répercutées par l'écho d'une caverne. Une pièce apparut devant le voleur, et il s'y glissa à pas de loup. C'était une chambre ronde ; au fond, un nouvel escalier montait. Lorsque Royce entra, il sentit le souffle et le parfum de l'air frais. Des fenêtres hautes et fines laissaient filtrer des rayons de lumière mais il sembla au voleur qu'une fenêtre bien plus grande était ouverte au-dessus.

Enfin, il découvrit un portant d'épées elfiques, installées avec cérémonie sur le mur, dans des casiers décorés. Cette partie de la pièce, isolée par une chaîne délicate, avait des allures de mémorial, comme un souvenir respectueusement placé en retrait. Une plaque était installée devant le présentoir, sur un piédestal, et de nombreuses lignes d'écriture elfique étaient gravées dans la pierre. Royce ne comprenait que quelques mots et les inscriptions étaient si flamboyantes et ornementées qu'il ne reconnaissait rien. Certaines lettres lui évoquaient néanmoins quelque chose.

Les cases contenaient des dizaines d'épées. Elles paraissaient toutes identiques et sans même avoir à les toucher, Royce distinguait les gravures sur la lame et les coups destructeurs frappés sur le métal. Mais un emplacement était vide.

Le voleur se calma en soupirant silencieusement et entreprit de monter le nouvel escalier. Il sentait l'air, plus frais à chaque pas ; les courants invisibles chassaient la poussière des creux et des coins. Pendant l'ascension, il vit de nouveaux couloirs et d'autres pièces s'ouvrirent de chaque côté, mais Royce sentait qu'il devait continuer, suivre le souffle.

Enfin, il atteignit la dernière marche et put contempler le ciel ouvert. Au-dessus de lui se trouvait un balcon circulaire aux murs sculptés tels les pétales d'une fleur. Les statues qui s'étaient autrefois dressées sur le petit espace gisaient en piles de débris. Au milieu se trouvait la silhouette inquiétante du Gilarabrywn, un énorme lézard aux écailles noires, doté d'ailes constituées de membrane grise et d'os. Il était enroulé, la tête sur la queue, et son corps était soulevé par de longues et profondes inspirations. Ses pattes puissantes étaient armées de longues griffes noires d'environ trente centimètres. Marquées de sang séché, elles laissaient des sillons profonds sur la surface du sol, à l'endroit où la bête grattait dans son sommeil. De longs crocs aiguisés saillaient entre ses lèvres semblables à du cuir, ainsi qu'une rangée de dents effrayantes qui ne s'organisaient pas clairement, mais semblaient rassemblées comme une barrière sauvage d'aiguilles. La créature avait rabattu les oreilles et sous ses yeux fermés par d'énormes paupières, les pupilles semblaient s'agiter dans un sommeil hanté par de sombres chimères que Royce ne pouvait pas même imaginer. La longue queue battait, hérissée à son extrémité d'un os coupant comme un rasoir.

Royce se surprit à regarder fixement la bête et maudit sa propre stupidité. C'était en effet un spectacle hors du commun, mais ce n'était pas le moment de se laisser distraire. Seule sa concentration pouvait le sauver d'une mort certaine.

Il avait toujours détesté les lieux habités par des animaux. Les chiens de chasse aboyaient au moindre son ou à la plus petite odeur. Il avait réussi à passer devant plus d'un chien sans le réveiller, mais quelques-uns l'avaient senti sans qu'il s'y attende. Il se ressaisit et détacha son regard du monstre pour étudier le reste de la pièce. C'était un triste spectacle de décors brisés et de gravats. Mais en y regardant de plus près, Royce découvrit des trésors terrifiants dans ce chaos. Il reconnut des morceaux déchirés de la robe de Mae Drundel, marquée de taches sombres, recelant dans ses plis un morceau de cuir chevelu et une longue mèche grise. D'autres trouvailles, tout aussi sinistres, s'étalaient autour. Des bras, des pieds, des doigts et des mains, tous laissés de côté comme des queues de crevettes. Il découvrit Millie, la jument baie d'Hadrian, ou plutôt l'une de ses jambes arrière et sa queue. Un peu plus loin, il vit avec stupeur la selle de Millie et les épées du mercenaire. Heureusement, le matériel était facile à attraper.

Alors que le voleur commençait à contourner un empilement, se déplaçant telle la mante religieuse en chasse, il aperçut quelque chose. Les corps et vêtements déchirés se trouvaient au sommet d'une pile d'ossements et de pierres. Mais plus bas, tout en dessous des couches amassées, Royce repéra l'éclat de l'acier poli. Ce n'était qu'un petit point, mais d'une brillance impossible à manquer. Il éclairait de la même lumière que les armes tombées sur les marches et celles rangées dans le portant.

Royce, se retenant presque de respirer, chacun de ses mouvements si lents qu'ils auraient pu échapper à un regard direct, se rapprocha de la bête et de son abject trésor. Il glissa la main sous les crins de Millie et entreprit de tirer méticuleusement la lame.

Elle se dégagea sans grand effort ni bruit, mais avant même de l'avoir sortie, Royce comprit que quelque chose n'était pas normal. L'épée n'était pas suffisamment lourde. Même en admettant que les lames elfiques soient remarquablement plus légères que celles des hommes, celle-ci était d'un poids ridicule. Il comprit bientôt pourquoi, en ne tirant qu'un morceau d'épée brisée. Il découvrit le métal intact et la lame gravée de signes, et comprit que son intuition était juste. Ce Gilarabrywn n'était pas un animal, une bête stupide dressée pour tuer. Ce démon était suffisamment intelligent pour comprendre qu'il n'avait qu'une crainte mortelle en ce monde, une épée marquée de son nom. Il avait pris ses précautions. Le monstre avait brisé la lame, coupant le nom et la rendant impuissante.

Royce ne voyait pas la seconde moitié mais il avait une idée claire de sa cachette. Le reste de la lame se trouvait au seul endroit d'où le voleur ne pouvait le tirer : sous le corps endormi du Gilarabrywn lui-même.

11

Gilarabrywn

Le crépuscule s'annonçait lorsque Royce, les trois épées sur l'épaule, retrouva Hadrian et Magnus qui l'attendaient près du puits. Le village était vide, les habitants étaient terrés dans leurs cabanes, et la nuit était calme à l'exception de quelques bruits lointains en provenance du château.

— Il était temps, remarqua Hadrian qui se leva d'un bond lorsque son ami approcha.

— Voici ton matériel, répondit le voleur en posant les armes entre les mains de son ami. La prochaine fois, fais attention où tu le ranges. J'ai mieux à faire que jouer les valets de monsieur.

Hadrian saisit avec joie ses épées et son baudrier et entreprit de boucler le tout.

— Je commençais à craindre que l'Église t'ait mis la main dessus.

— L'Église ? s'étonna Royce.

— Luis Guy est venu me harceler tout à l'heure.

— La sentinelle ?

— Oui. Il posait des questions sur mes partenaires et s'est éloigné vers le fleuve. Je ne l'ai pas vu repasser depuis. Il m'a semblé qu'il espérait pêcher Esra dans le coin. Où est-il, d'ailleurs ? L'as-tu laissé au bord de l'eau ?

— Il n'est pas revenu ? demanda Royce.

Le nain et le guerrier secouèrent la tête.

— Cela ne veut rien dire ; il serait stupide de sa part de revenir au village. Il se cache sans doute dans la forêt.

— S'il n'a pas été emporté par le fleuve, précisa Hadrian. Pourquoi l'as-tu laissé ?

— C'est lui qui m'a laissé, avec des airs de dire que je ne devais pas le suivre. En temps normal, cela m'aurait poussé à le pister, mais j'avais d'autres choses en tête. En un rien de temps, le soleil s'est couché. J'ai cru qu'il avait déjà quitté les lieux.

— Alors, tu as trouvé quelque chose d'intéressant dedans ? Des joyaux ? De l'or ?

Royce se sentit brusquement ridicule.

— Tu sais, cela ne m'a même pas traversé l'esprit de chercher.

— Quoi ?

— J'ai totalement oublié.

— Alors qu'est-ce que tu as fait là-dedans toute la journée ?

Royce tira la demi-épée nue de sa ceinture. Elle étincelait, même sous la faible lumière.

— Toutes les autres lames étaient soigneusement rangées, mais celle-ci était enterrée juste sous la patte du Gilarabrywn.

— Sa patte ? releva Hadrian, stupéfait. Tu l'as vu ?

Royce hocha la tête en grimaçant.

— Oui, et crois-moi, ce n'est pas un spectacle que tu veux revoir, que tu sois ivre mort ou parfaitement sobre.

— Tu crois que la bête a brisé la lame ?

— Cela laisse songeur, non ?

— Et où est l'autre morceau ?

— Je pense que le monstre dort dessus, mais je ne me sentais pas prêt à essayer de le faire rouler de côté pour regarder tranquillement.

— Je suis surpris que tu n'aies pas attendu son départ.

— Notre cliente part ce matin, pourquoi aurais-je insisté ? Si l'épée avait été facile à récupérer, si j'avais pu la voir sans avoir à creuser pendant des heures dans des… hum… choses diverses, eh bien je l'aurais fait. Mais je ne vais pas risquer ma peau pour la petite guerre personnelle d'Esra et de l'Église. Et puis, tu te rappelles de la meute du château de Blythin ?

Hadrian acquiesça d'un air écœuré.

— Si la créature sent les odeurs, je préférais ne pas être dans les parages à son réveil. Voici mon point de vue : Thrace a retrouvé son père, Esra a pu entrer dans la tour et Rufus va débarrasser Dahlgren du Gilarabrywn. J'estime que notre travail est terminé. (Royce regarda le nain, puis Hadrian.) Merci de l'avoir surveillé.

Le voleur tira sa dague.

— Que… Attends ! cria Magnus en reculant à mesure que Royce venait vers lui. Nous avions un accord !

Royce lui adressa un sourire féroce.

— Je te semble vraiment digne de confiance ?

— Royce, tu ne peux pas faire ça, intervint Hadrian.

Le voleur regarda son ami et émit un petit rire.

— Tu plaisantes ? Regarde-le, si je n'arrive pas à lui trancher la gorge en dix secondes au maximum, je te paie une bière dès notre retour à Alburn. Dis-moi quand tu seras prêt à compter.

— Non, ce que je veux dire, c'est qu'il a raison. Tu as passé un marché avec lui. Tu ne peux pas revenir sur ta parole.

— Oh, je t'en prie. Ce petit... nain... a essayé de me tuer, et il a presque réussi, par Mar ; et tu voudrais que je le laisse partir parce que je l'ai promis ? Eh, il a vécu toute une journée de plus pour nous avoir aidés. C'est une belle récompense.

— Royce !

— Quoi ? répondit le voleur en levant les yeux au ciel. Tu n'es pas sérieux ? Il a tué Amrath.

— C'était son travail, et tu n'es pas membre de la garde royale. Il a respecté sa part du marché. Et le tuer ne nous apporterait rien.

— Si, du plaisir, répliqua Royce. Le plaisir et la satisfaction ne sont pas négligeables.

Hadrian ne détournait toujours pas le regard de son ami.

Royce secoua la tête et soupira.

— Très bien, très bien, il peut vivre. C'est ridicule, mais il peut vivre. Tu es content ?

Royce leva les yeux vers le grand château à motte où les torches des concurrents de la nuit s'assemblaient.

— Il fait presque nuit, nous devrions nous abriter. Où est la meilleure place pour le dîner-spectacle qu'ils organisent au manoir pour la bête ? Et quand je dis la meilleure, j'entends la plus sûre.

— Nous sommes toujours les invités des Bothwick. Theron vit avec eux maintenant, et nous avons...

Un cri strident près du fleuve déchira la nuit.

— Par le spectre des terres de Novron, qu'est-ce que c'était ? demanda Magnus.

— Tu crois que notre lézard ailé s'est aperçu qu'on avait volé son jouet ? demanda Hadrian avec inquiétude.

Royce regarda derrière lui, en direction des arbres, puis se tourna vers son ami.

— Je pense que nous devrions trouver une meilleure retraite pour la nuit que chez les Bothwick.

— Mais où ? demanda le mercenaire. Si cette créature cherche l'épée, elle va dévaster chaque maison jusqu'à la trouver, et on sait déjà que l'architecture locale ne lui pose aucun problème. Elle va massacrer tout le monde dans le village.

— Nous pourrions tous les mener au château, nous avons peut-être encore le temps, suggéra Royce.

— Mauvaise idée, répondit Hadrian. Les gardes ne nous laisseront pas entrer. La forêt, peut-être ?

— Les arbres ralentiront le monstre mais ne l'arrêteront pas davantage que les maisons.

— Bon sang, jura Hadrian en jetant des regards désespérés autour de lui. J'aurais dû creuser la fosse dans le village.

— Et ce puits ? demanda le nain en se penchant au-dessus du trou bordé de bois.

Les deux voleurs se regardèrent.

— Je me sens vraiment stupide, remarqua Royce.

Hadrian courut à la cloche, saisit la corde et la tira. L'ornement de la future église de Dahlgren lança son lourd tintement d'alerte.

— Continue à sonner, cria Hadrian à Magnus tandis que Royce et lui se précipitaient vers les maisons pour écarter les rideaux et tambouriner aux chambranles.

— Dehors, tout le monde sort ! s'exclamèrent-ils. Vos maisons ne vous protégeront pas ce soir. Allez dans le puits. Tout le monde dans le puits, maintenant !

— Que se passe-t-il ? demanda Russell Bothwick en passant la tête dans les ténèbres.

— Pas le temps d'expliquer, répliqua Hadrian. Courez au puits si vous voulez vivre.

— Mais… Et l'Église ? Ils sont censés nous sauver, protesta Selen Brockton, pelotonnée dans une couverture sur le pas de sa porte.

— Vous êtes prêts à parier vos vies ? Il va falloir me faire confiance. Si j'ai tort, vous passerez une mauvaise nuit, mais si j'ai raison et que vous n'écoutez pas, vous mourrez tous.

— Ça me suffit, déclara Theron qui sortit en toute hâte de la maison des Bothwick en boutonnant sa chemise.

Sa silhouette massive et sa voix forte et autoritaire attirèrent l'attention générale.

— Et il vaudrait mieux que ça vous convienne aussi, vous autres, ajouta le fermier. Hadrian a fait plus pour sauver les habitants de ce village ces derniers jours que nous tous, et eux tous, rassemblés. S'il dit de dormir dans le puits cette nuit, eh bien, par la barbe de Maribor, c'est ce que je vais faire. Même si l'on me disait que la bête était morte, je le ferais quand même. Et si l'un d'entre vous refuse, il mérite d'être dévoré.

Tous les habitants de Dahlgren se mirent à courir vers la fosse.

On noua des cordes pour assurer des prises. Le puits était suffisamment large pour faire descendre quatre, voire cinq personnes à la fois, mais les deux voleurs préférèrent se méfier de la résistance de la poulie et firent passer les villageois par groupes de deux ou trois, selon leurs poids.

Même si les habitants se déplaçaient rapidement, de manière ordonnée, obéissant sans protester aux ordres du mercenaire, la manœuvre prenait un temps considérable. Magnus se porta volontaire pour descendre et piquer des clous dans les parois pour créer des appuis. Les jeunes Hal, Arvid et Pearl, trop petits pour descendre en premier, coururent à travers le village pour récolter des poutres afin que le nain étaie les parois. Tad Bothwick descendit et se mit au travail avec Magnus en lui passant des pics de bois avec lesquels le nain improvisait des plates-formes.

— Waouh ! déclara Tad, admiratif, d'une voix répercutée par l'écho du puits. Je n'ai jamais vu quelqu'un se servir d'un marteau comme ça. Il a fallu six semaines pour monter ces parois, et je vous jure que vous auriez pu le faire en six heures.

Dehors, Hadrian, Theron, Vince et Dillon s'occupaient de faire descendre les villageois. Le mercenaire les plaça en file, envoyant les femmes et les enfants en premier dans les ténèbres, où seule la bougie que Tad tenait pour Magnus prodiguait un faible éclairage.

— Combien de temps ? demanda Hadrian tandis qu'il attendait de pouvoir envoyer à l'abri un nouveau groupe.

— La bête serait déjà là si elle s'était envolée dès qu'on l'a entendue, répondit Royce. Elle doit fouiller la tour. Cela nous donne un peu de temps, mais j'ignore combien.

— Monte dans un arbre et crie quand tu la verras.

Lorsque tous les villageois furent à l'abri, Hadrian fit descendre Theron et Dillon, et seuls Vince et les deux voleurs restèrent, en attendant que Magnus finisse d'installer les dernières cales de bois. En haut d'un peuplier, Royce était juché sur une branche mince et scrutait le ciel en écoutant les coups de marteau du nain qui mettait en place les ultimes planches.

— Elle arrive ! cria le voleur en repérant une ombre qui s'élançait sous les étoiles.

Quelques secondes plus tard, le Gilarabrywn cria, quelque part dans l'ombre de la canopée de feuilles, et les trois hommes se ramassèrent sur eux-mêmes, mais rien ne se produisit. Ils contemplèrent les ténèbres autour d'eux, attentifs au moindre bruit. Un nouveau hurlement déchira la nuit. La bête vola tout droit vers les torches du manoir.

Royce vit la créature filer dans le ciel nocturne par-dessus la colline, où le nouveau candidat à la couronne se préparait à l'affronter. La bête descendit puis remonta. Elle lança un nouveau glapissement, puis un grondement terrible, et cracha un tonnerre de flammes. Tout devint brusquement plus clair alors que le feu enveloppait la colline.

— C'est nouveau, commenta nerveusement Hadrian en contemplant le spectacle terrifiant.

Les concurrents attroupés perdirent la vie sans même avoir le temps d'émettre un cri.

— Magnus, vite ! ajouta le mercenaire.

— C'est bon. Allez ! Descendez, répondit le nain.

— Attendez, cria Tad. Où est Pearl ?

— Elle ramasse du bois, répondit Vince. Je vais la chercher.

Hadrian le retint par le bras.

— C'est trop dangereux, allez dans le puits. Royce va s'en charger.

— Vraiment ? demanda ce dernier, surpris.

— C'est parfois un inconvénient d'être le seul capable de voir dans le noir, pas vrai ?

Le voleur lança un juron et s'éloigna rapidement pour étudier l'intérieur des maisons et abris, en appelant la fillette aussi fort qu'il osait. Il eut moins de problèmes pour trouver son chemin lorsque la lumière qui embrasait la colline se fit plus grande et plus brillante. Le Gilarabrywn hurla plusieurs fois. Royce se retourna et vit le feu envelopper les murs du château.

— Royce ! cria Hadrian. Elle arrive !

Le voleur renonça à la discrétion.

— Pearl ! cria-t-il à pleins poumons.

— Ici ! s'exclama la fillette en surgissant d'entre les arbres.

Royce saisit la petite fille dans ses bras et s'élança vers le puits.

— Cours, bon sang ! hurla Hadrian en tenant le cordeau pour eux.

— Oublie la corde. Descends et attrape-la.

Tandis que Royce traversait la place au pas de course, le mercenaire se laissa glisser dans le gouffre.

Skarfsh. Skarfsh. Skarfsh.

Le voleur serra la fillette contre sa poitrine, atteignit le puits et bondit dans l'ouverture. La petite cria alors qu'ils tombaient. Une seconde plus tard, un hurlement surnaturel éclata en terribles vibrations, tandis que le monde au-dessus d'eux s'embrasait d'une lumière éclatante accompagnée d'un rugissement semblable à un coup de tonnerre.

Arista faisait les cent pas dans la petite chambre, douloureusement consciente que Bernice tournait la tête de gauche à droite, suivant chacune de ses foulées.

La vieille femme lui souriait ; elle affichait toujours ce même air, et Arista était à deux doigts de lui arracher les yeux. Elle avait l'habitude de sa tour, où Hilfred lui laissait de l'espace. Pendant plus d'une semaine, elle avait eu une compagnie constante : Bernice, son ombre omniprésente. Il fallait qu'elle quitte cette pièce, qu'elle s'échappe. Elle ne supportait plus d'être ainsi dévisagée, surveillée comme une enfant. Elle se dirigea vers la porte.

— Où allez-vous, Votre Altesse ? demanda vivement Bernice.

— Dehors, répondit la jeune femme.

— Dehors où ?

— Dehors, c'est tout.

Bernice se leva.

— Je vais chercher nos capes.

— J'y vais seule.

— Oh, non, Votre Altesse, intervint la suivante, ce n'est pas possible.

Arista lui adressa un regard noir. Bernice répondit par un sourire.

— Contentez-vous d'imaginer la scène, Bernice. Vous vous rasseyez, et je quitte cette chambre. C'est tout à fait possible.

— Mais je ne peux laisser faire cela. Vous êtes la princesse et cet endroit est dangereux. Vous avez besoin d'un chaperon, pour votre propre sécurité. Hilfred nous escortera également. Hilfred ! appela-t-elle.

La porte s'ouvrit aussitôt et le garde entra, puis s'inclina devant Arista.

— Avez-vous besoin de quelque chose, Votre Altesse ?

— Non… Oui, corrigea Arista en désignant Bernice, assurez-vous qu'elle reste ici. Asseyez-vous sur elle, attachez-la, tenez-la en respect l'épée à la main s'il le faut, mais je sors et je ne veux pas qu'elle me suive.

La vieille servante parut choquée et porta les mains à ses joues en un geste de surprise.

— Vous sortez, Votre Altesse ? demanda Hilfred.

— Oui, oui, je sors, s'exclama la jeune femme en levant les bras avec agacement. Je vais peut-être aller errer dans les couloirs de cette cabane. Je vais peut-être assister au tournoi. Pourquoi n'irai-je pas au-delà de la palissade pour me promener en forêt ? Je pourrais me perdre, mourir de faim, être dévorée par un ours, tomber sur le Gilarabrywn ou basculer dans les chutes… mais je le ferai seule.

Hilfred était au garde-à-vous. Son regard soutint celui de la princesse. Il ouvrit la bouche, puis la referma.

— Vous voulez ajouter quelque chose ? demanda la princesse d'un ton dur.

Le garde déglutit.

— Non, Votre Altesse.

— Prenez au moins votre cape, insista Bernice en tendant le vêtement.

Arista soupira, lui arracha le manteau et sortit.

Dès qu'elle eut quitté la pièce, elle fut prise de regret. Elle parcourut le couloir au pas de charge en traînant sa cape puis s'arrêta. L'expression d'Hilfred l'accablait. Enfant, elle avait un faible pour lui. C'était le fils d'un sergent du château, et il la regardait toujours longuement depuis l'autre bout de la cour. Arista l'avait trouvé joli garçon. Puis un matin, elle s'était réveillée parmi les flammes et la fumée. Il l'avait sauvée. Hilfred était encore tout jeune, mais il s'était précipité dans le palais embrasé pour la sortir de la fournaise. Il avait passé deux mois à souffrir de brûlures et à tousser en longues quintes qui lui faisaient cracher du sang. Pendant des semaines, il s'était réveillé en hurlant, en proie à de terribles cauchemars. En récompense, le roi Amrath l'avait nommé au poste prestigieux de garde du corps personnel de la princesse. Mais elle ne l'avait jamais remercié et ne lui avait jamais pardonné de ne pas avoir sauvé sa mère. Sa colère n'était toujours pas apaisée. Arista aurait voulu s'excuser, mais il était trop tard. Trop d'années s'étaient écoulées, trop de cruautés, suivies de trop de silences comme celui qui planait entre eux.

— Qu'est-ce qui se passe ? demanda Thrace un peu plus loin, et la princesse se dirigea vers elle.

— Qu'est-ce qui ne va pas, Thrace ? s'enquit-elle en découvrant la jeune fille et le diacre dans le couloir principal.

La fille de Theron portait seulement sa fine chemise de nuit. Les deux villageois semblaient très inquiets.

— Votre Altesse ! appela Thrace. Est-ce que vous savez ce qui se passe ? Pourquoi est-ce que la cloche sonne ?

— Le défi commence tôt, si c'est ce que tu veux dire. J'allais justement y assister. Te sens-tu mieux ? Souhaites-tu venir ?

Arista prit conscience de ce qu'elle disait. Elle mesurait l'ironie de la situation, mais être avec Thrace n'était pas comme se faire escorter par Bernice et Hilfred.

— Non, vous ne comprenez pas. Il doit y avoir un problème. Il fait nuit. Personne ne sonne la cloche la nuit.

— Je n'ai rien entendu, dit Arista en ramenant sa cape sur ses épaules.

— La cloche du village, répondit Thrace. Je l'ai entendue. Mais elle a cessé maintenant.

— Cela fait certainement partie de l'annonce des combats, rien de plus.

— Non, protesta la jeune femme en secouant la tête, imitée par le diacre. On ne touche à cette cloche qu'en cas d'urgence, de graves événements. Il se passe quelque chose d'affreux.

— Je suis certaine que ce n'est rien, déclara la princesse. Tu oublies qu'il y a pratiquement une armée dehors, et chacun n'attend qu'une occasion d'en découdre. Quoi qu'il en soit, nous n'apprendrons rien de plus en restant ici.

Arista prit la main de la jeune fermière et se dirigea vers l'extérieur.

En cette seconde nuit, les festivités avaient laissé éclater leurs extravagances. Dehors, la haute cour herbeuse sur la colline du château avait pris l'allure d'un pavillon de tournoi de joutes. La motte surélevée offrait une vue parfaite sur le champ en contrebas. Des auvents colorés étaient tendus au-dessus de rangées de chaises, accompagnées de petites tables garnies de chopes d'hydromel, de bière et de bols de baies et de fromage. L'archevêque et l'évêque Saldur étaient installés tous les deux près du centre, avec d'autres membres du clergé, tandis que des serviteurs se tenaient debout et regardaient l'action qui se déroulait au loin sur la colline, au-delà des murs du château.

— Oh, Arista, ma chère, appela Saldur, vous venez contempler l'histoire en marche ? Parfait. Prenez un siège. Regardez, le seigneur Rufus est sur le terrain. Il semble qu'il n'ait pu attendre plus longtemps sa couronne, mais la vile créature tarde à se montrer ce soir, et je pense que cela agace un tantinet Sa Seigneurie. Voyez comme il fait faire les cent pas à son étalon ! Tel un empereur impatient.

— Qui doit passer après Rufus ? demanda la princesse sans s'asseoir, le regard sur le champ.

— Après ? répéta Saldur, visiblement perplexe. Oh, eh bien je n'en suis pas certain. Mais je doute que cela ait de l'importance. Rufus va certainement gagner ce soir.

— Pourquoi cela ? s'étonna Arista. Ce n'est en rien une affaire de talent, n'est-ce pas ? Tout dépend de sa lignée. Certains pensent-ils que le seigneur Rufus entretient quelques liens connus avec la famille impériale ?

— Eh bien, oui, il se trouve qu'il le prétend depuis des années.

— Vraiment ? reprit Arista. Je n'ai jamais entendu dire qu'il se soit vanté d'une telle ascendance.

— Eh bien, l'Église n'aime guère encourager des théories infondées ou des déclarations hasardeuses, mais

Rufus est clairement l'un des favoris dans ce défi. Cette nuit, ses prétentions seront mises à l'épreuve, bien sûr.

— Excusez-moi, Votre Grâce ? intervint Tomas avec une révérence.

Thrace et lui se tenaient juste derrière Arista, aussi nerveux que des souris.

— Sauriez-vous pourquoi la cloche du village a retenti ?

— Hmm ? Comment ? La cloche ? Oh, je n'en ai aucune idée. Peut-être quelque méthode originale des habitants pour signaler l'heure du dîner.

— Mais Votre Grâce… commença Tomas.

— Là-bas, interrompit Saldur en désignant le ciel où apparut le Gilarabrywn qui fondit vers la lumière des torches.

— Oh, que le jeu commence ! cria l'archevêque avec excitation en battant des mains. Que tous observent attentivement ce qui va se passer ce soir, car beaucoup demanderont sans nul doute à savoir comment un tel événement s'est produit.

La bête piqua et le seigneur Rufus trotta vers elle, juché sur un cheval qu'il avait eu l'idée judicieuse d'aveugler d'un sac de toile, pour que l'animal ne soit pas effrayé par l'horreur qui fondait sur eux. L'épée dressée, il hurla et éperonna sa monture.

— Au nom de Novron, moi, le véritable Héritier, je te terrasse !

Rufus se dressa sur ses étriers et frappa la créature, visiblement stupéfaite par l'assurance et l'audace du chevalier.

Le seigneur Rufus frappa le poitrail du monstre, mais le coup dérapa, sans effet. Le guerrier porta d'autres coups, encore et encore, mais il lui semblait frapper la roche d'un bâton de bois. Le seigneur Rufus semblait choqué et perplexe. Alors, d'un coup de griffes presque indifférent, le Gilarabrywn tua Rufus ainsi que sa monture.

— Oh, par le ciel ! s'exclama l'archevêque en se levant sous le choc.

Une seconde plus tard, la surprise se changea en horreur lorsque la bête étendit ses ailes, s'éleva, et noya la colline sous un torrent de flammes. Les spectateurs dans la cour se replièrent maladroitement en répandant leurs boissons et en bousculant les chaises. L'un des piquets du chapiteau s'effondra et l'auvent bascula tandis que la foule se dispersait en toute hâte.

Lorsqu'elle eut embrasé la colline, la créature se tourna vers le château et, prenant de la hauteur, lança un nouveau jet de feu qui enflamma dans une explosion terrible les murs de bois de la palissade. Les flammes passaient d'une bûche sèche à la suivante, et bientôt, le brasier encercla le château. Il ne fallut pas longtemps pour que les bâtiments proches de la clôture, couverts de toits en chaume, prennent feu à leur tour et bientôt, presque toute la partie basse du manoir, et jusqu'aux murs qui entouraient le bâtiment principal, se retrouvèrent embrasés. L'incendie dégageait une telle lumière qu'il était impossible de voir quelle direction avait prise le Gilarabrywn. Aveuglés quant aux agissements du cauchemar volant et enveloppés par la chaleur grandissante autour d'eux, les serviteurs, gardes et religieux se dispersèrent, en proie à la terreur.

— Il faut aller dans le cellier ! cria Tomas.

Mais au milieu des hurlements et du grondement des flammes dévorant le bois, peu de personnes l'entendirent. Tomas saisit Thrace et commença à l'entraîner vers le château. De sa main libre, la jeune fille prit le bras d'Arista, et Tomas les entraîna toutes deux vers les hauteurs de la colline.

Choquée, Arista ne résista pas et se laissa entraîner hors de la cour. Elle n'avait jamais rien vécu de tel. Elle vit un homme embrasé courir en hurlant le long de la pente, s'agitant désespérément tandis que les flammes tourbillonnaient autour de lui. Un instant plus tard, il s'effondra, le brasier achevant son œuvre. D'autres bûchers vivants s'élançaient à l'aveuglette dans la cour dans un éclat terrifiant, s'écroulant tour à tour dans l'herbe. D'instinct, Arista chercha la protection d'Hilfred, mais malgré son esprit embrumé, elle se rappela lui avoir ordonné de rester de garde dans sa chambre. Il devait la chercher à présent.

Thrace lui serrait le bras d'une poigne terrible, tandis que Tomas et elles se déplaçaient en formant une chaîne. Arista vit à sa gauche un soldat qui tentait de briser la palissade. Il prit feu et rejoignit la foule des torches humaines, hurlant alors que ses vêtements et sa peau étaient rongés par les flammes. Quelque part, non loin, là où le feu s'était étendu à la forêt, un tronc d'arbre explosa dans un craquement aussi puissant qu'un coup de tonnerre qui ébranla le bâtiment.

— Il faut descendre dans le cellier, insista Tomas. Vite ! Notre seul espoir est de nous réfugier sous terre. Nous devons…

Soudain, Arista sentit un souffle lui agiter les cheveux.

Skarfsh. Skarfsh.

Le diacre Tomas se mit à prier à voix haute, car dans le ciel assombri de fumée, le Gilarabrywn fondait sur eux.

12

Cendres et fumée

Dans la lumière grise du matin, Hadrian se hissa hors du puits et pénétra dans un univers inconnu. Dahlgren n'était plus. Seuls quelques tas de cendres et des poutres fumantes marquaient l'emplacement des maisons détruites. Mais le plus surprenant était la disparition des arbres. La portion de forêt qui embrassait étroitement le village avait disparu. Elle avait cédé la place à une plaine désolée et noircie. Des troncs sans branches ni feuilles se dressaient çà et là, comme de hauts piquets noirs étirés vers le ciel. La fumée, alimentée par les piles de bois encore chaudes, traînait dans l'air comme un brouillard à la grisaille déprimante, voilant le ciel d'un nuage volatile dans lequel la cendre tombait sans un bruit, comme une neige sale recouvrant la terre.

Pearl sortit du trou. Comme à son habitude, elle ne dit rien en parcourant l'univers calciné, se pencha pour retourner un morceau de bois brûlé, puis leva la tête et contempla le ciel ; elle semblait surprise de le trouver toujours là, dans ce monde sens dessus dessous.

— Comment cela s'est-il produit ? demanda Russell Bothwick, sans s'adresser à quelqu'un en particulier.

Personne ne répondit.

— Thrace ! cria Theron dès qu'il émergea de l'abri, les yeux rivés sur les ruines fumantes en haut de la colline.

Bientôt, tous les villageois se précipitèrent vers les hauteurs.

Comme le village, le château et ses petites annexes n'étaient que coquilles brûlées, aux murs effondrés. Le grand manoir ressemblait à une pile calcinée. Des corps étaient éparpillés au sol, noircis par les flammes, à vif, tordus. Les cadavres fumaient encore.

— Thrace ! hurla Theron avec désespoir en creusant furieusement sous l'amas de gravats qu'était désormais le château.

Tous les hommes de Dahlgren, accompagnés de Royce, Hadrian et même Magnus se mirent à fouiller les débris, davantage par compassion que par espoir.

Magnus les guida vers un coin au sud de la colline, en marmonnant quelque chose à propos de la « terre parlant d'une voix creuse ». Ils écartèrent des morceaux de murs, un escalier effondré, et entendirent un bruit léger sous les décombres. Ils creusèrent et découvrirent les restes de la vieille cuisine et du cellier au sous-sol.

Ils extirpèrent le diacre Tomas, comme s'ils le sortaient de la tombe. Il semblait très atteint, mais n'était pas blessé. Comme l'avaient fait les villageois, le prélat s'essuya les yeux, plissant les paupières sous l'effet de la lumière matinale, et contemplant le paysage dévasté autour de lui.

— Diacre ! cria Theron en secouant l'homme d'Église. Où est Thrace ?

Tomas regarda le fermier, les yeux pleins de larmes.

— Je n'ai pas pu la sauver, Theron, dit-il d'une voix étranglée. J'ai essayé, j'ai vraiment tout fait. Vous devez me croire, il le faut.

— Qu'est-ce qui s'est passé, vieux fou ?

— J'ai essayé. J'ai essayé. Je les menais au cellier, mais la chose nous a rattrapés. J'ai prié. J'ai prié de toutes mes forces et je vous jure que la bête écoutait ! Puis je l'ai entendue rire. Oui, elle a vraiment ri, dit-il, les joues baignées de larmes. Elle m'a ignoré et les a prises.

— Prises ? répéta fiévreusement Theron. Qu'est-ce que tu veux dire ?

— Elle m'a parlé, continua le prélat. Elle avait une voix de mort, de souffrance. Mes jambes se sont dérobées, et je suis tombé devant elle.

— Qu'a-t-elle dit ? demanda Royce.

Le diacre prit le temps de s'essuyer le visage, laissant des traces sombres de suie sur ses joues.

— Cela n'avait pas de sens. C'est peut-être la peur qui m'a fait perdre l'esprit.

— Que pensez-vous qu'elle ait dit ?

— Elle parlait la langue ancienne de l'Église. Je crois qu'elle a parlé d'une arme, une épée, et il était question de l'échanger contre les deux femmes. Elle a dit qu'elle reviendrait demain soir. Et puis elle s'est envolée avec Thrace et la princesse. Cela n'a aucun sens, je dois être devenu fou.

— La princesse ? s'étonna Hadrian.

— Oui, la princesse Arista de Melengar. Elle était avec nous. J'essayais de les sauver toutes les deux, j'essayais, mais… et maintenant…

Tomas éclata en sanglots.

Royce échangea un regard avec Hadrian et ils s'isolèrent rapidement pour parler. Theron les suivit immédiatement.

— Vous savez quelque chose, tous les deux, les accusa-t-il. Vous êtes entrés là-bas, pas vrai ? Vous l'avez prise. Royce a trouvé l'épée, finalement. C'est ce que veut la bête.

Royce hocha la tête.

— Il faut la rendre, ordonna le fermier.

— Je doute que cela sauve votre fille, intervint Royce. Il se trouve que le Gilarabrywn est bien plus rusé que nous ne le pensions. Il va…

— Thrace vous a embauchés pour rapporter cette épée, gronda Theron. C'était votre boulot, vous vous rappelez ? Vous deviez la voler et me la donner, alors je la veux.

— Theron, écoutez…

— Donnez-la-moi tout de suite ! cria le vieux fermier en se dressant de toute sa hauteur face au voleur.

Royce soupira et lui tendit la lame brisée.

Theron la prit, perplexe, et fit tourner le métal entre ses mains.

— Où est le reste ?

— C'est tout ce que j'ai trouvé.

— Alors il faudra que ça suffise, déclara fermement le vieil homme.

— Theron, je ne pense pas que vous puissiez faire confiance à cette créature. À mon avis, même si vous lui redonnez l'épée, elle tuera votre fille, la princesse, et vous avec.

— C'est un risque que je suis prêt à prendre ! cria-t-il aux voleurs. Vous deux n'avez rien à faire ici. Vous avez récupéré l'épée, vous avez rempli votre mission. C'est fini. Vous pouvez partir quand vous voulez. Allez, déguerpissez !

— Theron, commença Hadrian, on n'est pas vos ennemis. Vous croyez qu'on veut la mort de Thrace ?

Le fermier allait répondre, mais il referma la bouche, déglutit, et prit une grande inspiration.

— Non, soupira-t-il. Vous avez raison. Je le sais bien, mais… (Il croisa le regard du mercenaire, dont les traits exprimaient la souffrance.) Elle est tout ce qu'il me reste, et je ferai tout pour qu'elle vive. Je suis prêt à me sacrifier devant cette bête sanguinaire si elle veut bien la laisser vivre.

— Je sais, Theron, dit Hadrian.

— Je ne crois pas qu'elle respectera sa part du marché, précisa Royce.

— On en a trouvé un autre ici ! cria Dillon McDern en hissant la silhouette du dandy Tobis Rentinual hors des restes du fumoir.

Le fin courtisan, couvert de terre de la tête aux pieds, s'effondra dans l'herbe en toussant et crachant.

— Le sol était meuble dans le cellier… parvint à dire Tobis entre deux quintes et crachats. Nous avons… creusé… avec nos… avec nos mains.

— Combien ? demanda Dillon.

—Cinq, répondit Tobis. Un bûcheron, un garde du château, le seigneur Erlic, et deux autres. Le garde...

Tobis fut interrompu par une quinte de toux qui dura une longue minute et il s'assit, se pencha et cracha au sol.

—Arvid, va chercher de l'eau au puits ! ordonna Dillon à son fils.

—Le garde était gravement brûlé, continua Tobis. Deux jeunes hommes l'ont traîné vers le fumoir et nous ont appris qu'il y avait une cave dessous. Autour de nous, tout brûlait sauf le fumoir, alors le bûcheron, le seigneur Erlic et moi nous y avons couru. Le sol de terre était meuble et nous avons creusé. Puis quelque chose a heurté l'abri et tout s'est effondré sur nous. Une poutre est tombée sur ma jambe. Je crois qu'elle est cassée.

Les villageois dégagèrent les vestiges de l'abri. Ils retirèrent un mur et creusèrent parmi les débris, ôtant les restes couche par couche. Ils atteignirent le fond et découvrirent les autres rescapés, enterrés vivants.

Ils les aidèrent à remonter à l'air libre. Le seigneur Erlic et le bûcheron semblaient presque morts, toussant et crachant. Le garde brûlé était dans un état pire encore. Il était inconscient mais vivant. Les deux derniers rescapés des ruines du fumoir furent Mauvin et Fanen Pickering qui, comme Tobis, furent incapables de parler pendant un long moment, mais ne souffraient que de nombreuses coupures et contusions.

—Hilfred est-il vivant ? demanda Fanen lorsqu'il eut pris le temps de respirer l'air frais et de boire un verre d'eau.

—Qui est Hilfred ? demanda Lena Bothwick en tendant la coupe d'eau que Verna avait apportée.

Fanen désigna le garde blessé face à lui et la femme hocha la tête.

— Il n'est pas réveillé, mais il vit.

Des groupes de recherche se déployèrent sur la zone et passèrent le château au peigne fin. Ils découvrirent de nombreux corps, principalement de concurrents. Ils trouvèrent aussi la dépouille de l'archevêque Galien. Le vieil homme n'était apparemment pas mort brûlé, mais piétiné. Son serviteur, Carlton, gisait dans le château, n'ayant visiblement pas souhaité mourir près de son maître. La suivante d'Arista, Bernice, fut également trouvée dans le bâtiment où elle avait été écrasée lors d'un effondrement. Personne d'autre n'avait survécu.

Les villageois construisirent des brancards pour porter Tobis et Hilfred hors des ruines fumantes, vers le puits où les femmes s'occupèrent de les soigner. La cour verdoyante n'était plus qu'une étendue noircie. La grande cloche était tombée et reposait sur le côté, dans les cendres.

— Que s'est-il passé ? demanda Hadrian en s'asseyant près de Mauvin.

Les deux frères étaient pelotonnés là où Pearl avait fait paître ses cochons. Ils étaient assis, voûtés, et sirotaient des verres d'eau, le visage couvert de suie.

— Nous étions hors des murs quand le monstre a attaqué, répondit-il à voix basse, à peine un murmure. (Il désigna son frère du pouce.) Je lui avais dit que nous allions rentrer chez nous, mais Fanen, ce grand génie, avait décidé qu'il voulait tenter sa chance et combattre la bête en espérant récolter la gloire.

Fanen baissa davantage la tête.

— Il a essayé de se glisser dehors en pensant que je ne verrais rien. Je l'ai attrapé à l'extérieur de la porte, un peu plus bas sur la colline. Je lui ai dit que c'était du suicide, il a insisté, et nous nous sommes disputés. Cela a cessé quand nous avons vu la colline prendre feu. Nous avons couru nous réfugier dans l'enceinte du château. Avant d'atteindre les portes, quelques carrosses et chevaux sont sortis au grand galop. J'ai vu le visage de Saldur collé à une fenêtre. Mais le cortège n'a même pas ralenti.

» Nous sommes partis à la recherche d'Arista et avons trouvé Hilfred gisant sur le sol, juste devant le manoir en flammes. Il n'avait plus de cheveux, sa peau pelait en larges plaques, mais il respirait encore et nous avons fui avec lui vers le fumoir. C'était le dernier bâtiment encore intact. Le sol de terre était tendre et meuble, comme s'il avait récemment été creusé, et nous avons essayé de nous aménager un terrier à mains nues, comme des taupes. Tobis, Erlic et Danthen nous ont suivis. Nous n'avions pas parcouru plus d'un mètre quand la structure s'est abattue sur nous.

— Avez-vous trouvé Arista ? demanda Fanen. Est-elle…

— On ne sait pas, répondit Hadrian. Le diacre a dit que la bête l'avait emportée avec la fille de Theron. Elle est peut-être encore en vie.

Les femmes du village s'occupaient des blessés trouvés au château et les hommes entreprirent de récupérer le matériel, les outils et la nourriture. Ils amassèrent leurs découvertes près du puits. Ils formaient une foule étrange, hagards et sales comme une bande de naufragés échoués sur une île déserte. Peu d'entre eux parlaient, et ils se contentaient de murmurer. De temps à autre, quelqu'un pleurait doucement, frappait une planche brûlée ou allait marcher sans but avant de retomber à genoux, pris de sanglots.

Lorsque les plaies eurent finalement été bandées et les biens entreposés, Tomas, qui s'était nettoyé, se leva et prononça quelques mots pour les morts. Tous les villageois observèrent un moment de silence. Puis Vince Griffin se leva et leur parla.

— J'ai été le premier à m'établir ici, dit-il tristement. Ma maison se trouvait juste là. Je me rappelle quand la plupart d'entre vous n'étaient que des nouveaux venus, des étrangers. J'avais de grands espoirs pour cet endroit. Tous les ans, je faisais don de huit boisseaux d'orge à l'église du village, même si tout ce que j'ai reçu en retour est cette cloche. Je suis resté malgré les terribles gelées il y a cinq ans, et je suis encore resté quand les disparitions ont commencé. Comme vous autres, je pensais pouvoir vivre avec. Des gens connaissent des fins tragiques partout dans le monde, à cause de la variole, de la peste, de la famine, du froid ou d'un coup d'épée. Oui, Dahlgren semblait maudit, et c'est peut-être vrai, mais c'était pourtant le meilleur village où j'ai vécu. Peut-être le meilleur où je vivrai, surtout grâce à vous tous et parce que les nobles ne nous dérangeaient pas trop ; mais tout cela a disparu maintenant.

» Il n'y a plus rien ici, pas même les arbres qui se dressaient là avant notre arrivée, et je ne souhaite pas passer une nuit de plus dans ce puits. (Il s'essuya les yeux.) Je quitte Dahlgren, et je pense que beaucoup d'entre vous feront de même. Je voulais juste dire que quand vous êtes arrivés, je vous ai regardés comme des étrangers, mais maintenant que je pars, j'ai l'impression de dire au revoir à ma famille, une famille avec laquelle j'ai traversé bien des épreuves. Je… je voulais juste que vous le sachiez.

Tous hochèrent la tête et échangèrent des conversations chuchotées avec leurs plus proches voisins. Tous décidèrent que Dahlgren était mort et qu'ils partiraient. Quelques-uns évoquèrent l'idée de rester ensemble, mais il ne s'agissait que de propositions en l'air. Ils allaient voyager en groupe, avec le seigneur Erlic et le bûcheron Danthen, vers le sud, au moins jusqu'à Alburn. Puis certains iraient vers l'ouest, en espérant trouver de la famille, tandis que d'autres poursuivraient vers le sud pour prendre un nouveau départ.

— On peut dire que l'Église nous a bien aidés, fit remarquer Dillon McDern à Hadrian. Ses hommes sont restés deux nuits, et voilà le résultat.

Dillon et Russell Bothwick se dirigèrent vers la souche noircie contre laquelle était assis Theron.

— J'suppose que tu vas rester pour chercher Thrace ? demanda Dillon.

Theron hocha la tête. Le solide fermier n'avait pas pris la peine de nettoyer son visage, encore couvert de terre et de suie. Il avait posé la lame brisée sur ses genoux et la regardait fixement.

— Tu crois qu'il va revenir ce soir, pas vrai ? demanda Russell.

— Je le crois. Il veut ça. Je le lui donnerai peut-être, s'il me rend Thrace.

Les deux hommes acquiescèrent.

— Tu veux qu'on reste pour te donner un coup de main ? proposa Russell.

— Pour faire quoi ? demanda le vieux fermier. Vous ne pouvez rien faire, ni l'un ni l'autre. Partez, vous avez tous les deux des familles. Fuyez tant que c'est possible. Trop de gens bien sont déjà morts ici.

Les deux hommes hochèrent de nouveau la tête.

— Bonne chance, Theron, lui souhaita Dillon.

— On attendra un peu à Alburn au cas où tu te montres, ajouta Russell. Bonne chance.

Russell et Tad créèrent une luge faite d'arbrisseaux brûlés et y entassèrent le peu qu'il leur restait. Lena prépara un baume qu'elle appliqua sur les brûlures d'Hilfred, puis laissa le remède et une pile de bandages à Tomas qui avait décidé de rester avec le soldat. Puis tout fut fini. N'ayant que peu à empaqueter et porter, presque tous les villageois se mirent en route vers l'ouest dès le début de l'après-midi. Personne ne voulait se trouver dans les environs de Dahlgren après le coucher du soleil.

— Que faisons-nous ici ? demanda Royce à Hadrian, alors qu'ils étaient tous deux assis sur un tronc à demi carbonisé.

Ils étaient un peu en retrait du puits, sur le chemin du village, près de l'endroit où se trouvaient auparavant les deux petits piquets en mémoire des Caswell. Comme tout le reste, les planchettes avaient disparu, et rien ne témoignait plus des morts passées. Le diacre Tomas était assis auprès d'Hilfred, toujours inconscient.

— Ce travail nous a coûté deux chevaux et une semaine de provisions, et pour quoi ? continua le voleur qui soupira en brisant un morceau d'écorce brûlée qu'il jeta au loin. Nous devrions partir avec les autres. La fille est sans doute déjà morte. Je veux dire, pourquoi la garder en vie ? Le Gilarabrywn a toutes les cartes en main. Il peut nous tuer quand il le souhaite, et nous ne pouvons même pas l'affaiblir. Il a des otages et nous n'avons qu'une moitié d'épée dont il n'a pas vraiment besoin, même si, visiblement, il aimerait bien la récupérer. Si nous avions les deux moitiés de la lame, Magnus saurait les assembler. Nous serions alors en position de force pour négocier. Nous pourrions demander au nain de nous forger à tous des répliques et peut-être des lances avec le même nom inscrit dessus. Nous aurions alors une chance de vaincre ce bâtard, mais pour le moment, nous n'avons rien. Nous ne représentons pas le moindre danger. Theron croit qu'il va pouvoir négocier, mais il n'a rien pour faire valoir ses propositions. Le Gilarabrywn n'a organisé cela que pour s'épargner la tâche de chercher l'épée.

— On n'en sait rien.

— Bien sûr que si. Il ne gardera pas les filles vivantes. Il a déjà dû en faire son repas, et à la nuit tombée, le vieux Theron se présentera comme un imbécile, avec ce que veut la bête. Il mourra et ce sera tout. D'un autre côté, sa folie nous donnera peut-être le temps de fuir. Puisque toute sa famille a disparu et que sa fille est probablement déjà morte, c'est sans doute pour le mieux.

— Il ne sera pas seul, répondit Hadrian.

Royce se tourna vers lui d'un air dégoûté.

— Dis-moi que tu plaisantes.

Le mercenaire secoua la tête.

— Pourquoi ?

— Parce que tu as raison, parce que tout ce que tu as dit se produira si on part.

— Et tu crois que rester changera quelque chose ?

— On n'a jamais abandonné un travail, Royce.

— De quoi parles-tu ? Quel travail ?

— Elle nous a payés pour qu'on lui remette l'épée.

— J'ai récupéré l'épée. Son père l'a entre les mains.

— Seulement un fragment, et le travail ne sera fini qu'une fois les deux parties en sa possession. C'est pour ça qu'elle nous a embauchés.

— Hadrian, répondit Royce qui se passa la main sur le visage et secoua la tête. Pour l'amour de Maribor, elle nous a donné *dix pièces d'argent* !

— Tu as accepté.

— Je déteste quand tu agis ainsi, répliqua le voleur en se levant soudain pour ramasser un vestige carbonisé. Bon sang, jura-t-il.

Il jeta le fragment sur une pile de bois encore fumante, qui fut autrefois la maison des Bothwick.

— Tu vas nous faire tuer, tu le sais ?

— Tu n'as pas à rester. C'est ma décision.

— Et qu'est-ce que tu vas faire ? Combattre ce monstre ? Tu vas rester là, dans le noir, à essayer de le frapper avec des épées qui ne peuvent pas le blesser ?

— Je ne sais pas.

— Tu es fou, décréta Royce. Les rumeurs disent vrai ; Hadrian Blackwater est un foutu dément !

Hadrian se dressa face à son ami.

— Je n'abandonnerai pas Theron, Thrace et Arista. Et n'oublie pas Hilfred. Tu crois qu'il peut voyager ? Essaie de le traîner à travers bois et il sera mort avant le crépuscule, à moins que tu veuilles le fourrer dans le puits toute la nuit en espérant qu'il aille mieux au matin ? Et Tobis ? Tu crois qu'il ira loin avec une jambe cassée ? Mais peut-être que tu t'en moques complètement. Ton cœur est-il devenu si noir que tu te sens capable de partir et de les laisser tous mourir ?

— Ils mourront de toute manière, rétorqua sèchement Royce. C'est mon point de vue, c'est tout. Nous ne pouvons pas empêcher la bête de les tuer. Nous ne pouvons que décider de périr avec eux ou non, et je ne vois vraiment pas ce que m'apporterait un suicide par compassion.

— On peut faire quelque chose, déclara Hadrian. On a réussi à voler le trésor de la Tour de la Couronne et à le remettre en place la nuit suivante. On s'est introduits dans l'imprenable Drumindor, on a posé une tête coupée sur les genoux du duc de Chadwick pendant qu'il dormait dans sa tour, on a fait évader Esrahaddon de Gutaria, la prison la plus sûre jamais construite. On peut forcément faire quelque chose !

— Comme quoi ?

— Eh bien… commença Hadrian en réfléchissant. On pourrait creuser une fosse, y attirer la créature et la piéger.

— Nous aurions plus de chances en demandant à Tomas de prier Maribor pour qu'il descende des cieux et terrasse le Gilarabrywn. Nous n'avons vraiment ni le temps, ni la main-d'œuvre nécessaire pour creuser un trou suffisamment large.

— Tu as une meilleure idée ?

— Je suis sûr que je peux trouver mieux que de piéger la bête dans une fosse impossible à creuser.

— Comme quoi ?

Royce se mit à marcher dans la forêt de troncs carbonisés encore rougeoyants, frappant du pied avec colère tout ce qui se trouvait sur son passage.

— Je n'en sais rien, c'est toi qui penses que nous pouvons agir, mais je sais une chose : nous n'arriverons à rien si nous n'obtenons pas l'autre moitié de cette épée. La première chose que je ferai sera donc d'aller la voler cette nuit pendant son absence.

— La bête tuera Thrace et Arista si tu le fais, remarqua le mercenaire.

— Mais tu pourras alors l'abattre. Nous aurons au moins la satisfaction de la vengeance.

Hadrian secoua la tête.

— Ça ne suffit pas.

Royce eut un sourire en coin.

— Je peux toujours aller voler la lame pendant que Theron et toi distrayez le monstre avec l'arme de Rufus. (Le voleur se permit un gloussement morbide.) Il y a au moins une chance sur un million que la ruse fonctionne.

Hadrian fronça les sourcils, réfléchit et s'assit lentement.

— Oh, non, tu plaisantes, protesta Royce. Si le monstre s'est rendu compte que l'épée manquait la nuit dernière, il saura distinguer la copie de l'arme véritable.

— Mais même si ça ne marche pas, répondit Hadrian, ça me donnerait peut-être le temps d'éloigner les filles. Et puis on pourrait se cacher, juste nous, dans un trou, pas très grand, qu'on aurait le temps de creuser.

— En espérant que ce monstre ne creusera pas autour ? J'ai vu ses griffes, cela ne sera pas bien compliqué.

Hadrian ignora la remarque et resta plongé dans ses pensées.

— Alors tu pourrais rapporter la seconde moitié de l'épée, demander à Magnus de forger l'ensemble, et j'aurais une chance de tuer la bête... Tu vois, c'était une bonne chose de ne pas tuer le nain, après tout.

— Tu as conscience de la stupidité de ce plan ? Cette chose a décimé un village entier et le château la nuit dernière, et tu veux l'affronter accompagné d'un vieux fermier, de deux femmes et d'une épée brisée ?

Hadrian ne dit rien.

Royce soupira et s'assit près de son ami en secouant la tête. Il plongea la main dans ses vêtements et en tira sa dague. Il la tendit, toujours dans son fourreau.

— Tiens, dit-il, prends Alverstone.

— Pourquoi ? demanda Hadrian, surpris.

— Eh bien, je ne dis pas que Magnus a raison, mais je n'ai jamais rien trouvé que cette lame ne puisse couper. Si Magnus dit vrai et que le père des dieux l'a forgée, je pense qu'elle pourrait être utile, même contre un monstre invulnérable.

— Alors tu t'en vas ?

— Non, dit Royce. (Il grimaça et regarda la tour d'Avempartha.) Apparemment, j'ai un travail à finir.

Hadrian sourit à son ami, prit la dague et la soupesa.

— Je te la rendrai demain, alors.

— D'accord, répondit simplement Royce.

— Votre associé est parti ? demanda Theron lorsque Hadrian s'approcha sur la pente de la colline brûlée où s'était dressé le château.

Le vieux fermier tenait l'épée brisée et regardait le ciel.

— Non, enfin, en quelque sorte ; il retourne dans Avempartha pour voler l'autre moitié de la lame, au cas où le Gilarabrywn chercherait à nous tromper. Il y a même un espoir que la créature laisse Thrace et Arista dans la tour en venant ici, et si c'est le cas, Royce les fera sortir.

Theron hocha la tête, songeur.

— Vous avez tous les deux été très bons pour ma fille et moi. Je ne sais toujours pas pourquoi, et ne me dites pas que c'est pour l'argent. (Theron soupira.) Vous savez, je n'ai jamais vraiment reconnu ma fille à sa juste valeur. Je l'ignorais, je l'ai rejetée pendant tant d'années. Elle n'était que ma fille, pas un fils, une bouche de plus à nourrir, un mariage qui coûterait de l'argent. Comment elle a réussi à vous trouver et à vous faire venir ici pour nous aider… Je crois que je ne comprendrai jamais vraiment.

— Hadrian, appela Fanen. Viens par ici voir ce que nous avons.

Le mercenaire le suivit vers le bas de la colline, à la limite nord de la ligne brûlée, et il découvrit Tobis, Mauvin et Magnus, occupés autour d'un grand appareil.

— Voici ma catapulte, déclara Tobis qui se dressait fièrement près de la charrette où était juchée la machine de bois.

Le noble avait l'air comique dans sa tenue de cour colorée, appuyé sur une béquille que Magnus lui avait construite, sa jambe cassée maintenue entre deux planches de bois solides.

— Ils l'ont traînée ici lorsque j'ai été sorti de la liste. N'est-elle pas délicieuse ? Je l'ai nommée Perséphone, en hommage à l'épouse de Novron. Cela convient on ne peut mieux, puisque j'ai étudié l'histoire impériale pour la concevoir. Cela ne fut pas chose facile. J'ai dû apprendre des langues anciennes, simplement pour lire les livres.

— Vous l'avez construite ?

— Non, bien sûr que non, ne soyez pas sot. Je suis professeur à Sheridan. Elle appartient à Ghent, soit dit en passant. Vous savez, là où se trouve le siège de l'Église de Nyphron. Eh bien, j'ai eu l'idée géniale de soudoyer quelques personnalités de l'Église qui ont bien voulu laisser échapper la véritable nature de l'épreuve. Il ne devait donc pas s'agir d'un combat ridicule entre soudards aux crânes emplis de sciure de bois, mais de terrasser une créature légendaire. C'était une tâche à ma mesure ; l'épreuve n'exigeait pas d'utiliser ses muscles ou de se casser les dents, mais une intelligence prodigieuse comme la mienne.

Hadrian fit le tour de l'engin. Une poutre centrale, massive, se dressait sur près de quatre mètres, et un bras long et épais s'allongeait sur trente à soixante centimètres de plus. Un seau de toile raide était fixé à la poutre la plus basse, entouré de cordes garantissant la torsion. Des deux côtés de la charrette, deux leviers à mains étaient rattachés à une série d'engrenages.

— Eh bien, je dois avouer que j'ai déjà vu des catapultes, mais celle-ci ne ressemble à aucune autre.

— C'est parce que je l'ai modifiée pour mieux combattre le Gilarabrywn.

— Enfin, il a essayé, intervint Magnus. Cela n'aurait pas fonctionné avec ses réglages, mais maintenant, oui.

— Nous avons déjà projeté quelques rochers, ajouta Mauvin.

— J'ai une petite expérience des armes de siège, intervint Hadrian, et je sais qu'elles sont très utiles contre un adversaire massif, comme un champ de bataille encombré de soldats ou une cible immobile comme un rempart, mais cette catapulte ne servira à rien contre un ennemi seul et en mouvement. Elle manque tout simplement de rapidité et de précision.

— Eh bien, c'est pourquoi j'ai conçu celle-ci pour qu'elle lance des projectiles mais également des filets, déclara fièrement Tobis. C'était fort ingénieux de ma part, voyez-vous. Les filets sont créés pour être propulsés comme de grandes balles mais en l'air, ils se déplient et saisissent la bête en plein vol, la jetant à terre où elle reste bloquée, impuissante, tandis que je recharge et prends mon temps pour l'écraser.

— Et ça fonctionne ? demanda Hadrian, impressionné.

— En théorie, répondit Tobis.

Hadrian haussa les épaules.

— Bah, après tout, ça ne peut pas faire de mal.

— Il faut juste la mettre en position, déclara Mauvin. Tu veux nous aider à pousser ?

Tous se placèrent dos à l'instrument, à part, bien sûr, Tobis, qui clopinait près d'eux en criant des ordres. Ils firent rouler l'arme jusqu'au fossé qui entourait le bas de la motte, à portée pour tirer sur tout ce qui s'approcherait de l'ancien manoir.

— Il faudrait de quoi la recouvrir, des gravats ou du bois brûlé, pour qu'elle n'ait l'air que d'une pile de décombres, proposa Hadrian. Ça ne devrait pas être difficile. Magnus, je me demandais si tu pourrais m'accorder une faveur.

— Quel genre ? demanda le nain tandis que le mercenaire le conduisait vers le haut de la colline, en direction des ruines du château.

L'herbe avait disparu, et ils avançaient sur une couche de cendres et de racines qui évoquait à Hadrian une sorte de neige chaude.

— Tu te souviens de cette épée que tu as forgée pour le seigneur Rufus ? Je l'ai trouvée sur lui, près de son cheval, sur la colline. Je voudrais que tu la modifies.

— La modifier ? répondit le nain, visiblement offensé. Ce n'est pas ma faute si elle n'a pas fait effet, c'était une réplique parfaite. Les rapports qu'on m'a confiés sont certainement responsables.

— Ce n'est pas grave, car j'ai l'original, en tout cas en partie. Je voudrais que tu forges une copie exacte de ce que j'ai. Tu peux le faire ?

— Bien sûr que je peux, et je le ferai, mais en retour, tu devras convaincre Royce de me laisser voir Alverstone.

— Tu es fou ? Il veut ta mort. Je t'ai déjà sauvé la peau une fois. Ça ne compte pas pour toi ?

Le nain ne broncha pas, les bras croisés devant les nattes de sa barbe.

— C'est mon prix.

— Je lui parlerai, mais je ne garantis rien.

Le nain fit la moue, ébouriffant sa barbe et sa moustache.

— Très bien, où sont ces épées ?

Theron accepta le projet, une fois assuré qu'il récupérerait le fragment, et il porta la lame brisée à la forge du manoir, qui n'était plus qu'un four de brique et une enclume. Il aurait la lame sur lui pendant l'échange, afin de l'offrir immédiatement si la supercherie était découverte.

— Humf ! grogna le nain avec dégoût.

— Quoi ? demanda Hadrian.

— Pas étonnant que ça n'ait pas fonctionné. Il y a des écritures sur les deux faces. Il y a là une inscription toute différente. Tu vois, je pense que c'est l'incantation.

Le nain montra à Hadrian la lame sur laquelle une toile d'araignée mystérieuse étalait ses lignes sinueuses en un long motif. Puis Magnus retourna l'arme et révéla un dessin beaucoup plus petit de l'autre côté.

— Et je dirais que ce côté est annoté du nom dont a parlé Esrahaddon. Il semble logique que toutes les incantations soient les mêmes et que les noms soient uniques.

— Tu veux dire que tu peux créer une arme qui fonctionne ?

— Non, elle est brisée juste au milieu du nom, mais je peux au moins en faire une excellente copie.

Le nain défit la ceinture d'outils qu'il cachait sous ses vêtements et la posa sur l'enclume. Il possédait toute une collection de marteaux de différentes tailles et formes et des ciseaux, tous accrochés à des boucles séparées. Il déroula un tablier de cuir et l'attacha à sa taille. Enfin, il prit l'épée du seigneur Rufus et la fixa à l'enclume.

— Tu les promènes partout, pas vrai ? demanda Hadrian.

— Tu ne me surprendras certainement pas à les laisser sur la selle d'un cheval, répliqua Magnus.

Hadrian et Theron commencèrent à creuser un trou sur le côté de la cour, près du vieux fumoir, profitant du sol préalablement retourné pour accélérer le processus. Ils n'avaient pas de pelles et utilisaient de vieilles planches qui leur noircissaient les mains. Après quelques heures, ils obtinrent un refuge suffisant pour que deux d'entre eux puissent se dissimuler totalement sous terre. La profondeur ne serait pas assez importante si la bête cherchait à les débusquer, mais cela pourrait les mettre à l'abri d'un jet de flammes, s'il ne les prenait pas au dépourvu. Dans le cas contraire, ils seraient réduits à l'état de pots d'argile cuits dans le sable.

— Cela ne prendra plus longtemps, dit le mercenaire à Theron tandis que les deux hommes s'asseyaient dans la terre et regardaient la lumière du jour décliner. Magnus utilisait son plus petit marteau et frappait en tintements sonores. Il marmonna quelque chose, puis tira un lourd tissu de la poche de sa ceinture et entreprit de polir la surface du métal.

Hadrian regarda vers les arbres, conscient du poids d'Alverstone dans sa tunique. Il se demanda si Royce était déjà arrivé dans la tour. *Est-il dedans ? A-t-il trouvé Esrahaddon ?* Il pensa à la princesse et Thrace. *Qu'est-ce que la bête leur a fait ?* Il se mordit la lèvre. Royce devait avoir raison. *Pourquoi les garderait-elle en vie ?*

Un bruit indiqua des chevaux approchant par le sud. Theron et Hadrian échangèrent des regards surpris et se levèrent. Un groupe de cavaliers surgit d'entre les arbres. Huit hommes traversèrent la plaine désolée, des chevaliers en armures noires, portant en tête l'étendard frappé de la couronne brisée. Luis Guy menait le groupe, toujours vêtu de sa chasuble rouge.

— Regardez-moi qui est revenu, commenta Hadrian. (Il se tourna vers Magnus.) Tu as fini ?

— Plus qu'à polir, répondit le nain. (C'est seulement à cet instant qu'il remarqua les cavaliers.) Ça ne me dit rien de bon, grommela-t-il.

Les chevaliers trottaient parmi les débris de la cour et accélérèrent lorsqu'ils virent le petit groupe. Guy étudia un instant les ruines fumantes du château, puis descendit de cheval et marcha vers le nain, s'arrêtant pour ramasser un morceau de poutre brûlée qu'il retourna deux fois entre ses mains avant de le jeter.

— Il semblerait que le seigneur Rufus ne s'en soit pas aussi bien sorti que prévu la nuit dernière. As-tu omis de forger un *i*, Magnus ?

Le nain, effrayé, recula d'un pas. Theron s'avança rapidement, saisit la lame brisée d'origine et la glissa sous sa chemise.

Guy remarqua son geste, mais ignora le fermier pour rester face au nain.

— Tu peux t'expliquer, Magnus, ou dois-je t'exécuter tout de suite pour ton travail bâclé ?

— Ce n'était pas ma faute. Il y avait des écritures sur l'autre face qui n'apparaissaient sur aucun des dessins. J'ai fait ce que vous avez demandé, seules vos recherches sont responsables de cet échec.

— Et que trames-tu à présent ?

— Il reproduit la lame pour qu'on puisse l'échanger auprès du Gilarabrywn, expliqua Hadrian.

— L'échanger ?

— Oui, la créature a pris la princesse Arista et une fille du village. Elle a dit que si on lui rendait l'épée prise dans son repaire, elle libérerait les femmes.

— Elle a *dit* cela ?

— Oui, confirma le mercenaire. Elle a parlé au diacre Tomas la nuit dernière, puis a enlevé les femmes sous ses yeux.

Guy émit un rire glacial.

— Alors maintenant, cette bête est douée de parole ? Et elle enlève les damoiselles ? Impressionnant. Je présume qu'elle sait aussi chevaucher et représentera certainement Dunmore lors des prochaines joutes d'hivernal, à Aquesta.

— Demandez à votre propre diacre si vous ne me croyez pas.

— Oh, je te crois, répliqua le chevalier qui avança pour se tenir face au mercenaire. Au moins concernant le vol d'une épée dans la citadelle. C'est bien ce que tu as voulu dire ? Alors quelqu'un a vraiment réussi à entrer dans Avempartha pour récupérer la véritable épée ? Astucieux, d'autant que je sais que seul quelqu'un ayant du sang elfique en lui peut pénétrer entre ces murs. Tu ne me sembles pas d'allure elfique, Hadrian. Et je connais fort bien la lignée des Pickering. Je sais aussi que notre ami Magnus ne pourrait pas entrer. Il ne reste que ton complice criminel, Royce Melborn. Il est plutôt petit, non ? Mince, agile ? Ces qualités doivent lui être utiles en tant que voleur. Il voit facilement dans le noir, il entend mieux que tout homme, jouit d'un équilibre étonnant, et il est si léger qu'il peut se déplacer dans le silence le plus total. Oui, c'est vraiment trop injuste envers les autres malheureux voleurs, qui ne peuvent compter que sur leurs capacités normales d'humains.

Guy étudia soigneusement les alentours.

— Où est ton associé ? demanda-t-il, mais Hadrian resta silencieux. C'est l'un de nos plus grands problèmes ; certains de ces bâtards semi-elfes peuvent passer pour des humains. Il est parfois si difficile de les repérer. Ils n'ont pas les oreilles en pointe ni les yeux en amande, parce qu'ils héritent du visage de leur parent humain, mais leur héritage elfique est toujours là. C'est pour cela qu'ils sont si dangereux. Ils paraissent normaux, mais au fond d'eux, ils sont d'une malice inhumaine. Tu n'en as probablement même pas conscience. Tu es comme ces fous qui tentent d'apprivoiser un ourson ou un louveteau en croyant que l'animal finira par les aimer. Tu crois peut-être pouvoir dompter la bête sauvage tapie au fond de lui. C'est impossible, tu sais, le monstre est toujours là, et n'attend qu'une occasion de te sauter à la gorge.

La sentinelle jeta un regard étincelant vers l'enclume.

— Et je suppose que l'un de vous prévoyait d'utiliser l'épée pour tuer la créature et réclamer le titre d'empereur ?

— Pour tout dire, non, répondit Hadrian. Notre plan était plutôt de sauver les femmes et de fuir très vite.

— Et tu espères que je vais te croire, Hadrian Blackwater, le combattant aguerri qui dresse l'épée comme un chevalier Teshlor de l'ancien Empire ? Tu veux vraiment me faire croire que tu ne fais que passer dans ce village reculé ? Que tu t'es retrouvé par hasard en possession de la seule arme capable de terrasser le Gilarabrywn, au moment précis où celui qui accomplirait cet exploit serait choisi comme empereur ? Non, bien sûr que non, tu te contentes d'utiliser ce qui doit être l'épée la plus puissante en ce monde pour un échange avec un monstre d'une cruauté insensée, mais apparemment doué de parole, afin de sauver une fille de paysan et la princesse de Melengar, que tu connais à peine.

— Eh bien, présenté ainsi, ça n'a pas l'air crédible, mais c'est pourtant la vérité.

— L'Église va revenir poursuivre le défi en ces terres, déclara Luis Guy. Avant cela, mon devoir est de m'assurer que personne ne tue le Gilarabrywn sans être, disons, à la hauteur de la couronne. Cela inclut sans l'ombre d'un doute les voleurs amis des elfes et leur bande de coupe-jarrets. (Guy se dirigea vers Theron.) Je vais donc récupérer la lame que tu caches.

— Il faudra me passer sur le corps, gronda le fermier.

— Comme tu voudras, répondit le chevalier qui tira son épée, imité par les sept Seret descendus de leurs montures.

— Maintenant, reprit Guy, donne-moi cette lame ou vous mourrez tous les deux.

— Vous voulez dire tous les quatre, non ? lança une voix derrière Hadrian.

Le mercenaire se retourna et découvrit Mauvin et Fanen qui montaient la pente, armés. Mauvin portait deux épées et en envoya une à Theron qui la rattrapa maladroitement.

— Disons cinq, ajouta Magnus en dressant deux de ses plus gros marteaux. (Le nain regarda Hadrian et déglutit avec peine.) Il a prévu de me tuer de toute manière, alors pourquoi ne pas vous aider ?

— Nous sommes tout de même huit, remarqua Guy. Ce n'est pas exactement un combat égal.

— C'est aussi ce que je me disais, rétorqua Mauvin, malheureusement, il n'y a plus personne ici pour se rallier à votre camp.

Guy dévisagea longuement Mauvin puis Hadrian, et tous deux lui rendirent son regard tout aussi intensément, au milieu du champ de cendres. Puis le chevalier hocha la tête et abaissa sa lame.

— Bien, je vois qu'il me faudra faire part de votre regrettable attitude à l'archevêque.

— Allez-y, répondit Hadrian. Son corps est enterré avec les autres, juste en bas de la colline.

Guy lui adressa un regard glacial puis tourna les talons pour partir, mais Hadrian remarqua que son geste était accompagné d'une inclinaison étrange de l'épaule vers la droite, tandis que son pied pivotait, orteil vers l'extérieur. C'était une manœuvre qu'Hadrian avait recommandée à Theron de surveiller, l'annonce d'une attaque.

— Theron ! cria-t-il.

C'était inutile : le fermier s'était déjà déplacé et avait levé son arme avant même que Guy n'ait fini de se retourner. La sentinelle visa le cœur. L'épée du fermier se retrouva dans l'axe une seconde plus tôt et dévia le coup. Puis, par pur réflexe, Theron bascula son poids en avant et réalisa l'enchaînement que le mercenaire lui avait répété tant de fois : parade, pivot, riposte. Il se fendit, jouant sur l'allonge, cherchant la faille. La sentinelle chancela. Guy se tordit et évita de peu une estafilade à la poitrine, recevant le coup dans l'épaule. Il cria de douleur.

Theron parut surpris par sa propre réussite.

— Retire-la ! crièrent en chœur Hadrian et Mauvin.

Theron récupéra sa lame et Guy vacilla en arrière, la main serrée sur son épaule en sang.

— Tuez-les ! ordonna la sentinelle entre ses dents serrées.

Les chevaliers Seret chargèrent.

Quatre attaquèrent les frères Pickering. L'un se jeta sur Hadrian et un autre se précipita vers Theron, quant au dernier, il choisit Magnus pour cible. Le mercenaire savait que le fermier ne tiendrait pas longtemps contre un Seret aguerri. Il tira son épée courte et la lame bâtarde, et abattit le premier adepte de Nyphron dès qu'il fut à sa portée. Puis il se mit sur le chemin du deuxième. Le chevalier comprit trop tard qu'il venait d'être pris en tenaille entre deux opposants, et Hadrian et Theron frappèrent ensemble.

Magnus tenait ses marteaux de la manière la plus menaçante qu'il pouvait, mais le nain n'était de toute évidence pas de taille à lutter contre le chevalier et il choisit de se replier derrière l'enclume. Lorsque le Seret s'approcha, il jeta l'un des outils vers lui et le frappa à la poitrine. Le métal fit résonner son plastron sans le blesser, mais cela fit légèrement chanceler le chevalier. Comprenant que le nain n'était pas une réelle menace, l'homme se tourna pour faire face à Hadrian qui chargeait sur lui.

Le Seret porta un coup en arc, vers le bas, en direction de la tête du mercenaire. Hadrian intercepta la lame de l'épée courte qu'il tenait à gauche, contraignant le chevalier à garder le bras levé, tandis qu'il plongeait son épée bâtarde sous l'aisselle exposée.

Mauvin et Fanen se battaient ensemble contre les quatre autres adversaires. Les rapières élégantes des jeunes nobles tournoyaient, paraient, bloquaient, fendaient et frappaient. Ils répondaient à chaque attaque, bloquaient chaque coup, rendaient toutes les passes. Mais les deux frères ne parvenaient qu'à se défendre. Ils tenaient leur poste contre l'assaut des chevaliers en armures qui cherchaient activement une faille. Mauvin parvint enfin à trouver le moment opportun pour attaquer. La pointe de son épée se planta dans la gorge d'un Seret et l'homme s'effondra après le coup rapide, mais juste après cette victoire, Fanen poussa un cri.

Hadrian se retourna et vit un Seret blesser le cadet au bras et poursuivre son geste vers la main. L'épée du Pickering lui glissa des doigts. Sans défense, Fanen recula désespérément pour s'échapper de la mêlée. Il se prit les pieds dans les gravats et tomba. Les Seret chargèrent sur lui, prêts à tuer.

Hadrian était trop loin.

Mauvin négligea sa propre défense pour aller secourir son frère. Il s'élança. D'un geste, il bloqua deux attaques, mais en paya le prix. Le chevalier qui lui faisait face frappa et sa lame s'enfonça dans son flanc. L'aîné Pickering accusa immédiatement le coup. Il tomba à genoux, le regard posé sur son frère. Il resta impuissant tandis que les deux autres Seret frappaient. Deux lames pénétrèrent dans le corps de Fanen. Le sang couvrit l'acier.

Mauvin hurla, alors que son opposant se préparait à porter le coup fatal, un coup de tranchant dirigé vers son cou. À genoux, il ignora la manœuvre, au grand bonheur du Seret. Le chevalier n'avait pas compris que le jeune noble n'avait pas besoin de se défendre. Il dressa son épée brusquement, perforant la cage thoracique du Seret. Il tourna la lame en la retirant, tranchant les organes de son adversaire.

Les deux chevaliers qui avaient tué Fanen se tournèrent vers Mauvin. L'aîné des Pickering dressa de nouveau son épée, mais il avait les côtes poisseuses de sang, le bras affaibli et le regard vitreux. Des larmes lui coulaient sur les joues. Il n'arrivait plus à ajuster son regard. Il porta une attaque bien trop ample. Le plus proche des Seret fit tomber d'un coup sec l'épée de Mauvin et les deux autres s'avancèrent, armes levées, sans toutefois avoir l'occasion d'aller plus loin. Hadrian était arrivé et les têtes de ceux qui allaient tuer le jeune noble volèrent, tandis que les corps s'affaissaient dans les cendres.

— Magnus, va vite chercher Tomas, cria le mercenaire. Dis-lui d'apporter des bandages.

— Il est mort, déclara Theron en se penchant vers Fanen.

— Je le sais ! répliqua sèchement le guerrier. Et Mauvin y passera aussi si on ne l'aide pas.

Il déchira la tunique du garçon et pressa la main sur son côté, sentant le sang bouillonner entre ses doigts. Mauvin haletait, en sueur. Ses yeux roulèrent, remplacés par deux orbes blancs.

— Bon sang, Mauvin ! lui cria Hadrian. Donnez-moi du tissu. Theron, passez-moi n'importe quoi.

Le fermier saisit l'un des Seret qui avait tué Fanen et déchira sa manche.

— Il en faut plus ! ordonna le mercenaire.

Il essuya le côté de Mauvin et repéra un petit trou d'où s'écoulait le sang rouge éclatant. Au moins, ce n'était pas le sang sombre, souvent synonyme de mort. Il prit l'étoffe et la pressa contre la plaie.

— Aidez-moi à le lever, demanda Hadrian à Theron qui revenait avec un autre bout de tissu.

Mauvin était mou comme une poupée de chiffons. Sa tête se balança d'un côté.

Tomas accourut, les bras chargés de longues pièces d'étoffes que Lena lui avait données. Le fermier et le guerrier soulevèrent Mauvin, et Tomas le banda étroitement. Le sang trempa les linges, mais l'écoulement avait nettement diminué.

— Gardez-lui la tête levée, ordonna Hadrian, et Tomas prit le jeune homme dans ses bras.

Le mercenaire se tourna vers le corps étendu de Fanen. Il était sur le dos, dans la terre, et une sombre mare de sang s'élargissait encore autour de lui. Hadrian crispa ses mains ensanglantées sur ses épées et se redressa.

— Où est Guy ? cria-t-il, les dents serrées.

— Il est parti, répondit Magnus. Pendant le combat, il a attrapé un cheval et s'est enfui.

Hadrian regarda intensément Fanen, puis Mauvin. Il prit une inspiration qui lui ébranla la poitrine.

Tomas pencha la tête et récita la prière aux disparus.

— *Ô Maribor, je t'implore*
De l'accueillir entre tes bras
Accorde-lui la paix, je t'en conjure,
Donne-lui le repos, je t'en supplie.
Puisse le dieu des hommes t'assister en ton voyage.

Lorsqu'il eut fini, il regarda les étoiles et murmura :

— Il fait nuit.

13

Vision artistique

Arista ne voulait pas respirer. Cela lui soulevait l'estomac et lui donnait des haut-le-cœur. En l'air, elle voyait le ciel étoilé, mais au sol… l'empilement. Le Gilarabrywn se construisait un piédestal comme d'autres bêtes fabriquaient un nid, et il utilisait ses trophées, des souvenirs écœurants de ses attaques et de ses victimes. La jeune femme distinguait la partie supérieure d'une tête aux cheveux noirs tressés, une chaise brisée, un pied encore chaussé, un torse partiellement mâchonné, une robe imprégnée de sang, un bras, si pâle qu'il semblait bleu, saillant de la pile comme pour adresser un salut macabre.

L'entassement se dressait sur une sorte de balcon ouvert, sur le flanc d'une haute tour de pierre, mais il n'y avait aucune issue. Il n'y avait pas de porte, simplement une arche gravée, le contour d'un panneau. Ce faux espoir semblait narguer Arista, qui aurait tout donné pour qu'il s'agisse d'une vraie porte.

Elle était assise, les mains sur les genoux, pour éviter de toucher quoi que ce soit. Arista sentait quelque chose sous elle, un objet long et fin comme une branche d'arbre, mais n'osait pas bouger. Elle craignait trop de découvrir de quoi il s'agissait vraiment. Elle faisait de son mieux pour ne pas baisser les yeux. Au nord, la princesse voyait la forêt, divisée par la ligne argentée du fleuve. Au sud, l'eau s'étendait en larges bassins qui disparaissaient dans les ténèbres. Parfois, Arista remarquait du coin de l'œil un détail de la pile qui attirait son attention, et elle baissait le regard. Elle le regrettait toujours ensuite.

Arista prit conscience avec un frisson qu'elle avait dormi sur la masse macabre. Mais ce n'était pas vraiment du sommeil : elle avait eu la sensation de se noyer, submergée par la terreur absolue. Elle n'avait aucun souvenir du moment où elle avait volé avec la bête ; elle avait oublié la majeure partie des événements de la journée, mais elle se rappelait l'avoir vue. La créature s'était tenue à quelques centimètres d'elle, se prélassant au soleil de l'après-midi. Elle l'avait observée pendant des heures, incapable de détourner le regard. Sa propre mort, endormie devant elle, captait irrésistiblement son attention. Assise sur la pile, elle n'osait ni bouger, ni parler. Elle craignait que le monstre ne se réveille et la tue, avant de l'ajouter à ses trophées. Elle restait figée, les muscles tendus, le cœur battant, les yeux rivés sur la peau épaisse et écailleuse qui ondulait à chaque souffle, dessinant ce qui devait être des côtes. Il lui semblait être en équilibre au bord d'un gouffre. Elle sentait le sang battre à ses tempes. Son immobilité l'épuisait. Puis le néant l'avait reprise, et un noir total l'avait envahie, une parenthèse salutaire.

Maintenant qu'elle avait rouvert les yeux, le monstre avait disparu. Elle regarda autour d'elle mais n'en vit aucune trace.

— Il est parti, lui dit Thrace.

C'était la première fois que l'une d'elles parlait depuis l'enlèvement. La jeune fille portait toujours sa tenue de nuit, et les hématomes formaient une ligne noire qui traversait son visage. Elle était à quatre pattes et s'activait près de la pile, creusant comme une enfant dans un bac à sable.

— Où est-il ? demanda Arista.

— Il s'est envolé.

Quelque part, non loin, en contrebas, la princesse entendait un rugissement. Ce n'était pas la bête. C'était un bourdonnement constant et roulant.

— Où sommes-nous ?

— En haut d'Avempartha, lui apprit la paysanne sans lever les yeux de son excavation macabre.

Elle fouilla sous une couche de pierres brisées et retourna une bouilloire de fer en dévoilant une tapisserie déchirée qu'elle entreprit de tirer.

— Qu'est-ce qu'Avempartha ?

— C'est une tour.

— Oh. Et que fais-tu ?

— Je pensais trouver une arme, ou quelque chose pour me battre.

Arista cilla.

— As-tu dit pour te battre ?

— Oui, peut-être une dague, ou un morceau de verre.

Arista n'aurait pas cru cela possible si elle n'avait été au cœur de l'action, mais à cet instant, impuissante et piégée, assise sur un tas de corps démembrés, attendant d'être dévorée... elle éclata de rire.

— Un morceau de verre ? Un morceau de verre ? gloussa-t-elle, d'une voix de plus en plus aiguë. Tu veux utiliser une dague ou un bout de verre pour combattre... cette chose ?

Thrace acquiesça en repoussant une tête de cerf aux bois amples.

Arista l'observait toujours fixement, bouche bée.

— Qu'est-ce qu'on a à perdre ? demanda la jeune paysanne.

C'était vrai. Elle avait parfaitement résumé la situation. Le seul point positif était que cela ne pouvait pas empirer. De toute sa vie, même lorsque Percy Braga dressait un bûcher pour la brûler vive, même lorsque le nain avait fermé la porte devant Royce et elle tandis qu'ils pendaient à une corde au milieu d'une tour au bord de l'effondrement, elle n'avait rien connu de pire. Peu de destins étaient comparables à celui de se voir dévorée vivante.

Arista partageait désormais l'avis de Thrace, mais quelque chose en elle refusait de l'accepter. Elle voulait croire qu'il restait un espoir.

— Tu ne crois pas que la créature tiendra sa promesse ? demanda-t-elle.

— Sa promesse ?

— Ce qu'elle a dit au diacre.

— Vous… vous avez compris ce qu'elle a dit ? demanda la jeune fille en s'interrompant pour la première fois, afin de regarder son amie.

Arista hocha la tête.

— Elle parlait l'ancienne langue impériale.

— Qu'est-ce qu'elle a dit ?

— Elle a parlé de nous échanger contre une épée, mais j'ai peut-être mal compris. J'ai appris la Langue Ancienne lors de mes études religieuses à Sheridan, et je n'étais pas très douée. Et puis j'étais terrifiée devant elle ; et je le suis toujours.

Arista vit Thrace réfléchir et l'envia.

— Non, dit enfin la jeune fille, le monstre ne nous laissera pas vivre. Il tue les gens. C'est tout ce qu'il fait. Il a tué ma mère et mon frère, ma belle-sœur et mon neveu. Il a assassiné ma meilleure amie Jessie Caswell et emporté Daniel Hall. Je n'ai jamais dit cela à personne, mais je pensais l'épouser un jour. Je l'ai trouvé sur le chemin près du fleuve, par un beau matin d'automne, à moitié dévoré, mais son visage était intact. C'est ce qui m'a le plus troublée. Ses traits étaient parfaits, sans une égratignure. Il avait l'air paisiblement endormi sous les pins, mais la plus grande partie de son corps avait disparu. La bête nous tuera.

Thrace frissonna sous un souffle de vent.

Arista retira sa cape.

— Tiens, dit-elle, tu en as plus besoin que moi.

Thrace la regarda avec un sourire hésitant.

— Prends-la, c'est tout ! insista sèchement la princesse.

Ses émotions jaillirent à la surface et menacèrent de déborder.

— Je veux faire quelque chose, bon sang !

Elle tendit le vêtement du bout de son bras tremblant. Thrace rampa vers son amie et prit l'étoffe. Elle la déplia et la regarda, comme si elles avaient été toutes deux dans un confortable boudoir.

— Comme elle est belle, si lourde.

Arista rit de nouveau, songeant qu'il était très étrange de passer ainsi du désespoir au rire en un instant. L'une d'elles était probablement folle, peut-être même l'étaient-elles toutes les deux. Arista enveloppa les épaules de la jeune fille de sa cape et fixa le fermoir.

— Et dire que j'ai failli tuer Bernice...

Arista pensa à Hilfred et sa suivante, restés... Non, à qui elle avait ordonné de rester dans la chambre. Les avait-elle tués ?

— Crois-tu que quelqu'un ait survécu ?

La jeune fermière fit rouler de côté une tête de statue et ce qui ressemblait à un plateau de table en marbre brisé.

— Mon père est en vie, dit-elle simplement sans cesser de creuser.

Arista ignorait comment elle le savait, mais elle la croyait. En de telles circonstances, elle était disposée à croire tout ce que Thrace lui dirait.

Malgré le trou appréciable qu'elle avait creusé au cœur de l'empilement, Thrace n'avait pas encore trouvé meilleure arme qu'un fémur, qu'elle mit de côté avec une indifférence sinistre. Arista devina qu'elle comptait s'en servir si elle ne trouvait pas mieux. La princesse regardait l'excavation avec un mélange d'admiration et d'incrédulité.

Thrace découvrit un magnifique miroir brisé. Elle se démenait pour détacher du cadre un morceau de verre lorsque Arista repéra un éclat doré qu'elle désigna.

— Il y a quelque chose sous le miroir.

Thrace reposa sa découverte et se glissa dans le désordre pour extraire la garde et la moitié de la lame d'une épée brisée. L'arme était soigneusement décorée d'or et d'argent et incrustée de pierres précieuses éclatantes. Le pommeau capta un rayon de lumière d'étoile et étincela.

Thrace prit l'épée par la poignée et la leva.

— Elle est légère, dit-elle.

— Elle est brisée, répondit Arista, mais je pense que c'est toujours mieux qu'un bout de verre.

Thrace rangea l'arme dans la poche intérieure de la cape et reprit ses recherches. Elle trouva un fer de hache et une fourchette qu'elle négligea. Puis elle tira un bout d'étoffe et s'interrompit brusquement.

Arista n'avait aucune envie de regarder, mais elle ne put s'en empêcher.

C'était une tête de femme, les yeux clos et la bouche ouverte.

Thrace replia aussitôt le drap sur la vision macabre, rebouchant le trou qu'elle avait creusé. Elle se réfugia dans un coin de la pièce et se recroquevilla, la tête posée sur les genoux qu'elle entourait de ses bras. Arista s'aperçut que Thrace était agitée de sanglots et elle ne retourna pas à ses recherches. Les deux femmes restèrent assises en silence.

Skarfsh. Skarfsh.

Arista distingua le bruit et son cœur s'emballa. Tous les muscles de son corps se tendirent et elle n'osa regarder.

Une violente bourrasque s'abattit sur elle lorsqu'elle ferma les yeux. Elle écouta la chose se poser et attendit la mort. La princesse percevait la respiration de la bête mais attendait toujours.

— *Bientôt*, dit la créature.

Arista ouvrit les yeux.

La bête était juchée sur la pile, le souffle court après l'effort du vol. Elle agita son mufle, projetant de la salive sur tout le balcon, révélant sa forêt de crocs inégaux. Ses yeux étaient plus grands que la main de la princesse, dotés d'immenses pupilles étroites d'un dégradé orange et brun marbré, reflétant l'image de la jeune femme.

— *Bientôt ?* répéta-t-elle sans savoir où elle avait trouvé le courage de parler.

Le grand œil cilla et la pupille se dilata avant de se fixer sur Arista. La bête allait la tuer à l'instant, mais au moins, tout serait fini.

— *Tu entends mon langage ?* s'enquit la voix intense et si profonde qu'elle semblait vibrer dans la poitrine de la princesse.

La jeune noble hocha la tête et répondit :

— *Oui.*

En face d'elle, Arista vit Thrace sortir la tête de ses genoux et observer la scène fixement.

La créature regarda Arista.

— *Tu es d'ascendance royale.*

— *Je suis une princesse.*

— *L'appât le plus prisé qui soit*, répondit le Gilarabrywn, malgré une hésitation d'Arista quant au sens de cette phrase.

Elle avait peut-être dit « Le plus grand cadeau », mais la phrase était difficile à traduire.

— *Allez-vous faire honneur à vostre parole ou nous occire toutes deux ?* s'enquit-elle.

— *L'appât demeurera vif tant que point n'aurai attrapé le voleur.*

— *Le voleur ?*

— *Icelui qui prit l'épée. Il vient. Devant la lune suis passé pour lui faire accroire que la tour était déserte, mais volant bas je revins ensuite. Le voleur arrive à cette heure.*

— Qu'est-ce qu'il raconte ? demanda Thrace.

— Il dit que nous sommes des appâts pour attraper un voleur qui lui a dérobé une épée.

— Royce, devina la jeune femme.

Arista la regarda intensément.

— Qu'as-tu dit ?

— J'ai recruté deux hommes pour voler une épée dans cette tour.

— Tu as recruté Royce Melborn et Hadrian Blackwater ? demanda Arista, stupéfaite.

— Oui.

— Comment as-tu… commença la princesse avant de renoncer à sa question. La bête sait que Royce arrive. Elle a simulé son départ en faisant en sorte d'être vue hors de la tour.

Le Gilarabrywn dressa brusquement la tête et la tourna vers la fausse porte. Rapidement mais en silence, il se leva et s'envola d'un léger coup d'aile. La bête saisit les courants porteurs et s'éleva au-dessus de la tour. Thrace et Arista entendirent un bruit un peu plus bas, des pas sur la pierre.

Une silhouette enveloppée d'une cape noire apparut. Elle s'avança, traversant la pierre et la fausse porte, comme si elle avait surgi à la surface d'une mare paisible.

— C'est un piège, Royce ! crièrent les deux otages d'une même voix.

La silhouette ne bougea pas.

Arista perçut le murmure de l'air sur le cuir d'une aile. Puis une lumière aveuglante fut brusquement projetée de la silhouette. Il n'y eut ni bruit ni mouvement. L'homme semblait s'être changé en étoile, un astre si brillant que tous furent éblouis. Arista ferma les yeux et entendit le Gilarabrywn pousser un cri strident au-dessus d'elle. Elle sentit des mouvements d'air frénétiques qui la poussaient tandis que la bête battait des ailes pour interrompre sa descente.

La lumière ne dura pas. Elle disparut soudain, mais pas entièrement, et les femmes découvrirent un homme dans une robe aux multiples reflets.

— *Toi !* hurla la bête en ébranlant la tour de sa voix puissante.

Elle flottait au-dessus du petit groupe en battant de ses grandes ailes.

— *Tu t'es enfui de ta cage, bête d'Erivan, chasseur de Nareion ?* cria Esrahaddon en Langue Ancienne. *Mais je te scellerai de nouveau en ta geôle !*

Le magicien leva les bras, mais avant qu'il n'ait pu faire un autre geste, le Gilarabrywn hurla et recula avec terreur. Il s'éleva en battant de ses ailes immenses, mais à la dernière seconde, il tendit une serre et enleva Thrace hors de la tour. Puis il décrivit une courbe et disparut. Arista se précipita à la balustrade et baissa les yeux avec horreur. La créature et Thrace s'étaient volatilisés.

— Nous ne pouvons rien pour elle, déclara tristement le magicien.

La jeune femme se retourna et découvrit Esrahaddon et Royce Melborn à côté d'elle. Tous deux regardaient à l'extérieur, vers le bouillonnement noir du fleuve.

— Son destin dépend à présent d'Hadrian et de son père.

Arista serra les mains sur la balustrade. Elle eut de nouveau l'impression de se noyer. Royce l'attrapa par le poignet.

— Vous allez bien, Votre Altesse ? Il y a une sacrée hauteur, vous savez.

— Conduisons-la en bas, dit Esrahaddon. La porte, Royce, la porte.

— Oh, c'est vrai, répondit le voleur. Accordez l'accès à Arista Essendon, princesse de Melengar.

L'arche se transforma en porte et s'ouvrit. Le trio passa dans une petite pièce. Une fois loin de la pile, à l'abri entre les murs, Arista ressentit le contrecoup des récents événements et dut s'asseoir pour ne pas tomber.

Elle se cacha la tête dans les mains et gémit :

— Oh mon Dieu, Maribor bien-aimé. Pauvre Thrace !

— Elle peut encore s'en sortir, lui dit le magicien. Hadrian et son père attendent avec l'épée brisée.

La jeune noble se balançait en pleurant, mais ses larmes n'étaient pas uniquement pour Thrace. Elles trahissaient l'anéantissement de la digue fragile qui ne résistait plus au flot d'émotions. Elle voyait défiler dans son esprit des images d'Hilfred et de ce dernier mot entre eux qui resterait non-dit ; de Bernice qu'elle avait traitée si cruellement, et de Fanen et Mauvin, tous à jamais perdus. Elle ne pouvait mettre de mots sur un tel chagrin, mais ses émotions explosèrent alors qu'elle criait :

— Une épée ? Quelle épée ? Pourquoi parlez-vous d'épée ? Je ne comprends pas !

— Expliquez-lui, déclara Royce, je dois trouver l'autre moitié.

— Elle n'est pas là, lui dit Arista.

— Comment ?

— Tu as bien dit que l'épée était brisée ? demanda la jeune femme.

— En deux parties. J'ai volé un morceau de lame hier, mais je dois trouver le fragment comprenant la garde. Je suis presque sûr qu'il se trouve dans cette pile.

— Non, répliqua Arista, surprise que son esprit soit encore capable de faire le rapprochement. Plus maintenant.

Le magicien ouvrait le chemin sur les longues marches cristallines, s'arrêtant de temps à autre pour jeter un coup d'œil dans un couloir ou un escalier. Il réfléchissait un instant puis secouait la tête et reprenait sa route, ou marmonnait « Ah oui ! », avant d'emprunter le passage.

— Où sommes-nous ? demanda Arista.

— Avempartha, répondit simplement le magicien.

— J'ai compris. Mais, à part une tour, qu'est-ce qu'Avempartha ?

— C'est un édifice bâti par les elfes il y a des millénaires. Plus récemment, il a fait office de piège en renfermant le

Gilarabrywn, puis la tour est visiblement devenue son antre. Cela t'est-il utile ?

— Pas vraiment.

Arista était toujours perplexe mais se sentait mieux. Elle était étonnée d'oublier aussi vite. Cela ne lui semblait pas juste. Elle aurait dû penser aux disparus. Elle aurait dû porter le deuil, mais son esprit rejetait violemment cette idée. Comme une branche cassée qui ne veut plus soutenir la moindre charge, son cœur et son esprit n'aspiraient qu'à un peu de soulagement. Elle avait besoin de repos, il lui fallait quelque chose d'autre pour occuper ses pensées, quelque chose qui n'impliquait ni mort, ni souffrance. La Tour d'Avempartha lui proposait un remède. Les lieux étaient à couper le souffle.

Esrahaddon guida le petit groupe le long des ponts intérieurs qui s'étiraient entre des flèches effilées, montant et descendant des escaliers, traversant de vastes pièces. Aucune torche ou lanterne n'était allumée, mais Arista voyait sans problème, car les murs eux-mêmes diffusaient une douce lueur bleue. Un plafond voûté se déployait trente mètres plus haut, comme une canopée, et ses décors de lignes complexes évoquaient branches et feuillages. Des balustrades bordaient les passerelles et les marches, comme des lianes enroulées de vignes rampantes, sculptées à même la roche avec une finesse troublante. Les moindres détails de la tour étaient ciselés avec soin, contribuant à sa beauté saisissante. Arista avançait bouche bée, son regard passant d'une merveille à l'autre : la statue géante d'un cygne majestueux prenant son vol, une fontaine bouillonnante figurant un banc de poissons. Elle repensa à l'aspect rustique et barbare du château du roi Roswort, et à son dédain pour les elfes, qu'il considérait comme des rats dans un tas de bois. *Sacré tas de bois.*

Une musique émanait des lieux. La rumeur étouffée des chutes créait une basse sourde et réconfortante. Le vent sifflait au sommet de la tour comme les bois d'un orchestre, en notes douces et rassurantes. Le bouillonnement et les gouttelettes des fontaines étoffaient la mélodie de rythmes légers et agréables. Dans cette harmonie, la voix d'Esrahaddon semblait discordante, tandis qu'il racontait sa première visite dans la tour, des siècles plus tôt, et comment il avait enfermé la bête entre les murs.

— Alors puisque vous avez piégé le Gilarabrywn il y a neuf cents ans, dit-elle, vous prévoyez de l'enfermer de nouveau ?

— Non, répondit le magicien. Pas de mains, tu te rappelles ? Je ne peux rien lancer de plus puissant qu'un sortilège d'entrave sans mes doigts, jeune fille, tu devrais le savoir mieux que personne.

— Je vous ai entendu menacer de le remettre en cage.

— Le Gilarabrywn ne sait pas qu'Esra n'a plus de mains, pas vrai ? dit Royce.

— La bête se souvenait de moi, ajouta le magicien. Elle a supposé que j'étais aussi puissant que jadis, ce qui signifie qu'en dehors de l'épée, je suis sans doute la seule chose qu'elle craigne.

— Vous vouliez lui faire peur ?

— Oui, c'était mon projet.

— Nous voulions récupérer l'épée et espérions aussi vous sauver toutes les deux, expliqua Royce. Bien sûr, je ne m'attendais pas à ce que le monstre emporte Thrace, et je n'avais aucun moyen de savoir que la petite prendrait l'épée avec elle. Vous êtes certaine qu'elle a récupéré la moitié d'épée avec garde dans cette pile ?

— Oui, c'est moi qui l'ai remarquée, mais je ne comprends toujours pas. Comment cette arme peut-elle aider ? Le Gilarabrywn n'est pas un enchantement ; c'est un monstre que l'Héritier doit tuer et…

— Vous avez trop écouté l'Église. Le Gilarabrywn est bel et bien une création magique. L'épée est un contre-sort.

— Une épée ? C'est insensé. C'est une arme de métal, un élément physique.

Esrahaddon sourit, un peu surpris.

— Tu as donc été bien attentive à mes leçons. Excellent. Tu as raison, l'épée est sans valeur. Ce sont les mots gravés sur la lame qui ont le pouvoir de renvoyer l'invocation. Si l'on plonge la lame dans le corps de la bête, cela dispersera les éléments qui assurent son existence et brisera le sort. Si seulement tu avais récupéré l'artefact, nous aurions pu combattre la bête.

— Au moins, vous m'avez sauvée, précisa la princesse. Merci.

— Ne nous remerciez pas trop vite, intervint Royce. Le monstre est toujours là.

— Bon, Thrace a recruté Royce, j'ignore comment cela a pu se produire, mais je peux l'admettre. Ce que je ne comprends toujours pas, c'est ce que vous faites ici, Esra, finit par dire la jeune femme.

— Je suis là pour trouver l'Héritier.

— Il y a donc bien un Héritier. Tous les concurrents ont échoué et les autres sont sans doute morts. Le monstre a tout ravagé.

— Je ne parle pas de ce défi grotesque. Je parle du véritable Héritier de Novron.

Le magicien arriva à une intersection en T et se dirigea à gauche, vers un escalier descendant.

— Une minute, l'interrompit Royce. Nous ne sommes pas venus par ici.

— « Nous », non, mais moi oui.

Royce regarda autour de lui.

— Non, non, rien ne correspond. Je vous ai laissé partir en tête, mais de toute évidence, vous ignorez complètement comment regagner la sortie.

— Je ne cherche pas la sortie.

— Quoi ? s'exclama le voleur.

— Nous ne quittons pas la tour, répondit le magicien. Je me rends au Valentryne Layartren, et vous venez tous deux avec moi.

— J'espère que vous comptez m'expliquer pourquoi, répliqua Royce d'une voix nettement plus froide. Sinon, j'ai peur que vous n'ayez tiré des conclusions hâtives.

— J'expliquerai en chemin.

— Maintenant, coupa Royce. J'ai d'autres obligations à prendre en compte.

— Tu ne peux pas aider Hadrian, déclara le magicien. Le Gilarabrywn est déjà arrivé au village. Hadrian est mort ou hors de danger. Tu ne peux rien faire, ni changer quoi que ce soit. Tu ne peux l'aider, mais tu peux m'aider. Cela fait deux jours que je passe le plus clair de mon temps à tenter d'accéder au Valentryne Layartren, mais sans tes mains, Royce, je ne peux l'atteindre et il me faudrait des jours, des semaines peut-être, pour accomplir seul le nécessaire, alors qu'avec Arista, tout peut être fini ce soir. Maribor a jugé bon de vous mener à moi au moment précis où j'avais le plus besoin de vous.

— Valentryne Layartren, murmura Royce, c'est le terme elfique pour *vision artistique*, non ?

— Tu connais un peu d'elfique, c'est une bonne chose, dit Esrahaddon. Tu devrais t'intéresser davantage à tes racines.

— Tes racines ? répéta Arista, perplexe.

Les deux hommes l'ignorèrent.

— Tu ne peux aider les gens du village, mais tu peux m'assister dans ce que je suis venu faire ici. Ce pour quoi je t'ai fait venir.

— Vous avez besoin de nous pour trouver l'Héritier de l'Empire ?

— Ton esprit est d'ordinaire plus vif que cela, Royce. Je suis déçu.

— Je pensais que c'était votre secret.

— C'était le cas, mais les circonstances m'ont contraint à revoir mon jugement. À présent, cesse d'être aussi têtu et viens avec moi. Un jour, tu pourras repenser à cet instant en songeant que tu as changé l'histoire de ce monde, en te contentant de descendre quelques marches.

Royce hésitait toujours.

— Réfléchis, renchérit Esrahaddon. Que peux-tu faire pour Hadrian ?

Il ne répondit pas.

— Si tu dévales cet escalier, que tu te précipites dans le tunnel, que tu nages pour rejoindre la forêt, et que tu cours jusqu'à perdre le souffle vers le village, que pourras-tu accomplir ? Même si, par miracle, tu atteins la ville avant qu'Hadrian ne se fasse tuer, en quoi cela l'aidera-t-il ? Tu ne pourras que rester là, pantelant et en nage. Tu n'as pas l'épée. Tu ne peux faire le moindre mal à la bête. Tu ne parviendras même pas à l'effrayer. Je doute même que tu sois capable de la distraire, et si tu y parviens, cela ne durera qu'un instant. Si tu pars, tu ne feras que te précipiter au-devant de ta propre mort, sans aucune raison valable. Le destin d'Hadrian ne dépend pas de toi. Tu sais que j'ai raison, ou sinon tu ne serais plus là à m'écouter. Allons, ne t'entête pas ainsi.

Royce soupira.

— Loués soient les dieux, dit le magicien. Allons-y.

— Une minute, intervint Arista, n'ai-je pas aussi mon mot à dire ?

Le magicien la regarda.

— Connais-tu le chemin ?

— Non, répondit-elle.

— Dans ce cas, non, tu n'as rien à dire, conclut le vieil homme. Maintenant, je t'en prie, nous avons perdu assez de temps. Suis-moi.

— Dans mes souvenirs, vous étiez plus gentil, cria la princesse.

— Et dans les miens, vous aviez tous deux l'esprit plus vif.

Ils reprirent leur marche, s'enfonçant vers les profondeurs de la tour. En cours de chemin, Esrahaddon reprit la parole :

— La plupart des gens pensent que les elfes ont bâti cette tour comme une forteresse défensive, lors des guerres qui les opposèrent à Novron. Ainsi que vous l'avez sans doute deviné, c'est faux. Ce bâtiment précède Novron de plusieurs millénaires. D'autres y voient une forteresse contre les gobelins des mers, les terrifiants Ba Ran Ghazel, mais c'est une nouvelle erreur, car la tour est plus ancienne que ce peuple. Ces jugements se fondent tous sur l'impression erronée qu'il s'agit d'une citadelle ; ainsi fonctionne l'esprit humain. En fait, les elfes ont vécu des âges entiers avant les hommes et les gobelins ; et peut-être même avant l'apparition des nains dans ce monde. De leur temps, ils n'avaient que faire d'une citadelle. Ils n'avaient même pas de mot pour désigner la guerre car la Corne de Gylindora contrôlait tous les conflits internes. Non, ce n'était pas une place forte de défense pour garder le seul carrefour du fleuve Nidwalden, même si cela a sans doute fini par le devenir. À l'origine, la tour avait été créée pour devenir un centre destiné à l'Art.

— Il parle de magie, précisa Arista.

— Je sais de quoi il parle.

— Les maîtres elfiques convergeaient des quatre coins du monde pour étudier et pratiquer l'Art le plus sophistiqué. Mais ce n'était pas une simple école. Le bâtiment en lui-même était un outil prodigieux, comme un four gigantesque offert à un forgeron, et faisait en l'occurrence office de catalyseur. Les chutes étaient utilisées comme source d'énergie et les pics immenses de la tour agissaient comme les antennes d'une sauterelle ou les moustaches d'un chat. Elles se tendaient vers le monde, captaient, ressentaient, attiraient vers cet endroit l'essence absolue de l'existence. Ce gigantesque jeu de levier et pivot permettait à un seul magicien d'amplifier ses pouvoirs, presque au-delà de toute raison.

— Une vision artistique… murmura Royce. C'est un appareil qui vous permettra d'utiliser la magie pour trouver l'Héritier ?

— Malheureusement, même Avempartha ne dispose pas d'un tel pouvoir. Je ne peux trouver quelque chose que je n'ai jamais vu, ou quelque chose dont l'existence n'est pas avérée. Mais ce que je peux faire, en revanche, c'est localiser une chose que je connais bien, qui m'est familière, un objet que j'ai créé dans le but précis de retrouver l'Héritier.

» Il y a neuf cents ans, lorsque Jerish et moi avons décidé de nous séparer pour cacher Nevrik, j'ai créé des amulettes pour tous deux. Elles avaient deux fonctions : d'une part elles devaient les protéger de l'Art afin que personne ne les localise grâce à la divination ; d'autre part, elles devaient me permettre de les suivre par un jeu de signature que moi seul pouvais reconnaître.

» Bien sûr, Jerish et moi pensions qu'il ne faudrait pas plus de quelques années pour rassembler un groupe de loyalistes qui rétabliraient l'Empire, mais nous savons tous qu'il n'en fut rien. Je ne peux qu'espérer que Jerish a eu la présence d'esprit de s'assurer que les descendants de l'Héritier garderaient à l'abri leurs colliers et les transmettraient de génération en génération. Mais mes attentes sont peut-être trop élevées… Qui aurait cru que je vivrais aussi longtemps…

Le petit groupe passa un autre pont étroit qui enjambait un gouffre d'une profondeur inquiétante. Au-dessus d'eux flottaient plusieurs bannières colorées, brodées d'images stylisées et ornées de simples lettres elfiques. Arista remarqua que Royce les scrutait intensément en remuant les lèvres, comme pour essayer de déchiffrer leur message. De l'autre côté du passage, ils atteignirent un pas-de-porte où une grande arche décorée était tracée dans la pierre, sans qu'aucun battant ne soit réellement visible.

— Royce, tu veux bien ?

Le voleur s'avança, posa les mains sur la surface polie et poussa.

— Que fait-il ? demanda la jeune noble au magicien.

Esrahaddon se contenta de se tourner vers Royce.

Le voleur les regarda, mal à l'aise, puis finit par prendre la parole.

— Avempartha dispose d'une protection magique qui interdit l'accès à toute personne dénuée de sang elfique. L'ensemble des fermetures de la tour fonctionne ainsi. Nous avons d'abord cru que moi seul pourrai entrer – et Esra, puisqu'il avait été invité il y a des années, mais la seule invitation d'un elfe semble suffire. Esra a trouvé les termes elfiques exacts pour cette invitation, et c'est comme cela que je vous ai fait passer.

— En parlant de cela… commença Esrahaddon en désignant l'arche.

— Désolé, reprit Royce qui ajouta d'une voix claire : *Melentanaria, en venau rendin Esrahaddon, en Arista essendon adona Melengar.*

Arista interpréta ces mots ainsi : « Accordez l'accès au magicien Esrahaddon et à Arista Essendon, princesse de Melengar. »

— C'est en Langue Ancienne, commenta-t-elle.

— Oui, approuva Esrahaddon. Il y a de nombreux points communs entre l'elfique et la langue de l'Empire.

— Oh ! s'exclama Arista qui découvrit soudain, à la place de l'arche, une porte ouverte. Mais je ne comprends toujours pas. Comment as-tu le pouvoir de nous… Oh ! (La princesse s'interrompit, la bouche toujours ouverte.) Mais tu n'as pas du tout l'air…

— Je suis un *mir*.

— Un quoi ?

— Un métis, expliqua Esrahaddon. Un peu de sang elfique, un peu de sang humain.

— Mais tu n'as jamais…

— Ce n'est pas le genre de chose dont on se vante, expliqua le voleur. Et j'apprécierais que vous le gardiez pour vous.

— Oh, bien sûr.

— Venez, Arista doit encore jouer son rôle, intervint le magicien en passant la porte.

Ils entrèrent dans une vaste salle, parfaitement circulaire, creusée dans la roche. Il leur sembla pénétrer dans une bulle géante. Contrairement au reste de la tour, et malgré sa taille, la pièce était dénuée d'ornement. C'était un globe immense, lisse, sans la moindre marque, fissure ou crevasse. Elle ne comptait qu'un escalier de pierre qui zigzaguait vers une plate-forme, s'étirant depuis les marches jusqu'au centre exact de la sphère.

— Te souviens-tu des incantations plésieantiques que je t'ai enseignées, Arista ? demanda le magicien en montant les marches, ses paroles répétées par l'écho ricochant entre les murs.

— Hum… les… heu…

— Oui ou non ?

— Je réfléchis.

— Réfléchis plus vite ; l'heure n'est pas aux esprits engourdis.

— Oui, je m'en rappelle. Seigneur, vous êtes devenu bien exigeant.

— Je m'excuserai plus tard. Une fois là-haut, tu devras te tenir au centre de la plate-forme, sur une marque qui symbolise le sommet. Tu lanceras et poursuivras la formule plésieantique. Commence par les Incantations de rassemblement, tu sentiras alors sans doute un choc plus fort que de coutume, car cet endroit amplifie le pouvoir pour réunir les ressources. Ne t'en alarme pas, ne cesse pas les incantations, et quoi que tu fasses, ne crie pas.

Arista adressa un regard effrayé à Royce.

— Lorsque tu sentiras le pouvoir affluer en toi et te parcourir, commence le chant torsionique. Ce faisant, tu devras former la matrice de cristal avec tes doigts, en t'assurant de les plier vers l'intérieur et non vers l'extérieur.

— Donc, les pouces vers l'extérieur et le reste des doigts vers moi, c'est cela ?

— Oui, répondit Esrahaddon avec agacement. Ce sont des connaissances basiques, Arista.

— Je sais, je sais, mais cela remonte à loin. J'ai été occupée par l'ambassade de Melengar et je n'ai pas eu l'occasion de rester dans ma tour pour pratiquer des incantations.

— Tu as donc perdu ton temps à des frivolités ?

— Non, répliqua-t-elle, exaspérée.

— Une fois la matrice formée, reprit le magicien, garde la pose. Souviens-toi des techniques de concentration que je t'ai enseignées et fais en sorte de garder la matrice équilibrée et stable. C'est à cet instant que je puiserai dans le champ de pouvoir pour mener mes recherches. La salle risque alors de produire des effets extraordinaires. Des images et des visions prendront forme à certains endroits, et vous entendrez peut-être des sons. Là encore, ne paniquez pas. Elles ne seront pas vraiment là, elles ne seront que des échos de mon esprit en quête des amulettes.

— Vous voulez dire que nous verrons tous les trois qui est le véritable Héritier ? demanda Royce alors qu'ils atteignaient le haut de l'escalier.

Esrahaddon hocha la tête.

— J'aurais préféré garder cette information pour moi, mais le destin semble en avoir décidé autrement. Lorsque j'aurai localisé les pulsations magiques des artefacts, je me concentrerai sur leurs propriétaires et ils apparaîtront sans doute comme les plus grandes images visibles dans la pièce : je saurai ainsi non seulement qui porte les bijoux, mais aussi où ils se trouvent.

La plate-forme était à peine couverte de poussière et ils distinguaient aisément les multiples lignes géométriques qui convergeaient, sur le sol, comme des rayons de soleil, toutes réunies en un seul point au centre exact du podium.

— Sont-ils plusieurs ? s'étonna Arista en prenant place au milieu des symboles.

— Il y avait deux colliers ; j'en ai donné un à Nevrik, l'amulette de l'Héritier, et l'autre à Jerish, le bijou du garde du corps. S'ils existent toujours, nous verrons les deux. Je vous demande de ne raconter à personne ce que vous allez voir, car vous mettriez la vie de l'Héritier en grand danger, ce qui menacerait l'avenir de l'humanité.

— Les magiciens et le goût du drame, soupira Royce en levant les yeux au ciel. Il aurait suffi de dire : « Ne le racontez pas ».

Esrahaddon leva un sourcil en regardant le voleur, puis se tourna vers Arista.

— Commence.

La jeune femme hésita. Sauly devait se tromper. Tout ce qu'il avait dit sur le pouvoir de l'Héritier pour asservir l'humanité, n'était destiné qu'à l'effrayer pour qu'elle devienne une espionne à sa solde. Ses mises en garde qualifiant Esrahaddon de démon ne devaient être que de nouveaux mensonges. Il était secret, oui, mais il n'avait rien de démoniaque. Il lui avait sauvé la vie cette nuit-là. *Qu'a fait Sauly ? Combien de jours se sont écoulés avant la mort de Braga, durant lesquels il connaissait ses funestes projets… et n'a rien fait ?* Trop de jours.

— Arista ? la pressa Esrahaddon.

Elle hocha la tête, leva les mains et commença le rituel.

14

Quand viennent les ténèbres

Le vent du soir soufflait doucement sur la colline. Hadrian et Theron se tenaient seuls au milieu des ruines du château, en surplomb de ce qui avait été un village. Le foyer d'innombrables espoirs, désormais enfoui sous la cendre et les gravats.

Theron sentait la brise lui caresser la peau et il se souvint du vent mauvais qui soufflait la nuit où sa famille avait péri. Le soir où Thrace avait couru jusqu'à lui. Il la voyait encore, se précipitant sur la pente de la Colline Rocheuse, pour venir trouver refuge dans ses bras. Il avait alors cru vivre la pire journée de sa vie. Il avait maudit sa fille pour être allée le trouver. Il la tenait pour responsable de la mort de sa famille. Il l'avait accablée de tout le malheur et du désespoir qu'il était trop faible pour assumer. Elle était sa petite fille, celle qui était toujours à ses côtés où qu'il aille, et lorsqu'il la chassait, comme toujours, il s'apercevait qu'elle le suivait de loin, le regardait, imitant ses gestes et reprenant ses mots. Thrace riait de ses grimaces, pleurait quand il était blessé, restait à son chevet quand la fièvre le prenait. Il n'avait jamais dit un mot gentil à sa fille. Pas un geste affectueux ou un compliment. Il ne lui avait jamais dit qu'il était fier d'elle. La plupart du temps, il ne la remarquait même pas. Mais à présent, il était prêt à donner sa vie avec joie, simplement pour voir sa petite fille courir vers lui, ne serait-ce qu'une dernière fois.

Theron était coude à coude avec le mercenaire. Il avait caché l'épée brisée sous ses vêtements, prêt à la sortir en une seconde pour apaiser la bête, si nécessaire. Hadrian avait la fausse lame forgée par le nain et lui aussi l'avait dissimulée, estimant que si le Gilarabrywn voyait aussitôt l'objet de sa quête, il ne prendrait même pas la peine de respecter le marché. Magnus et Tobis attendaient en contrebas, hors de vue, sous un abri construit avec les débris du manoir, tandis que Tomas s'évertuait à assurer autant que possible le confort d'Hilfred et Mauvin, au pied de la colline.

La lune s'était levée au-dessus des arbres, mais la bête ne venait toujours pas. Les torches qu'Hadrian avait allumées en cercle autour du sommet commençaient à faiblir. Seules quelques-unes étaient encore enflammées, mais cela n'avait pas grande importance car la lune était claire, et sans la canopée de feuilles, la lumière naturelle aurait suffi pour lire un livre.

— Peut-être qu'il ne viendra pas, dit Tomas en montant la colline. Peut-être que ce ne devait pas être ce soir, ou alors j'ai simplement entendu des voix. Je n'ai jamais été très doué en Langue Ancienne.

— Comment va Mauvin ? demanda Hadrian.

— L'hémorragie a cessé. Il dort tranquillement. Je l'ai drapé d'une couverture et j'ai improvisé un oreiller avec une chemise. Le soldat Hilfred et lui devraient…

Un hurlement retentit en haut de la tour et ils regardèrent dans cette direction. Une explosion terrible de lumière blanche entoura la cime de pierre. Elle dura un instant et disparut aussi brusquement qu'elle avait éclaté.

— Qu'est-ce que c'était, par Maribor ? demanda Theron, stupéfait.

Hadrian secoua la tête.

— Je ne sais pas, mais je pense que Royce n'y est pas étranger.

Le Gilarabrywn lança un nouveau cri, plus fort encore.

— J'ignore ce que c'était, dit Hadrian, mais je pense que la chose vient vers nous.

Derrière eux, Tomas priait à voix basse.

— Dites un petit quelque chose pour Thrace, Tomas, recommanda Theron.

— Je prie pour nous tous, répondit le prélat.

— Hadrian, demanda Theron, si je ne survivais pas à tout ça, vous garderiez un œil sur ma petite Thrace ? Et si elle devait périr aussi, veillez à ce qu'on nous enterre dans ma ferme.

— Et si je meurs et que vous vivez, répondit le mercenaire, assurez-vous de rendre à Royce la dague à ma ceinture avant que le nain ne la vole.

— C'est tout ? s'étonna le fermier. Où voulez-vous être enterré ?

— Je ne veux pas qu'on m'enterre. Si je meurs, je pense que j'aimerais qu'on immerge mon corps dans le fleuve, dans les chutes. Qui sait, j'irai peut-être jusqu'à la mer.

— Bonne chance, lui dit Theron.

Les bruits de la nuit cessèrent subitement, à part le souffle du vent.

Cette fois, la forêt ne faisait pas écran et le fermier vit la créature arriver, sa grande silhouette noire étendue comme l'ombre d'un oiseau prenant son élan. Son corps fin ondulait, sa queue battait au rythme de son vol. Le monstre ne piqua pas en approchant. Il ne cracha pas de feu et ne se posa pas. Au lieu de cela, il décrivit quelques cercles en silence, dessinant un large ovale.

Tandis que les hommes l'observaient, ils remarquèrent qu'il n'était pas seul. Il tenait une femme entre ses griffes. D'abord, ils ne la reconnurent pas. Elle portait un manteau richement décoré, mais elle avait les cheveux blonds de Thrace. Lorsque le monstre décrivit un second cercle, Theron sut qu'il s'agissait de sa fille. Une vague de soulagement et d'inquiétude exacerbée le saisit. *Qu'est-il arrivé à l'autre ?*

Après plusieurs tours, la créature se posa en douceur et toucha délicatement le sol. Elle se posa directement devant les deux hommes, à moins de quinze mètres de ce qui avait été le château.

Thrace était vivante.

Une patte massive d'os et de muscles, couverte d'écailles et dotée de quatre griffes noires d'une trentaine de centimètres, la retenait prisonnière.

— Papa ! cria-t-elle, en larmes.

Lorsque Theron la vit, il s'élança en avant. Les griffes du Gilarabrywn se resserrèrent à l'instant et la jeune femme hurla. Hadrian saisit Theron et le tira en arrière.

— Attendez ! lança-t-il. Il la tuera si vous avancez trop.

La créature dardait sur eux de grands yeux reptiliens. Puis le Gilarabrywn parla.

Ni Theron ni Hadrian ne comprirent une parole.

— Tomas, cria le mercenaire, que dit-il ?

— Je ne suis pas très doué…, commença le diacre.

— Je me moque de vos résultats en grammaire pendant le séminaire, traduisez, c'est tout.

— Je crois qu'il dit qu'il a choisi les femmes car elles sont une meilleure monnaie d'échange.

La créature poursuivit et Tomas n'attendit pas qu'Hadrian l'interroge.

— Il demande où est la lame qui a été volée.

Hadrian se tourna vers le diacre.

— Demandez-lui où est l'autre femme.

Tomas parla et la bête répondit.

— Il dit que l'autre s'est enfuie.

— Demandez-lui si nous pouvons être sûrs qu'il nous épargnera si je lui révèle où est cachée la lame.

Tomas traduisit et la créature répondit de nouveau.

— Il dit qu'il va vous offrir un gage de bonne foi car il sait qu'il est en position de force et comprend votre inquiétude.

Le Gilarabrywn ouvrit la patte et Thrace se précipita vers son père. Theron sentit son cœur bondir en voyant la jeune femme traverser la colline vers ses bras ouverts. Il l'enlaça étroitement et essuya ses larmes.

— Theron, dit Hadrian, partez. Retournez tous les deux au puits si vous le pouvez.

Theron et sa fille ne protestèrent pas et le grand œil de la bête les suivit avec attention, alors qu'ils se mettaient à courir vers les ruines du village. Puis la créature reprit la parole.

— Et maintenant, où est la lame ? traduisit Tomas.

Hadrian contempla la bête immense qui se dressait devant lui et sentit la sueur inonder son visage tandis qu'il tirait la fausse lame de sa manche et la tendait. Le Gilarabrywn plissa les yeux.

— Apporte-la-moi, traduisit Tomas.

C'était l'instant crucial. Hadrian sentait le métal froid entre ses mains.

— Par pitié, faites que ça fonctionne, murmura-t-il pour lui-même en jetant le fragment d'épée.

Celui-ci atterrit dans la cendre, juste devant la créature. Le Gilarabrywn le regarda et le mercenaire retint son souffle. La bête plaça négligemment la patte sur la lame et la cueillit entre ses griffes. Puis il regarda Hadrian et reprit la parole.

— Le marché est réglé, dit Tomas. Mais…

— Mais ? répéta nerveusement Hadrian. Mais quoi ?

La voix de Tomas faiblit.

— Mais il dit qu'il ne peut laisser vivre ceux qui ont vu la moitié de son nom.

— Oh, sale bâtard ! jura le guerrier en tirant le grand espadon dans son dos. Courez, Tomas !

Le Gilarabrywn se dressa, battit de ses grandes ailes en déclenchant une tempête de cendres. Il tendit le cou brusquement, comme un serpent. Hadrian bondit de côté et tourna pour frapper la bête de son épée. Mais il ne sentit pas l'acier pénétrer la chair. Son cœur se serra lorsque la pointe de l'espadon dérapa, comme s'il avait frappé une statue de pierre. Le choc brusque ébranla sa prise sur la garde et l'épée tomba.

Le Gilarabrywn ne laissa pas une seconde au mercenaire et battit violemment de la queue. La longue lame d'os balaya l'air à soixante centimètres du sol. Hadrian bondit pour l'esquiver et elle griffa le sol de la colline avant de se planter dans une poutre brûlée. D'un sursaut rapide, le monstre envoya voler le tronc de plusieurs centaines de kilos. Hadrian plongea la main dans sa tunique et tira Alverstone de son fourreau. Il s'accroupit comme pour un combat au couteau sur ring, en équilibre sur le bout des pieds, et attendit l'attaque suivante.

Le Gilarabrywn se jeta de nouveau sur lui. Cette fois, il frappa de son dard comme un scorpion. Hadrian esquiva, et la longue pointe s'enfonça dans la terre.

Le mercenaire courut en avant.

Le Gilarabrywn fit claquer ses dents en direction du guerrier. Mais Hadrian était prêt à une telle attaque, il s'y attendait, il l'espérait. Il bondit de côté à la dernière seconde. Il se retira si tard qu'un croc déchira sa tunique et lui blessa l'épaule. Cela en valait pourtant la peine. Il était tout près du mufle de la bête. De toutes ses forces, il enfonça la petite dague de Royce dans le grand œil du monstre.

Le Gilarabrywn émit un hurlement strident qui assourdit Hadrian. La bête recula, ébranlant lourdement le sol de ses pas. La petite lame avait percé et coupé un sillon. La créature secoua la tête, autant de souffrance que d'incrédulité, et lança un regard terrible à Hadrian de son œil valide. Puis elle cracha des paroles si chargées de venin, que Tomas n'eut pas besoin de traduire.

Le monstre déplia ses ailes et s'éleva dans les airs. Hadrian comprit ce qui l'attendait et maudit sa propre stupidité de s'être laissé attirer par la créature à une telle distance du trou. Il n'y arriverait jamais à temps.

Le Gilarabrywn glapit et bomba le dos.

Un bruit sec et puissant retentit soudain. Un paquet de corde s'envola. Les petits poids fixés sur les bords volèrent plus vite que le reste et le filet s'ouvrit comme une énorme manche à air, enveloppant la bête qui tentait de prendre de la hauteur.

Les ailes s'emmêlèrent dans les mailles et le Gilarabrywn tomba sur le sol, dans un fracas de tonnerre, emportant dans sa chute des restes de la rampe d'escalier du château qui sautèrent violemment en l'air, avant de s'effondrer dans un nuage de cendres.

— Cela a fonctionné ! cria Tobis, surpris et triomphant de l'autre côté de la colline.

Hadrian estima que c'était une occasion unique et tournant les talons, il chargea le monstre. Ce faisant, il remarqua que Theron le suivait.

— Je vous ai dit de fuir avec Thrace ! cria le mercenaire.

— Vous aviez l'air d'avoir besoin d'aide, répliqua le fermier. Et j'ai dit à Thrace de courir au puits.

— Qu'est-ce qui vous fait croire qu'elle vous écoutera alors que vous ne m'avez pas écouté ?

Hadrian atteignit le monstre, affalé sur le côté, qui s'agitait furieusement, et bifurqua vers sa tête. Il repéra l'œil intact et attaqua, frappant à plusieurs reprises. Dans un cri horrible, la bête ratissa le sol de ses pattes vers l'arrière et déchira le filet, avant de rouler pour se remettre debout.

Totalement concentré sur son objectif d'aveugler le monstre, Hadrian avait posé les pieds sur les mailles de corde. Lorsque la bête se redressa, le mercenaire sentit qu'il quittait le sol. Il tomba à plat sur le dos, le souffle coupé.

Incapable de voir sa cible, la créature fouetta l'air de sa queue, balayant le sol. Hadrian fut fauché en tentant de se relever et reçut le coup dans toute sa puissance.

Hadrian roula à terre, désarticulé, glissant dans la cendre, jusqu'à atteindre un coin de terre où il resta allongé, immobile. La bête se libéra totalement du filet et renifla l'air avant de se diriger vers le responsable de ses tourments.

— Non ! cria Theron avant de charger. Il se précipita vers Hadrian avec l'idée de le tirer hors de portée de la bête avant qu'elle ne l'atteigne, mais elle était trop rapide et atteignit le mercenaire en même temps que le fermier.

Theron ramassa une pierre et tira la lame brisée qu'il tenait toujours. Il visa le flanc exposé du monstre, utilisant la pierre comme un marteau pour enfoncer le métal à la façon d'un clou.

Cela empêcha le Gilarabrywn de tuer Hadrian, mais il ne hurla pas comme lorsque la dague l'avait touché. Au lieu de cela, il se retourna et se mit à rire. Theron engagea la lame plus profondément dans la bête en frappant encore, mais le Gilarabrywn ne poussait toujours aucun cri. Il parla, mais le fermier ne comprit pas ses mots. Puis, le monstre n'ayant plus aucun mal à localiser le paysan, il le balaya de ses pattes terribles.

Theron n'avait ni la rapidité, ni l'agilité d'Hadrian. Il était remarquablement fort pour son âge, mais son corps âgé ne put esquiver le coup à temps, et les griffes immenses de la bête pénétrèrent dans sa chair comme quatre longues épées.

— Papa ! cria Thrace en accourant vers le combat.

Elle se hâtait sur la pente en pleurant.

Depuis leur abri, Tobis et le nain lancèrent un rocher vers le Gilarabrywn et touchèrent sa queue. La créature se retourna et chargea avec fureur dans leur direction.

Thrace tomba à quatre pattes et rampa vers Theron, mais son père gisait, brisé, sur le sol. Son bras gauche était tordu vers l'arrière, et son pied était tourné dans le mauvais sens. Du sang sombre maculait sa poitrine et son souffle s'échappait par saccades de son corps pris de convulsions.

— Thrace, parvint-il à murmurer.

— Papa, pleura-t-elle en le prenant dans ses bras.

— Thrace, répéta-t-il en l'attirant à lui de sa main encore valide. Je suis si… (Il ferma les yeux de souffrance.) Je suis si… f… fier de toi.

— Oh mon Dieu, Papa. Non. Non. Non !

Elle secoua la tête en sanglotant.

Elle maintint le corps contre elle, le serrant de toutes ses forces, tentant de le garder plus longtemps auprès d'elle. Elle ne le laisserait pas partir. C'était impossible, elle n'avait plus que lui. Elle sanglota et gémit, les mains crispées sur la chemise du vieux fermier, lui embrassa la joue et le front, et sans cesser de le serrer dans ses bras, elle sentit son père rendre l'âme dans la nuit.

Theron Wood mourut sur le sol calciné, dans le sang et la boue. Et le tout dernier espoir de Thrace, son dernier lien avec ce monde, périt avec lui.

Il existe les ténèbres de la nuit, les ténèbres des sens et les ténèbres de l'esprit. Thrace sentit qu'elle sombrait simultanément au sein de ces trois domaines obscurs. Son père était mort. Sa lumière, son espoir, son dernier rêve, tout cela était mort avec son dernier soupir. Il ne restait rien au monde que la bête ne lui eût pris.

Le Gilarabrywn avait tué sa mère.

Il avait pris son frère et sa femme, et son neveu.

Il avait emporté Daniel Hall et Jessie Caswell.

Il avait brûlé son village.

Il avait tué son père.

Thrace leva la tête et observa la créature un peu plus loin sur la colline.

Aucune personne victime de ses attaques n'a jamais survécu. Il n'y a jamais eu de survivants.

Elle se leva et avança lentement. Le monstre découvrit la catapulte et la mit en pièces. Il tournoya et chercha à l'aveugle, en reniflant, son chemin pour descendre la colline. Il ne remarqua pas la jeune femme. L'épaisse couche de cendres née de sa fureur amortissait les pas de la jeune femme.

—Non, Thrace, lui cria Tomas. Fuis !

Le Gilarabrywn s'interrompit et renifla en direction du cri, conscient d'un danger, mais incapable d'en déterminer la source. Il essaya de regarder vers la voix.

— Non, Thrace, arrête !

La jeune fille ignora le diacre. Elle n'écoutait plus, ne voyait plus, ne réfléchissait plus. Elle n'était plus sur la colline. Elle avait quitté Dahlgren et avançait dans un tunnel, un passage étroit qui la menait inexorablement vers une unique destination : le monstre.

Il tue les gens. C'est tout ce qu'il fait.

La bête huma l'air. Thrace savait qu'elle cherchait à la repérer, concentrée sur le parfum de peur qui émanait de ses victimes.

Mais la jeune femme n'avait pas peur. Cela aussi, la créature l'avait détruit.

Elle était devenue invisible.

Sans hésitation, crainte, question, ni regret, Thrace avança en silence vers le monstre colossal. Elle saisit l'épée elfique à deux mains et la dressa au-dessus de sa tête. Elle porta tout le poids de son corps frêle dans le coup et abattit l'arme brisée dans le corps du Gilarabrywn. Elle n'eut pas besoin de fournir beaucoup d'effort car la lame s'enfonça aisément.

La bête poussa un cri strident de peur et d'incompréhension. Elle se tourna, battit en retraite, mais il était trop tard. L'épée pénétra sa chair jusqu'à la garde. L'essence du Gilarabrywn et les forces qui le liaient à ce monde volèrent en éclats. Dans cette rupture soudaine, l'univers récupéra cette énergie dans une explosion violente. L'éruption de puissance jeta Thrace et Tomas au sol. L'onde de choc se propagea jusqu'au bas de la colline, irradiant dans toutes les directions, au-delà du paysage brûlé et désolé, vers la forêt, dispersant des volées d'oiseaux vers le ciel nocturne.

Hébété, Tomas se redressa en chancelant et s'approcha de la petite silhouette mince de Thrace Wood, au centre d'un creux nettement dessiné, là où s'était dressé le terrible Gilarabrywn. Il s'approcha, émerveillé, et tomba à genoux devant la jeune paysanne.

— Votre Majesté impériale, dit-il simplement.

15

L'Héritier de Novron

Le soleil se leva, éclatant, sur le fleuve Nidwalden. Les nuages s'étaient éloignés, et en milieu de matinée, le ciel était clair et l'air plus doux que jamais. Un vent léger plissait la surface de l'eau et les rayons du soleil projetaient des éclats d'or sur le fleuve. Un poisson bondit hors de l'eau et retomba dans un léger bruit. Dans le ciel, les oiseaux chantaient leurs mélodies matinales et les cigales bourdonnaient.

Royce et Arista étaient au bord du fleuve et essoraient leurs vêtements. Esrahaddon attendait.

—Jolie robe, commenta la princesse.

Le magicien se contenta de sourire.

La jeune noble frémit en regardant vers l'autre rive. Les arbres semblaient différents de l'autre côté, peut-être étaient-ils d'essences nouvelles. Ils paraissaient plus fiers, plus droits, avec moins de branches basses et des troncs plus longs. Ils étaient impressionnants, mais n'étaient entourés d'aucun signe de civilisation.

— Comment savons-nous qu'ils sont là-bas ? demanda Arista.

— Les elfes ? s'enquit Esrahaddon.

— Je veux dire, personne n'a vu d'elfe… (Elle regarda Royce)… de sang pur, depuis des siècles.

— Ils sont là. Des milliers, aujourd'hui, je dirais. Des tribus aux noms anciens, dont les lignées remontent jusqu'à l'aube des temps. Les Miralyith maîtres de l'Art, les Asendwayr chasseurs, les Nilyndd artisans, les Eiliwin architectes, les Umalyn spirites, les Gwydry bâtisseurs navals et les Instarya guerriers. Ils sont toujours là, en un rassemblement de nations.

— Ont-ils des villes ? Comme nous ?

— Peut-être, mais sans doute pas comme les nôtres. Une légende parle d'un lieu nommé Estramnadon. C'est le lieu le plus sacré de la culture elfique… du moins à la connaissance des humains. On raconte qu'Estramnadon se trouve ici, dans les profondeurs de la forêt. Certains y voient la capitale des elfes, le siège de leur monarque, d'autres imaginent un bosquet sacré où le premier arbre, planté par Muriel elle-même, demeure vif grâce aux bons soins des enfants de Ferrol. Personne ne sait vraiment. Nul humain ne le saura sans doute jamais, car les elfes n'admettent aucune intrusion dans leur monde.

— Vraiment ? releva la princesse en adressant un sourire taquin au voleur. Peut-être que si j'avais su cela, j'aurais deviné plus tôt l'héritage de Royce.

Il ignora le commentaire et regarda le magicien.

— Ai-je raison de croire que vous n'allez pas rentrer au village ?

Esrahaddon secoua la tête.

— Je dois partir avant que Luis Guy et ses chiens ne se lancent à ma poursuite. Eh puis, je dois parler à l'Héritier et élaborer un plan.

— Alors, c'est un au revoir. Je dois retourner là-bas.

— N'oublie pas de garder le silence sur ce que tu as vu dans la tour, sur ce que vous avez vu tous les deux.

— C'est drôle, je pensais que l'Héritier et son gardien seraient des garçons de ferme inconnus, dans quelque recoin comme… eh bien comme ici, en fait. Des gens dont je n'aurais jamais entendu parler.

— La vie sait nous surprendre, n'est-ce pas ? remarqua le magicien.

Royce acquiesça et tourna les talons.

— Royce, ajouta le vieil homme en l'arrêtant avec douceur. Nous savons que ce qui s'est passé la nuit dernière n'a pas dû être agréable. Tu devrais te préparer à ce que tu vas découvrir.

— Vous pensez qu'Hadrian est mort, n'est-ce pas ? commenta le voleur d'un ton neutre.

— Cela ne me surprendrait pas. Si tel est le cas, au moins, n'oublie pas que sa mort est peut-être le sacrifice qui a sauvé ce monde de la destruction. Et si cela ne t'apporte nul réconfort, nous savons tous deux que cela aurait plu à Hadrian.

Royce réfléchit, hocha la tête, puis disparut entre les arbres.

— Il a définitivement du sang elfique, déclara Arista en secouant la tête avant de s'asseoir face à Esrahaddon.

J'ignore pourquoi je n'y ai pas pensé avant. Je vois que vous vous êtes laissé pousser la barbe.

— Tu n'avais pas remarqué ?

— Si, mais j'étais un peu occupée.

— Je ne peux pas vraiment me raser. Ce n'était pas un problème dans Gutaria, mais à présent… De quoi ai-je l'air ?

— Vous commencez à grisonner.

— Rien d'étonnant. J'ai neuf cents ans.

Le magicien regarda vers l'autre berge.

— Tu devrais vraiment pratiquer ton Art. Tu t'en es bien sortie, là-dedans.

La jeune femme leva les yeux au ciel.

— Je ne peux pas pratiquer la magie, pas comme vous me l'avez enseigné. Je sais réaliser la plupart des tours que m'a appris Arcadius, mais c'est un peu difficile d'apprendre une magie basée sur les gestes d'un homme sans mains.

— Tu as fait bouillir de l'eau et éternuer un des gardes, t'en souviens-tu ?

— Oui, je suis une véritable sorcière, vraiment, répondit-elle d'un ton sarcastique.

Il soupira.

— Et la pluie ? As-tu retravaillé cette incantation ?

— Non, et je ne le ferai pas. Je suis ambassadrice de Melengar à présent. La magie, c'est de l'histoire ancienne. Avec le temps, les gens oublieront peut-être même que j'ai été jugée pour sorcellerie.

— Je vois, répondit le magicien d'un air déçu.

La princesse frémit sous la brise fraîche du matin. Elle passa les doigts dans sa chevelure emmêlée. Sa robe était tachée et froissée.

— Je fais peur à voir.

Le magicien ne répondit pas. Il semblait réfléchir.

— Alors, reprit-elle, qu'allez-vous faire pour trouver l'Héritier ?

Esrahaddon se contenta de la regarder.

— C'est un secret ?

— Pourquoi ne pas me demander ce que tu veux vraiment savoir, Arista ?

Elle afficha un air de fausse naïveté et lui adressa un mince sourire.

— Je ne comprends pas.

— Tu ne restes pas assise ici, frissonnante dans une robe mouillée, simplement pour me faire la conversation. Et puis j'ai moi aussi d'autres choses à faire.

— Des choses ? demanda-t-elle, jugeant elle-même qu'elle n'était pas très convaincante. Je ne vois pas ce que vous voulez dire.

— Tu veux savoir si ce que l'Église raconte sur moi à propos de la mort de ton père est vrai. Tu penses que je t'ai manipulée comme un pion. Tu te demandes si je t'ai trompée, faisant de toi une complice involontaire de la mort de ton propre père.

La comédie était terminée. Elle dévisagea le magicien, stupéfaite par ses propos directs, retenant son souffle. Elle garda le silence mais acquiesça lentement.

— Je me doutais qu'ils viendraient à toi, faute de pouvoir me trouver.

— Vraiment ? dit-elle en retrouvant la parole. Avez-vous organisé la mort de mon père ?

Esrahaddon laissa le silence s'étirer un moment, puis répondit enfin :

— Oui, Arista, en effet.

D'abord, la princesse ne dit rien. Il lui semblait impossible qu'elle ait bien entendu. Elle se mit lentement à secouer la tête, incrédule.

— Comment… commença-t-elle. Comment avez-vous pu ?

— Rien de ce que je dirais, ni la parole d'un autre, ne saurait te l'expliquer, du moins pas encore. Un jour, peut-être, tu comprendras.

Les yeux de la jeune femme s'emplirent de larmes. Elle les essuya d'une main et jeta un regard terrible au magicien.

— Avant que tu ne me juges définitivement, comme tu le feras évidemment, souviens-toi d'une chose. En ce moment, l'Église de Nyphron essaie de te persuader que je suis un démon, l'Apôtre d'Uberlin. Tu dois penser qu'ils ont raison. Avant que tu me maudisses à jamais et que tu ailles te jeter entre les bras du patriarche, pose-toi les bonnes questions. Qui a approuvé ton entrée à l'université de Sheridan ? Qui a convaincu ton père réticent d'accepter que tu poursuives de telles études ? Où as-tu entendu parler de moi ? Comment as-tu trouvé ta route vers une prison cachée, dont l'existence n'était connue que d'une poignée d'initiés ? Pourquoi t'a-t-on appris l'usage des pierres d'entrave, et n'est-ce pas étrange que la pierre que tu as utilisée sur ta porte ait été la même que la bague royale qui donnait accès à ma prison ? Et pourquoi donc une jeune fille, princesse ou non, a-t-elle été autorisée à entrer dans la prison de Gutaria puis à en sortir indemne, non pas une fois ou deux, mais de manière répétée pendant des mois, sans que ses agissements soient jamais remis en question ou rapportés au roi, son père ?

— Que voulez-vous dire ?

— Arista, dit le magicien, les requins ne se contentent pas de fruits de mer parce qu'ils aiment cela, mais parce que les poulets ne nagent pas. Nous faisons tous de notre mieux avec ce dont nous disposons, mais il faut aussi se demander d'où viennent les outils qui nous sont offerts.

Elle le scruta.

— Vous saviez qu'ils allaient tuer mon père. Vous l'espériez. Vous saviez même qu'ils finiraient par me tuer, et Alric, et vous avez pourtant prétendu être mon ami, mon professeur. (Ses traits se durcirent.) Le cours est fini.

Elle lui tourna le dos et partit.

Lorsque Royce arriva à la lisière de la forêt brûlée, il repéra quelques tentes colorées, installées autour de la cour de l'ancien village. Des fanions flottaient, aux armes de l'Église de Nyphron, et il repéra plusieurs prêtres et des gardes impériaux. D'autres silhouettes avançaient doucement sur la colline près du château détruit, mais il ne vit personne qu'il connaissait.

Il resta à l'abri des arbres et entendit le craquement d'une brindille non loin de là. Il contourna l'endroit d'où provenait le bruit et repéra sans problème Magnus, accroupi dans les broussailles.

Le nain sursauta en le voyant et retomba en arrière à son approche.

— Du calme, murmura le voleur qui vint s'asseoir près du nain, qui le regardait nerveusement.

Royce baissa les yeux vers la pente et se rendit compte que Magnus avait choisi un emplacement parfait pour surveiller le campement. Ils se trouvaient sur un petit promontoire, derrière des arbres brûlés, où un peu de végétation basse avait survécu. En contrebas, ils jouissaient d'une vue dégagée sur chaque ouverture de tente, le corral improvisé et les latrines. Royce estima que les hommes de l'Église devaient être une trentaine.

— Qu'est-ce que tu fais encore là ? demanda-t-il au nain.

— Je brisais une épée pour ton ami. Mais à présent, je m'en vais.

— Qu'est-ce qui s'est passé ?

— Hum ? Oh, Theron et Fanen sont morts.

Royce hocha la tête, sans montrer de signe visible de surprise ou de chagrin.

— Et Hadrian ? Est-il en vie ?

Le nain acquiesça, puis se lança dans le récit des derniers événements.

— Une fois la bête tuée, ou conjurée, ou ce que tu voudras, Tomas et moi sommes allés voir Hadrian. Il était inconscient mais vivant. Nous l'avons mis dans un coin confortable, réchauffé à l'aide d'une couverture, et nous l'avons placé sous un appentis avec le jeune Pickering et le soldat de Melengar. Avant l'aube, l'évêque Saldur et ses hommes étaient de retour, suivis par deux charrettes. À mon avis, soit Guy leur a raconté ce qui s'était passé et il revenait avec des renforts, soit ils ont appris que la créature était morte. Ils ont colonisé le coin aussi vite qu'un groupe de lapins, tentes dressées et petit déjeuner sur le feu. J'ai repéré la sentinelle parmi eux, alors je me suis caché ici. Ils ont porté Hadrian, Hilfred et Mauvin sous cette tente blanche et peu après, un garde a été posté à l'entrée.

— C'est tout ?

— Eh bien, ils ont envoyé un détachement enterrer les morts. Ils les ont surtout mis en terre sur la colline, près du château, y compris Fanen, mais Tomas a fait un scandale pour Theron et ils l'ont porté sur la route vers cette vieille ferme près du fleuve pour l'enterrer là-bas.

— Tu as sans doute oublié de me dire comment tu as trouvé ma dague ?

— Alverstone ? Je pensais que tu l'avais.

— En effet, répondit Royce.

Magnus posa la main sur sa botte et jura.

— Quand tu t'es renseigné sur mon passé, tu as dû découvrir que j'avais survécu pendant ma jeunesse en faisant les poches des passants.

— Je m'en rappelle vaguement, grommela le nain.

Royce tira Alverstone de son fourreau, en foudroyant le nain du regard.

— Écoute, je suis désolé d'avoir tué ce maudit roi, protesta Magnus. C'était juste une mission qu'on m'avait confiée, d'accord ? Je n'aurais même pas accepté s'il n'avait pas aussi été question d'accomplir un véritable défi en matière de maçonnerie. Je ne suis pas un assassin. Je ne mérite même pas d'être considéré comme un combattant pathétique. Je suis un artisan. Pour être honnête, je suis spécialiste des armes. C'est mon premier amour, mais tous les nains savent tailler la pierre et j'ai été embauché pour travailler dans cette tour, puis les termes du contrat ont changé après six mois de labeur. J'aurais été viré si je n'avais pas accepté de poinçonner le vieillard. Avec du recul, je comprends que j'aurais dû refuser, mais j'ai dit oui. Je ne savais rien de lui. C'était peut-être un mauvais roi, peut-être qu'il méritait de mourir ; c'était en tout cas l'avis de Braga et il était le beau-frère du roi. J'essaie en général de ne pas me mêler des affaires humaines, mais cette fois, j'ai été pris malgré moi dans toute cette histoire. Je ne voulais pas ça, je ne l'ai pas cherché, mais c'est arrivé. Et ils auraient forcément trouvé quelqu'un pour me remplacer si j'avais refusé.

— Qu'est-ce qui te fait croire que je suis fâché par la mort d'Amrath ? Je ne t'en veux même pas pour avoir trafiqué la tour. Ton erreur, c'est d'avoir fermé la porte devant moi.

Magnus recula légèrement.

— Te tuer serait aussi facile, non plus facile, que d'égorger un cochon gras. Le vrai défi serait de te faire souffrir un maximum avant que tu meures.

Magnus ouvrit la bouche, mais aucun son n'en sortit.

— Mais tu es un nain très chanceux, car il y a sous cette tente un homme encore en vie qui s'oppose à ton exécution, un homme que tu as couvert d'un tissu et placé sous un appentis.

Plus bas, il vit qu'Arista entrait dans le campement. Elle s'adressa à un garde qui désigna la tente blanche. Elle s'y précipita.

Royce se tourna de nouveau vers le nain et parla d'une voix claire et égale.

— Si tu touches encore Alverstone sans ma permission, je te tue.

Magnus le regarda avec amertume, puis son expression changea et il leva un sourcil.

— Sans ta permission ? Il y a donc une chance que tu me laisses l'étudier ?

Royce leva les yeux au ciel.

— Je vais sortir Hadrian de là. Tu vas voler deux chevaux à l'archevêque et les guider vers la tente blanche sans être repéré.

— Et ensuite, nous parlerons de cette histoire de permission ?

Royce soupira.

— Ai-je déjà dit que je détestais les nains ?

— Mais Votre Grâce… protesta le diacre Tomas, debout sous une tente devant l'évêque Saldur et Luis Guy.

Le petit homme replet n'avait pas fière allure dans sa robe couverte de terre et de cendres, le visage boueux et les doigts noirs.

— Regardez-vous, Tomas, lui dit Saldur. Vous êtes si épuisé que vous semblez sur le point de défaillir. Vous avez passé deux journées éprouvantes, et vous avez été soumis à une pression terrible depuis des mois. Il est normal dans ces circonstances d'imaginer voir des choses dans le noir. Personne ne vous le reproche. Et nous ne pensons pas que vous mentez. Nous savons que pour le moment, vous pensez avoir vu cette petite paysanne tuer le Gilarabrywn, mais je crois qu'après une bonne sieste au calme, vous vous réveillerez en prenant conscience de vos erreurs.

— Je n'ai pas besoin d'une sieste ! cria Tomas.

— Calmez-vous, diacre, coupa Saldur en se levant brusquement. N'oubliez pas à qui vous vous adressez.

Tomas baissa les yeux et Saldur soupira. Son visage s'adoucit, reprenant son air de grand-père bienveillant, et il posa une main sur l'épaule du diacre, lui donnant quelques tapes amicales.

— Allez vous reposer sous une tente.

Tomas hésita, puis tourna les talons et quitta Saldur et Luis Guy.

L'évêque se laissa tomber sur une petite chaise rembourrée, près d'un bol de baies qu'un serviteur zélé avait réussi à lui trouver. Il en jeta deux dans sa bouche et mâcha. Les fruits étaient amers et il grimaça. Malgré l'heure matinale, l'évêque avait désespérément envie d'un cognac, mais il n'avait rien pu sauver en fuyant le château. Seule la grâce de Maribor expliquait la préservation du matériel de campement et des provisions, qu'ils avaient négligemment laissés dans des charrettes à leur arrivée au manoir. Dans la tourmente de l'exode, personne n'y avait repensé.

Sa seule survie était déjà un miracle. Il ne se souvenait pas d'avoir traversé la cour et atteint la porte. Il avait dû fuir par la colline mais n'en gardait aucun souvenir. Sa mémoire était comme un rêve, floue et évasive. Il se rappelait avoir ordonné au cocher de fouetter les chevaux. Cet imbécile voulait attendre l'archevêque. Le vieillard pouvait à peine marcher et lorsque les flammes avaient déferlé, tous ses serviteurs l'avaient abandonné. Il avait à présent autant de chances de survie que Rufus.

Avec la mort de l'archevêque Galien, la représentation de l'Église à Dahlgren revenait à Saldur et Guy. Ils héritaient d'un désastre d'une ampleur mythique. Ils étaient isolés dans des terres sauvages et devaient prendre des décisions cruciales. Leurs choix définiraient l'avenir des générations futures. Le véritable décisionnaire n'avait pas été nommé. Saldur était évêque, un chef désigné, et Guy n'était qu'un officier des forces de sécurité dont la juridiction s'étendait principalement aux apostats de l'Église. Pourtant, la sentinelle s'était entretenue directement avec le patriarche. Saldur aimait bien Guy, mais il avait beau apprécier son efficacité, cela ne l'empêcherait pas de sacrifier la sentinelle si nécessaire. Saldur était certain que si Guy avait toujours eu ses chevaliers avec lui, il aurait pris le commandement et le prélat n'aurait eu d'autre choix que d'accepter. Mais les Seret étaient morts et Guy lui-même blessé. Par ailleurs, la mort de Galien avait ouvert une porte que Saldur avait prévu de passer le premier.

L'évêque regarda Guy.

— Comment avez-vous pu laisser une telle aberration se produire ?

La sentinelle, un bras dans une attelle et l'épaule bandée, se raidit.

— J'ai perdu sept excellents hommes et j'ai survécu de justesse. Je ne dirais pas que j'ai *laissé faire*.

— Et comment quelques malheureux fermiers ont-ils donc pu terrasser les terribles Seret ?

— Il ne s'agissait pas de fermiers. Il y avait deux Pickering et Hadrian Blackwater.

— Les Pickering, je peux comprendre, mais Blackwater ? Ce n'est qu'un petit malfrat.

— Il est plus que cela… et son associé également.

— Royce et Hadrian sont d'excellents voleurs. Ils l'ont prouvé à Melengar, puis de nouveau à Chadwick. Le pauvre Archibald ne s'en est toujours pas remis.

— Non, intervint Guy. Je pense qu'il y a autre chose. Blackwater connaît les techniques de combat Teshlor et son ami, Royce Melborn, est un elfe.

Saldur cilla.

— Un elfe ? Vous en êtes sûr ?

— Il ressemble à un humain, mais j'en suis certain.

— Et c'est la seconde fois que nous les surprenons avec Esrahaddon, marmonna Saldur, inquiet. Cet Hadrian est-il encore ici ?

— Il est à l'infirmerie.

— Postez un garde immédiatement.

— Je l'ai fait dès qu'il a été placé sous la tente. Notre problème pour le moment est cette fille. Elle va nous mettre dans l'embarras si nous n'agissons pas, dit Guy en tirant à demi son épée du fourreau. Elle est en deuil après la mort de son père. Je ne serais pas surpris qu'elle se jette dans les chutes, poussée par le désespoir…

— Et Tomas ? s'enquit Saldur en prenant une autre poignée de baies. De toute évidence, il ne se taira pas. Allez-vous également le tuer ? Quelle sera votre excuse pour sa mort ? Et tous ceux de ce campement qui l'ont entendu toute la matinée raconter qu'elle était l'Héritière ? Voulez-vous massacrer tout le monde ? Dans ce cas, qui portera nos sacs jusqu'à Ervanon ? ajouta-t-il en souriant.

— Je ne vois pas ce que cela a de drôle, coupa Guy en laissant la lame retomber.

— Peut-être parce que vous n'abordez pas la situation sous le bon angle.

Guy était un chien de garde entraîné et dangereux, mais il n'avait aucune imagination.

— Et si nous la laissions vivre ? Et si nous la nommions impératrice ?

— Une paysanne ? Impératrice ? railla Guy. Vous êtes fou !

— Malgré son influence politique, je crois qu'aucun de nous, pas même le patriarche, n'était particulièrement satisfait du choix de Rufus. C'était un imbécile, bien sûr, mais un imbécile têtu et puissant. Nous pensions tous qu'il faudrait le tuer d'ici un an, ce qui aurait jeté l'Empire naissant dans la tourmente. Ne serait-il pas préférable d'avoir une impératrice que nous pourrions manipuler dès le début ?

— Mais comment la ferons-nous accepter par les nobles ?

— Nous n'en ferons rien, déclara Saldur, et un sourire se dessina sur son visage ridé. Nous la ferons accepter par le peuple.

— De quelle manière ?

— Le mouvement nationaliste de Degan Gaunt nous a prouvé que le peuple était une force. Les comtes, les barons et même les rois ont peur de la puissance que les roturiers peuvent représenter lorsqu'ils se rassemblent. Un mot de lui pourrait permettre l'ascension d'une paysanne. Les seigneurs devraient massacrer leur propre peuple, leur source de revenus, simplement pour maintenir l'ordre. Cela les contraindrait à choisir entre la pauvreté ou la mort, un dilemme peu enviable. Les nobles feront tout pour ne pas en arriver à de telles extrémités. Et si nous exploitions ce filon ? Les paysans sont déjà dévoués à l'Église. Ils suivent nos enseignements comme la parole divine. Imaginez le dévouement supplémentaire de voir l'avènement d'un chef issu de leur propre milieu ! Un dirigeant qui est l'un d'entre eux, qui saura réellement comprendre les tourments des pauvres dans leurs taudis crasseux, des destitués. Elle serait non seulement une reine paysanne mais aussi l'Héritière de Novron, avec tous les merveilleux espoirs que cela implique. Car en ces heures de grande détresse, Maribor a une nouvelle fois accordé à son peuple un chef divin pour le guider hors des ténèbres.

» Nous pourrions envoyer des bardes à travers le pays pour relayer le récit épique de la chaste et pure damoiselle qui terrassa le démon elfique, que même le seigneur Rufus n'avait pu vaincre. Nous le nommerons *Le fléau de Rufus*. Oui, cela me plaît… tellement plus commode que ce Gilarabrywn imprononçable.

— Mais pourrons-nous lui faire jouer son rôle ? demanda Guy.

— Vous l'avez vue. Elle est presque dans le coma. Elle n'a nulle part où aller, aucun ami, ni proche, ni argent ni biens, et elle est émotionnellement brisée. Si elle avait un couteau, elle se trancherait les veines, j'en suis sûr. Mais l'essentiel reste que, lorsqu'elle sera établie comme impératrice et que nous aurons le soutien fervent du peuple, aucun noble n'osera nous défier. Nous serons en mesure de faire tout ce qui était initialement prévu avec Rufus. Mais au lieu de massacres salissants, qui encourageraient les soupçons et accusations, nous pourrons tout simplement la marier. Son nouvel époux régnera en tant qu'empereur et nous l'enfermerons dans quelque chambre obscure et la sortirons pour les fêtes d'hivernal.

Guy sourit à cette idée.

— Pensez-vous que le patriarche sera d'accord ? demanda Saldur. Nous pourrions peut-être lui envoyer un coursier à cheval aujourd'hui.

— Non, l'affaire est trop importante. J'irai en personne. J'irai dès que je pourrai seller mon cheval. En attendant…

— En attendant, nous annoncerons que nous envisageons la possibilité qu'elle soit l'Héritière, mais que nous ne l'accepterons qu'une fois achevée une enquête sérieuse. Cela devrait nous accorder un mois de réflexion. Si le patriarche donne son accord, nous pourrons envoyer des agitateurs pour semer des rumeurs parmi le peuple, prétendant que l'Église est contrainte par les nobles et les rois de ne pas reconnaître la jeune fille comme l'Héritière.

Le peuple s'en prendra à nos ennemis et exigera que cette petite monte sur le trône, avant même que nous ne le proposions.

— Elle sera un pantin parfait, déclara Guy.

Saldur leva la tête, imaginant déjà l'avenir.

— Une damoiselle innocente mêlée à une légende mythique. Son joli nom sera repris partout et elle sera aimée de tous. (L'évêque s'interrompit et réfléchit.) Quel est son nom d'ailleurs ?

— Je crois que Tomas l'a appelée… Thrace.

— Vraiment ? grimaça Saldur. Oh, peu importe, nous changerons cela. Après tout, elle nous appartient à présent.

Royce regarda autour de lui. Il ne restait aucun garde. Plusieurs couraient encore sur la colline mais ils étaient trop éloignés pour représenter un quelconque danger. Satisfait, le voleur se glissa par un pan de la tente blanche. Il y découvrit Tobis, Hadrian, Mauvin et Hilfred sur des lits de camp. Hadrian était torse nu, la tête et la poitrine entourées de bandages, mais il était réveillé et assis. Mauvin, encore très pâle, avait également retrouvé ses esprits et ses pansements étaient d'un blanc immaculé. Hilfred gisait, enveloppé comme une momie, et Royce se demanda s'il était conscient ou endormi. Arista était penchée au-dessus de lui et tentait de définir la gravité de son état.

— Je me demandais quand est-ce que tu viendrais, déclara Hadrian.

Arista se retourna.

— Oui, je pensais que tu serais là bien plus tôt.

— Désolé, vous savez ce que c'est quand on s'amuse. On perd la notion du temps, mais j'ai repéré tes armes, encore, précisa-t-il au mercenaire. Je sais que tu es contrarié quand tu n'as pas tes épées. Tu peux monter à cheval ?

— Si je peux marcher, pourquoi pas ?

Il tendit un bras et Royce lui offrit son épaule pour l'aider à se relever.

— Et moi ? demanda Mauvin en se tenant le côté et en s'asseyant. Tu ne vas pas m'abandonner ici ?

— Tu dois l'emmener, déclara Arista, il a tué deux hommes de Guy.

— Vous pouvez chevaucher ?

— Si j'étais sur un cheval, je pourrais au moins me tenir.

— Et Thrace ? demanda Hadrian.

— Je crois qu'il n'y a pas à s'inquiéter pour elle, répondit Royce. Je suis passé par la tente de l'évêque. Tomas exigeait qu'ils la déclarent impératrice.

— Impératrice ? répéta Hadrian, stupéfait.

— Elle a tué le Gilarabrywn sous les yeux du diacre. Je pense que cela a fait son petit effet.

— Et s'ils refusent ? On ne peut pas la laisser.

— Ne vous en faites pas pour Thrace, intervint Arista. Je veillerai à ce que l'on s'occupe bien d'elle. Maintenant, partez tous.

— Theron voulait qu'au moins l'un de ses enfants connaisse le succès, murmura Hadrian, mais impératrice ?

— Il faut vous hâter ! les pressa Arista en aidant Royce à remettre Mauvin sur pied.

Elle leur donna à tous les trois un baiser et une douce étreinte, puis elle les poussa vers l'extérieur, comme une mère envoyant ses enfants à l'école.

Dehors, Magnus arrivait avec trois chevaux sellés. Le nain, qui semblait nerveux, chuchota :

— Je jurerais avoir vu des gardes surveiller cette tente tout à l'heure.

— Tu as bien vu, répondit simplement Royce. Trois chevaux… Tu lis mes pensées.

— Je me suis dit qu'il en faudrait un pour moi, répondit le nain en désignant les rênes courtes. (Il regarda Mauvin d'un air renfrogné.) Mais on dirait qu'il me faudra en trouver un autre.

— Oublie cela, murmura le voleur. Chevauche avec Mauvin. Va doucement et assure-toi qu'il reste en selle.

Royce aida Hadrian à se jucher sur une jument grise et gloussa.

— Qu'y a-t-il ? demanda le mercenaire.

— Souris.

— Comment ?

Le voleur désigna la monture du guerrier.

— Parmi toutes les bêtes à sa disposition, le nain a choisi de voler Souris.

Royce guida le petit groupe à l'écart du campement, menant les bêtes sur la terre brûlée où la cendre étouffait les bruits de sabots. Il surveillait de près les gardes à l'horizon. Il n'y eut nul cri d'alarme, ni hurlement, personne ne remarqua leur départ et ils disparurent bientôt dans les bois feuillus. Une fois à l'abri, Royce se tourna vers le fleuve pour désorienter quiconque chercherait leur piste.

Lorsqu'ils furent hors de danger dans l'étroit vallon près du Nidwalden, Royce ordonna à ses amis de ne pas bouger pendant qu'il revenait sur ses pas.

Il se glissa jusqu'à la lisière incendiée. Le campement n'avait pas changé. Il se félicita de leur fuite en toute discrétion et retourna au fleuve. Il s'aperçut qu'il prenait le chemin qui menait à la ferme des Wood. Inexplicablement, le feu n'était pas allé si loin et les ruines n'avaient pas bougé. Un détail retint cependant son attention ; au centre de la cour, là où il avait vu pour la première fois le vieux fermier qui aiguisait sa faux, se dressait un petit monticule de terre. Quelques pierres récupérées sur les murs de la ferme encerclaient le relief. Une large planche était fichée dans le sol, à la tête de la tombe, et le bois était gravé en lettres brûlées :

Theron Wood
Fermier

En dessous, gravé sur la planche, Royce distingua avec quelque effort un ajout à l'épitaphe.

Père de l'impératrice

Tandis que Royce lisait ces mots, il ressentit un froid caractéristique qui lui donna la chair de poule. Quelqu'un l'observait. Juste à la lisière de son champ de vision, une silhouette se tenait parmi les arbres. Une autre se cachait à sa gauche. Il sentit d'autres présences derrière lui. Il tourna la tête pour tenter de déterminer leurs identités. Rien. Il ne vit que les arbres. Il jeta un regard rapide à gauche mais ne discerna rien de plus. Il écouta attentivement. Pas un craquement de brindille, pas un froissement de feuille, mais son intuition persistait.

Il s'éloigna de la clairière, vers les broussailles, et fit demi-tour. Il marcha aussi vite que possible, mais lorsqu'il s'arrêta, il se trouvait toujours seul.

Royce resta immobile un moment, perplexe. Il chercha une piste là où il avait distingué les silhouettes mais n'en trouva aucune, pas même un brin d'herbe plié. Il finit par abandonner et partit retrouver les autres.

— Tout va bien ? demanda Hadrian, assis sur Souris, ses épaules nues baignées de soleil et sa poitrine toujours enveloppée de larges bandes blanches.

— On dirait, répondit le voleur en montant à cheval.

Il guida le groupe vers le sud-ouest, le long des hautes terres qui bordaient les chutes, suivant la piste d'un cerf qui traversait la forêt profonde. C'était les mêmes traces qu'il avait trouvées en cherchant un tunnel vers la tour. Hadrian et Mauvin s'en sortaient mieux qu'il n'avait craint, malgré de fréquentes grimaces de douleur lorsque leurs montures faisaient un faux pas.

Royce continua à regarder derrière lui, mais il ne vit toujours rien.

En milieu d'après-midi, ils sortirent du couvert des arbres et croisèrent la route principale en direction d'Auburn, au sud. Ils s'arrêtèrent le temps de vérifier les pansements d'Hadrian et Mauvin. Le jeune noble saignait de nouveau, mais la blessure n'était pas trop sérieuse, et Magnus s'avéra presque aussi bon infirmier que forgeron, en lui créant un nouveau tampon de linges. Royce chercha dans les sacs de selle et trouva une chemise pour son ami.

— Nous devrions nous en sortir, dit-il en faisant l'inventaire de leurs possessions. Avec un peu de chance, nous atteindrons Medford en une semaine.

— Tu es pressé ? demanda Hadrian.

— On peut dire cela.

— Tu penses à Gwen ?

— Je pense qu'il est temps de lui apprendre certaines choses à mon sujet.

Hadrian sourit et hocha la tête.

— Tu crois que Thrace ira bien ?

— Tomas semble bien s'occuper d'elle.

— Tu estimes qu'ils la nommeront vraiment impératrice ?

— Aucune chance, répondit Royce en secouant la tête avant de tendre la chemise au mercenaire. Que vas-tu faire maintenant ? ajouta-t-il à l'intention de Magnus.

Le nain haussa les épaules.

— Tu veux dire en supposant que tu ne me tues pas ?

— Je ne vais pas te tuer, mais ton ancien employeur, l'Église de Nyphron, risque de chercher à le faire maintenant que tu l'as trahi. Ses hommes te traqueront, comme Mauvin et Hadrian. Et sans le soutien de l'Église, tu ne tiendras pas longtemps tout seul. Les villes d'Avryn ne sont pas très accueillantes pour les gens comme toi.

— C'est le cas partout.

— C'est ce que je voulais dire, soupira le voleur. Je connais un endroit sûr où tu pourrais te réfugier. Je doute que l'Église ne s'y aventure. Il y a quantité de travaux de maçonnerie à faire, et un artisan expérimenté comme toi serait très apprécié.

— Quel est leur point de vue sur les nains ?

— Je ne pense pas que cela posera problème. Ce sont des gens qui ont tendance à aimer tout le monde.

— Je serais content de travailler de nouveau la pierre, remarqua Magnus en hochant la tête.

— Myron le rendra fou avec sa quête pour recréer le monastère parfaitement à l'identique, commenta Hadrian. Ils ont déjà vu passer cinq architectes à ce jour.

— Je sais, répondit Royce avec un sourire malicieux.

Il remonta sur le dos de Souris et Magnus avança pour prendre des nouvelles de Mauvin.

Hadrian secoua la chemise avant de l'enfiler.

— Arista m'a dit que vous étiez tous les deux avec Esrahaddon dans la tour la nuit dernière. Elle a dit qu'il avait besoin d'aide, mais elle a refusé d'expliquer pourquoi.

— Il utilisait la tour pour chercher l'Héritier de Novron, répondit Royce.

— L'a-t-il trouvé ?

— Je crois, mais tu connais Esra. Difficile d'avoir des certitudes avec lui.

Hadrian hocha la tête et grimaça en passant les manches de la chemise.

— Un problème ?

— Essaie de t'habiller avec des côtes brisées, un de ces jours. C'est loin d'être facile.

Royce regardait toujours son ami.

— Qu'est-ce qu'il y a ? Je suis si divertissant que ça ?

— C'est juste que tu portes ce médaillon d'argent depuis que je te connais, mais tu ne m'as jamais dit où tu l'avais eu.

— Hmm ? Ça ? répondit Hadrian. Je l'ai depuis toujours. Mon père me l'a confié.

Si vous avez aimé *La Tour elfique*,
découvrez vite la suite des
Révélations de Riyria
par Michael J. Sullivan

Amilia fit l'erreur de soutenir le regard d'Édith Mon. C'était involontaire, elle gardait d'ordinaire les yeux baissés, mais Édith l'avait surprise et elle n'avait pas réfléchi. La servante en chef allait y voir du défi, un signe de rébellion dans la hiérarchie de l'arrière-cuisine. Amilia n'avait jamais regardé Édith dans les yeux et pendant ce bref instant, elle s'était demandé si ce regard abritait une âme. Elle devait se pelotonner dans un coin si elle n'était pas morte, pourrie comme une pomme d'automne tardive… Cela aurait expliqué l'odeur. Édith dégageait un parfum aigre, un peu rance, comme du lait tourné.

— Ça fera encore un tenent ret'nu sur ta paie, déclara la femme replète. Ça commence à faire un sacré trou, tu n'crois pas ?

Édith était grande, large et dépourvue de cou. La grosse enclume qui lui servait de tête était directement plantée sur ses épaules. À l'inverse, Amilia semblait inconsistante. Petite, la silhouette en poire, le visage commun avec de longs cheveux lisses… elle se fondait dans la foule, grâce à un visage que personne ne prenait le temps de regarder, ni assez joli ni suffisamment grotesque pour retenir l'attention. Hélas, cette commode invisibilité prenait fin face à la servante en chef du palais, Édith Mon.

— Je ne l'ai pas cassée, protesta la jeune fille en songeant : *deuxième erreur*.

Une main boudinée lui frappa la joue. Ses oreilles tintèrent et les larmes lui montèrent aux yeux.

— Continue, encouragea Édith d'un ton doucereux. Puis elle lui murmura à l'oreille :

— Essaie encore de me mentir.

Amilia saisit le lave-mains pour garder son équilibre tandis que la chaleur enflammait sa joue. Elle suivit du regard la main d'Édith et lorsqu'elle la vit se dresser de nouveau, elle se ramassa sur elle-même. Avec un rire sarcastique, Édith passa ses petits doigts dodus dans les cheveux d'Amilia.

— Pas un seul nœud, remarqua-t-elle. Je vois à quoi tu passes ton temps, plutôt que d'faire ton travail. T'espères attirer l'attention du boucher ? Ou de ce petit gars hardi qui livre le bois ? J't'ai vue lui parler. Tu sais ce qu'ils voient quand ils te r'gardent ? Une horrible servante d'arrière-cuisine. Une misérable raclure qui pue la lessive et la graisse. Ils paieraient plutôt une catin que de t'avoir pour rien. Tu f'rais mieux de passer plus de temps à l'ouvrage. Si tu t'appliquais, je s'rais pas si souvent obligée de te punir.

Amilia sentit la femme lui tordre les cheveux, les entourant étroitement autour de son poing.

— C'est pas comme si j'aimais te faire du mal, commenta-t-elle en tirant jusqu'à ce qu'Amilia grimace. Mais faut qu't'apprennes.

Édith tirait toujours les cheveux de la jeune fille, lui tordant la tête en arrière jusqu'à ce qu'elle contemple le plafond.

— T'es lente, idiote et laide. C'est pour ça que t'es toujours en arrière-cuisine. Je peux pas t'envoyer faire la lessive et encore moins au salon ou dans les chambres. Tu me ferais honte, tu comprends ?

Amilia ne dit rien.

— J'ai dit, tu comprends ?

— Oui.

— Dis que t'es désolée d'avoir brisé l'assiette.

— Je suis désolée d'avoir brisé l'assiette.

— Et t'es désolée d'avoir menti ?

— Oui.

Édith tapota rudement la joue en feu de la jeune fille.

— Gentille fille. J'ajouterai le prix à ta dette. Et en guise de punition…

Elle lâcha les cheveux d'Amilia et lui arracha des mains la brosse à récurer qu'elle soupesa. D'ordinaire, elle utilisait une ceinture, la brosse ferait plus mal. Édith allait la traîner à la laverie, pour que le robuste cuisinier n'assiste pas à la scène. Le chef avait pris Amilia en amitié, et même si Édith avait parfaitement le droit de punir ses subalternes, Ibis ne tolérait pas qu'elle le fasse dans sa cuisine. Amilia s'attendait à ce que la main potelée se referme sur son poignet, mais la femme se contenta de lui caresser les cheveux.

— Qu'ils sont longs, dit-elle enfin. C'est ça qui t'empêche de travailler, pas vrai ? Ils te rendent vaniteuse. Mais je sais comment résoudre tous ces problèmes. Tu vas être rudement jolie quand…

La cuisine devint brusquement silencieuse. Cora, qui maniait sa baratte sans relâche, s'arrêta net.

Les cuisiniers cessèrent leurs découpes et même Le Petiot, qui entassait des bûches près des poêles, se figea. Amilia suivit les regards qui convergeaient vers l'escalier.

Une dame noble, aux atours de velours blanc et de satin, descendait les marches avec grâce pour entrer dans la puanteur et les fumées de la cuisine. Ses yeux perçants et ses lèvres minces comme des lames ressortaient de son visage poudré. La femme était grande et, contrairement à Amilia, dont la silhouette était voûtée, elle se tenait droite, le port altier. Elle se dirigea immédiatement vers la petite table placée près du mur où le boulanger préparait son pain.

— Nettoyez ceci, ordonna-t-elle avec un geste de la main, sans s'adresser à personne en particulier.

Le boulanger rassembla aussitôt ses ustensiles et sa pâte dans son tablier, et disparut rapidement.

— Récurez la table, insista la dame.

Amilia sentit qu'on lui remettait la brosse dans la main et qu'on la poussait en avant. Elle chancela un peu, sans lever les yeux, et se mit au travail immédiatement, soulevant de grands nuages de farine. Le Petiot arriva près d'elle dans l'instant, un seau à la main, et Vella la rejoignit avec une serviette. Ils nettoyèrent ensemble tandis que la femme les regardait avec dédain.

— Deux chaises, aboya-t-elle, et le Petiot se précipita pour les apporter.

Amilia, qui ne savait plus que faire d'autre, resta à sa place en observant la dame, la brosse gouttant à son côté. Lorsque la noble surprit son regard, Amilia baissa rapidement les yeux et un mouvement attira son attention. Une petite souris grise s'était figée sous la table du boulanger, espérant se dissimuler parmi les ombres. Elle prit le risque de saisir un petit morceau de pain et disparut par une fissure.

— Quelle misérable créature, lança la dame.

Amilia crut qu'elle avait également vu la souris, mais elle ajouta :

— Tu fais une flaque répugnante sur le sol. Disparais.

Avant de se retirer près de sa bassine, Amilia esquissa une révérence pathétique. Une cascade de directives jaillit des lèvres de la femme, toutes prononcées avec une diction parfaite. Vella, Cora et même Édith s'affairèrent à dresser une table digne d'un banquet royal.

Vella déplia une nappe blanche, et la servante en chef entreprit d'installer des couverts en argent, avant d'être chassée par la noble dame qui installa elle-même soigneusement chaque pièce. Bientôt, une table élégante pour deux fut prête, agrémentée de multiples gobelets et de serviettes en tissu.

Amilia n'arrivait pas à imaginer qui allait y dîner. Personne ne prendrait la peine de dresser une telle table pour des serviteurs, et pourquoi un noble descendrait-il manger à la cuisine ?

— Eh bien, qu'est-ce qui se passe ici ? demanda Ibis Thinly de sa voix profonde.

L'homme à la poitrine large, ancien cuisinier de la Marine, avait des yeux bleus étincelants et une fine barbe qui lui couvrait le menton. Il avait passé la matinée à rencontrer les fermiers mais portait toujours son éternel tablier. L'étoffe tachée de graisse était son uniforme, le symbole de sa charge. Il fit irruption dans la cuisine, comme un ours rentrant dans sa caverne, pour y découvrir quelque forfait. Lorsqu'il aperçut la noble, il s'interrompit.

— Je suis dame Constance, déclara-t-elle. Dans un instant, je ferai venir ici l'impératrice Modina. Si tu es le cuisinier, alors prépare à manger.

La dame prit le temps de jeter un regard critique à la table ; elle ajusta la position de quelques éléments, puis tourna les talons et s'en fut.

— Leif, mets un couteau près de ce rôti d'agneau, cria Ibis. Cora, va chercher du fromage. Vella, trouve du pain. Le Petiot, redresse cette pile de bois !

— L'impératrice ! s'exclama Cora en se précipitant vers le garde-manger.

— Qu'est-ce qu'elle vient faire ici ? demanda Leif.

Il semblait fâché, comme s'il avait été le maître des lieux, dérangé par la visite impromptue d'un parent.

Amilia avait entendu parler de l'impératrice mais ne l'avait jamais vue, ni même aperçue. Peu de gens avaient eu cette chance. Elle avait été couronnée lors d'une cérémonie privée, il y avait plus de six mois, pendant hivernal, et sa venue à Aquesta avait tout changé.

Le roi Ethelred ne portait plus sa couronne et répondait au titre de régent et non plus de Sa Majesté. Il commandait toujours au château, mais le bâtiment était à présent nommé « le palais ». C'était l'autre, le régent Saldur, qui avait tout bousculé. Le vieux prélat originaire de Melengar s'était installé et avait mis au travail des ouvriers, jour et nuit, dans le grand salon et la salle du trône. C'était encore Saldur qui avait édicté de nouvelles règles à l'intention des serviteurs.

Le personnel du palais ne pouvait plus quitter les murs sans être escorté par l'un des nouveaux gardes, tous les courriers sortants étaient lus et devaient être approuvés. Ce dernier point ne posait pas vraiment de problème car peu de serviteurs savaient écrire. La restriction de sortie, en revanche, était pesante pour tous.

Beaucoup de ceux dont les familles vivaient dans la ville ou les fermes alentour avaient décidé de démissionner, faute de pouvoir rentrer chez eux chaque nuit.

Ceux qui choisirent de rester au palais n'entendirent plus jamais parler d'eux.

Le régent Saldur avait réussi à isoler le palais du monde extérieur, mais entre les murs, rumeurs et ragots allaient bon train. On murmurait à la dérobée que se montrer trop curieux était aussi dangereux que d'essayer de quitter l'enceinte.

Le fait que personne n'ait jamais vu l'impératrice avait soulevé beaucoup d'interrogations. Chacun savait qu'elle était l'Héritière du premier et légendaire empereur Novron, soit une enfant du dieu Maribor. Elle l'avait prouvé en terrassant une bête qui avait tué des dizaines de chevaliers parmi les plus renommés d'Elan. Elle était une fille de ferme, issue d'un petit village, et cela confirmait qu'aux yeux de Maribor, tous étaient égaux. Les rumeurs avaient conclu qu'elle avait fini par s'élever au rang d'être spirituel. Il était dit que seuls les régents et sa secrétaire personnelle étaient autorisés à se tenir en sa divine présence.

Voilà certainement qui était cette noble, songea Amilia.

La femme au visage amer et au parler si parfait était la secrétaire impériale.

Bientôt, les meilleurs plats qu'il était possible de rassembler en si peu de temps s'alignèrent sur la table.

Knob le boulanger et Leif le boucher se disputaient le placement des mets car chacun voulait voir son ouvrage placé au centre.

— Cora, demanda Ibis, pose ta jolie roue de fromage au milieu.

La laitière sourit et rougit joliment, et Leif et Knob se renfrognèrent.

Amilia, en simple fille de cuisine, n'avait plus de rôle à jouer et reprit sa vaisselle. Édith discutait avec excitation dans un coin près des tonneaux de chêne, en compagnie du sommelier et de l'échanson et tout le monde défroissait ses vêtements et se recoiffait à la hâte. Le Petiot balayait encore lorsque la dame revint. Une fois de plus, tous se figèrent. Elle tirait une jeune fille par le poignet.

— Asseyez-vous, ordonna dame Constance d'un ton sec.

Chacun regarda derrière les deux femmes dans l'espoir de voir en premier la reine divine. Deux gardes aux armures lourdes apparurent et se postèrent de part et d'autre de la table. Mais personne d'autre n'entra.

Où est l'impératrice ?

— Modina, je vous ai dit de vous asseoir, répéta dame Constance.

La stupeur s'empara d'Amilia.

Modina ? Cette gamine chétive est l'impératrice ?

La jeune fille ne semblait pas entendre sa secrétaire et restait debout, immobile, le regard vide. Elle semblait encore adolescente, fragile, fine, le teint cadavérique. Elle avait peut-être été belle autrefois, mais son apparence n'offrait plus qu'un triste spectacle. Son visage était blanc comme la craie et sa peau mince s'étirait, révélant chaque relief de son crâne. Ses cheveux blonds filasses lui tombaient devant le visage. Elle ne portait qu'un fin sarrau blanc qui ajoutait à son apparence spectrale.

Dame Constance soupira et assit de force la jeune fille sur l'une des chaises disposées devant la table du boulanger. L'impératrice se laissa faire comme une poupée docile. Elle ne dit rien, le regard toujours fixe et vide.

— Placez la serviette sur vos genoux, comme ceci, expliqua la secrétaire en ouvrant soigneusement un carré d'étoffe, d'un geste précis.

Elle attendit en scrutant l'impératrice qui restait sans réaction.

— En tant qu'impératrice, vous ne vous servirez jamais, continua dame Constance. Vous attendrez que les serviteurs remplissent votre assiette. (Dame Constance regarda autour d'elle avec agacement et son regard tomba sur Amilia.) Toi, viens ici, ordonna-t-elle. Sers Son Éminence.

Amilia laissa tomber la brosse dans sa bassine et, essuyant ses mains sur son sarrau, se précipita vers la table. Elle aurait voulu préciser qu'elle n'avait aucune expérience du service, mais elle ne dit rien. Elle se concentra plutôt pour se souvenir des fois où elle avait vu Leif couper la viande. Cela semblait toujours facile, mais les doigts d'Amilia ne lui obéissaient pas et elle échoua misérablement, ne parvenant à poser que quelques bouts d'agneau mal découpés dans l'assiette de la jeune fille.

— Du pain, demanda sèchement dame Constance, maniant sa voix comme un fouet.

Amilia entama la longue miche torsadée, se coupant nettement par la même occasion.

— À présent, mangez.

Pendant une seconde, Amilia crut que cet ordre lui était également destiné et elle tendit la main. Elle se reprit à temps et resta immobile, sans trop savoir si elle était autorisée à reprendre sa vaisselle.

— J'ai dit *mangez*, répéta la secrétaire impériale en foudroyant du regard la jeune fille qui fixait le mur d'en face d'un œil vide.

— Mangez, par les dieux ! hurla dame Constance, et tous dans la cuisine, y compris Édith Mon et Ibis Thinly, sursautèrent.

Elle tapa du poing sur la table, renversant les verres et entrechoquant les couteaux contre les assiettes.

— Mangez ! répéta dame Constance en giflant la jeune fille.

Le crâne couvert de peau vacilla sous le choc, jusqu'à ce que le balancement ne cesse naturellement. L'impératrice ne grimaça même pas. Elle se contenta déplacer son regard vers un autre mur.

Dans un accès de colère, la secrétaire impériale se leva en renversant sa chaise. Elle saisit l'un des morceaux de viande et tenta de le mettre de force dans la bouche de la jeune fille.

— Que se passe-t-il ici ?

Dame Constance se figea au son de la voix. Un vieil homme aux cheveux blancs descendait l'escalier des cuisines. Son élégante robe violette et sa cape noire juraient avec le caractère étouffant et désordonné de la pièce. Amilia reconnut immédiatement le régent Saldur.

— Par le ciel, que… commença Saldur en s'approchant de la table.

Il regarda la jeune fille, le personnel de cuisine, et enfin dame Constance qui avait laissé échapper son morceau de viande.

— À quoi pensiez-vous en la menant ici ?

— Je… j'ai pensé que… Si…

Saldur la fit taire d'un geste de la main qu'il ferma lentement en serrant le poing. Il crispa la mâchoire et prit une profonde inspiration. Il contempla de nouveau la jeune fille.

— Regardez-la. Vous deviez l'éduquer et la former. Elle n'a jamais été si mal en point !

— Je… j'ai essayé, mais…

— Silence ! coupa le régent sans baisser le poing.

Personne ne fit un geste dans la cuisine. Les seuls sons audibles étaient le craquement du feu dans les fours et le bouillonnement d'une soupe dans une marmite.

— Si tel est le résultat d'une experte, autant m'en remettre à une amatrice. Elle ne saurait faire pire. (Le régent désigna Amilia.) Toi ! Félicitations, tu es désormais la secrétaire impériale. (Il se tourna vers dame Constance.) Quant à vous… vos services ne sont plus requis. Gardes, débarrassez-moi d'elle.

Amilia vit dame Constance chanceler. Sa posture parfaite disparut, tandis qu'elle se ramassait sur elle-même et reculait, manquant de trébucher contre la chaise renversée.

— Non, je vous en prie, non ! supplia-t-elle alors que le garde du palais lui saisissait le bras et l'entraînait vers la porte arrière.

Un deuxième garde lui prit l'autre bras. Elle devint frénétique, suppliant et se débattant tandis qu'ils la menaient dehors.

Amilia resta figée, les pinces à viande et le couteau à découper à la main, tâchant de se souvenir comment respirer. Lorsque les suppliques de dame Constance devinrent inaudibles, le régent Saldur se tourna vers la jeune servante, le visage cramoisi, les dents visibles derrière ses lèvres crispées.

— Ne me déçois pas, dit-il.

Puis il remonta les marches, sa cape tournoyant derrière lui.

Amilia dévisagea la jeune fille qui regardait toujours fixement le mur.

Achevé d'imprimer en mai 2012 par Hérissey à Évreux (Eure)
N° d'impression : 118698 - Dépôt légal : juin 2012
Imprimé en France
81120747-1